四部要籍選刊・經部

蔣鵬翔 主編

阮刻毛詩注疏

（典藏版）

四

〔清〕阮元 校刻

浙江大學出版社

本册目録

附釋音毛詩注疏卷第十二

十二之二　卌九

毛詩小雅　鄭氏箋　孔穎達疏

十月之交大夫刺幽王也

當爲刺厲王作詁訓傳時移其篇第因改之耳節刺師尹不平亂靡有定此篇譏皇父擅恣日月告凶正月惡褒姒滅周此篇疾豔妻煽方處又幽王時司徒乃鄭桓公友非此篇之所云番也是以知然○刺幽王毛如字鄭改爲刺厲王從此至小宛四篇皆然節在結反父音甫後皇父皆同惡烏路反番方袁反徐甫言反本或作潘音同韓詩作繁下同○【疏】十月八章章八句○正義曰毛以爲刺幽王鄭以爲刺厲王經八章皆刺王之辭此下及小宛序皆刺幽王鄭以爲本刺厲王王毛氏移之事既久遠不審實然以否縱其實然毛既移其篇第改厲爲幽卽以爲幽王說之故下傳曰豔妻褒姒是爲幽王之事則四篇皆如之今各從其家而爲之義不復強爲與奪○箋當爲刺厲王至是以知然○正義曰鄭以此篇本六月之上爲刺厲王詩毛氏移之於此改厲爲幽今本其舊而爲之說故云當爲刺厲王也作詁訓傳者毛公也毛公漢初時人故譜云漢興之初師移其第作詁訓

傳時是漢初也其改之意已具於譜鄭既言當爲厲王又自
檢其證節刺師尹不平亂靡有定此篇譏曰。皇父擅恣日月
告凶事。國家之權任天下之責不得並時而有二人彼是幽
王知此非幽王也正月惡褒姒滅周此篇疾豔妻煽方處敵
夫曰妻王無二后褒姒是幽王所嬖豔妻并幽王之后鄭語
云幽王八年桓公爲司徒此篇云番維司徒一官不得二人
爲之故又云幽王時司徒乃鄭桓公友爲之非此篇之所云
番是以知之言由此知幽當爲厲也毛以豔妻爲褒姒美色
曰豔則褒姒豔妻爲一鄭必爲別人者以詩論天子之后非
如曲說邪淫不當以色名之中候曰剡者配姬以放賢剡豔
古今字耳以剡對姬剡爲其姓以此知非褒姒也鄭桓公幽
王八年始爲司徒知非代番爲之者以番爲司徒在豔妻方
盛之時則豔既爲后番始爲司徒也鄭語說桓公旣爲司徒
方問史伯史伯乃說褒姒之事其末云竟以爲后則桓公初
爲司徒褒姒仍未爲后以此知桓公不得與番相代也凡例
別嫌明疑以本文爲主故鄭先以詩上下校之後乃言鄭桓
公也中候擿雒貳。曰昌受符厲倡孽。期十之世權在相又曰
剡者配姬以放賢山崩水潰納小人家伯罔主異載震既言
昌受符爲王命之始卽云期十之世自文數之至厲王除文
王爲十世也剡與家伯與此篇事同山崩水潰卽此篇百川

沸騰山冢崒崩是也如此中候之文亦可以明此爲厲王但緯候之書人或不信故鄭不引之鄭檢此篇爲厲王其理欲明而知下三篇亦當爲刺厲王者以序皆言大夫其文大體相類十月之交雨無正卒章說已留彼去念友之意全同小旻小宛卒章說怖畏罪辜恐懼之心如一似一人之作故以爲當刺厲王也王肅皇甫謐以爲四篇正刺幽王孫毓疑而不能決其評曰毛公大儒明於詁訓篇義誠自刺厲王無緣橫移其第改爲幽王鄭君之言亦不虛耳是以惑疑無以斷焉竊以褒姒龍蚳之妖所生褒人養而獻之無有私黨皇父以下七子之親而令在位若此之盛也又尚書緯說豔妻謂厲王之婦不斥褒姒又雨無正有周宗既滅靡所止戾之言若是幽王既爲犬戎所殺則無所刺若王尚存不得謂之既滅下句言正大夫離居莫之我勩莫肯夙夜莫肯朝夕庶曰式臧覆出爲惡之言鄭箋皆謂厲王流于彘之後於義爲安是其言雖不能決而其意謂鄭爲長也若如鄭言毛詩爲毛公所移四篇容可在此今韓詩亦在此者詩體本是歌誦口相傳授遭秦滅學之後衆儒不知其次齊韓之徒以詩經而爲章句與毛異耳非有壁中舊本可得憑據或見毛次於此故同之焉不然韓詩次第不知誰爲之○

十月之交朔月辛卯日有食之

亦孔之醜之交，日月之交會。醜，惡也。箋云：周之十月，夏之八月也。八月朔日，日月交會而日食，陰侵陽，臣侵君之象。日辰之義，日爲君，辰爲臣。辛，金也；卯，木也。又以卯侵辛，故甚惡也。○夏，戶雅反。彼月而微，此日而微。月，臣道；日，君道。箋云：微謂不明也。彼月則有微，今此日反微，非其常，爲異尤大也。○今此下民，亦孔之哀。箋云：君臣失道，災害將起，故下民亦甚可哀。○【疏】十月至之哀○毛以爲幽王之時，正在周之十月，夏之八月，日月之交會，朔月辛卯之日，以此時而日有食之，此其爲異亦甚之惡也。何則？日食者，月掩之也。月食日，爲陰侵陽，臣侵君之象。其日又是辛卯，辛是金，卯是木，金常勝木，今木反侵金，亦臣侵君之象。臣侵君，逆之大者，一食而有二象，故爲亦甚惡也。所以爲甚惡者，日，君道也；月，臣道也。君當制臣，似月應食；臣不當侵君，似日不應食。故言彼月而容有被食不明，今此日而反被食不明，以日被月食，似君被臣侵，非其常事，故爲異尤大也。異既如此，此災害將生，災害一起，天下蒙毒，故今此下民亦甚可哀傷矣。○鄭唯厲王時爲異。○傳"之交，日月之交會"。○正義曰：交者，日月行相逮及，交而會聚，故云交會也。日月交會，謂朔日也。此言十月之交，卽云朔月辛卯，朔月卽是之交，爲朔也。

古歷緯及周髀皆言周天三百六十五度四分度之一日月皆右行於天日日行一度月日行十三度十九分度之七是月行疾日行遲二十九日有餘而月行天一周追及於日而與之會是會之交也每月皆交會而月或在日道表或在日道裏故不食其食要於交會又月與日同道乃食也○箋周之至甚惡正義曰詩之言月皆據夏時而知此周十月夏八月者推度災曰十月之交氣之相交周十月夏之八月緯雖不可盡信其言主以釋此故據之以爲周十月焉日月交會而日食陰侵陽臣侵君之象以日食者月食之也故何休曰不言月食之者其形不可得而覩故疑言日有食之月食日是陰侵陽也下傳曰月臣道日君道是臣侵君之象日辰之義者月令其日甲乙是從甲至癸爲日也左傳曰辰在子卯又曰辰在申是從子至亥爲辰也雖十日甲剛乙柔其中有五剛五柔要十日皆爲幹故日爲君也而十二辰亦子陽丑陰其中有六陽六陰以對十日皆爲支故辰爲臣言此者解詩本言辛卯日食之意日食陰侵陽而以辛卯日卯比臣辛比君是爲卯侵辛也辛日以辰侵日而日爲金辰爲木金應勝木。反侵金是五行相逆猶君臣顛倒故言亦甚惡也案此朔月辛卯自是所食之月。知取金木爲義者推度災曰及其食也君弱臣强故天垂象以見徵辛者正秋之王氣卯者正春之臣位日爲君辰爲臣八月之日交卯食辛矣辛之爲君幼弱而不明卯之爲臣秉權而爲政故辛之言新陰氣盛而陽微生。其君幼弱而任卯臣也以此緯文故知取卯侵辛爲義加緯之意以辛王在秋八月用事卯位在春秋當休廢思臣以休廢之時能侵當王之君是陰盛陽微之象緯意又取剛柔爲義以辛是柔日又辛之言新言微陽新用事也卯位正春強臣之象故云君幼弱臣秉權以權臣陵弱君故爲醜也此箋直言卯侵辛不言君弱臣強者陰陽之事容有多塗故舉金木爲正餘畧之也昭二十一年秋正。月壬午朔日有食之以午食壬似卯侵辛傳言不爲災者彼爲夏之五月午當用事壬應休廢又壬爲剛日非是弱君故與此不同也若然此八月卽秋分之時也左傳曰二至二分日有食之不爲災日月之行分同道也至相過也其他月卽爲災此亦分月而云孔醜者然日者太陽之精至尊之物不宜有所侵侵之則爲異但聖賢因事設教以爲等級耳左傳曰唯正月朔慝未作日有食之於是乎有用幣於社伐鼓於朝其餘則否是以日食之中分爲差降也以正月爲夏之四月純陽用事而日又爲陽於時最盛尤不宜爲陰所侵故爲最重而特用鼓幣也其他月則非正陽故爲差輕也至於二至二分周有分至之名宜若同道相過有可食之理故爲尤輕也計古今之天度數一也日月之食本無常時故麻象爲日月交會之術大率以百七十三日有奇爲限而日月行天各自有道雖至朔相逢而道有表裏若月先在裏依限而食者多若月先在表雖依限而食者少杜預見其參差乃云日月動物雖行度有大量不能不少有盈縮故有雖交會而不食者或有頻交而食者唯正陽之月君子忌之是日月食無常時非分至之月必相食也正以二分晝夜等有類同道二至長短極似若相過因名示義非實然也以日體一也食之輕重假理示義其實日食皆爲異矣故鄭駮異義引此詩云彼月而食則維其常此日而食于何不臧則非常爲異明謂此爲非常明春秋爲示義也若人君改過修善雖正陽之月禍亦可消若長惡遂非雖分至之月亦將有咎安得二至二分獨不爲災也昭七年四月甲辰朔日有食之是春分之月傳稱魯衛惡之衛大魯小云衛地如魯地於是有災魯實受之大咎其衛君乎魯將上卿其年八月衛侯惡卒十一月季孫宿卒此分月日食有災之驗也且日之有食象臣之侵君若云日有可食之時則君有可殺之節理豈然乎以此知雖在分至非無災咎故此食在夏之八月云爲異九大也然日月之食於筭可推而知則是雖數自當然而云爲異者人君者位貴居尊恐其志移心易聖人假之靈神作爲鑒戒耳夫以昭昭大明照

臨下土忽爾殲亡俾晝作夜其爲怪異莫斯之甚故有伐鼓用幣之儀貶膳去樂之數皆所以重天變警人君者也而天道深遠有時而驗或亦人之禍釁偶與相逢故聖人得因其變常假爲勸戒使智達之士識先聖之深情中下之主信妖祥以自懼但神道可以助教而不可以爲教神之則惑衆去之則害宜故其言若有若無其事若信若不信期於大通而已矣經典之文不明言咎惡而公家董仲舒何休及劉歆等以爲發無不應是知言徵祥之義未悟勸沮之方杜預論之當矣日月之食大率可推步而知亦有不依交限而食者襄二十四年秋七月甲子朔日有食之既八月癸巳朔月有食之於法筭前月之日食既則後月不得食而春秋有之又此經云日月告凶不用其行箋云行道度也不用之者謂相干犯則此依交限以否未可知也古之厤書亡矣今世有周歷魯厤者蓋漢初爲之其交無遲疾盈縮考日食之法而其上年月已往參差是以漢世通儒未有以歷考此辛卯日食者而王基獨云以厤考此辛卯日食者而王基獨云以厤校之自共和以來當幽王世無周十月夏八月辛卯交會欲以此會爲共和之前其在共和之前則信矣而校之則無術說者或據世以定義矣○箋微謂至其常○正義曰下章云彼月而食此日而食與此微同則不明謂日月被食而不明也謂

之微者取君微弱之義下云彼月而食則維其常月食爲常則日食爲非常故云此日反微非其常也周禮春官大司樂云日月食令去樂秋官庭氏有救日月之弓矢昏義云陰事不修謫見於天月爲之食漢書天文志曰凡日食修德月食脩刑如此則月食相類而云常者義取君可無理殺臣臣不有以犯君故以日食爲重耳不謂月食非異也。

日月告凶不用其行四國無政不用其良 箋云告凶告天下以凶亡之徵也行道度也不用之者謂相干犯也四方之國無政治者由天子不用善人也。治直吏反。

彼月而食則維其常此日而食于何不臧 箋云臧善也。

【疏】日月至不臧。毛以爲幽王時所以日有食之者日月告天下以王有凶亡之徵故不用其常道度所以横相干犯也又所以有凶亡之徵者以今四方之國無政者由天子不用其善人故也由王不用善凶亡將至故告之也又言日食爲大惡之事彼月而食雖象非理殺臣猶則是其常道今此日而反食於何不善乎猶言一何不善爲不善之大是凶亡之徵也昭七年左傳晉侯問於士文伯曰詩所謂此日而食于何不臧何也對曰不善政之謂也國無政不用善則自取謫於日月之災故政不可不慎是也○鄭唯厲王時爲異**爗爗震電不寧不令**爗爗震電貌震雷也箋云雷電過常天下不安政教不善之徵○爗于輒反○**百川沸騰山冢崒崩**沸出騰乘也山頂曰冢箋云崒者崔嵬百川沸出相乘陵者由貴小人也山頂崔嵬者崩君道壞也○沸甫味反崒舊子恤反徐子綏反宜依爾雅音徂恤反本亦作卒頂丁冷反崔徂回反爾雅作厜才規反嵬五回反爾雅作㕒五規反**高岸爲谷深谷爲陵**言易位也箋云易位者君子居下小人處上之謂也○處昌呂反○**哀今之人胡憯莫懲**箋云憯曾懲止也變異如此禍亂方至哀哉今在位之人何曾無以道德止之○憯七感反亦作慘

【疏】爗爗至莫懲○毛以爲幽王時不但日食又爗爗然有震雷之電其聲駿駛過常令使天下不安止由王政教不善之徵所致也又當時天下有百川之水皆溢出而相乘水流趨下小人之象今溢出由貴小人在上也又時山之冢頂高峯之上崒然崔嵬者皆崩落山高在上君之象今崩落是君道壞也於時又高大之岸陷爲深谷岸應處上今陷而在下由君子居下故也又深下之谷進出爲陵谷應處下今進而上由小人處上故也變異如

此禍亂方至哀哉今在位之人何曾無肯行道德消止此異者但尚德省刑退不肖進君子則此異止矣此所陳皆當時實事震電既言不寧不令由所致有象在下致皆有象矣故箋皆以象解之推度災曰百川沸騰衆陰進山冢崒崩人無仰高岸爲谷賢者退深谷爲陵小臨郎是也○鄭唯厲王時爲異○傳山頂曰冢至箋乘陵○正義曰釋山云山頂冢孫炎曰謂山巔也又云崒者厜子規反㕒語規反郭璞曰謂山峯頭巉岩者意或作嵯峩此經作崒箋作崔嵬者雖子則爾雅小異義實同也徐邈以崒子恤反則當訓爲盡於時雖大變異不應天下山頂盡皆崩也故鄭依爾雅爲說百川沸出相乘陵者謂衆陰盛也水泉溢時衆川多然故舉百成數也周語曰幽王三年西周三川皆震伯陽父曰周將亡矣昔伊洛竭而夏亡河竭而商亡今周若二代之季其川源必塞塞必竭夫國必依山川山崩川竭亡國之徵是歲三川竭此言百川沸騰與彼三川震不同也何者此有沸出相乘水盛漫溢而已非震之類也彼幽王之時云若二代之季若厲王時已百川皆震不當遠比二代之末以此知沸騰非震也彼云三川震此云百川沸又知此詩非幽王時也鄭以爲當刺厲王於義實安

皇父卿士番維司徒家伯維宰仲允膳夫棸

子內史蹶維趣馬楀維師氏豔妻煽方處豔妻褒姒美色曰豔煽熾也箋云皇父家伯仲允皆字番聚蹶楀皆氏厲王淫於色七子皆用后嬖寵方熾之時並處位言妻黨盛女謁行之甚也敵夫曰妻司徒之職掌天下土地之圖人民之數冢宰掌建邦之六典皆卿也膳夫上士也掌王之飲食膳羞內史中大夫也掌爵祿廢置殺生予奪之法趣馬中士也掌王馬之政師氏亦中大夫也掌司朝得失之事六人之中雖官有尊卑權寵相連朋黨於朝是以疾焉皇父則爲之端首兼擅羣職故但目以卿士云○聚側留反蹶俱衞反趣七走反注同趣馬官名楀音矩弓禹反豔餘贍反鄭云豔妻厲王后煽音扇說文作傓云熾盛也處處一本作熾熾尺志反盛也嬖必計反朝直遥反下同擅市戰反

【疏】皇父至方處○毛以爲當刺幽王時皇父爲卿士之官謂卿之有事兼擅羣職也其番氏維爲司徒之卿家伯維爲冢宰之卿仲允爲膳夫聚氏之子爲內史蹶氏維爲趣馬楀氏維爲師氏之官此七人於豔妻有寵熾盛方甚之時並處於位由褒姒有寵私請於王使此七人朋黨於朝言王政所以亂也褒姒有親黨者以褒國所養以爲本親故有此族黨又此文不言是其婚戚或可謟佞於事爲之朋黨不必盡是甥舅之親○

鄭以爲厲王時豔爲后爲異○箋皇父至士云○正義曰皇父及伯仲是字之義故知皇父家伯仲允皆字蓋與后同姓剡也其番聚蹶楀踽言人聚子以子配之若曾子閔子然故知皆氏蓋后氏之外親也春秋緯說湯遭大旱以六事謝過其一云女謁行與謁請也謂婦人有寵謂用親戚而使其言得行今七人並處大位言妻黨强盛女謁行之甚也曲禮云天子之妻曰后此不言后而言妻以其敵夫故言妻也妻之言齊齊於夫也雖天子之尊其妻亦與夫敵也自司徒之職至得失之事其言皆出於周禮知是卿大夫士者皆序官之文所掌皆在其職之文因此以寵相連故詳其官之尊卑及所掌之事焉序官大司徒卿一人冢宰卿一人故云皆卿也六典者謂治典教典禮典政典刑典事典也序官趣馬下士一人此言中士者誤也定本亦誤彼言掌贊正良馬卽正馬之政也師氏云掌國中失之事雖中爲中禮亦是得義故杜子春云中當爲得以義引之故爲得也司朝卽是國也此云家伯維宰周禮有太宰卿小宰卿大夫宰夫下大夫鄭司農宰夫注云詩人曰家伯維宰謂此宰夫也王肅以此宰爲小宰鄭以爲冢宰者以宰夫等經傳之中未有單稱宰處冢宰之單稱宰猶宰猶司徒以下不稱大故序官云太宰小宰不言冢是冢者大處以對小故天官注云百官總焉謂之冢列

職於王則稱大以小司徒小宗伯不得單稱司徒宗伯要以小配之是小宰亦不得單稱宰也今此宰夫旣是其佐對司徒內史等六官是列職之事五者皆是一官之長宰不當獨爲太宰之佐以此知家伯維宰是家宰也趣馬下士膳夫上士耳得與司徒家宰同列於詩者鄭解其意六人之中雖官有尊卑而此六人權寵相連共朋黨於朝是以疾焉然官高者勢大勢大者黨甚故此大宰以官高爲先而有不次者便文以取韻也又解發首先言皇父不言官名之意皇父則爲此六子之端首兼擅曰宰職故但。以卿士云言兼擅者於六卿之外更爲之都官揔統六官之事兼雜爲名故謂之卿士

抑此皇父豈曰不時胡爲我作不即我謀徹我牆屋田卒汙萊時是也下則汙高則萊箋云抑之言噫噫是皇父疾而呼之女豈曰我所爲不是乎言其不自知惡也女何爲役作我不先就與我謀使我得遷徙乃反徹毁我牆屋令我不得趨農田卒爲汙萊乎此皇父所築邑人之怨辭○抑如字辭也徐音噫韓詩云意也汙音烏注同萊音來噫於其反下同令力呈反趣七住反本又作趨七俱反曰予不戕禮則然矣箋云戕殘也言皇父旣不自知不是反云我不殘敗

女田業禮下供上役其道當然言文過也○戕在良反王作臧臧善也孫毓評以鄭爲改字其音恭本亦作供〔疏〕抑此至然矣○毛以爲小人自矜謂舉無不當皇父以親寵封於畿內既封郿築都邑令邑人居之先毀牆屋而後令遷邑人廢其家業故述其情以責之言噫是皇父汝所舉事豈肯曰我所爲不是乎言其不自知皆謂已爲是也汝何爲使我役作築邑之日不先就與我謀告我遷期使豫治田事徑即徹毀我牆屋令我築邑廢我農業使我田之高下知爲汙萊乎而皇父非但不自知耳反曰我不殘敗汝田業也今汝徹牆廢田供事我者於禮則當然矣言禮法下供上役故也皇父奢殘自恣反云禮法當然歌而惡之鄭以厲王時爲異○傳下則汙高則萊○正義曰汙者池停水之名故禮記曰汙其宮而豬焉是也萊者草穢之名楚茨云田萊多荒是也下田可以種稻無稻則爲池高田可以種禾無禾則生草故下則汙高則萊

皇父孔聖作都于向擇三有事亶侯多藏皇父甚自謂聖向邑也擇三有事有司國之三卿信維貪淫多藏之人也箋云專權足已自比聖人作都立三卿皆取聚斂之臣言不知厭也禮畿內諸侯二卿○向式亮反下及注同亶都但反信也藏才浪反注同厭於鹽反**不憖**

遺一老俾守我王箋云愸者心不欲自彊之辭也言盡將舊在位之人與之皆去無留衛王

○愸魚覲反爾雅云願也強也且也韓詩云閭也強其丈反擇有車馬以居徂向

箋云又擇民之富有車馬者以往居于向也○

【疏】皇父至徂向○毛以為皇父非徒困苦邑人又矜貪無厭言皇父不自知甚自謂已聖而作都于向之時則擇立三有事之卿信維是貪淫多藏之人擇此貪人為卿欲使聚斂歸已其發向邑之時盡將舊在位之人與之俱去不肯愸然強欲遺留一老使之守衛我王又擇民之富有車馬者令往居向邑上章言其築邑此章言其往時○鄭唯厲王時為異○箋專權至二卿○正義曰箋解自謂聖意以由專權而為知足於已自以高官厚祿謂已智能得之以為天下莫若已自比聖人是自謂聖人也以三有事文承作都故為立三卿多藏者言其多藏財貨故言皆取聚斂之臣用使之聚斂是不知厭也禮畿內諸侯二卿者太宰云乃施則於都鄙而建其長立其兩設其伍注云兩謂兩卿伍謂伍大夫言都鄙是畿內故王制注云見畿內之國二卿是也其伍大夫與畿外同言此者明皇父當二卿今立三有事是自同畿外增一卿以比列國也又取多藏者是不知厭也則不知厭亦兼解三卿意也

知皇父封不在畿外者以刺之云擇三有事明其不應三而三故知是畿內也左傳說桓王與鄭十二邑向在其中杜預云河內軹縣西有地名向上則向在東都之畿內也○箋憖者至衛王○正義曰說文云憖肯從心也言初時心所不欲後始勉強而肯從故云心不欲自強之辭一老是舊在位故言盡將舊在位之人與去皇父所屬之臣自然當從言舊在位蓋王官列職皇父欲矜刑勢盡將往向故言無留衛王其至向亦當反但去時盡將之耳定本及集本云憖者心不欲強之辭也○箋又擇至于向○正義曰知擇民者以朝臣不遺一老則盡行矣且朝臣皆有車馬無所可擇。民之富有者以往居於向民有定屬何得擇而往者皇父擅恣強偏將之所以刺其貪也○**黽勉從事不敢告勞**箋云詩人賢者見時如是自勉以從王事雖勞不敢自謂勞畏刑罰也○黽民允反本又作僶同○**無罪無辜讒口囂囂**箋云囂囂眾多貌時人非有辜罪其被讒口見椓譖囂囂然○囂五刀反韓詩作嗸嗸○**下民之孽匪降自天噂沓背憎職競由人**噂猶噂噂沓猶沓沓職主也箋云孽妖孽謂相為災害也下民有此言非從天墮也噂噂沓沓相對談語背則相憎逐為此者由主人也。○孽，魚列反。噂，子損反，說文作僔，云聚也。啫，本又作沓，同，徒荅反。背，蒲妹反，注同。隋，徒火反。○疏黽勉至由人○毛以爲幽王之臣擅恣若此，故詩人言黽勉然自勉以從王事，雖勞不敢告勞苦於上也。所以然者，以時無罪無辜，尚彼讒口所譖，噂噂然已畏刑罰，故不敢告也。在上既信讒言，下民競相讒陷，言使下民之有妖孽相與爲災害者，非降從天墮也。今下民皆噂噂沓沓，相對談語，背去則相憎疾，衆人皆主意競逐爲此行者，主由人耳。由在位信讒，故民皆競爲此以相災害，非從天墮也。○鄭以厲王時爲異。○箋孽妖至由人○正義曰：妖孽者，上天降災之名。天以讒佞相害，亦如天之妖災，謂民之災害爲妖孽，故云孽謂相爲災害也。尚書云：天作孽猶可違，自作孽不可逭。亦謂人自害爲孽，與此同也。天孽從天而來，此則人自爲之，故云下民有此言，非從天墮也。憎言背者，則噂沓爲未背時，故云噂噂沓沓，相對談語也，則背憎爲相椓譖矣。逐者，猶人走相追逐，唯恐不先，言其競爲之甚也。○

悠悠我里，亦孔之痗。悠悠，憂也。里，居也。痗，病也。箋云：里，居也。悠悠乎我居今之世，亦甚困病。○里，如字，本或作㾖，後人改也。痗，莫背反，又音悔，本又作悔。

四方有羨，我獨居憂。羨，餘也。箋云：四方之人盡有饒餘我獨居此而憂○羡徐箭反**民莫不逸我獨不敢休**箋云逸逸豫也**天命不徹我不敢傚我友自逸**徹道也親屬之臣心不能已箋云不道者言王不循天之政教○傚戸教反○[疏]悠悠至自逸○毛以爲詩人見王政之惡如此故言悠悠乎可憂也爲此而病亦甚困病矣今四方之民盡有饒餘我獨居此而憂又民莫不得優遊自逸我獨不敢休息以王之教命不循昊天之道臣有離散去者我不敢傚我友自放逸而去也其友與王無親故舍王而去已則王之親屬故不敢傚之○鄭以爲厲王時言悠悠乎我居今之世亦甚困病爲異餘同

十月八章章八句

雨無正大夫刺幽王也雨自上下者也衆多如雨而非所以爲政也亦當爲刺厲王王之所下教令甚多而無正也○正音政[疏]雨無正七章上二章章十句次二章章八句下三章章六句至爲政○正義曰經無此雨無正之字作者爲之立名敘又說

名篇及所刺之意雨是自上下者也雨從上而下於地猶教令從王而下於民而王之教令衆多如雨然事皆苛虐情不恤民而非所以爲政教之道故作此詩以刺之既成而名之曰雨無正也經七章皆刺王之辭鄭以爲刺厲王爲異

浩浩昊天不駿其德降喪饑饉斬伐四國駿長也穀不熟曰饑疏不熟曰饉箋云此言王不能繼長昊天之德至使昊天下此死喪饑饉之災而天下諸侯於是更相侵伐○浩古老反又胡老反昊胡老反駿音峻饉其靳反更古衡反○**昊天疾威弗慮弗圖**箋云慮圖皆謀也王既不駿昊天之德今昊天又疾其政以刑罰威恐天下而不慮不圖○旻密巾反本有作昊天者非也恐起勇反○**舍彼有罪既伏其辜若此無罪淪胥以鋪**舍除淪率也箋云胥相鋪徧也言王使此無罪者見牽率相引而徧得罪也○舍音赦一音捨淪胥上音倫下息魚反鋪普烏反徧也王云病也徧音遍下同

疏浩浩至以鋪○毛以爲詩人告幽王言浩浩然廣大之昊天以王不能繼長其德承順行之故下死喪饑饉之災由此致斬伐絕滅四方之國也王既不能繼長昊天之德而昊天又疾王以刑罰討之政

威恐天下其災又將重於死喪饑饉欲害及王身王不慮謀之弗曾圖計之若圖謀之當正刑罰以禦天變反舍彼有罪既伏其辜者而不戮若此無罪之人王枉濫之使牽率相引而徧得罪由王酷暴天所以疾王何以不改之乎○鄭睢刺厲王爲異○傳穀不至曰饉○正義曰釋天文李巡曰五穀不熟曰饑可食之菜皆不熟爲饉郭璞曰凡草木可食者通名爲蔬。三十四年穀梁傳曰一穀不升謂之嗛二穀不升謂之饑三穀不升謂之饉四穀不升謂之康五穀不升謂之大饑又謂之大侵彼以五穀熟之多少立差等之名其實五者皆是饑也三穀不升於民之困蓋與蔬不熟同故俱名爲饉也○箋此言至侵伐○正義曰王者繼天理物當奉天施化是長天德也政不順天殘害下民是不能繼長昊天之德尙書稱政之動天有如影響王既不能繼長天德故昊天震怒下此死喪饑饉之災謂害萬民也饑饉既至則人懷苟且故天下諸侯於是更相侵伐由災而使然故云於是○箋慮圖至不圖○正義曰再言不謀者丁寧欲王深思之也上有昊天明此亦昊天定本皆作昊天俗本作旻天誤也○傳舍除○正義曰欲故舍其人卽除其罪過故以舍爲除也○

周宗既滅靡所止戾戾定也箋云周宗鎬京也是時諸侯不朝王民不堪命王流于彘無所安

定也。彘直例反。**正大夫離居，莫知我勩。**勩，勞也。箋云：正，長也。長官之大夫於王流于彘而皆散處，無復知我民之見罷勞也。○勩，夷世反，又音曳。長，張丈反，下同。復，符富反。罷音皮。○**三事大夫，莫肯夙夜。邦君諸侯，莫肯朝夕。**箋云：王流在外，三公及諸侯隨王而行者，皆無君臣之禮，不肯晨夜朝暮省王也。○朝，直遙反，舊張遙反。**庶曰式臧，覆出爲惡。**覆，反也。箋云：人見王之失所，庶幾其自改悔而用善人，反出教令，復爲惡也。○覆，芳服反。

【疏】「周宗」至「爲惡」。○毛以爲周室爲天下所宗，今可宗之道，謂先王之法，既以滅亡矣。其道既滅，國亦將亡，無所止而安定也。以此無法，故我之賢友長官大夫奔散而去，與我離居。我雖勞，無知我之勞者。又三事大夫無肯早起夜卧以勤國事者，國君之諸侯無肯朝夕在公而敬事王者。法度既滅，君臣解體，以將滅亡。我庶幾曰：王今國危如此，當改用善人。而王反出爲惡政，以害天下。言其惡所以當亡也。○鄭以爲厲王既爲天所疾，故今宗周鎬京既已破滅，王出京師，無所止而安定也。餘箋備。○傳「戾，定」。○正義曰：此傳質略，王述之曰：周室爲天下所宗，其道已滅，將無所止定。毛以刺幽王，理必異於鄭當如王說○箋周宗至于彘○正義曰周宗宗周也皆言周爲天下所宗文雖異而義同故言周宗鎬京也本紀稱暴虐國人謗王召公諫曰民不堪命王怒殺謗者諸侯不朝於是國人莫敢出言三十七年乃相與叛襲厲王王出奔彘是王流于彘之事也本紀又云召公周公二相行政號曰共和則鎬京滅者以王不在焉故韋昭云彘地漢時爲縣屬河東今永安是也杜預云平陽永安縣東北有彘城晉時郡分而縣移故安。漢時不同○傳勩勞○正義曰。詁文王述之曰長官大夫我之賢友奔走竄伏與我離居我勞病莫之知也故下章思之欲遷還於王都○箋長官至罷勞○正義曰大夫而言長官者大夫是公卿之總名皆佐王治民者也王既奔亡臣亦散處無復知民人之勞者王流之後二公行政民有勞苦不由於王而以刺厲王者此言大夫離居及莫肯夙夜是王即奔時民有勞苦皆是王之過故刺王也○箋王流至省王○正義曰鄭言三公者以經三事大夫爲三公也卿則當有六人孤則無主事故知三事大夫唯三公耳公雖無職而地官云二卿。則公一人鄭亦云外與六卿。之事職所不說三皆有事故云三事也謂之大夫者大夫丈夫之成名可以上通公卿春秋傳曰王命委於三吏謂三公也三公尙謂之吏況大夫乎王肅。以三事爲三公大夫謂其屬案上文正大夫爲一人三事大夫不得分爲二也且其文對邦君諸侯若三公下私屬大夫則不得特通於王不宜責其莫肯夙夜也其意亦謂此爲三公也**如何昊天辟言不信如彼行邁則靡所臻**辟法也箋云如何乎昊天痛而怨之也爲陳法度之言不信之也我之言不見信如行而無所至也**凡百君子各敬爾身胡不相畏不畏于天**箋云凡百君子謂衆在位者各敬愼女之身正君臣之禮何爲上下不相畏乎上下不相畏是不畏于天〔疏〕箋上下至于天○正義曰天道故教以卑承尊若下不事上是不畏天道○**戎成不退飢成不遂曾我暬御憯憯日瘁**戎兵遂安也暬御侍御也瘁病也箋云兵成而不退謂王見流于彘無御止之者飢成而不安謂王在彘乏於飲食之蓄無輸粟歸餼者此二者曾但侍御左右小臣憯憯憂之大臣無念之者○退徐音退本又作退暬思列反憯千感反瘁徂醉反餼許氣反曾在登反畜勑六反**凡百君子莫肯用訊聽言則荅譖言則退**以言進退人也箋云訊告也衆在位者無肯用此相告語言不憂王之事

也荅猶距也有可聽用之言則共以辭距而違之有譖毀之言則共爲排退之羣臣並爲不忠惡直醜正○訊音信徐息悴反又音碎排步皆反惡烏路反

疏戎成至則退○毛以爲幽王政亂朝危將致兵寇言兵寇已成而不能禦而退之天下之衆飢困已成而不能禦而退之天下之衆飢困已成而不能恤而安之曾我待御之小臣知天下之危殆憯憯然日以憂病其凡衆在位之君子雖知其危無肯用此事以告王者而王又好信淺近受用讒佞若有道聽非法之言聞則應荅而受之若有譖毀之言云此人不可任則用其言而罪退之言以讒言進退人也王政如是所以將危亡也○鄭以厲王在鎬民叛襲王兵害已成而不肯爲王禦止而敗退之者故令王流於彘矣王既在彘乏於飲食之蓄飢困已成而天下無肯輸粟歸王而安飽之者故令王困於食矣此二者曾我侍御左右之小臣憯憯然憂之而日瘁耳王困於兵戎乏於飲食此乃臣所急憂而汝凡衆在位之君子無肯用此以相告語者唯共聚爲不忠惡直醜正有可聽用之言則以爲非各進來共以辭距而違之令其言不得用也若小人有爲譖毀之言則以爲是各相共排退而去不荅難之令小人得進譖於王王既暴虐臣又不忠所以至於危亡爲此也○箋兵成至歸餼○正義曰以王在彘之後不復有兵

知兵成是在鎬時事故云謂見流於彘無禦止之者卽本紀云民叛襲王是也王若在鎬理無乏食知飢成是在彘時事故云王在彘乏於飲食之蓄無輸粟歸餼者蓄謂蓄積不必朝夕乏食故言之蓄輸粟歸餼皆左傳有此言餼謂牲牢也○箋有可至醜正○正義曰聽言對譖言故爲有可聽用也桑柔對誦言故爲道聽之淺者荅猶對也受之與距皆是以言荅之但此是刺詩可聽之言必不荅受故知荅猶距也共以辭距而違之使不見聽用也則荅者是以辭距之明退者是不荅也故云共爲排退言其徒侶自排而退無距難之者令使譖言得用也見善則距逆見惡則贊成是羣臣並爲不忠惡忠直而醜貞正也惡直醜正昭二十八年左傳文○**哀哉不能言匪舌是出維躬是瘁**哀賢人不得言不得出是舌也箋云瘁病也不能言言之拙也言非可出於舌其身旋見困病○出尺遂反音毳○**哿矣能言巧言如流俾躬處休**哿可矣可矣世所謂能言也巧言從俗如水轉流箋云巧猶善也謂以事類風切剴微之言如水之流忽然而過故不悖逆使身居安休休然亂世之言順說爲上○休虛虬反注同風福鳳反剴古愛反又古哀反一音祈悖補對反逆五故反本亦作逆說音悅○

【疏】哀哉至處休○毛以爲幽王信讒賢者不能從俗不敢發言故云可哀傷哉不能言之賢者意雖欲言言則忤物其欲言者當今非我此舌是所可出若出是舌維其身是病言小人惡直將其害之可矣若世之所謂能言者以巧善爲言從順於俗如水之轉流理正辭順無所悖逆小人之所不忌使身得居安休休然言世雖讒勝賢有巧拙亦有能免之者見亂世欲其順說○鄭以厲王時爲異○箋不能至困病○正義曰以下能言者云巧言如流明不能言者爲拙矣言之忤人其禍必速言出則禍入故云旋見困病○箋巧猶至訓微○正義曰人雖正直性有巧拙表記云辭欲巧是正言亦欲巧但人有不能耳知非佞巧者若邪佞之巧則自得志非徒所可矣傳云從俗如轉流言從俗明亦謂賢人與鄭同也訓微之者書傳注云訓切說文云訓摩也謂摩切其傍不斥言

維曰于仕孔棘且殆云不可使得罪于天子亦云可使怨及朋友

于往也箋云棘急也不可使者不正不從也可使者雖不正從也居今衰亂之世云往仕乎甚急迮且危急迮且危以此二者也○笮本又作迮側格反【疏】維曰至朋友○毛以爲幽王之時賢者在朝進退多難我今所言維曰往仕乎往仕

自是其理但居今之世往仕則甚急迮且危殆矣何者仕在君朝則當從君命王既邪淫動皆不可我若執正守義不從上命則天子云我不可使我將得罪於天子我若阿諛順旨亦既天子云此人可使我則怨及於朋友朋友之道相切以善今從君爲惡故朋友怨之以此二事可使與不可使進退不可故往仕則急危也○鄭唯厲王時爲異○箋不可至一者也○正義曰以可使與不可使皆君論臣之辭謂稱已意爲可使不稱已意爲不可使也箋解賢人之意止。使者君有不正我從。之君則以我爲不可使也可使者君雖不正我亦從之如是則君以我爲可使也○**謂爾遷于王都曰予未有室家**賢者不肯遷于王都也箋云于流于彘正大夫離居同姓之臣從王思其友而呼之謂曰女今可遷居王都謂彘也其友辭之云我未有室家於王都可居也**鼠思泣血無言不疾**無聲曰泣血無所言而不見疾也箋云鼠憂也既辭之以無室家爲其意恨又患不能距止之故云我憂思泣血欲遷王都見女今我無一言而不道疾者言已方困於病故未能也○思息嗣反注憂思同爲于僞反距本又作歫音巨○**昔爾出居誰從作爾室**遭亂世義不得去思其友而不肯反者也

箋云往始離居之時誰隨爲女作室女猶謂爾至爾室自作之爾今反以無室家距我恨之辭

疏　○毛以爲幽王駮亂大夫有去離朝廷者其友在朝思而呼之謂曰爾可遷居于王都欲見其還朝也去者不肯曰予于王都未有室家心疾王政託以無室家爲辭也其友以其距已又責之云我所以憂恐泣血欲汝還者以孤特在朝無所出言而不爲小人所見憎疾故思汝耳何爲拒我云無室家乎昔爾從王都出居於郊外之時誰復從汝作汝室也本汝自作之耳汝今若還王都亦可自作室家何當以無室爲辭也○鄭以爲厲王已流於彘卽謂彘爲王都同姓大夫從王其友不從故呼之謂之曰爾可遷居王都其友辭曰予未有室家既辭又恐其恨故云我試憂思泣血欲遷王都見汝所以不得往者今我無一言而不道已疾由已有疾逢人則言方困於病故未能遷耳大夫知其虛又責之云昔爾出居誰從作爾室也上下四句據文與毛同但屬意別耳○傳無聲至見疾○正義曰說文云哭哀聲也泣無聲出淚也則無聲謂之泣矣連言血者以淚出於目猶血出於體故以淚比血禮記曰子皐執親之喪泣血三年注云無聲而血出是也無所言而不見疾見者自彼加已之辭是詩人言已爲人所疾也知非其友言在朝疾已者若爲在朝疾已不須以無室爲辭又未仕而

逆慮人疾非順荅也故以詩人自言也

雨無正七章二章章十句二章章八句三章章六句

小旻大夫刺幽王也所刺列於十月之交雨無正爲小故曰小旻亦當爲刺厲王○旻武巾反下同【疏】小旻六章上三章章八句下三章章七句○箋所刺至小旻○正義曰經言旻天天無小義今謂之小旻明有所對也故言所刺者此列於十月之交雨無正則此篇之事爲小故曰小旻也十月之交言日月告凶權臣亂政雨無正言宗周壞滅君臣散離皆是事之大者此篇唯刺謀事邪僻不任賢者是其事小於上篇與上別篇所以得相比者此四篇文體相類是一人之作故得自相比校爲之立名也毛氏雖幽厲不同其名篇之意或亦然之○

旻天疾威敷于下土敷布也箋云旻天之德疾王者以刑罰威恐萬民其政教乃布於下土言天下徧知○敷撫扶反徧音遍

謀猶回遹何日斯沮回邪遹辟沮壞也箋云猶道沮止也

今王謀爲政之道回辟不循旻天之德已甚矣心猶不悛何日此惡將止○遹音聿韓詩作魷義同沮在呂反邪似嗟反辟匹亦反下同悛七全反改也沈又七旬反

謀臧不從不臧覆用我視謀猶亦孔之邛

邛病也箋云臧善也謀之善者不從其不善者反用之我視王謀爲政之道亦甚病天下○覆芳服反邛其凶反○

【疏】旻天至之邛○毛以爲旻天之德今疾王以刑罰威恐萬民政乃布於天下徧知之王既爲天所疾政教當順天爲之今王謀爲政之道又多邪僻不循旻天之德已甚矣何日王之此惡可散壞乎言王無悛心惡未可壞故有謀之善者王不從之其不善者王反用之是惡不壞也王惡如是我視王謀爲政之道是亦甚病我天下之民矣○鄭爲厲王言何日王之此惡將止止亦壞義無多異正以行惡宜爲休止故易傳也說文云悛止也

潝潝訿訿亦孔之哀

潝潝然患其上訿訿然思不稱乎上箋云臣不事君亂之階也甚可哀也○潝許急反訿音紫爾雅云潝潝訿訿莫供職也韓詩云不善之貌稱其尺證反一本作稱乎

謀之其臧則具是違謀之不臧則具是依我視謀猶伊于

胡厎箋云：于往厎至也謀之善者俱背違之其不善者依就之我視今君臣之謀道往行之將何所至乎言必至於亂○厎之履反背音佩

疏潝潝至胡厎○毛以爲幽王時小人在位皆潝潝然自作威福患苦其上又訿訿然競營私利不思稱於上臣行如此亦甚可哀傷也王不用善臣又棄職事君臣並皆將亂故云謀之其有不善者則君臣俱於是共背違之謀之其有不善者則君臣俱於是共就依之我視今君臣所謀之道唯如往行之人將何所至乎行無所至猶謀無所成是言必至於亂也○鄭以厲王時爲異○傳潝潝至乎上○正義曰釋訓云潝潝訿訿莫供職也李巡曰君闇蔽臣子莫親其職郭璞曰賢者陵替姦黨熾盛背公恤私曠職事也皆言其大旨耳彼不解潝潝訿訿之文潝潝爲小人之勢是作威福也訿訿者自營之狀是求私利也自作威福競營私利是不供君職也此傳亦唯爾雅文徑解其意患其上者專權爭勢與上爲患不思稱上者背公營私不思欲稱上之意亦是不供職之事

我龜既厭不我告猶猶道也箋云猶圖也卜筮數而瀆龜龜靈厭之不復告其所圖之吉凶言雖得兆占繇不中○厭於豔反注同數音朔復扶又反繇音胄中丁仲反

謀夫孔多是用不集集就也箋

云謀事者衆而非賢者是非相奪莫適可從故所爲不成○適音的**發言盈庭誰敢執其咎**謀人之國國危則死之古之道也箋云謀事者衆訩訩滿庭而無敢決當是非事若不成誰云已當其咎責者言小人爭知而讓過○訩音凶當丁浪反**如匪行邁謀是用不得于道**箋云匪非也君臣之謀事如此與不行而坐圖遠近是於道路無進於跬步何以異乎○跬缺氏反舉足曰跬

【疏】我龜至于道○毛以爲言小人不尚德而好灼龜求吉請問過度瀆神靈我龜旣厭繁數不肯於我告其吉凶之道也又王之朝上謀夫甚多而非賢者是非不決是用爲謀者不得成也發言則訩訩滿庭而無肯決當是非事若不成誰敢執其咎責乎以初無決當敗則相推故謀無所成也其君臣之謀事如此似欲行之人非於道止而但坐謀遠近是用不得於道里何以異乎謀而不行則於道不進言而無決則於事不成之○鄭爲刺厲王言問龜龜不告所圖之吉凶以本問龜爲有所圖謀故不從吉凶之道也○箋卜筮至不中○正義曰祇龜曰卜蓍曰筮而此龜并言筮者以卜筮相將之物故并言以協句易曰初筮告再三瀆瀆則不告彼論弟子問師以筮言之是數問則慢瀆故至○筮○龜靈也此言數者謂小人

好卜數問不是一事而至三四也龜靈厭之不復告其所圖
之吉凶雖得兆及占之於繇則其言皆不中言吉不必吉凶
不必凶是不告也定本云雖得兆無吉字俗本有吉字衍也
兆者龜之璺坼繇者卜之文辭古有其書左傳每云其繇曰
者是也○傳謀人至之道○正義曰解所以有咎之意小人
取不若人爭爲已智故謀則發言盈庭若要之決則國危當
死彼智不知及慮有死責故不能決正無敢執咎以歸已者
左傳說楚伐鄭鄭六卿三欲從楚三欲待晉子駟曰請從楚
騑也受其咎是敢執之也○箋無進於跬步○正義曰鄉射
注云矢幹長三尺與跬相應則半步也爾雅亦云一舉足謂
之跬 哀哉爲猶匪先民是程匪大猶是經維邇言是
聽維邇言是爭 古曰在昔昔曰先民程法經常猶道邇近也爭爲近言箋云哀哉今之君臣謀
事不用古人之法不猶大道之常而徒聽順近言之同者爭
言之異者言見動軔則泥陷不至於遠也○軔音刃礙車木
也守林如戰反泥乃麗反 如彼築室于道謀是用不潰于成 潰遂
也箋云如當路築室得人而與之謀所爲路 【疏】哀哉至于
人之意不同故不得遂成也○潰戶對反 成○毛以

爲可哀哉今幽王君用爲政教之道非用古人是爲法非用大道是爲常徒維淺近之言而同者於是聽用之言而與者於是爭辨之言發意鄙近無期遠大也如彼築室於道者得人而與之謀其所爲而路人之意不同是用此室不得遂於是而成也言淺近之人不可謀道猶路人不可謀室故比之○鄭以刺厲王哀哉今君臣之爲謀事也餘同○傳古曰在昔昔曰先民○正義曰國語文也據今人而道古人謂之在昔據昔而又道其先民民者人之大名其實是賢聖者也○箋不用古至於遠○正義曰先民斥人故知古人之法也古人之法是先王成事已行者也大道之常謂禮樂典法古今所通者也同是今言而云是聽是爭故知聽其同者爭其異者楚辭云朝發軔於蒼梧王逸曰軔支輪木也說文云軔礙車木也動軔者謂去木動輪而發行也論語云致遠恐泥鄭云則泥意出於彼也

國雖靡止或聖或否民雖靡膴或哲或謀或肅或艾靡止言小也人有通聖者有不能者亦有明哲者有聰謀者艾治也有恭肅者有治理者箋云靡無也膴法也言天下諸侯今雖無禮其心性猶有通聖者有賢者民雖無法其心性猶有知者有謀者有肅者有艾者王何不擇焉置之於位而任之爲治乎

書曰睿作聖明作哲聰作謀恭作肅從作乂詩人之意欲王敬用五事以明天道故云然○否方九反徐音鄙膴王火吳反大也徐云鄭音謨又音武沈音無韓詩作靡膴猶無幾何艾音刈治直吏反下皆同有知音智

如彼泉流無淪胥以敗箋云淪率也王之為政者如原泉之流行則清無相牽率為惡以自濁敗〔疏〕國雖至以敗○毛以為告幽王今日民下之國雖為狹小其民或有通聖者或有不能者民雖無法其性亦或有明哲者或有聰謀者或有恭肅者或有理治者王何不用焉致之於位而何用小人乎所以令王用此聖哲者以王為政當如彼泉之流行則清擁則濁也無相牽率為惡以自濁敗若任小人則王政敗故欲王用賢哲也○鄭以告厲王今天下國家之諸侯雖無恥其心性有通聖有賢者餘同○傳靡止至理者○正義曰以靡止猶言狹小無所居止故為小也言小者見雖小尚有之義以為勸戒經言或聖傳兼言人有通聖者通者通知衆事故稱聖人然通事有多少則聖中有等級此勸王用聖則當時有之直是通知事者未必即是大聖故兼言通以辨嫌也有不能者止謂不能為聖耳猶是賢也故箋云有賢者即此傳言不能一也以勸王用之不應言全無所知或否為不聖而賢也亦有明哲者其上特言亦者以其文

隔民雖靡膴與或否連故言亦也傳以自聖及乂皆是民有故於聖。上。哲上言亦明其通謂民也定本及集本。聖上無人字靡止言國靡膴言。民爲文勢。互相通耳别無義也鄭訓膴音摸爲法王肅讀爲膴。喜吳反膴。大也無大有人言少也國雖小民雖少猶有此六事未審毛意如何今同之鄭説。箋止禮至云然。正義曰以相鼠云人而無止孝經曰容止可視。是止爲禮也又以民國相對王之用臣不止於民故知國謂諸侯上擧諸侯下言庶民。於中唯賢則任也於國言聖賢於民言哲謀肅乂以聖賢。此四事爲優故屬之諸侯耳其實互相明也國言禮民言法一也言雖無禮法者禮法大行之日則比屋可封賢人衆多今雖無禮法於中猶有此五事也以五事人性行之能故皆言其心性焉既陳此言明教王擇人任之爲治也毛五事皆準尚書爲説故箋引書曰以證之所引從作乂以上皆洪範文也。彼注云皆謂政所致君思叡則臣賢智也君視明則臣昭哲。也君聽聰則臣進謀也君貌恭則臣禮肅也君言從則臣職乂是也彼先言恭次從明聰睿與此不次者彼五事貌言視聽思爲次注云此數本諸昭明人相見之次也以人先須貌嚴而後出言言從而後視明及聽聰思睿是人之明見在前故如彼次此則用優劣爲差等故聖哲爲先乃謀次之謀慮出必肅恭在貌故肅次謀也乂者治理之名乃是人之伎能貴行賤能故最在下順此詩經故倒彼書文也然叡明聰恭從是君德也聖哲謀肅乂是臣事也所以得相將者鄭云政所致是以類相應故雖君臣之事可以相通也敬用五事亦洪範文也五事者即彼云貌曰恭言曰從視曰明聽曰聰思曰叡是也此五事本諸天道而來舉此五者教王擇賢是欲令王敬用五事以明天道故云然也此并或否爲六言五事者賢是聖中之別與聖爲一故也○箋王之至濁敗○正義曰此云無淪胥以敗明行則爲清不至濁敗也抑文全與此同不言淸者以彼承不敢皇天弗尚之下取虛竭將亡爲義故不須言淸濁

暴虎不敢馮河人知其一莫知其他馮陵也徒涉曰馮河徒搏曰暴虎一非也他不敬小人之危殆也箋云人皆知暴虎馮河立至之害而無知當畏愼小人能危亡也○馮符冰反搏音博【疏】傳馮陵至危殆○正義曰釋訓云馮河徒涉也李巡曰無舟而渡水曰徒涉則空涉水陵波而渡故訓憑爲陵也一非也者言唯知此暴虎馮河一事非而不知其他事也以下說恐懼之事故知他者不敬小人之危殆也小人惡直醜正故不敬則危

戰戰兢兢戰戰恐也兢兢戒也**如臨深淵**恐隊也**如**

履薄冰恐陷也

小旻六章三章章八句三章章七句

附釋音毛詩注疏卷第十二（十二之二）

清嘉慶二十年重栞
用文選樓藏本校

黃中栻栞

毛詩注疏挍勘記十二之二

阮元撰盧宣旬摘録

節刺師尹不平　相臺本同考文古本同小字本節下有南山二字閩本明監本毛本節下有彼字案皆衍也釋文以節刺作音正義亦云節刺師尹不平

〇十月之交

此篇譏曰皇父擅恣　閩本明監本毛本同案曰當作由形近之譌

事國家之權　閩本明監本毛本事作專案所改是也

中候擿雒貳曰　閩本明監本毛本同案貳當作戒形近之譌周頌譜正義引擿雒戒可證

昌受符厲倡孼　閩本明監本毛本孼誤嬖案孼卽孽字之別體

其理欲明　閩本明監本毛本同案欲當作故形近之譌

小旻小菀卒章　閩本明監本毛本菀作宛案所改非也考小菀釋文本作菀通志堂改作宛

朔月辛卯　毛本月誤日明監本以上皆不誤

朔月卽是之交爲事也　閩本明監本毛本同案事當作會

推度災曰　閩本明監本毛本同案浦鏜云曰誤日下同是也

金應勝木反侵金　閩本明監本毛本同案浦鏜云勝木下當脫木字是也

自是所食之月　閩本明監本毛本同案浦鏜云日誤月是也

生其君幼弱而任卯臣也　閩本明監本毛本同案生當作主

秋正月壬午朔　閩本明監本毛本同案山井鼎云正當作七是也

云衞地如魯地　閩本明監本毛本同案山井鼎云云恐去誤是也

而公家董仲舒何休　閩本明監本毛本同案此不誤浦鏜云公家俟考非也公家謂公羊家耳

八月癸巳朔月有食之　補案朔無月食考春秋經月作日是月字誤也

而王基獨云以厤考此辛卯日食者而王基獨云以厤校之　閩本明監本毛本作而王基獨云以厤校之中更無考此辛卯日食者而王基獨云以厤十四字案此十行本複衍

說者或據世以定義矣　閩本明監本毛本矣上有謬字案此十行本因上文衍十四字而義字下有脫耳輒補非也

臣不有以犯君　閩本明監本毛本有作可案所改是也

山冢崒崩　唐石經小字本相臺本同案此釋文本也釋文云崒舊子恤反徐子綏反鄭云崔嵬也宜依爾雅音徂恤反本亦作卒考正義本是卒字正義云崒者厜㕒又云此經作卒箋作崔嵬者雖字與爾雅小異義實同也徐邈以卒子恤反則當訓爲盡於時雖大變異不應天下山頂盡皆崩也故鄭依爾雅爲說今正義中卒皆譌作崒而不可通矣

卒崒古字同用箋云卒者崔嵬訓卒爲崒而不改其字也漸漸之石傳箋正義可證當以正義本爲長漢書劉向作卒是魯詩亦作卒也

胡憯莫懲唐石經小字本相臺本同案釋文云憯亦作慘考此與節南山憯莫懲嗟二憯字皆卽爾雅之朁字亦作本誤

皆溢出而相棄補毛本棄作乘案所改是也

深谷爲陵小臨卽是也閩本明監本毛本臨下有大字案所補非也卽當作節耳

雖子則爾雅小異補案子當作字則字不誤毛本竝改則爲與非是

楀維師氏小字本相臺本同閩本明監本毛本亦同唐石經初刻搑後改楀案五經文字木部云楀氏也見詩小雅楀字是也從木從才字多相亂顏師古漢書人表注云萬讀曰楀集韻九麌亦作搑皆與唐石經初刻同

豔妻煽方處唐石經小字本相臺本同案釋文云處一本作熾考傳箋一本誤也又此以處與馬爲韻

謂用親戚閩本明監本毛本同案謂當作謁

小宰卿大夫閩本明監本毛本同案山井鼎云卿恐中誤是也

冢宰之單稱宰閩本明監本毛本同案之當作乃

兼擅曰宰職閩本明監本毛本同案山井鼎云曰宰恐羣字誤非也此唯宰爲羣字誤耳其曰字當作目乃下句錯入此者也

故但以卿士云閩本明監本毛本同案但下浦鏜云脫目字是也錯在上句又誤作曰

曰予不戕唐石經小字本相臺本同案釋文云戕在良反殘也王本作臧臧善也孫毓評以鄭爲改字惠棟云王肅改字反詰康成是也

懲者心不欲自彊之辭也小字本相臺本同案正義云定本及集注云懲者心不欲強之辭也較正義本少自字釋文云強之其丈反考勉強字唐人例用強作彊者後人亂之耳

無所可擇民之富有者閩本明監本毛本同案浦鏜云擇下當脱故知擇三字是也此擇字複出而致誤

噂沓背憎小字本相臺本同唐石經初刻噂後改噂案初刻誤也又此正義本也釋文云噂本又作沓考文古本作噂采釋文

下民有此言小字本相臺本同閩本明監本毛本亦同案段玉裁云言當作害是也

非從天墮也閩本明監本毛本同小字本相臺本墮作隋案隋字是也釋文云隋徒火反正義中字作墮者隋墮古今字易而說之耳

由主人也小字本同閩本明監本毛本同相臺本由主作主由考文古本主由亦同案主由是也

下民競相譖匿閩本明監本毛本同案浦鏜云匿疑慝字誤是也

天以讒佞相害閩本明監本毛本同案天當作人

天孽從天而來　閩本明監本毛本同案山井鼎云宋板上天作夭當是剜也

里居也痗病也　相臺本同閩本明監本毛本同小字本居作病案小字本是也釋文我里下云如字毛病也鄭居也本或作瘇後人改也正義云爲此而病亦甚困病矣上病說里下病說痗也考文古本作里痗皆病也采正義釋文而爲之

十月八章　唐石經同閩本明監本毛本同小字本相臺本十月下有之交二字案有者是也序有可證

〇雨無正

旻天疾威　小字本同閩本明監本毛本同唐石經相臺本旻作昊案此釋文本也釋文云旻天疾威密巾反本有作昊天者非也正義云上有昊天明此亦昊天定本皆作昊天作旻天誤也沿革例云俗本皆作旻天今從疏及諸善本考此箋云王既不駿昊天之德今昊天又疾其政以刑罰威恐天下是鄭自作昊此詩凡三言昊天浩浩昊天昊天疾威如何昊天是也不應其一作旻乃涉小旻而誤耳毛鄭詩考正云孔說爲得是矣經義雜記云此當從釋文作旻者誤

三十四年穀梁傳曰　閩本明監本毛本同案浦鏜云二誤三上脫襄字是也

故安漢時不同之譌　閩本明監本毛本同案安當作校形近

正義曰詁文　明監本毛本詁上有釋字閩本剜入案所補是也

二卿則公一人　閩本明監本毛本同案浦鏜云鄉誤卿是也下外與六鄉之事同

王見以三事爲三公　閩本明監本毛本同案見當作肅

曾我暬御　小字本相臺本同閩本明監本毛本同唐石經暬作暬案唐石經是也此字從埶聲五經文字云暬與褻同見詩小雅說文云暬日狎習相慢也皆誤從執

憯憯日瘁　小字本相臺本同唐石經憯憯作慘慘案釋文云憯憯千感反正義云憯憯然日以憂病是釋文正義本皆作憯憯不知唐石經出何本也

莫肯用訊　唐石經小字本相臺本同案毛鄭詩考正云訊乃誶字轉寫之譌誶告訊問聲義不相通借是也

無肯用此相告語　閩本明監本毛本同小字本相臺本語下有者字考文古本同案有者是也

飢困已成而不能禦而退之天下之衆飢困已成而不能恤而安之　閩本明監本毛本作飢困已成而不能恤而安之無禦而退之天下之衆飢困已成而不能十五字案此十行本復衍

咨可矣　閩本明監本毛本同小字本相臺本矣作也考文古本同案矣字誤也

故不悖逆　小字本同閩本明監本毛本同相臺本逆作遻案釋文云遻五故反本亦作逆正義云無所悖逆考此悖遻卽韓非所謂拂悟字異義同當以釋文本爲長考文古本作遻采釋文

使身居安休休然　小字本相臺本同考文古本同閩本明監本毛本居作舌十行本初刻居後改舌案舌字誤也正義云使身得居安休休然可證

將其害之　閩本明監本毛本同案浦鏜云其當共字誤是也

非徒所可矣　閩本明監本毛本所誤聽案山井鼎云所恐所誤俗字不可從非也所可矣指傳所云可矣即經之胥矣也

維曰予仕　閩本明監本毛本同唐石經小字本相臺本予作于考文古本同案予字誤也

正使者君有不正我從之　閩本明監本毛本上正作不可二字我下有不字案所改是也

本又作蚷〔補〕釋文挍勘通志堂本盧本作岠非也案乃蚷字之譌

女猶自作之爾　小字本相臺本同閩本明監本毛本亦同案爾當作耳正義云本汝自作之耳是其證考文古本作耳爾采正義而誤山井鼎云爾字屬下讀不知經言爾箋必言女無仍言爾者也

故云我試憂思泣血　閩本明監本毛本同案浦鏜云試疑誠字誤是也

○小旻

此篇唯刺謀事邪僻　閩本明監本毛本僻作辟下同案此誤改也下傳云回邪通辟釋文作僻乃轉寫之誤辟僻古今字正義易而說之也例見前

訿訿然思不稱乎上　小字本相臺本同考文古本同閩本明監本毛本乎作其案釋文云稱其一本作稱乎正義標起止云至乎上是正義本作乎考文古本作乎其上采釋文而誤十行本標起止不誤明監本毛本亦改爲其非也正義云不思稱於上又云不思稱上者背公營私不思欲稱上之意段玉裁云正義誤倒思不二字

伊于胡底　唐石經相臺本同小字本底作底閩本明監本毛本同

故云謀之其有不善者　閩本明監本毛本無不字案所刪是也

此傳亦唯爾雅文　閩本明監本毛本同案唯當作準形近之譌

占繇不中　小字本同閩本明監本毛本同相臺本繇作繇案六經正誤云占繇不中作繇誤考說文玉篇

卜部皆無繇字釋文亦但作繇左傳同廣韻云繇卦兆辭也郭忠恕佩觿乩分繇繇爲二字毛居正取其說反以繇爲誤非也氓箋卜兆之繇杕杜箋合言於繇爲近皆同

非於道止 閩本明監本毛本同案浦鏜云止疑上字誤是也

是用不得於道里 毛本里誤理閩本明監本不誤

故至籧篨也 閩本明監本毛本同案浦鏜云至籧疑云讀誤是也

小人取不若人 閩本明監本毛本同案浦鏜云取當耻字誤是也

爾雅亦云 閩本明監本毛本同案爾當作小

爭言之異者 閩本明監本毛本同小字本相臺本爭下有近字考文古本同案有者是也

可哀哉今幽王君用 閩本明監本毛本同案用當作臣

從作乂 小字本相臺本同閩本明監本亦同毛本乂作艾案艾字非也經作艾鄭引尚書乂而說之以艾爲

乂之假借也依經改爲艾失箋意矣

王之爲政者如原泉之流　閩本明監本毛本同小字本相臺本者作當考文古本同案山井鼎云屬下讀是也

今日民下之國　閩本明監本毛本同案民當作天

故於聖上哲上言亦　閩本明監本毛本同案聖上二字當衍

聖上無人字　閩本明監本毛本同案聖字上當脱有通二字者因上衍而下脱也此正義譌舛今正之

王肅讀爲膴喜吳反膴大也　閩本明監本毛本膴作憮案所改是也喜吳反三字當旁行細字○按舊挍非引王肅語則愈知不然

孝經曰容止可視　補　毛本視作觀案孝經本是觀字視字誤也

以聖賢此四事爲優　閩本明監本毛本同案此當作比

君視明則臣昭哲　毛本明誤民閩本明監本不誤案哲當作晳形近之譌

徒博曰暴虎　閩本明監本毛本同小字本相臺本博作搏考文古本同案博字誤也

惡直國正　閩本明監本毛本同案浦鏜云醜誤國是也

恐隊也　相臺本同小字本隊作墜閩本明監本毛本同案釋文云隊本又作墜下篇同

附釋音毛詩注疏卷第十二　十二之三　四十

毛詩小雅　　鄭氏箋　　孔穎達疏

小宛大夫刺宣王也亦當爲刺厲王。○宛，於阮反。【疏】小宛六章章六句。○正義曰：毛以作小宛詩者，大夫刺幽王也。政教爲小，故曰小宛。宛是小貌，刺宣王政教狹小，宛然。經云「宛彼鳴鳩」，不言名曰小宛者，王才智卑小，似小鳥然，傳曰「小鳥」是也。鄭刺厲王爲異。

宛彼鳴鳩，翰飛戾天。興也。宛，小貌。鳴鳩，鶻鵰。翰，高。戾，至也。行小人之道，責高明之功，終不可得。○翰，胡旦反。鶻音骨。鵰，陟交反，何音彫，字林作鵰，云骨鵰，小種鳩也。草木疏云：鳴鳩，班鳩也。**我心憂傷，念昔先人。**先人，文武也。**明發不寐，有懷二人。**明發，發夕至明。【疏】「宛彼」至「二人」。○毛以爲言宛然翅小者，是彼鳴鳩之鳥也，而欲使之高飛至天，必不可得也。與才智小者，幽王身也，而欲使之行化致治，亦不可得也。王既才智褊小，將顛覆祖業，故我心爲之憂傷，追念在昔之先人文王、武王也。以文武創業垂統，有此天下，今將亡滅，故憂之也。又言憂念之狀我從夕至明開發以來不能寢寐有所思者唯此文武二人將喪其業故思念之甚。鄭唯刺厲王爲異。傳宛小至可得。正義曰以鳩是小鳥又篇名小宛故知宛爲小定本及集本皆云鳴鳩鶻鵰也。傳先人文武。正義曰知者以王無德而念其先人又云有懷二人則所念二人而已刺之先世二人有聖德定天位者唯文武爲然明以文武有天下今慮其亡滅故念之也。傳明發發夕至明。正義曰夜地而闇至旦而明明地開發故謂之明發也人之道夜則當寐言明發以來不寐以此故知從夕至旦常不寐也

人之齊聖飲酒溫克齊正克勝也箋云中正通知之人飲酒雖醉猶能溫藉自持以勝。溫王如字柔也鄭於運反蘊藉也藉在夜反又慈夜反

彼昏不知壹醉日富醉而日富矣箋云童昏無知之人飲酒一醉自謂日益富夸淫自恣以財驕人

各敬爾儀天命不又又復也箋云今女君臣各敬慎威儀天命所去不復來也。復扶又反下同。

【疏】箋中正至以勝。正義曰中正謂齊通智謂聖聖者通也大司徒注云聖通而先識是也此經與下相對齊爲中正則童昏者邪僻而不正以聖對不知是聖者通智也蘊藉者定本及箋作溫字舒瑗云苞裹曰蘊謂

蘊藉自持含容之義經中作溫者蓋古字通用內則說子事父母云柔色以溫之鄭亦以溫爲藉義

中原有菽，庶民采之。中原，原中也。菽，藿也。力采者則得之。箋云：藿生原中，非有主也，以喻王位無常家也，勤於德者則得之。○菽音叔，藿火郭反。○

螟蛉有子，蜾蠃負之。蒲盧也。負，持也。箋云：蒲盧取桑蟲之子，負持而去，煦嫗養之，以成其子。喻有萬民不能治，則能治者將得之。○螟亡丁反，蛉音零，俗謂之桑螋，一名戎女。擾音萬，蜾音果，蠃力果反，郎細腰蜂，俗呼蠮螉是也。蠮於髻反，螉音翁。煦況甫反，又況具反。嫗紆甫反，又紆具反。鄭注禮記云：以氣曰煦，以體曰嫗。○

教誨爾子，式穀似之。箋云：式，用；穀，善也。今有教誨女之萬民用善道者，亦似蒲盧言將得而子也。○

〔疏〕中原至似之○毛以爲既言天命之將去，故告幽王以王位無常，言原田之中有菽藿，衆民能力采之者則得食之，以興域中之有王位，有德能勤治之者則得處之。藿生原中，非有主；位在城中，非有常也。所以爲無常者，桑蟲自有子，而蒲盧負而養之以成已子；若有聖德者，能教誨爾之萬民用善道，則似之矣。言此蒲盧養取桑蟲之子以爲已子，似有德者教取王民以爲已民，是王位無常也。王何不修德以固位乎實教誨萬民而言子者王肅云王者作民父母故以民爲子○鄭唯刺厲王爲異○傳菽藿○正義曰菽者大豆故禮記稱啜菽飲水菽葉謂之藿公食禮云鉶芼牛用藿是也此經言有菽箋傳皆以爲藿者以言采之明采取其葉故言藿也○箋王位無常家○正義曰集注定本皆作家俗本作處誤○傳螟蛉至蒲盧○正義曰皆釋蟲文郭璞曰蒲盧卽細腰蜂也俗呼爲蠮螉桑蟲俗謂之桑蟃亦呼爲戎女鄭中庸注以蒲盧爲土蜂陸機云螟蛉者桑上小青蟲也似步屈其色青而細小或在草萊上蜾蠃土蜂也似蜂而小腰取桑蟲負之於木空中七日而化爲其子○箋蒲盧至其子○正義曰中庸云政也者蒲盧卽此是也樂記注云以體曰嫗以氣曰姁謂負而以體煖之以氣煦之而令變爲已子也此螟蛉非不能養子而喻王有萬民不能治者喻取一邊耳**題彼脊令載飛載鳴**題視也脊令不能自舍君子有取節爾箋云題之爲言視睇也載之言則也則飛則鳴翼也口也不有止息○題大計反令音零本亦作鴒注同舍音捨睇大計反**我日斯邁而月斯征**箋云我我王也適征皆行也王日此行謂日視朝也而月此行謂月視朝也先王制此禮使君與羣臣議政事日有所決月有所行亦無時止息○日而

乙反，下同。朝，直遙反。**夙興夜寐，毋忝爾所生。**忝，辱也。○毋忝，上音無，下他簟反，字林他念反。

【疏】題彼至所生○毛以爲既王位無常，須自勤於政，
故告幽王言：視彼脊令之鳥，尚則飛則鳴，既飛以
翼，又鳴以口，翼也口也無有止息之時，況人之處世，其可自
舍？視此脊令以爲喻節，故我王當日此行行視朝之禮，又而
月此行行視朔之政，與羣臣議政事，日有所決，月有所行，亦
如脊令無肯止息時也。故當早起夜臥行之，無辱汝所生之
父祖已。○鄭唯刺厲王爲異。○箋題之至止息○正義曰：傳
已訓題爲視，此又言視睇者，以取之爲節，當取傍視爲義。曲
禮注：淫視，睇盼也。說文云：睇，小邪視也。鳥皆飛鳴，而此及常
棣獨云雝渠者，此鳥自有不能止舍之性，故取爲喻也。正以
飛鳴無止息爲興者，亦欲取飛以喻其行事，鳴以喻其議也，
故云口也翼也無肯止息時也。○箋我我至止息○正義曰：
以此上承不能自舍，而云日月此行，故爲我王。王於政事所
行，唯有日視朝、月視朔耳，又解令王視朝及視朔意，以先王
制此禮，欲使言與羣臣行之，以議政事，日有所決斷，月有所
施行，亦無止息時，先王制禮意如此，所以令欲令我王有所
成決也。○

交交桑扈，率場啄粟。交交，小貌。桑扈，竊脂也。言上爲亂政而求下之治，終

不可得也箋云竊脂肉食今無肉而循場啄粟失其天性不能以自活○扈音户場大艮反啄陟角反竊音切治直吏反

哀我塡寡宜岸宜獄握粟出卜自何能穀塡盡岸訟也箋云仍得曰宜自從穀生也可哀哉我窮盡寡財之人仍有獄訟之事無可以自救但持粟行卜求其勝負從何能得生○塡徒典反韓詩作疹疹苦也岸如字韓昭注漢書同韓詩作犴音同云鄉亭之繫曰犴朝廷曰獄握於角反○

【疏】交交至能穀○毛以爲交交然小者是桑扈之鳥也鳥自求生活當應肉食今旣無肉循場啄粟而食之失其天性以此求生活將必不能以興王者欲求治國當行善教今無善教施布亂政以治之失其常法以此求治終不可得政旣亂可哀哉我窮盡寡財之人濫被繫禁在上謂之宜有此訟宜有此獄在位不矜愍在身無以自救但手握其粟出卜其勝負貧困如此竟從何而能生活乎是尤可哀也○鄭唯刺厲王爲異○傳桑扈至可得○正義曰桑扈竊脂釋鳥文郭璞曰俗呼青雀觜曲食肉喜盜脂膏食之因以名云陸機云青雀也好竊人脯肉脂及膏故曰竊脂也桑扈食肉之鳥而啄粟求活不可得以喻上爲亂政而求下治亦不可得也○箋仍得至得生○正義曰時政苛虐民多枉濫此人數遭

之在上以爲此實有罪宜其當然由其仍得故曰宜也箋以寡財者以衰亂之世政以賄成史記曰百金之子不死於市是貧者無財○自救但持粟以求卜者問得勝負世必無從得活故可哀也**溫溫恭人**溫溫和柔貌**如集于木**恐隊也○**惴惴小心如臨于谷**恐隕也○惴之瑞反恐隕上上勇反下于敏反**戰戰兢兢如履薄冰**箋云衰亂之世賢人君子雖無罪猶恐懼

小宛六章章六句

小弁刺幽王也大子之傅作焉〔疏〕小弁八章章八句至作焉○正義曰太子謂宜咎也幽王信褒姒之讒放逐宜咎其傅親訓太子知其無罪閔其見逐故作此詩以刺王經八章皆所刺之事諸序皆篇名之下言作人此獨末言大子之傅作焉者以此述太子之言太子不可作詩以刺父自傅意述而刺之故變文以云。義也經言弁彼鸒斯不言小鳥曰小弁者弁樂也鸒斯卑居小鳥而樂故曰小弁**弁彼鸒斯歸飛提提**興也弁樂也鸒卑居卑居雅烏也提提羣貌箋云樂乎彼雅烏出食在野甚飽羣飛而歸提提然與者喻凡人之父子兄弟出入宮庭相與飲食亦提提然樂傷今大子獨不。鷽斯音豫爾雅云小而腹下白不反哺者謂之雅烏說文云雅楚烏也一名鷽一名鶋居秦謂之雅一云斯語辭提是移反樂音洛下同卑本亦作鵯同音匹又必移反。**民莫不穀我獨于罹**幽王取申女生大子宜咎又說褒姒生子伯服立以爲后而放宜咎將殺之箋云穀養于曰罹憂也天下之人無不父子相養者我大子獨不然曰以憂也。罹力知反取七住反大音泰說音悅**何辜于天我罪伊何**舜之怨慕日號泣于旻天于父母。日號上而乙反下戶刀反旻亡巾反**心之憂矣云如之何**疏弁彼至之何。正義曰言樂乎彼鷽斯之鳥鷽斯之鳥出食於野飽而則歸同飛提提然聚居歡樂也以興樂者彼天下之民此民父子出入宮庭相與飲食亦提提然聚居歡樂也今天下民莫不父子相養我太子獨被放而不得其然是比民鳥之不如太子言曰我憂之也太子言曰我憂之也太子既放棄而憂故號泣而訴云我有何罪乎上天致此究枉問天云我罪維如何乎欲天辯其罪之所由太子既憂如此其傳言我心爲之憂矣知王如之何乎。傳鷽卑居至羣貌。正義曰鷽卑居釋鳥文也卑居又名雅烏郭璞曰雅烏小而多羣腹下白江東呼爲鵯烏是也此烏名鸒而云斯者語辭猶蓼彼蕭斯菀彼柳斯傳或有斯者衍字定本無斯字以劉孝標之博學而類苑烏部立鸒斯之目是不精也此烏性好羣聚故云提提羣貌羣下或有飛亦衍字本集本並無飛字○箋彼雅至獨不○正義曰以經言歸飛是有出時故言出食在野以喻人父子出入宫庭也以鸒求食喻人相與飲食也以烏喻凡人人當文爲興言傷今太子獨失所知者以下云我獨故探之以明興意集本定本皆無然字俗本不下有然衍字○傳幽王至殺之○正義曰史記周本紀曰幽王三年嬖愛褒姒生子伯服太子之母申侯女爲后欲廢后并去太子用褒姒爲后以其子伯服爲太子又鄭語曰王欲殺太子以成伯服必求之申申人弗畀必伐之是放而欲殺之事也○傳舜之至父母○正義曰毛意嫌子不當怨父以訴天故引舜事以明之言舜之怨慕父母之時日往于田號泣訴於旻天乎我之父母也言爲我父母而不愛我故怨之孟子云萬章問曰舜往于田號泣於旻天何爲然矣孟子曰怨慕也長息問於公明高曰舜往于田則吾既得聞命矣號泣於旻天於父母則吾不知之矣公明高曰非爾知也我竭力耕田供爲子職而已父母不我愛於我何哉大孝終身慕父母五十而慕者

予於大舜見之矣引此者言大舜尚怨故太子亦可然也**踧踧周道鞫爲茂草**踧踧平易也周道周室之通道鞫窮也箋云此喻幽王信褒姒之讒亂其德政使不通於四方○踧徒歷反鞫九六反易夷豉反○**我心憂傷惄焉如擣假寐永歎維憂用老心之憂矣疢如疾首**惄思也擣心疾也箋云不脫冠衣而寐曰假寐疢猶病也○惄乃歷反擣丁老反本或作㨹同韓詩作疛除又反義同疢勑覲反又作疹同脫本又作稅吐活反一音始銳反【疏】踧踧至疾首○正義曰太子放逐由王信讒所致言踧踧然平易者周室之通道也今曰窮盡爲茂草矣茂草生於道則荒道路以喻通達者天子之德政也今曰王政窮盡爲褒姒矣褒姒干王政則敗王德今王盡信褒姒之讒太子所以放逐王行如此故我心爲之憂傷惄焉悲悶如有物之擣心也又假寐之中長歎此事維是憂而用致於老矣其我心之憂矣以成疢病如人之疾首者疾首謂頭痛也○箋此喻至四方○正義曰此舉周道有茂草之荒鄣礙行路使行者不達於四方以喻幽王信褒姒之讒敗亂德政不通於四方時王雖無道非路絶行人實生茂草且取茂草之穢道路猶褒姒之亂王政

假以爲喻耳。傳惄思擣心疾。正義曰惄思釋詁文擣心疾所思在心復云如擣則似物擣心故云心疾也說文云擣手椎一曰築也。箋不脫至假寐。正義曰宣二年左傳說趙盾盛服將朝尚早坐而假寐是也。**維桑與梓必恭敬止**父之所樹已尚不敢不恭敬。梓音子木名。**靡瞻匪父靡依匪母不屬于毛不罹于裏**毛在外陽以言父裏在內陰以言母箋云此言人無不瞻仰其父取法則者無不依恃其母以長大者今我獨不得父皮膚之氣乎獨不處母之胞胎乎何曾無恩於我。屬音燭徐音蜀裏音里長丁丈反胞音包胎他來反。**天之生我我辰安在**辰時也箋云此言我生所值之辰安所在乎謂六物之吉凶。【疏】維桑至安在。毛以爲言凡人父之所樹者維桑與梓見之必加恭敬之止況父身乎固當恭敬之矣既恭孝如此以至不容故言人無不瞻仰其父取法則者無不依恃其母以長大者今我獨不連屬於父乎不離歷於母乎何由如此不得父母之恩也若此則本天之生我我所遇值之時安所在乎豈皆值凶時而生使我獨遭此也毛指謂父也裏指謂母也。鄭唯毛裏爲異餘同。傳父之所樹。正義曰此假之於凡人非謂幽王所樹桑梓○傳毛在至言母○正義曰人體皆毛生於表而裏在其內毛在外陽裏其內陰以父陽母陰故假表裏言父母也屬者父子天性相連屬離者謂所離歷言稟父之氣歷母而生也傳於屬離之義當然其言小與鄭異其意則大同也孫毓謂傳爲長而云母斥褒姒褒姒乃是太子之讎寧復望其依恃之恩又太子豈離歷褒姒而生也而言不離哉毓之所言非傳旨也○箋不處母之胞胎乎○正義曰此太子爲父所放耳非母放之而并言母也以人皆得父母之恩故連言之其意不怨申后也○箋此言至吉凶○正義曰言我生所值之辰安所在乎則本初生之辰有有所值故知謂六物也昭七年左傳晉侯謂伯瑕曰何謂六物對曰歲時日月星辰是謂也服虔以爲歲星之神也左行於地十二歲而一周時四時也日十日也月十二月也星二十八宿也辰十二辰也是爲六物也

菀彼柳斯鳴蜩嘒嘒有漼者淵萑葦淠淠蜩蟬也嘒嘒聲也漼深貌淠淠衆也箋云柳木茂盛則多蟬淵深而旁生萑葦言大者之旁無所不容○菀音鬱蜩音條嘒呼惠反淠徐孚計反又匹計反○**譬彼舟流不知所屆**箋云屆至也言今大子不爲王及后所容而見放逐

狀如舟之流行無制之者不知終所至也○譬本亦作辟匹致反下同届音戒

心之憂矣不遑假寐　箋云遑暇也○

【疏】菀彼至假寐○正義曰言有菀然而茂者彼柳木也此柳由茂故上有鳴蜩其聲嘒嘒然有漼然而深者彼淵水也此淵由深故傍萑葦其衆淠淠然柳木茂而多蜩淵水深而生葦是大者之傍無所不容猶王揔四海之富擴天下之廣宜容太子而不能容之至使放逐譬彼舟之流行而無維制之者不知終當所至以此故我心之憂矣不得間暇而假寐言憂之深也○箋大者至不容○正義曰定本無旁所二字○箋言今至所至○正義曰於時申后廢黜非復能容太子言不爲王及后所容者因上瞻父依母之文連言之耳太子奔申則是有所至矣言無所至者棄儲君之重而逃竄舅家非太子所當至故也

鹿斯之奔維足伎伎雉之朝雊尚求其雌　伎伎舒貌謂鹿之奔走其足伎伎然舒也箋云雊雉鳴也尚猶也鹿之奔走其勢宜疾而足伎伎然舒留其羣也雉之鳴猶知求其雌今大子之放棄其妃匹不得與之去又鳥獸之不如○伎本亦作跂其宜反雊古豆反妃音配○

譬彼壞木疾用無枝　壞瘣也謂傷病也箋云大

子放逐而不得生子猶內傷病之木內有疾故無枝也○壞胡罪反又如字說文作瘣云病也一曰腫旁出也又音回瘣胡罪反木瘤腫也爾雅云瘣木符婁郭云尫傴瘻腫無枝條也

心之憂矣寧莫之知

箋云寧猶曾也

疏 鹿斯至之知○正義曰此鹿斯與鷽斯柳斯斯皆辭也言鹿之奔走其勢宜疾今乃維足伎伎然安舒而稽留以待其牝鹿而俱走也雉雊之於朝旦雌然而鳴猶爲求其雌雄而並飛也鹿雉猶得偶以俱遊今太子之見放逐棄其妃匹不得俱去是鳥獸之不如譬彼內傷病之木以內疾之故是用無枝也猶太子無匹之故不得生子故我心之憂矣曾無知之者○箋雊雉至不如○正義曰高宗肜日雉升鼎耳而雊說文云雊雄雉鳴也雉鳴而句其頸故字從隹句此雉言雊鹿不言牝鹿言足遲爲待之之勢獸走故以遲相待鳥飛疾故以鳴相呼皆互見也言又鳥獸之不如者前不如蜩螗今不如鳥獸故言又也○傳壞瘣謂傷病○正義曰釋木云瘣木符婁某氏曰詩云譬彼瘣木疾用無枝符婁尫傴內疾瘣磊故疾用無枝郭璞曰謂木病尫傴瘻腫無枝條者舍人曰符婁屬下句獨爲異也○

相彼投兔尚或先之行有死人尚或墐之

墐路冢也 箋云相覷

投掩行道也覗彼人將掩兎尚有先驅走之者道中有死人尚有覆掩之成其墐者言此所不知其心不忍。相息亮反兎他故反先蘇薦反墐音覲說文作殣云道中死人人所覆也毆起俱反又作驅同**君子秉心維其忍之**箋云君子斥幽王也秉執也言王之執心不如彼二人。**心之憂矣涕既隕之**隕隊也。涕音替隕音蘊隊直類反

疏傳墐路冢至箋不忍。正義曰墐者埋藏之名耳此言行有死人是於路傍故曰路冢左傳曰道墐相望是也言此不知者謂不與走獸死人有相知其心不忍耳

君子信讒如或醻之箋云醻旅醻也如醻之者謂受而行之。醻市由反**君子不惠不舒究之**箋云惠愛究謀也王不愛太子故聞讒言則放之不舒謀也。**伐木掎矣析薪扡矣。**伐木者掎其巔析薪者隨其理箋云掎其巔者不欲妄踣之扡謂觀其理也必隨其理者不欲妄挫析之以言今王之遇大子不如伐木析薪也。掎寄彼反扡勑氏反又宅買反徐又直是反踣蒲北反挫子臥反。**舍彼有罪予之佗矣**佗加也箋云予我也舍褒妣讒言之罪而妄加我大

子。舍音捨，注同。又音赦。佗，吐賀反，注同。

【疏】君子至佗矣○正義曰：言君子幽王信褒姒之讒，曾不思審，得即用之，如有人以酒相醻，得即飲之。此王所以然者，君子幽王心不愛太子之故，由此聞讒即逐，不肯安舒而謀慮之。伐木尚掎其木之巔矣，不欲妄踣之；析薪尚杝其薪之理矣，不欲妄析之。彼人尚不欲妄損析薪木，今王非理而害太子，其意乃不如彼伐木析薪之人。舍彼有罪之褒姒，於我太子之加罪矣。言太子無罪，王妄加之。○箋醻旅醻○正義曰：酬酢皆作酬，此作醻者，古字得通用也。酬有二等：既酢而酬賓者，賓奠之不舉，謂之奠酬；至三爵之後，乃舉嚮者所奠之爵，以行之於後，交錯相酬，名曰旅酬，謂衆相酬也。此喻得讒即受而行之，故知是旅酬，非奠酬也。○傳伐木至其理○正義曰：伐木而言掎，是畏木倒而掎之，明掎其巔矣。掎者，倚也，謂以物倚其巔峯也。析薪而言杝，明隨其理。杝者，施也，言觀其裂而漸相施及，故箋云「觀其理」是也。○傳佗加○正義曰：此佗謂佗人也。言舍有罪而以罪與佗人，是從此而往加也，故曰佗加也。○

莫高匪山，莫浚匪泉。浚，深也。箋云：山高矣，人登其巔；泉深矣，人入其淵。以言人無所不至，雖逃避之，猶有默存者焉。○浚，蘇俊反。默，本亦作嘿，亡北反。○

君子無易由言，耳

屬于垣箋云由用也王無輕用讒人之言人將有屬耳於壁而聽之者知王有所受之知王心不正也○易夷䜴反屬音燭注同垣音袁 **無逝我梁無發我笱**箋云逝之也之人梁發人笱此必有盜魚之罪以言褒姒淫色來嬖於王盜我大子母子之寵○笱音苟 **我躬不閱遑恤我後**念父孝也高子曰小弁小人之詩也孟子曰何以言之曰怨乎孟子曰固哉夫高叟之爲詩也有越人於此關弓而射之我則談笑而道之無他疏之也兄弟關弓而射我我則垂涕泣而道之無他戚之也然則小弁之怨親親也親親仁也固哉夫高叟之爲詩曰凱風何以不怨曰凱風親之過小者也小弁親之過大者也親之過大而不怨是愈疏也親之過小而怨是不可磯也愈疏不孝也不可磯亦不孝也孔子曰舜其至孝矣五十而慕 箋云念父孝也大子念王將受讒言不止我死之後懼復有被讒者無如之何故自決云我身尚不能自容何暇乃憂我死之後也○閱音悅容也叟素口反關烏環反下同本亦作彎射食亦反下同夫音符磯居依反又古愛反一音祈復扶又反○

〔疏〕至我後○正義曰王既信讒而加罪於大子仍有殺太子之心謂人不知故告之言莫有極高者非是山也言山最極高莫有

極深者非是泉也言泉最極深然山雖高矣人能登其巔泉
雖深矣人能入其淵是亦無所不至也人既無所不至難以
匿其情矣王今實有殺太子之心而謂人不覺人猶有然而
存於心知王之欲殺太子也如此則君子幽王無輕易用讒
人之言將有耳屬而聽之於垣壁者知王受人之讒言也士
之所愛褒姒也故禁之言人無得逝之我魚梁無得發開我
魚苟若之我梁發我苟是欲盜我所捕之魚此必有盜魚之
罪以言褒姒亦無得輒之我王宮無得求取我王愛若之王
宮取王愛爲盜我毋子之寵必有盜寵之怨也褒姒既盜寵
行讒太子於先念已既已被讒恐死之後懼吏有被讒者無
如之何旋卽自決云我身尚不能自容何暇憂我死之以後
平○箋山高至者焉○正義曰箋顧下云無易由言是禁王
受讒畏人知之辭故爲窮高極深人所升入無所不至以喻
知王之隱情也王雖避逃受讒之名猶有黙心存念知王之
情但不言耳然天高於山海深於泉而不言者據人所可履
踐之處而言也○傳念父至而慕○正義曰言無暇憂恤是
先有其志念固而不暇耳先有志者卽念父也念者恐其將
受讒令無如之何故自決也高子曰以下皆孟子文也而怨
父危疑之理先達已有是非之論以此篇終故引之以明義
也按彼公孫丑稱高子之言以問孟子非高子自與孟子對

言也趙岐曰高子齊人也怨者怨親之過故謂之小人也固哉言其固陋也高子年老於孟子故謂之高叟重言固哉高叟之爲詩傷其不達詩意之甚也凱風親之過小者以言莫慰母心母心不悅故親之過小也小弁則王欲殺太子是親之過大也愈益也而過大矣而孝子不怨以越人遇其親是益疏也故曰不孝磯激也過小耳而孝子感激輒怨其親亦不孝也孔子曰以舜年五十而思慕其親不殆稱曰孝之至孝之不可以已也孔子之善舜如高子譏小弁爲不達詩之意也皆孟子與其弟子公孫丑相荅問不言公孫丑者取其意而畧之也

小弁八章章八句

巧言刺幽王也大夫傷於讒故作是詩也。悠悠昊天曰父母且無罪無辜亂如此幠幠大也箋云悠悠思也幠敖也我憂思乎昊天愬王也始者言其且爲民之父母今乃刑殺無罪無辜之人爲亂如此甚敖慢無法度也○且徐七餘反協句應爾觀箋意宜七也反幠火吳反下同思息嗣反下同傲五報反下同本又作敖愬音素昊天已

威予慎無罪昊天大憮予慎無辜

威畏慎誠也箋云已泰皆言甚也昊天乎王甚可畏王甚敖慢我誠無罪而罪我○大音泰本或作泰徐勑佐反○

【疏】悠悠至無辜○毛以爲大夫傷譏而本之故言悠悠然我心憂思乎昊天訴之也王之始者言曰我當且爲民之父母也自許欲行善政今乃刑殺其無罪無辜者之衆人王政之亂如此甚大也昊天乎王甚可畏我誠無罪而罪我是可畏也昊天乎王甚虐大我誠無辜而辜我是虐大也○鄭唯言王爲亂如此甚傲慢無法度乃昊天乎王甚傲慢爲異耳皆以且爲辭○傳憮大○正義曰釋詁文禮內饗亦謂之憮○箋憮敖至法度○正義曰憮敖釋言文傳者以下言已威爲甚可畏而泰憮言甚大非類故爲傲慢下既爲傲此亦爲傲也幽王之惡始終一也始者言其身且爲民之父母者無道之君皆自謂所爲者是道非知其不可而爲之也放其初即位皆許爲善但行不副言故詩人述其初辭以責之

亂之初生僭始既涵

僭數涵容也箋云僭不信也既盡涵同也王之初生亂萌羣臣之言不信與信盡同之不別也○僭毛側蔭反鄭子念反涵毛音含鄭音咸韓詩作減減少也數音朔下同不別彼列反

亂之又生君

子信讒箋云君子斥在位者也在位者信讒人之言是復亂之所生○君子如怒亂庶遄沮遄疾沮止也箋云君子見讒人如怒責之則此亂庶幾可疾止也○遄市專反沮辭呂反君子如祉亂庶遄已祉福也箋云福者福賢者謂爵祿之也如此則亂亦庶幾可疾止也○祉音恥已音以○

【疏】亂之至遄已○毛以爲上既言王之亂又本亂之所由言亂之初所以生者讒人數緣事始自入盡得容受其言知王不察真僞遂以漸進讒也亂之又復所生益大者在位朝臣君子信讒言也王既不察故讒言得自容入臣又信之故讒言遂與所以枉殺無辜致此大亂也又言政令雖亂可反覆君子在位之人見讒人之言如怒責之則此亂庶幾可疾止君子在位之人見有德賢者如福祿之則此亂亦庶幾可疾止君子何不怒讒而福賢以止亂乎○鄭唯以僭爲不信涵爲同言信與不信同之不別故讒言遂生餘同○傳僭數涵容○正義曰王肅云言亂之初生讒人數緣事始自入盡得容其讒言有漸也○箋僭不信至不別○正義曰此亂之初生是本其所由故言初生亂萌以人之行讒當有所因君能明察是非則僞辭不入讒言無由進也正由明不燭下於羣臣之言信與不信盡同之不別讒人

得自是生心，以進讒害賢，遂使王殺戮無辜，是生亂也。以信與不信混同不別，於致讒爲宜，故易傳也。○箋「君子」至「所生」。○正義曰：何知君子非幽王，而以爲在位者，以上言初生已本王矣，君子若還斥王，不宜言又，以此知非王也。讒人之能害善，乃是王者信之，而責在位信讒者，以讒人能使王刑殺無罪，必朝有黨援，若在位骨鯁之臣固執不信，則讒者之言亦不行矣。王之罪人，必詢諸朝廷，王既容之，在位又信之，所以成此亂。在位謂大臣也。下文言令怒讒言禍賢人，令其行立威福，明是臣之貴者。洪範稱臣不得作福作威，言令怒讒禍賢者，欲令之告王行之，不令其專制。

君子屢盟，亂是用長。凡國有疑，會同則用盟而相要也。箋云：屢，數也。盟之所以數者，由世衰亂多相背違。時見曰會，殷見曰同，非此時而盟謂之數。○屢，本又作婁，力住反。長，丁丈反，又直良反。要，於遙反。數音朔。背音佩。見，賢遍反，下同。○

君子信盜，亂是用暴。盜，逃也。箋云：盜謂小人也。春秋傳曰：賤者窮諸盜。○

盜言孔甘，亂是用餤。餤，進也。○餤，沈旋音談，徐音鹽。

匪其止共，維王之邛。箋云：邛，病也。小人好爲讒佞，既不共其職事，又爲王作病。○共音恭，本又作恭。邛，其恭反。好，呼報反。共音恭本亦作供又爲于僞反【疏】君子至之卭。正義曰上既言亂之生此又言亂之長言在位君子之人數數相與要盟其亂是用之故而滋長也在位君子之人又信是凶盜讒人之言其亂是用之故而暴甚也所以益甚者此險盜之人其言甚甘使人信之而不已其亂用是之故而日益進也此小人好爲讒佞者非於其職廢此供奉而已又維與王之爲病害也食之甘者使人嗜之而不猒言之美者使人聽之而不倦故以美言爲甘也。傳凡國至相要。正義曰言此者解屢意非此時而盟即爲屢也言凡國有疑謂於諸侯羣臣有疑不相協則在會同之上用盟札告盟而相要束司盟職曰凡邦國有疑會同則掌其盟約之載及其禮儀北面詔明神是也定本及集本皆云用盟而不相要謂若會同則用盟若無疑事則不會同而不相要用盟屬上爲句義亦通也。傳盜逃。正義曰文十八年左傳曰竊賄爲盜則盜者竊物之名毛解名曰盜意也風俗通亦云盜逃也言其晝伏夜奔逃避人也。箋盜謂至諸盜。正義曰箋以詩刺讒非刺盜賊解其言盜之意以爲盜竊者必小人讒者亦小人因以盜名之故云盜謂小人引春秋傳以證之所引者公羊傳文弒君者曷爲或稱名氏或不稱名氏大夫弒君稱名氏賤者窮諸人何休曰賤謂士也士正自當稱人又曰大夫自相殺稱

人賤者窮諸盜何休曰降大夫稱人降士使稱盜者所以别
死刑輕重也傳言窮者盡也弑君則盡於稱人殺大夫則盡
於稱盜言盡此以下更無稱也小人賤者盡於盜知盜是惡
名故引以證盜爲小人也公羊傳立等級者言其正例耳其
餘文異者皆有褒貶事具於傳也○**奕奕寢廟君子作之秩秩大猷聖人莫之他人有心予忖度之躍躍毚兎遇犬獲之**
奕奕大貌秩秩進知也莫謀也毚兎狡兎也箋云此四
事者言各有所能也因己能忖度讒人之心故列道之
爾猷道也大道治國之禮法遇犬犬之馴者謂田犬也○奕
音亦秩音帙莫如字又作漠同一本作謨按爾雅漠漠同訓
謀莫協韻爲勝忖本又作寸同七損反度待洛反注皆同躍
他歷反毚士咸反遇犬如字世讀作愚非也知音智狡古卯
反馴音旬又音脣○【疏】奕奕至獲之○正義曰讒人爲讒自謂深密
此言已能知之言奕奕然高大之寢廟君子
之人所能制作之秩秩然者進智之大道聖德之人能謀立
之彼他人而有讒佞之心義能忖度而知之躍躍然者跳疾
之狡兎遇値犬則能獲得之○傳讒兎至狡兎○正義曰蒼
頡解詁云毚大兎也大兎必狡猾又謂之狡兎戰國策曰東

郭逡者海內之狡兎是也○箋此四事至田犬○正義曰此
四事以尊卑爲先後大猷雖是常法不如宗廟爲尊故寢廟
在大猷之先兎乃走獸故在他人之後連言寢廟者周禮注
云前曰廟後曰寢則廟寢一物先寢後廟便文耳此自工匠
所造而言君子者閟宮曰新廟奕奕奚斯所作彼奚斯君子
也以教護課程必君子監之乃得依法制也大道治國禮法
聖人謀之若周公之制禮樂也遇犬者言兎逢遇犬則彼獲
耳遇非犬名故王肅云言其雖騰躍逃隱其迹或適與犬遇
而見獲是也以能獲兎知是犬之馴擾
者謂田犬也犬有守犬田犬故辨之○

荏染柔木君子荏染柔意也柔木椅桐梓漆也箋云此言君子樹善
樹之往來行言心焉數之
木如人心思數善言而出之善言者往亦可行來亦可行於彼亦可於已亦可是之謂行也○荏而甚反染音冉數所主反注同椅於宜反梓漆上音子下音七○

蛇蛇碩言出自口矣蛇蛇淺意也箋云碩大也
大言者言不顧其行徒從口出非由心也○蛇以支反行下孟反○

巧言如簧顏之厚矣箋云顏之厚者出言虛偽而不知慙於人○簧音黃

〔疏〕荏染至厚矣○正義曰言荏染柔忍之木君子

之人所樹之也言君子樹木必身簡擇取善木然後樹之喻往來可行之言亦君子口所出之也言君子出言必心爲思數知善而後出之小人則不然蛇蛇然淺意之大言徒出自口矣都不由於心得言即言必不思數也巧爲言語結構虛辭速相待合如笙中之簧聲相應和見人不知慚愧其顏面之容甚厚矣君子樹之不言擇木心爲數之不言出口雖相對而文互也○傳柔木椅桐梓漆○正義曰定之方中云樹之榛栗椅桐梓漆言文公所樹是君子樹之故引彼文以解柔木也不言榛栗從可知

彼何人斯居河之麋水草交謂之麋箋云何人者斥讒人也賤而惡之故曰何人○麋本又作湄音眉惡烏路反○

無拳無勇職爲亂階拳力也箋云言無力勇者謂易誅除也職主也此人主爲亂作階言亂由之來也○拳音權徐已袁反易夷豉反○

既微且尰爾勇伊何骭瘍爲微腫足爲尰箋云此人居下濕之地故生微腫之疾人憎惡之故言女勇伊何何所能也○尰市勇反骭戶諫反脚脛也瘍音羊本亦作傷音同創也腫諸勇反

爲猶將多爾居徒幾何箋云猶謀將大也女作讒佞之謀大多女所與居之衆幾何人素能然乎○幾居豈反注

同大音泰叉如字傺音素〔疏〕彼何人至幾何。正義曰疾讒佞之人謂之何人言彼何人斯居在於河之麋際既無拳力叉無勁勇亦易誅除耳而敢主為此亂之階梯也此人既脚骬有微之疾而足跗且有尰之疾爾假有勇伊何能為况復無之而汝敢為此惡汝作為讒佞之謀大多汝所與聚居之徒衆幾何許人而能為此怪其言多且巧疑其衆教之也。傳水草交謂之麋。正義曰釋水文。箋何人至曰何人。正義曰言何人者不識而問之辭此既讒已不是不識而曰何人者賤而惡之作不識之辭故曰何人下篇疾暴公之侶謂之何人斥其姓名為大切亦作不識之辭以疾之。傳骬瘍至為尰。正義曰皆釋訓文也彼引此既微且尰然後為此辭以釋之孫炎曰皆水濕之疾也郭璞曰骬脚脛也瘍瘡也然則膝脛之下有瘡腫是涉水所為故箋亦云此人居下濕之地故生微尰之疾居河之麋是居下濕也。

巧言六章章八句

何人斯蘇公刺暴公也暴公為卿士而譖蘇公焉故蘇公作是詩以絶之。暴也蘇也皆畿內國名。〔疏〕何人斯八章章六句至絕之。正義曰：何人斯者，蘇公所作以刺暴公也。暴公爲王卿士而於王所讒譖蘇公，令使獲譴焉，故蘇公作是何人斯之詩以絕之，言暴公不復與交也。按此經無絕暴公之事，唯首章下二句云伊誰云從誰暴之云亦非絕之言，但解何人之意，言已以爲暴公之所言，是暴公譖已事彰，無所致疑，此何是絕之辭也。經八章皆言暴公之侶，疑其讒已而未察，故作詩以窮之，不欲與之相絕。疑者未絕，則不疑者絕可知。疑暴公之侶，窮極其情，欲與之絕，明暴公絕矣，故序專云刺暴公而絕之也。刺暴公而得爲王詩者，以王信暴公之讒而罪已，刺暴公亦所以刺王也。○箋暴也至名。○正義曰：蘇忿生之後。成十一年左傳曰：昔周克商，使諸侯撫封，蘇忿生以溫爲司寇。則蘇國在溫。杜預曰：今河內溫縣是。蘇在東都之畿內也。春秋之世爲公者，多是畿內諸侯，徧檢書傳，未聞畿外有暴國。今暴公爲卿士，明畿內，故曰皆畿內國名。春秋時蘇稱子，此云公者，子蓋子爵而爲三公也。暴公爲卿士而亦稱公，當卿士兼公官也。又暴公爲卿士而譖蘇公，則蘇公爲卿士以否未可知。但何人爲暴公之侶，云二人從行，則亦卿士也。故王肅云：二人俱爲王卿，相隨而行。下云及爾如貫，鄭云俱爲王臣，蘇公亦爲卿士矣。

彼何人斯？其心孔艱。胡逝我梁，不

入我門箋云孔甚艱難逝之也梁魚梁也在蘇國之門外彼何人乎謂與暴公俱見於王者也其持心甚難知言其性堅固似不安也暴公譖已之時女與之乎今過我國何故近之我梁而不入見我乎疑其與之而未察斥其姓名爲大切故言何人。女與音豫下疑其與之女與於譖皆同大音泰。**伊誰云從誰暴之云**云言也箋云譖我者是言從誰生乎乃暴公之所言也由已情而本之以解何人意。已音紀〔疏〕彼何人至之云。正義曰言彼何人乎與暴公俱見王之人此其持心甚難知也迹同譖已貌似不安故難知也又言已疑之狀暴公譖我之時汝應與之汝若不與今過我國何故之我梁而不入我門以見我乎得不由譖我意慙而不得來也猶冀其不然欲與和好乃開解之曰令譖我者維誰之所云從而出乎維乃暴公之所云耳言爾應不與當與我和親也伊字毛皆爲維鄭皆爲是則此亦當以此爲異。箋梁魚至不安。正義曰以之梁而不入門故知其梁近在國門之外也下云維暴之云則何人非暴公矣刺暴公而責何人謂與暴公俱見王者也若不與暴公俱見王蘇公不當疑之也疑之而云其心難知故著其心性堅固似非虛妄之人若非此人性自虛妄貌又可疑則譖已必矣非難知也。箋由已情至何人意。正義曰：心疑何人譖已，猶尚冀其不然，故既設疑言，復開解之。初疑何人與暴同譖，旋即復言維暴，獨云一疑一舍，非他人教示，皆出已之情耳，故云由已情而本之。開解何人之意，若何人實不共譖，欲使不復猜已，還與和親。

二人從行，誰爲此禍？胡逝我梁，不入唁我？箋云：二人者，謂暴公與其侶也。女相隨而行見王，誰作我是禍乎？時蘇公以得譴讓也。女即不爲，何故近之我梁而不入弔唁我乎？○唁音彥。見，賢遍反。譴，遣戰反。女音汝，下注同。

始者不如今，云不我可。箋云：女始者於我甚厚，不如今日也。今日云我所行有何不可者乎？何更於已薄也。○日，而乙反。已音紀。

【疏】二人至我可。○正義曰：言暴公與其侶二人相從而行，以見王，誰作我此禍而令王譴讓我乎？汝從暴公行者，若不與暴公譖我，何故近之我魚梁而不入門弔唁我也？汝始者能於我甚厚，不如今日汝今云何不以我爲可？言我有何行不可於汝，而更於我薄而不弔唁乎？知已被譴而不唁，疑其讒已而內慙。○箋二人至唁我乎。○正義曰：以上言維暴之云，則暴是其一。明二之者，謂暴與其侶。侶即何人也。疑其與蘇同情，故并而誰之，以見意耳。禮，弔生曰唁。既言爲禍而責人不唁，知蘇公已得譴讓也。謂以咎譴而責讓之也今蘇公被罪之後而在國見何人之共梁陳是不奪其國明是譴責而已未加刑殺也言唁者雖不奪國以被罪當弔之弔生曰唁不必失國也。**彼何人斯胡逝我陳我聞其聲不見其身**陳堂塗也箋云堂塗者公館之堂塗也女即不爲何故近之我館庭使我得聞女之音聲不得覩女之身乎。睹丁古反本又作覩**不愧于人不畏于天**箋云女今不入唁我何所愧畏乎皆疑之未察之辭。媿九位反或作愧【疏】彼何至于天。正義曰又研窮何人言彼何人乎汝若不譖我何故近之我館舍之庭使我得聞其音聲不得覩見其身乎得不譖我乎意慙而不來見我也汝不來見我而不弔唁我是不慙愧於人又不畏懼於天也天有尊卑之道人有往來之節使吉有賀慶凶有弔唁所以敬天道示慙愧故不相弔唁爲不愧人不畏天也。傳陳堂塗。正義曰釋宮云堂塗謂之陳孫炎曰堂下至門之徑。箋堂塗者公館之堂塗。正義曰禮有公館私館公館者公家築爲別館以舍客也上云不入我門則不得入所居之宮故知逝陳者至公館之塗也以館者所以舍客故雖不見主得至其陳。**彼何人斯其爲飄風胡不自北**

胡不自南胡逝我梁祇攪我心飄風暴起之風攪亂也箋云祇適也何人乎女行來而去疾如飄風不欲入見我何不乃從我國之南不則乃從我國之北何逝之我梁適亂我之心使我疑女○飄避遙反疾風也沇又方消反祇音支攪交卯反○疏疾如飄風○正義曰以其徑來而徑去知為疾也非在道急速故下章言其安行○**爾之安行亦不遑舍爾之亟行遑脂爾車壹者之來云何其盱**箋云遑暇亟疾盱病也女可安行乎則何不暇舍息乎女當疾行乎則又何暇脂女車乎極其情求其意終不得一者之來見我於女亦何病乎○亟紀力反脂音支盱況于反○疏爾之至其盱○毛於下章以祇為病言使我病是使蘇公之病則此盱亦為蘇公之病也既數過其國而不入故又極其情以疑之我止欲言汝安舒而行乎亦不見汝閒暇而舍息止欲言汝之急疾而行乎汝又閒暇而脂汝之車汝往而不入見我所以疑也且若不譖我則一者之來見王以後云何使我有罪譖之病乎亦以我得病在汝見王之後所以尤疑也毛以此云何其盱與下俾我祇也互文皆言云何而使我有罪病也○鄭以盱為何人病為異餘同○

箋一者至何病。正義曰箋以上章責其不來見已下章言
入與不入則一者之來當爲來見蘇公不得爲見王也且蘇
公之所疑者以不見何人故言一者之來見我於汝亦何病
也是欲見以解疑之辭此本之於何人爲不病下反之已爲
得安是章次相成也**爾還而入我心易也還而不入否難知**
也壹者之來俾我祇也易說。祇病也箋云還行反也否不通也祇安也女行反入
見我我則解說也反又不入見我則我與女情不通女與於
譖我與否復難知也一者之來見我我則知之是使我心安
也。易夷豉反注同韓詩作施施善也否方九反一云鄭符
鄙反俾必爾反祇祇祈支反一云鄭止支反說音悅下同解音
蟹與音豫復扶又反下章同。**伯氏吹壎仲氏吹篪**土曰壎竹曰篪箋云伯仲喻兄弟也
我與女恩如兄弟其相應和如壎篪以言俱爲王臣宜
相親愛。壎況袁反篪音池應應對之應和胡臥反。**及**
爾如貫諒不我知出此三物以詛爾斯三物豕犬雞也民不
相信則盟詛之君以豕臣以犬民以雞箋云及與諒信也我
與女俱爲王臣其相比次如物之在繩索之貫也今女心誠

信而我不知且共出此三物以詛女之此事爲其情之難知已又不欲長怨故設之以此言○貫古亂反諒音亮詛側助反以禍福之言相要曰詛比毗志反索素洛反爲其于僞反長如字又張丈反

疏

伯氏至爾斯○正義曰既窮之而不得其情已不欲長怨欲與之詛而和諧故言有伯氏之兄吹壎又仲氏之弟吹篪以和之其情相親其聲相應和矣言我與汝何人其恩亦當如伯仲之爲兄弟其情志亦當如壎篪之相應和不當有怨惡也何者我與汝俱爲王臣其相比次如物之在繩索之貫宜應和相親何由汝之誠信而不使我知而令我疑也若實不譖者則當共出豕犬雞之三物以詛盟爾之此事使讒否有決令我不疑當還與汝相親不欲長怨故也○傳土曰壎竹曰篪○正義曰土曰壎漢書律歷志文也周禮小師職作塤古今字異耳注云塤燒土爲之大如鴈卵鄭司農云塤六孔釋樂云大塤謂之嘂音叫孫炎曰音大如叫呼也郭璞曰塤燒土爲之大如鵝子銳上平氐形似稱錘六孔小者如雞子釋樂文云大篪謂之沂李巡曰大篪其聲非一也郭璞曰篪以竹爲之長尺四寸圍三寸一孔上出徑三分橫吹之小者尺二寸郎引廣雅云八孔小師注鄭司農云篪七孔蓋不數其上出者故七也世本云暴辛公作塤蘇成公作篪譙周古史考云古有塤篪尚矣周幽王

時暴辛公善塤蘇成公善篪記者因以爲作譖矣世本之謬信如周言其云蘇公暴公所善亦未知所出蘇暴並公卿不當自言於樂之小器以相親也又此窮極何人何人非暴公也故鄭以爲喻王肅亦云我與汝同寮長幼之官如篪壎之相和與鄭同也○傳三物至以雞○正義曰隱十一年左傳曰鄭伯使卒出豭行出犬雞以詛射潁考叔者豭即豕也並言詛而俱用三故知此三物豕犬雞也又解所以有詛者民不相信則盟詛之言古者有此禮故欲與之詛也司盟曰盟萬民之犯命者明其不信者是不相信有盟詛之法也彼不信自在詛下而兼言盟者以詛是盟之細故連言之也定本民不相信則詛之無盟字犯命者盟之不信者詛之是盟大而詛小也盟詛雖大小爲異皆殺牲歃血告誓明神後若背違令神加其禍使民畏而不敢犯故民不相信爲此禮以信之此傳言民者據周禮之文耳其實人君亦有詛法襄十一年左傳言季武子將作三軍盟諸僖閎詛諸五父之衢定六年既逐陽虎及三桓盟於周社盟國人於亳社詛諸五父之衢是人君與羣臣有詛法也此何人與蘇公同爲王臣蘇公與之詛則諸相疑亦應有詛法但春秋之世無其事耳詛之所用一牲而已非三物並用而言出此三物以三物皆是詛之所用搃而言之故傳辨其等級云君以豕臣以犬民以雞

則鄭伯使卒出豭，行出犬雞，所得三物並用者，時考叔爲子都所射，鄭伯不誅子都，而使諸軍詛之。百人爲卒，出一豭詛之；二十五人爲行，或出犬，或出雞以詛之。每處亦止用一牲，非一處而用三物也。如此傳，君乃得用豕，彼百人卽得用豭者，於時鄭伯使之詛，故得用君牲也。以行之人數少於卒，自爲等級耳。此豕犬雞詛所用也。若盟皆用牛。哀十五年左傳說衛太子蒯聵與伯姬輿豭以盟孔悝，爾時太子未立，不敢從人君之禮，故鄭異義駁云：「詩說及鄭伯使卒及行所出，皆謂詛耳，小於盟也。」周禮戎右職云：「若盟，則以玉敦辟盟，遂役之，贊牛耳桃茢。」哀十七年左傳曰：「孟武伯問於高柴曰：諸侯盟，誰執牛耳？」然盟者人君用牛。伯姬盟孔悝以豭，下人君牲，是盟用牛也。此謂大事正禮所當用者耳。若臨時假用其禮者，不必有牲，故左傳孟任割臂以盟莊公，華元入楚師，登子反之牀，子反懼而與之盟，皆無牲也。

爲鬼爲蜮，則不可得。有靦面目，視人罔極。蜮，短狐也。靦，姡也。箋云：使女爲鬼爲蜮也，則女誠不可得見也。姡然有面目，女乃人也。人相視無有極時，終必與女相見。○蜮音或，沈又音域，狀如鼈，三足，一名射工，俗呼之水弩，在水中含沙射人，一云射人影。○靦，土典反。姡，戶刮反，面醜也。

作此好歌，以極

反側反側不正直也箋云好猶善也反側輾轉也作八章之歌求女之情女之情反側極於是也○呂音以古以字本作以○[疏]為鬼至反側○正義曰研窮而不得其情於是怒而責之言汝若為鬼也為蜮也則誠不可得而見不須與我為詛今汝有靦面目乃是人也視靦於人無有極已之時我必將與汝相見汝寧不披寫汝情不與我盟詛乎以疑爾譖我之故我作此八章之善歌窮極爾反側之情冀得其實也○傳蜮短狐靦姡○正義曰洪範五行傳云蜮如鼈三足生於南越南越婦人多淫故其地多蜮淫女或亂之氣所生也陸機疏云一名射影江淮水皆有之人在岸上影見水中投人影則殺之故曰射影南人將入水先以瓦石投水中令水濁然後入或曰含沙射人皮肌其瘡如疥是也靦姡釋言文孫炎曰靦人面姡然說文云靦面見人姡面靦也然則靦與姡皆面見人之貌也○傳反側不正直○正義曰洪範云無反無側王道正直則知側是不正直也反側者翻覆之義故箋以為輾轉申傳不正直之義其意與傳同

何人斯八章章六句

巷伯刺幽王也寺人傷於讒故作是詩也巷伯奄官

寺人內小臣也奄官上士四人掌王后之命於宮中爲近故謂之巷巷伯與寺人之官相近讒人譖寺人寺人又傷其將及巷伯故以名篇○巷伯官名也寺如字又音侍奄於檢反宮本或將此注爲序文者近附近之近下近嫌同○疏巷伯七章上四章章四句次章五句次章八句卒章六句至奄官○正義曰此經無巷伯之字而名篇曰巷伯故序解之云巷伯奄官言奄人爲此官也官下有兮衍字定本無巷伯奄官四字於理是也以俗本多有故解之○箋巷伯至名篇○正義曰巷伯是內官也其官用奄上士四人爲之其職掌王后之命天官序官云小臣奄上士四人注云奄稱士異其賢其職云掌王后之命是也又解內小臣而謂之巷伯者以其此官於宮中爲近故謂之巷伯也釋宮云宮中巷謂之壼孫炎曰巷舍間道也王肅曰今後宮稱永巷是宮內道名也伯長也主宮內道官之長人主於羣臣貴者親近賤者疏遠主宮內者皆奄人奄人之中此官最近人主故謂之巷伯也巷伯是內小臣者以周禮無巷伯之官奄雖小臣爲長主巷之伯唯內小臣耳故知是也蓋其官名內小臣時人以其職號之稱爲巷伯也與寺人官相近者寺人亦奄人其職曰掌王之內人及女宮之戒令同掌宮內是相近也寺人自傷讒作詩徼名篇爲巷伯以其官與巷伯相近讒人譖寺人寺人

又傷其將及巷伯故以巷伯名篇以所望既同故恐相連及也

萋兮斐兮成是貝錦

興也萋斐文章相錯也貝錦錦文也箋云錦文者文如餘泉餘蚳之貝文也興者喻讒人集作已過以成於罪猶女工之集采色以成錦文○萋七西反斐孚匪反本或作菲餘蚳直基反貝黃白文曰餘蚳

彼譖人者亦已大甚

箋云大甚者謂使已得重罪也○大音泰注同徐勑佐反

【疏】萋兮至大甚○正義曰女工集彼眾采而織之使萋然兮斐然兮令文章相錯以成是貝文以爲其錦也以興讒人集已諸過而構之令過惡相積故成是愆狀以爲已罪也實無罪而讒之使得重刑故傷之云彼讒譖人者亦已復爲大甚言非徒讁讓小辜乃至極刑重罪是爲太甚○傳萋斐至錦文○正義曰論語云斐然成章是斐爲文章之貌萋與斐同類而云成錦故爲文章相錯也錦而連貝故知爲貝之文○箋錦文至貝文○正義曰解錦文稱貝者其文如餘泉餘蚳之貝文也釋魚說貝文狀云餘蚳黃白文餘泉白文舍人曰水中蟲也李巡曰餘蚳貝甲黃爲質白爲文彩餘泉貝甲以白爲質黃爲文彩陸機疏云貝水介蟲也龜鱉之屬其文彩之異大小之殊甚眾古者貨貝是也餘蚳黃爲質以白爲文餘泉白爲質黃爲文又有紫貝其白

貝如玉紫點爲文皆可列相當其貝大者當有至至一尺六七寸者今九眞交趾以爲杯盤寶物也

哆兮侈兮成是南箕 哆大貌南箕箕星也侈之言是必有因也斯人自謂辟嫌之不審也昔者顔叔子獨處于室鄰之釐婦又獨處于室夜暴風雨至而室壞婦人趨而至顔叔子納之而使執燭放乎旦而蒸盡縮屋而繼之自以爲辟嫌之不審矣若其審者宜若魯人然魯人有男子獨處于室鄰之釐婦又獨處于室夜暴風雨至而室壞婦人趨而託之男子閉戶而不納婦人自牖與之言曰子何爲不納我乎男子曰吾聞之也男子不六十不閒居今子幼吾亦幼不可以納子婦人曰子何不若柳下惠然嫗不逮門之女國人不稱其亂男子曰柳下惠固可吾固不可吾將以吾不可學柳下惠之可孔子曰欲學柳下惠者未有似於是也箋云箕星哆然踵狹而舌廣今讒人之因寺人之近嫌而成言其罪猶因箕星之哆而侈大之○哆昌者反說文云張口也玉篇尺紙反又昌可反侈尺是反又式是反辟音避下同釐力之反寡婦也依字作嫠放甫往反蒸之升反縮所六反又作樎同閒閒廁之閒又音閑嫗紆甫反又紆具反本或作煦況甫反踵章勇反足根也狹音洽

彼譖人者誰適與謀 箋云適往也誰往就女謀乎怪其言

多且巧○適如字王徐背都歷反下同○疏哆兮至與謀○正義曰記○言讒人集成已罪又言罪有所因言有星初本相去哆然寬大爲踵兮其又侈之更益而大爲舌兮乃成是南箕之星言箕之所成以由踵已哆又侈之而爲舌故也以興讒人因寺人初有小嫌竦爲始兮其又構之更增而其爲終兮乃成其刑罪之禍言禍之所以成者亦因始有嫌又構之而爲終故也言已避嫌不審使人因之亦已之所以悔也因有小嫌陷已如此彼讒譖人者誰往與謀乎何多而能巧也○傳哆大至於是○正義曰哆者言其寬大哆哆然故爲大貌二十八宿有箕星無南箕故云南箕即箕星也箕四星二爲踵二爲舌若使踵本太狹言雖小寬不足以爲箕由踵之二星已哆然而大舌又益大故所以成爲箕也箕言踵狹而舌廣者踵對舌爲狹耳其實踵之二星已寬大故爲哆兮也侈者因物而大之名禮於衣袂半而益一謂之侈袂星○因物益大而名之爲侈也侈之言必有因者由踵已大故舌得侈之而爲箕暗作詩之人自謂避嫌之不審由事有嫌疑故讒者得因之而爲罪也言顏叔子及魯人避嫌審與不審之事以比之顏叔子納鄰之釐婦雖執燭繼薪人不可以家到戶說姧否難明是不審也放乎旦猶至於旦也蒸是薪之細者搯謂抽也言燭又言薪則初執燭次然薪薪盡乃抽

取屋草以繼之也先言放乎旦巳之爲摠目言其然火以至旦乃更覆說薪盡抽屋之事其實蒸盡摍屋是未旦時也吾聞男女不六十不閒居者謂禮男女年不滿六十則男子在堂女子在房不得閒雜在一處而居若六十則閒居也此六十據婦人言耳男子則七十內則唯及七十同藏無閒是也必男子七十女六十同居者以陰陽道衰故無嫌也言今子幼吾亦幼者止謂未老耳非稺也柳下惠固可者言柳下惠貞絜之名素巳彰者固當如是可於吾身爲此則不可也汝婦人之意將以吾之不可使學柳下惠可者言巳不得學也孔子曰欲學柳下惠可者未有能似於是者言魯人如此爲行取高與柳下惠相似此言當有成文不知所出家語畧有其事其言與此小異又無顏叔子之事非所引也傳言此者證避嫌之事耳此寺人奄者也非能身有姧淫其所嫌者不必卽是男女是非之事○箋踵狹而舌廣○正義曰定本踵作踵其義俱通

緝緝翩翩謀欲譖人○緝緝口舌聲翩翩往來貌○緝七立反說文作咠云咠語也又子立反翩音篇字又作偏

愼爾言也謂爾不信箋云愼誠也女誠心而後言王將謂女不信而不受欲其誠者惡其不誠也○惡烏路反

疏緝緝至不信○正義曰上言謀多而巧此言爲

謀之狀言口舌緝緝然往來翩翩然相與謀欲爲讒譖之言以害人自相計議唯恐不成相教當誠汝之心而後言也若言不誠實則所言不巧王將謂汝言爲不信而不受也故須誠實言之。**捷捷幡幡謀欲譖言**。捷捷猶緝緝也幡幡猶翩翩也。捷如字又音妾幡芳煩反。**豈不爾受既其女遷**遷去也箋云遷之言訕也王倉卒豈將不受女言乎已則亦將復訕誹女。訕所諫反又所姦反卒寸忽反誹方味反。〔疏〕捷捷至汝遷。毛以爲讒人相戒言汝若不誠汝之心而言之王於倉卒之間豈不爲汝受之但已受之後知汝言不誠實王心或將舍汝而更遷去也。鄭以遷爲訕言王將訕謗汝以遷去爲理否女故易之。**驕人好好勞人草草**好好喜也草草勞心也箋云好好者喜讒言之人也草草者憂將妄得罪也。**蒼天蒼天視彼驕人矜此勞人**〔疏〕驕人至勞人。正義曰言讒人謀能功密爲王信用彼我。則驕逸也得罪則憂勞彼驕人好好然而喜我勞人草草然而憂故仰告蒼天蒼天何不視察彼人之虛妄而矜哀此勞人。**彼譖人者誰適與謀取彼譖人投**

畀豺虎投棄也。畀必二反下同豺士皆反字或作犲豺虎不食投畀有北北方寒涼而不毛。有北不受投畀有昊昊昊天也箋云付與昊天制其罪也【疏】彼譖至有昊。正義曰豺虎若不肯食當擲予有北太陰之鄉使凍殺之若有北不肯受則當擲予昊天自制其罪以物皆天之所生天無推避之理故止於昊天也豺虎之食人寒鄉之凍物非有所擇言不食不受者惡之甚也故禮記緇衣曰惡惡如巷伯言欲其死亡之甚。傳北方至不毛。正義曰以北方太陰之氣寒涼而無土毛不生草木寒凍不可居處故棄於彼欲凍殺之昭七年左傳曰食土之毛地官載師曰宅不毛皆謂草木也楊園之道猗于畝丘楊園園名猗加也畝丘丘名箋云欲之楊園之道當先歷畝丘以言此讒人欲譖大臣故從近小者始。猗於綺反徐於宜反寺人孟子作爲此詩凡百君子敬而聽之寺人而曰孟子者罪已定矣而將踐刑作此詩也箋云寺人王之正內五人作起也孟子起而爲此詩欲使衆在位者愼而知之既言寺人復自著孟子者自傷將去此官也。作爲此詩一本云作爲作詩【疏】楊園至聽

之。○正義曰寺人以身旣得罪恐更濫及善人故戒時在位
令使自愼言人欲往之楊園之道當先加歷於畝丘而乃後
於楊園也以與讒人欲行譖大臣之法亦當毁害於小臣而
訖乃後至於大臣也讒人立意如此故我寺人之中字曰孟
子者起發爲小人之更讒而作巷伯之詩使凡百汝衆在位
之君子者當敬愼而聽察之知我之無罪而被讒讒人不已
而敬愼也此言凡百則恐徧及在位而獨以巷伯名篇者以
職與巷伯相近巷伯是其官長故特憂之當云作賦詩定本
云作爲此詩又定本箋有作起也作爲也二訓自與經相乖非
也。○傳楊園至丘名。○正義曰釋丘云如畝畝丘李巡曰謂
丘如田畝曰畝丘也孫炎曰方百步也以畝丘丘名故知楊
園亦園名也於時王都之側蓋有此園丘詩人見之而爲辭
也。○傳寺人至此。○正義曰毛解言已定之意也知罪已定
者若不定則不應疾讒人如此之甚也以罪定故知將踐刑
也由踐刑而作此詩知自言孟子以殊於餘寺人不被讒者
也。○箋寺人至此官。○正義曰寺人王之正內五人天官序官
文也彼注云寺人之言侍也正內路寢也則五人當在路寢
侍王之側也箋言此者明寺人非一也毛解自云孟子之意
箋又解自言寺人之意由自
傷將去此官故舉官言之。

巷伯七章四章章四句一章五句一章八句一章六句

節南山之什十篇七十九章五百五十二句

附釋音毛詩注疏卷第十二（十二之三）

毛詩注疏挍勘記十二之三

阮元撰盧宣旬摘錄

○小宛

大夫刺宣王也　閩本明監本毛本同唐石經小字本相臺本宣作幽考文古本同案宣字誤也正義中同

鳴鳩鶻鵰　小字本相臺本同案正義云定本及集注皆云鳴鳩鶻鵰也如其所言不爲有異正義本未有明文今無可考意必求之或當鵰作鵃也釋文云鵰字林作鵃

行小人之道　閩本明監本毛本人下有之字小字本相臺本無十行本初刻無後剜添案初刻是也

猶能溫藉自持以勝　小字本相臺本同案此定本也正義云蘊藉者定本及箋作溫字釋文以溫藉作音與定本同溫克下云鄭蘊藉也乃改用今字耳

醉而日富矣　閩本明監本毛本同小字本相臺本而日作日而案日而是也段玉裁云謂當日醉之日頓自富矣與箋小別

蜾蠃負之唐石經小字本同閩本明監本毛本亦同相臺本蠃作贏案贏乃誤字

或在草萊上閩本明監本毛本同案此不誤浦鏜云菜誤萊非也爾雅疏卽取此正作萊

不有止息小字本同閩本明監本毛本同相臺本有作皆案有字是也正義云無有止息之時可證下文兩云無肯息時也乃自爲文耳相臺本依之改者非

謂月視朝也閩本明監本毛本同小字本相臺本朝作朔考文古本同案朝字誤也

毋忝爾所生小字本同閩本明監本毛本同唐石經相臺本毋作無案釋文云毋音無正義本無明文今無可考白駒釋文云毋金音無本亦作無他皆放此

欲使言與羣臣行之閩本明監本毛本同案浦鏜云言疑王字誤是也

世必無從得活閩本明監本毛本同案世當作此

○小弁

故變文以云義也　閩本明監本毛本同案山井鼎云宋板云作示示字是也但其實不然當是刻也

鸒卑居　小字本相臺本同案正義云鸒卑居釋鳥文也又云傳或有斯者衍字定本無斯字標起止云傳鸒卑居釋文鸒斯下云鸒斯卑居也又云一云斯語辭是其本傳當有斯字考文古本有采正義釋文

提提羣貌　小字本相臺本同案正義云羣下或有飛亦衍字定本集注並無飛字標起止云至羣貌釋文提提下云羣飛貌是其本傳有飛字考文古本有采正義釋文

我大子獨不然　小字本相臺本同案然字衍也上箋云今大子獨不正義云集注定本皆無然字俗本不下有然衍字此當與彼同

日以憂也　相臺本同小字本日作曰閩本明監本毛本同案曰字是也

大子言曰我憂之也大子言曰我憂之也　閩本明監本毛本不重大

子言曰我憂之也案所删是也此八字複衍

而類菀鳥部 閩本明監本毛本菀作苑案所改非也菀即苑字

本集本並無飛字 閩本明監本同毛本本上剜添定字案所補是也

當文爲興 閩本明監本毛本文誤又

乎我之父母也 閩本明監本毛本同案浦鏜云乎當作于是也

鞫爲茂草 唐石經小字本相臺本同考文古本同閩本明監本毛本鞫誤鞠案釋文鞫通志堂亦誤鞠影宋本不誤

不罹于裏 小字本相臺本同閩本明監本毛本亦同唐石經罹作離案正義云不離於母乎又云離者謂所離歷者小明漸漸之石皆經言離則正義言離歷即魚麗正義所云麗歷傳云麗歷也是也麗離古字同用聲類至近也罹字即非此義各本皆誤當依唐石經正之

裹其內陰　各本其皆作在案傳本是在字其誤也

萑葦淠淠　小字本相臺本同唐石經萑初刻藋案初刻誤與七月同

析薪扡矣　小字本相臺本同閩本明監本毛本亦同唐石經扡作杝案惠棟云玉篇在木部是也五經文字木部云杝又音褫見詩小雅即謂此字也釋文杝與唐石經同或誤扡今正詳後考證十行本正義中字不誤

不欲妄扡析之　毛本同小字本相臺本析作析閩本明監本同案析字是也釋文以扡析作音可證

斲弓而射之　閩本明監本毛本同小字本相臺本之作我案我字是也下作我角弓正義引孟子同

人猶有然而存諸心〔補〕案下猶有默心存念知王之情此然字當默字之譌

念固而不暇耳　閩本明監本毛本同案浦鏜云念固疑今因之誤是也

孔子曰以舜年五十　閩本明監本毛本同案浦鏜云曰字衍是也

如高子譏小弁　閩本明監本毛本同案如當作知

○巧言

亂如此憮　唐石經小字本相臺本同閩本明監本毛本憮作憮下經及傳及正義皆同案憮字誤也詳詩經小學釋文憮與唐石經同或誤憮今正見後考證

昊天大憮　相臺本同閩本明監本毛本同唐石經小字本大作泰案釋文云大音泰本或作泰正義云而泰憮言甚大是其本作泰字沿革例云蜀本越本興國本皆作泰余仁仲及建大字本本作大此以釋文爲據也今亦從釋文不知兩本之各有所據

甚傲慢無法度　閩本明監本傲誤敖案箋作敖正義作傲敖傲古今字易而說之也例見前標起止仍云箋憮敖可證也釋文憮傲本又作敖與正義本不同考文古本箋作傲采釋文

乃昊天乎王甚傲慢　閩本明監本毛本同案乃當作及形近之譌

傳者以下言已威字　閩本明監本毛本同案傳上當脫易

而泰憮言其大〔補〕閩本明監本毛本同案其字當作甚形近之譌

放其初卽位閩本明監本毛本放作故案所改非也放卽昉字

僭始既涵唐石經小字本相臺本同案詩經小學云傳僭數也蓋以爲譖字是也

若無疑事則不會同閩本明監本毛本同案十行本若至不剜添者一字

義能忖度而知之〔補〕毛本義作我案我字是也上箋云已能忖度讒人之心可證

傳讒兔至狡兔閩本明監本毛本同案讒當作毚至當衍字

則彼獲耳是也閩本明監本毛本同案浦鏜云彼當被字誤

骭瘍爲微小字本相臺本同案釋文云瘍本亦作傷正義本是瘍字

素能然乎小字本相臺本素作傃考文古本同閩本明監本毛本作素十行本初刻傃後改素案素字誤也釋文云傃音素可證

故箋亦云此人　閩本明監本毛本云下有○案山井鼎云宋板云此相接有圈非也

○何人斯

以絕之　小字本相臺本同閩本明監本毛本亦同唐石經作而絕之也考正義云故序專云刺暴公而絕之也唐石經是也

讒暴之云　閩本明監本毛本同唐石經小字本相臺本讒作雖考文古本同案讒字誤也序下正義同

云何其盱　小字本相臺本同唐石經無其字旁添之案正義標起止云至其盱又云毛以此云何其盱釋文以其盱作音是正義本釋文本皆有其字唐石經未知出何本也

一者之來見我　閩本明監本毛本同小字本相臺本一作壹下箋小字本作一案正義中皆作一則作一是也作壹者依經改耳山井鼎云宋板一作壹疏及下注同其實不然皆其誤也

於女亦何病乎　閩本明監本毛本同小字本相臺本乎作也小字本無亦字案無者是也有者用正

義自爲文添耳

與下俾我祇也元文　閩本明監本毛本同案浦鏜云互誤元是也

俾我祇也　唐石經小字本相臺本同閩本明監本毛本祇誤祇案唐石經此與祇適也字别釋文云祇祈支反毛病也鄭安也一云鄭上支反段玉裁云傳病也者謂祇卽疷之假借說文疷病不啻也箋安也者謂祇卽禔之假借說文禔安也

易說祇病也　小字本相臺本同案釋文以說也作音是其本說下有也字考文古本有

女與於譖我與否　小字本相臺本同閩本明監本毛本亦同案段玉裁云此否字當作不與經文否字無干是也

大墳謂之𨁂音叫　閩本明監本毛本同案音叫二字當旁行細書正義自爲音者例如此也

銳上平氐　閩本明監本毛本氐作底所改是也

釋樂文云 閩本明監本毛本同案浦鏜云又誤文是也

明其不信者也 閩本明監本毛本同案浦鏜云詛誤明是

然盟者人君用牛 閩本明監本毛本同案此不誤浦鏜云然下疑脫則字非也古言然卽今言然則也正義文本如此十月之交正義云然日者大陽之精等可證也

蜮短狐也 小字本相臺本同案段玉裁云弧作狐誤是也釋文蜮下云短狐也正義云蜮短狐今說文本蜮下皆誤漢書五行志注作弧不誤

淫女或亂之氣所生也 閩本明監本毛本同案此不誤浦鏜云惑誤或非也古或惑同用當是五行傳本用或字

姡面靦也 閩本明監本毛本同案此不誤浦鏜云靦誤靦非也爾雅疏卽取此正作靦是正義自如此下文云然則靦與姡皆面見人之貌也可證

則知側是不正直也 閩本明監本毛本同案側上浦鏜云脫反字是也

○巷伯

巷伯奄官 小字本相臺本同案此釋文本也釋文云巷伯奄官本或將此注爲序文正義標起止云至奄官又云故序解之云巷伯奄官又云官下有分衍字定本無巷伯奄字四字於理是也以俗本多有故解之是正義本此四字爲序文也車鄰正義云序言巷伯奄官亦其證考鄭此注云巷伯内小臣也奄官上士四人掌王后之命正據此序之文而釋之也是鄭自有正義以定本爲是者誤當以正義本爲長段玉裁云周禮序官疏引甚明分也古書通用周禮疏引作也是也唐石經序中無此四字依釋文定本

寺人内小臣也奄官上士四人 小字本相臺本同案正義標起止云箋巷伯至名篇考車鄰正義云巷伯箋云巷伯内小臣奄官上士四人是正義本作巷伯内小臣也作寺人者非寺人與内小臣異官說詳彼正義此序正義本有巷伯奄官釋文本以爲注正在此文之上未知其此文較正義本仍同與否今無所

考段玉裁云官字衍

餘泉文 閩本明監本毛本同案泉下浦鏜云脫白黄二字是也

黄爲文又有柴貝 閩本明監本又誤文毛本文又誤又文柴作紫案紫字是也

皆可列相當 閩本明監本同毛本可作行案行字是也

當有至至一尺六七寸者 閩本明監本同毛本當作常上至字作徑案所改是也

哆兮侈兮 唐石經小字本相臺本同案此經釋文本正義本皆如此說文㚉下有一曰詩云侈兮哆兮見段玉裁說文訂今考說文或別有誤經義雜記欲依之以倒此經者非也其謂王伯厚詩考所載崔靈恩集注爲作僞不可據誠然

縮屋而繼之 小字本同閩本明監本毛本亦同相臺本縮作摍案正義云摍謂抽也正義云縮又作摍同摍是摍之譌字摍字見於說文廣雅皆從手訓引也武梁石室畫像載此事字作摍摍縮字同韋昭周語注亦

訓縮爲引考文古本作樎采釋文而誤

男子不六十不閒居　小字本相臺本同案正義云吾聞男女不六十不閒居者是其本子作女考文古本作女采正義

嫗不逮門之女　小字本相臺本同案釋文云嫗本或作煦正義本未有明文今無可考小宛箋有煦嫗正義引樂記注以體曰嫗以氣曰煦此傳意亦謂以體煖之作嫗者是不逮門者段玉裁云不及入門門如城門之類荀卿云與後門者同衣也

記言讒人集成已罪　閩本明監本毛本同案浦鏜云記當既字誤是也

言雖小寬　閩本明監本毛本同案浦鏜云言當舌字誤是也

星因物益大　閩本明監本毛本同案浦鏜云星當是字誤是也

暗作詩之人　閩本明監本毛本同案暗當作斯此說傳斯人也

素已彰者 閩本明監本毛本同案浦鏜云者當著字誤是也

定本蹱作踵 閩本明監本毛本同定本踵作蹱案依此則正義本是蹱字今正義字皆作踵後改也釋文作踵與定本同

爲理否女 閩本明監本同毛本女作安案否女當作不安

彼戎則驕逸也得罪則憂勞 閩本明監本毛本戎作誠也下有我字案戎即我字之誤又錯在上句耳

作爲此詩 唐石經小字本相臺本同案此釋文本也釋文云作爲此詩一本云作爲作詩考正義本是作爲作詩與一本同正義云起發爲小人之更讒而作巷伯之詩順經文作爲作詩四字次敘而說之極爲明晰此二本之異在第三字正義是作釋文是此不同耳故正義本箋並有作起也作爲也二訓以經有二作字而各釋之也正義又云定本云作爲此詩又定本箋有作起也作爲也二訓自與經相乖非也所謂乖者經字既是此矣不復有二作而箋訓有之是

其乖也正義之意據其箋有二訓證其經止一作之失耳不謂不當有二訓也今各本皆但有作起也一訓必是因其經與注相乖不可通而去之合併者不知檢照又令正義與經注相乖而不可通是其轉輾之失也考文古本作起也下有爲作也三字采正義而不得其解乃誤倒之

當云作賦詩　閩本明監本毛本同案賦字當衍正義云當云作詩謂其本經是作詩也舉之以訂下定本經此詩之非

自與經相乖　閩本明監本毛本同案十行本經至乖剜添者一字

傳寺人至此　[補]毛本同案此下當有詩字

附釋音毛詩注疏卷第十三（十三之一）

（四二）

谷風之什詁訓傳第二十

毛詩小雅　鄭氏箋　孔穎達疏

谷風刺幽王也天下俗薄朋友道絶焉（疏）谷風三章章六句至道絶焉○正義曰作谷風詩者刺幽王也以人雖父生師教須朋友以成然則朋友之交乃是人行之大者幽王之時風俗澆薄窮達相棄無復恩情使朋友之道絶焉言天下無復有朋友之道也此由王政使然故以刺之經三章皆言朋友相棄之事漢書地理志云凡民稟五常之性而有剛柔緩急音聲不同繫水土之風氣故謂之風好惡取捨動靜無常隨君上之情欲故謂之俗是解風俗之事也風與俗對則小別散則義通蟋蟀云堯之遺風乃是民感君政其實亦是俗也此俗由君政所爲故言舊俗言舊俗者亦謂之政定四年左傳曰啓以夏政商政謂夏商舊俗也言風俗者謂中國民情禮法可與民變化者也孝經云移風易俗關雎序云移風俗皆變惡爲善邶谷風序云國俗傷敗焉此云天下

俗薄皆謂變善爲惡是得與民變革也若其夷夏異宜山川殊制民之器物言語及所行禮法各是其身所欲亦謂之俗也如此者則聖王因其所宜不強變革王制曰廣谷大川異制民生其間者異俗又曰脩其教不易其俗地官土均云禮俗喪紀皆以地美惡爲輕重之法而行之誦訓掌道方慝以知地俗皆是不改之此言其大法耳乃箕子之處朝鮮大伯之在勾吳皆能教之禮儀使同中國是有可改者也但有不可改者不強改之耳○

習習谷風維風及雨興也風雨相感朋友相須箋云習習和調之皃東風謂之谷風興者風而有雨則潤澤行喻朋友同志則恩愛成○谷音穀**將恐將懼維予與女**箋云將且也恐懼喻遭厄難勤苦之事也當此之時獨我與女爾謂同其憂務○恐丘勇反注下同女音汝厄本又作阨於革反難乃旦反○**將安將樂女轉棄予**言朋友趨利窮達相棄箋云朋友無大故則不相遺棄今女以志達而安樂棄恩忘舊薄之甚○樂音洛注下皆同

【疏】習習至棄予○正義曰言習習然和調生長之谷風也維此生長之谷風能及於膏潤澤陰雨以行其潤澤由風雨相感故潤澤德行以興良朋相親於善友以成其恩愛由朋友相須故恩得成朋友恩愛相須

若是事有窮達不可相棄何爲且恐且懼當遭苦厄之時維我與汝獨受此難纔得且安且樂志達之時汝何更棄我乎不念恩愛之時也○箋東風至潤澤行○正義曰東風謂之谷風釋天文風類多矣正取谷風爲喻者谷風生長之風取其朋友相長益故也此據風爲文故云風而有雨則潤澤行潤澤是雨之事但雨得風乃行則潤澤亦由風風故易曰潤之以風雨是風雨共爲潤澤○傳言朋友至相棄○正義曰言彼朋友志趍於利不顧終始葛屨序曰其民機巧趍利是也已窮彼達是窮達相棄也○箋朋友至之甚○正義曰朋友無大故不相棄論語文也引之者證朋友得相怨之意大故謂惡逆之事苟無大故義不相棄今彼已得志申達居處安樂而棄往日之恩忘昔時之故舊是風俗薄之甚也以序言俗薄故於此明之○**習習谷風維風及頹**頹風之焚輪者也風薄相扶而上喻朋友相須而成○頹徒雷反上時掌反**將恐將懼寘予于懷**箋云寘置也置我於懷言至親已也○寘之豉反**將安將樂棄予如遺**箋云如遺者如人行道遺忘物忽然不省存也

疏習習至如遺○正義曰言習習然和調者生長之谷風也維生長之谷風能及於焚輪謂之頹使之旋轉而升

是風薄相扶而上也以興良朋能佐於善友使之道德益進是朋友相率而成也德既由友而成則窮達不可相棄故言何爲汝本且恐且懼苦厄之時則置我於懷至相親愛矣今汝得且安且樂志達之後反更棄我如人遺忘於物忽然不省無心念我也○傳頹風至而成○正義曰釋天云焚輪謂頹扶搖謂之猋李巡曰焚輪暴風從上來降謂之頹頹下也扶搖暴風從下升上故曰猋猋上也孫炎曰迴風從上下曰頹迴風從下上曰猋然則頹者風從上而下之名迴風從上而下力薄不能更升谷風與相遇二風并力乃相扶而上以喻朋友二人同心乃相率而成也彼迴風從上下谷風未與相扶謂之爲頹若谷風既與相扶而上則於爾雅爲猋不復爲頹也詩言頹據其未與相扶之名耳

習習谷風維山崔嵬無草不死無木不萎崔嵬山巔也雖盛夏萬物茂壯草木無有不死葉萎枝者箋云此言東風生長之風也山巔之上草木猶及之然而盛夏養萬物之時草木枝葉猶有萎槁者以喻朋友雖以恩相養亦安能不時有小訟乎○崔徂回反嵬五回反又作嵔萎於危反長張丈反下同槁苦老反

忘我大德思我小怨箋云大德切瑳以道相成之謂也○瑳七河反

【疏】習習至小

怨○正義曰言習習然和調者生長之谷風也谷風猶善能生長之故維山崔嵬之上草木皆能生長之以與良朋由善能切磋之故其友身之道德亦能成就之道德相由而成窮達不宜相棄然草木之生長雖至於盛夏之月萬物茂壯無能使草不有死者無能使木不有萎者以時不齊實小有萎死者也以興道德之進益雖至於成就之功百事通曉無能使色不有忿者無能使辭不有訟者以大義不虧實小而有忿訟也然小萎無虧於夏長小怨無損於交好汝何爲忘我切磋之大德反思我言訟之小怨而棄我乎○傳雖盛夏至萎枝者○正義曰以四時春生夏長物之盛莫過夏時故云雖盛夏萬物茂壯也以其大時不齊不能無死者故月令仲夏靡草死故曰死生分是草木無能不有枝葉萎槁者定本及集注本云草木無有不死葉萎枝者○箋此言至小訟乎○正義曰維山崔嵬之文上承谷風之下而下與草木相連明是風吹山巓之上使生草木也平地沃衍之土宜生草木山巓之上則非草木所宜風尚吹之使生故云猶及之也以難長而風及喻朋友相養之深也然而盛夏養萬物之時草木枝葉猶萎槁者以爲平地之草木非止山巓也養則言其難者故云山巓猶及之萎死則言其茂者故言盛夏以暢之云猶有萎槁者爲不宜萎槁是不據山巓明矣若然東風爲

谷風實取生長之義，要風以四方爲名，非以四時立稱，則夏
之東風猶爲谷風也。春則草木初生，未及暢茂，其有萎死則
唯其常，詩人不應舉以爲喻，故知言草木萎槁謂夏時
也。木大或一枝枯，故言萎也；草小或連根死，故言死也。

谷風三章，章六句

蓼莪，刺幽王也。民人勞苦，孝子不得終養爾。不得終養
者，二親病亡之時，時在役所，不得見也。○蓼莪，上音六，
下五河反。養，餘亮反，注除「鞠，養也」「穀，養也」二字，餘並同。〔疏〕
「蓼莪」六章，上下各二章章四句，中二章章八句。至「終養爾」。○
正義曰：民人勞苦，致令孝子不得於父母終亡之時而侍養
之。民人勞苦，五章卒章上二句是也。不得終養，卒章卒句是
也。其餘皆是孝子怨不得終養之辭。○箋「不得」至「得見」。○正
義曰：經言「銜恤靡至」，是親沒之辭。序言不得終養，繼於勞苦
之下，是勞苦不見父母也，故言不得終養者，二親病亡之時，
時在役所，不得見之也。終是亡之稱，亡連言病者，以亡必用
病言終，可以兼之。親病將亡，不得扶侍左右，孝子之恨最在
此時，故連言之。

蓼蓼者莪，匪莪伊蒿。興也。蓼蓼，長大貌。箋云：莪已蓼蓼長大，貌視之

以爲非莪故。謂之蒿與者喻憂思雖在役中心不精識其事。蒿呼毛反長張丈反下皆同思息嗣反。

哀哀父母生我劬勞箋云哀哀者恨不得終養父母報其生長已之苦〔疏〕蓼蓼至劬勞○正義曰言蓼蓼然長大者正是莪也而不精審視之以爲非莪反謂之維蒿以興有形器方可識者正是此物也而我不精識視之以爲非此物反謂之是彼物也以已二親今且病亡身在役中不得侍養精神昏亂故視物不察也既不得終養又追而爲恨言可哀之又可哀我父母也其生長我也其病勞矣今不見其亡所以深恨○箋莪已至其事○正義曰視莪以爲非莪亦是作者身視故云我視之是作者自我也但作者憂思深每事皆不精識故舉視莪爲蒿以喻衆事皆然故喻憂思雖在役中心不精識其事謂衆事不精識非獨我也

蓼蓼者莪匪莪伊蔚蔚牡菣也○蔚音尉菣去刃反

哀哀父母生我勞瘁箋云瘁病也○瘁似醉反〔疏〕傳蔚牡菣○正義曰釋草文舍人曰蔚一名牡菣某氏曰江河間曰菣陸機疏云牡蒿也三月始生七月華華似胡麻華而紫赤八月爲角角似小豆角銳而長一名馬薪蒿

缾之罄矣維罍之

恥缾小而罍大磬盡也箋云缾小而盡罍大而盈言爲罍恥者刺王不使富分貧衆恤寡○缾蒲丁反磬苦定反罍音雷

鮮民之生不如死之久矣鮮寡也箋云此言供養日寡矣而我尚不得終養恨之言也○鮮息淺反供九用反

無父何怙無母何恃出則銜恤入則靡至箋云恤憂靡無也孝子之心怙恃父母依依然以爲不可斯須無也出門則思之而憂旋入門又不見如入無所至○怙音戶

【疏】缾之至靡至○正義曰罍器大缾器小酌酒者當多酌罍少酌缾不使小缾先竭今缾之既盡矣而罍尚盈滿是爲酌罍者之恥也以興民有富而多丁貧而寡弱治民者當多役富少役貧不使貧者先困今貧者既困矣而富者尚饒裕是王之恥也今王不以爲恥偏困貧民我不得供養故因此以恨言寡矣民之生也言生而得養其凡尚寡況我尚不得終養是可恨之甚如此我不如死之久矣言已雖生不如死之已久也所以然者以無父何所依怙無母何所倚恃已無父母出門則以中心銜憂旋來入門則堂宇空曠不復覩見如行于野無所有至是其所以悲恨也○箋缾小至恤寡○正義曰釋器云小罍謂之坎孫炎曰酒罇也郭璞曰罍形似壺

大者受一斛是罍大如餅也言餅盡矣對罍盈言爲罍恥者是爲主罍者之恥卽酌者也以罍大似富衆餅小似貧寡然罍餅並列俱以酌之則當多酌罍而少酌餅以至於俱盡是均也猶上之賦役以富貧並對俱以役之則當多役富而少役貧以至於俱堪亦爲均也今餅盡而罍盈盈者滿也是全不酌之辭猶偏役貧寡而富衆不行故言恥者刺王不使富分貧衆恤寡也謂不使富者分貧者之役衆者憂寡者之勞而共之也言餅罄則罍盈矣罍既無情之物終不以自盈爲恥故知是爲罍者恥以喻王恥也。箋孝子至所至。正義曰作詩之日已反於家故言出入之事入門無見又似非殯是已卒哭之後也入門上堂不見慨焉廓焉時實爲甚三年之外孝子之情亦然但此以三年內耳

父兮生我母兮鞠我拊我畜我長我育我顧我復我出入腹我

鞠養腹厚也箋云父兮生我者本其氣也畜起也育覆育也顧旋視也復反覆也腹懷抱也。拊音撫畜喜郁反顧音故覆芳福反

欲報之德昊天罔極

箋云之猶是也欲欲報父母是德昊天乎我心無極

【疏】父兮至罔極。毛以爲此言父母生養之恩已思報之言父兮本流氣以生我母兮以懷任以

養我又拊循我起止我長遂我覆育我顧視我反覆我其出入門戶之時常愛厚我是生我劬勞也我今欲報父母是勞苦之德昊天乎心無已也常所憶念無有已時故言已痛切之情以告於天○鄭以腹爲懷抱爲異○傳腹厚○正義曰釋詁文○箋父兮至懷抱○正義曰上章揔言父母此分父母而說之故云父兮生我者本其氣也以鞠已爲養畜我承拊我之後明起止而畜愛之故爲起也言覆育者謂其寒暑或身體傴之覆近而愛育爲旋視謂去之而反顧也復反也故爲反覆謂小者就所養之處迴轉反覆之也腹我謂置之於腹故爲懷抱以父母厚已非獨出入之時故易傳也

南山烈烈飄風發發烈烈然至難也發發疾貌箋云民人自苦見役視南山則烈烈然飄風發發然寒且疾也○飄避遙反後篇同本又作票

民莫不穀我獨何害箋云穀養也言民皆得養其父母我獨何故覩此寒苦之害

【疏】南山至何害○正義曰孝子言己在役之苦我本從役苦於南山値時寒甚視南山則烈烈然愴其至役之勞苦而情以爲至難也又遇飄風發發然寒而且暴疾也於時天下之民豈不皆得養其父母者我獨何故覩此寒苦之甚害而不得養父母乎此何害與下不卒互也○箋言民至之害○正義曰何害

者皆以已刺彼故言他得孝養已獨寒苦此則怨者之常辭且虐君者役賦不平非無閑豫之人故作者言已偏苦得稱民莫不穀也

南山律律飄風弗弗律律猶烈烈也弗弗猶發發也**民莫不穀我獨不卒**箋云卒終也我獨不得終養父母重自哀傷也○卒子恤反重直用反

蓼莪六章四章章四句二章章八句

大東刺亂也東國困於役而傷於財譚大夫作是詩以告病焉譚國在東故其大夫尤苦征役之事也魯莊公十年齊師滅譚○譚徒南反國名

［疏］大東七章章八句至告病焉○正義曰作大東之詩者刺亂也時東方之國偏於賦役而損傷於民財此譚之大夫作是大東之詩告於王言已國之病困焉困民財役以至於病是爲亂也言亂者政役失理之謂揔七章之言皆是也言困於役者對則貨財謂之賦功力謂之役案此經文及傳箋皆刺賦斂重薄無怨力役之事故哀我憚人箋云哀其民人之勞苦亦不欲使周之賦斂則亦可息也是欲息其賦斂非力役也但王數徵賦須轉餫餫輸之勞卽是役也

四章云職勞不來下箋云東人勞苦而不見謂勤言送轉輸而不蒙勞來是困於役之事也經則主怨財盡故唯言賦重斂○則兼言民勞故云困役由送衰財以致役故先言之從首章以盡三章皆是困役財之事四章以下言周衰政偏衆官廢職由此已國所以賦重故言之以刺周亂也言病者雖七章皆是若指事而言則哀我憚人亦可息也是所苦之辭也言東國者譚大夫以譚國在東而見偏役故經云小東大東故亦順之而言東國爲不指譚而言東者譚大夫雖自爲已怨而王政大經偏東非譚獨然故言東以廣之譚大夫者以別於王朝也普天之下莫非王臣必別之者以此主陳譚國之偏苦勞役西之人優逸是有彼此之辭故須辨之明爲譚而作故也若汎論世事則不須分別小明大夫悔仕於亂彼牧伯大夫不言其國是也○箋譚國至滅譚○正義曰解譚大夫而序言東國之意也莊十年齊師滅譚是春秋經也傳曰齊侯之出也過譚譚不禮焉及其入也諸侯皆賀譚又不至是以齊師滅之引此者證其在京師之事也○有

饛簋飧有捄棘匕

興也饛滿簋貌飧熟食謂黍稷也捄長貌匕所以載鼎實棘赤心也箋云飧者客始至主人所致之禮也凡飧饔餼以其爵等爲之牢禮之數陳興者喻古者天子施予之恩於天下厚○饛音蒙

簋音軌飧音孫捄音虯又其牛反下**周道如砥其直如**章同匕必履反饛於恭反施始豉反**君子所履小人所視****矢**如砥貢賦平均也如矢賞罰不偏也○砥之履反○箋云此言古者天子之恩厚也君子皆法效而履行之其如砥矢之平小人又皆視之共之無怨○共音恭本又作恭○**睠言顧之潸焉出涕**睠反顧也潸涕下貌箋云言我也此二事者在乎前世過而去矣我從今顧視之爲之出涕傷今不如古○睠音卷本又作眷潸所姦反說文作潸云涕流貌山晏反出如字徐尺遂反涕音體爲于爲反○【疏】有饛至出涕○正義曰言有饛然滿者簋中黍稷之飧也有捄然長者棘木載肉之匕也客始至主人以簋盛飧以匕載肉而待之是主人供承之惠於賓客厚也以與古者天子施予之恩於天下厚也非直與恩厚又法制齊均周之貢賦之道其均如砥石然周之賞罰之制其直如箭矢然是所行之政皆平而不曲也以天子崇其施予之厚故其時君子皆共法傚所以履而行之以周道布其砥矢之平直時小人皆共承奉所以視而供之既君子履其厚小人視其平是上下相和舉世安樂今此二者於前世已過而去睠然迴反我從今世徒反顧而視之終不可值

由此消焉爲之出涕傷今不如古所以見偏役也。傳饛滿至赤心。正義曰簋以盛飧饛爲其狀故知饛滿簋貌也主人供賓客有禾有米此以盛於簋故知熟食也又禮之通例皆簠盛稻粱簋盛黍稷故知謂黍稷也捄爲匕之狀故知長貌雜記云匕用桑長三尺是也鼎實煮肉也煮肉必實之於鼎必載之者以古之祭祀享食必體解其肉之。胖既大故須以匕載之載謂出之於鼎升之於俎也雜記法亦言匕所以載牲體牲體即鼎實也言棘赤心者以棘木赤心言於祭祀賓客皆赤心盡誠也吉禮用棘雜記言用桑者謂喪祭也待賓客之匕禮當用棘傳言赤心解本用棘之意未必取赤心爲喻。箋飧者至天下厚。正義曰箋飧之所用故言客始至主人所致之禮也知者聘禮賓初至大夫帥至於館宰夫朝服設飧是也必先設之者以其初至權致小禮彼注云食不備禮曰飧對饔餼之大爲不備司儀注云小禮曰飧大禮曰饔餼是也言凡飧。饔餼以其爵等爲之牢禮之數陳者掌客文也案大行人及掌客云上公飧五牢饔餼九牢侯伯飧四牢饔餼七牢子男飧三牢饔餼五牢諸侯之朝必以臣從彼爲凡介行人宰史設文故注云凡大。行人宰使。衆臣從賓者也行人主禮宰主具史主書皆有饔餼尊其君以及其臣以其爵等爲之牢禮之數陳者爵卿也則飧二牢饔餼五牢爵

大夫也則飧大牢饔餼三牢爵士也則飧少牢饔餼大牢此
降小禮豐大禮也以命數則參差難等略於臣用爵而已是
爵等爲之牢禮之數陳也陳者依此數陳列以與之言此證
飧之所用是供客之禮也知喻古者天子施予之恩於天下
厚者以下云周道如砥言周平安之世賤言顧之傷其不見
往古故知此以主人待客之隆喻古者施予之厚也以東國
困役而刺王則與天下同怨故知喻天下古之天子正謂周
之聖王下言周道明所思不出於周也○傳如砥至不偏○
正義曰砥謂礪之石禹貢曰礪砥砮丹以砥石能磨物使平
故比貢賦均也矢則幹必直故比賞罰不偏也砥言周道則
其直亦周道也如矢言其直則如砥言其平互相通也知砥
比貢賦矢比賞罰者以王道所行唯此事耳此爲貢賦之偏
以發言故先以砥比貢賦取均平之義貢賦之外唯賞罰耳
故以矢比之傳因有二文而分之耳其實貢賦賞罰皆平皆
直理亦兼通故下箋云砥矢之道獨爲貢賦而砥矢並言是
得兼通故也此篇怨政偏斂重無言賞罰之事傳言之者以
言周道爲事廣所可平直者即貢賦賞罰耳故因而盡言以
暢之且粲粲衣服鞙鞙佩遂是濫賞所及亦是賞罰不平也
○箋此言至無怨○正義曰此言君子小人在位與民庶相
對君子則行其道小人則供其役此上四句有二事明君子

履其恩厚而法傚之小人視其平直而供承之以履視不同先上二事故箋分以當之也言君子所履者明己今賦斂之偏亦由時在位貪亂不履先王之道不能佐君以致於偏故五章以下刺其空官廢職與此相首尾

小東大東杼柚其空空盡也箋云小也大也謂賦斂之多少也小亦於東大亦於東言其政偏失砥矢之道也譚無他貨維絲麻爾今盡杼柚不作也○杼直呂反說文云盛緯器柚音逐本又作軸斂力豔反後同○

糾糾葛屨可以履霜佻佻公子行彼周行佻佻獨行貌公子譚公子也箋云葛屨夏屨也周行周之列位也言時財貨盡雖公子衣屨不能順時乃夏之葛屨今以履霜送轉餫因見使行周之列位者而發幣焉言雖困乏猶不得止○糾居黝反屨九具反佻徒彫反徐又徒了反沈又徒高反韓詩作嬥嬥往來貌並音挑本或作窕非也周行戶郎反注周行下載施之行並注同餫音運○

既往既來使我心疚箋云既盡疚病也言譚人自虛竭餫送而往周人則空盡受之曾無反幣復禮之惠是使我心傷病也○疚音救○

【疏】小東至心疚○正義曰譚大夫既思古無及乃言今幽王政偏重斂於已小亦於東大亦於東

前所賦斂者唯出杼柚今既輸送杼柚從其上之物皆已盡焉由此財盡衣屨不備糾糾然夏日之葛屨公子以貧乏之故謂其可以屨冬日之霜寒也佻佻然獨行者我譚國之公子也因送轉餫又見使行而彼周之列位而發幣焉雖則困乏猶不止也公子之困如此又我譚人自盡空竭送餫而往周人則空盡受之虛空而來曾無反幣復禮之惠由是所以使我心傷病焉○箋小也至不作○正義曰知譚無他貨唯有絲麻者以杼柚之有維絲麻耳說文云杼持緯者也○箋雖公子至不得比○正義曰上言杼柚其空是譚國財盡屨霜之下即云公子是公子服此葛屨而履霜也下云既往既來之仍是轉輸之事故知公子獨行爲送轉餫至京師又因見使之行周列位而發幣焉謂適有司而納其轉餫之幣列位則是有司也隱七年左傳曰初戎朝於周發幣於公卿杜預云朝而發幣於公卿如今計獻詣公府卿寺彼因朝而有貢獻之物發幣於公卿與此公子發幣同但此轉餫不因行聘也以葛屨爲履履霜仍彼行役言困乏猶不得止也○箋曾無反幣復禮之惠是使我心傷悲焉○正義曰聘禮云無行則重賄反幣謂以幣反報來者故此以反幣言之知責王無反幣者以怨其盡受明當有報也中庸曰厚往而薄來所以懷諸侯也是有報矣天子報諸侯之禮雖亡春秋之世諸侯之事

覇主與天子同也齊桓公知諸侯之歸已也故使輕其幣而
重其禮諸侯之使垂橐而入稛載而歸言其空而來重而歸
也則天子亦當有報故此其所以怨之也**有冽氿泉無浸穫薪契契寤歎**
哀我憚人冽寒意也側出曰氿泉穫艾也契契憂苦也憚勞也箋云穫落木名也既伐而折之以爲薪不
欲使氿泉浸之浸之則將濕腐不中用也今譚大夫契契憂苦
而寤歎哀其民人之勞苦者亦不欲使周之賦斂小東大東
極盡之極盡之則將困病亦猶是也○冽音列氿音軌字又
作晷寖子鴆反漬也字又作浸穫戶郭反毛刈也鄭落木名
也字則宜作木傍契苦計反徐苦結反憚丁
佐反徐又音但下同字亦作癉腐音輔朽也**薪是穫薪**
尚可載也哀我憚人亦可息也載載乎意也箋云薪是穫薪者析是穫薪
也尚庶幾也庶幾析是穫薪可載而歸蓄之以爲家
用哀我勞人亦可休息養之以待國事○蓄敕六反〔疏〕有冽
至可息○毛以爲有冽然寒氣之氿泉無得浸漬我所穫之
樵薪也以與暴虐者周室之幽王無得稅斂我譚國之民人
也刈薪者惜其樵薪不欲使氿泉妄浸之以妄浸之則濕腐
不中用故也以與今譚大夫契契憂苦而寤寐之中嗟哀憐

我譚國勞苦之民人不欲使周人極斂之極斂之則困病不堪其事也又言薪畜是穫刈之薪者尚以爲可存載於意當餼而掌之以爲家用故不欲氿泉之所浸也況譚大夫哀於我勞苦之人寧不亦可念之在情當休息而養之以待國事故不欲周王之所斂也此以氿泉比周王刈薪之人惜已新猶譚大夫之憂譚人意雖相對而文有詳略言氿泉之浸穫薪不言周王之斂譚人譚大夫有憂民之容刈薪者無惜薪之狀皆互見也○鄭唯穫爲木名尚爲庶幾又尚可載以對亦可息是薪可載歸猶人可休息直文比事於義爲過故不從毛餘同○傳冽。寒至憚勞○正義曰七月云二之日栗冽。是冽。爲寒氣也說文冽寒貌故字從冫釋水云氿泉穴出穴出仄出也李巡曰水泉從傍出名曰氿氿側出是側出曰氿泉也穫讀如穫稻之穫故爲刈也薪當析之即云刈者蓋木之細者以。荊楚之類故曰言刈其楚是小者刈之也以有哀歎故知契契憂苦也憚勞釋詁文○箋穫落至爲薪○正義曰穫。落釋木文文在釋木故爲木名某氏曰可作杯圈皮韌繞物不解郭璞曰穫。音穫可爲杯器素也陸機疏云今柳楡也其葉如楡其皮堅韌剝之長數尺可爲絙索又可爲甑帶其材可爲杯器是也易傳者以諸言薪者皆謂木也而言刈於理不安故易之

東人之子職勞

不來西人之子粲粲衣服東人譚人也來勤也西人京師人也粲粲鮮盛貌箋云職主也東人勞苦而不見謂勤京師人衣服鮮絜而逸豫言王政偏甚也自此章以下言周道衰其不言政偏則言衆官廢職如是而已○來音賚注同 舟人之子熊羆是裘舟人舟楫之人熊羆是裘言富也箋云舟當作周裘當作求聲相近故也周人之子謂周世臣之子孫退在賤官使搏熊羆在冥氏穴氏之職○羆彼皮反檝音接字又作楫近附近之近下同搏音博冥莫歷反 私人之子百僚是試私人私家人也是試用於百官也箋云此言周衰羣小得志○僚力彫反字又作寮同○

【疏】東人至是試○毛以爲言王政之偏東國譚人之子主爲勞苦盡財以供王賦而曾不見謂以爲勤言王意以譚人空竭爲常不愧之也其西人京師之子則有粲粲然鮮盛之衣服言王意縱西人使令驕溢不賦之也王既政偏如是又上下無制致舟檝之人人之子以熊羆之皮是爲衣裘言賤人踰制而奢富也其私家之人之子則百僚之官於是登用之小人得志驕貴也此周道之衰已所以偏苦○鄭以舟人之子二句爲異其在箋○傳東人至鮮盛○正義曰東以對西則西人是京師之人京師是王

譏之大號決其不賦稅非在朝之人也來勤釋詁文以不被
勞來爲不見勤故采薇序曰杕杜以勤歸卽是勞來也○箋
東人至而已○正義曰東人言王勞苦則知西人爲逸豫西
人言其衣服鮮明則東人衣服弊惡互相見也上章言公子
衣屨不能順時況國人乎此詩譚大夫所以告已國之病首
章至此言譚人之困而從此以下非復譚事故解之自此章
以下言周道衰也所言道衰雖有二事其所不言王政偏則
言衆官廢職雖如是而已此章以下并此章亦是從此盡不
以其漿言政偏鞙鞙佩璲以下言衆官廢職也其文雖多意
雖此二事故揔解之○箋舟當至之職○正義曰箋以此章
八句辭皆相反舉鮮盛而對職勞以是裘而對是試則周人
私人猶東人西人也既東西勞逸不同則周私所主爲異又
是試爲上之所用則是裘非身之所衣皆是王使之也以此
知舟當作周裘當作求周世臣之子孫者謂在周有功德世
爲臣其子孫賢者也裳裳者華序曰棄賢者之類絕功臣之
世是有退在賤官者也以熊羆是裘明遺賤人求捕熊羆故
知在冥氏穴氏之職秋官冥氏下士二人穴氏下士一人冥
氏掌設弧張爲阱擭以攻猛獸以靈鼓敺之穴氏掌攻蟄獸
各以其物火之注云蟄獸熊羆之屬冬藏者也而熊羆卽亦
猛獸故知在此二職也若然上云西人之子粲粲衣服西人

即周人也上句刺其鮮盛下句復傷其退求熊羆者以無道之世莫不變愛羣小斥逐賢哲故讒佞之徒多有逸樂功成之輩退在賤官雖同是周人賢愚不等作者刺彼驕奢哀此貶黜辭各有爲不相害也○傳私人私家人○正義曰此云私人則賤者謂本無官職卑賤之屬私居家之小人也崧高云遷其私人以申伯爲王卿士稱其家臣爲私人故傳曰私人家臣也有司徹云獻私人玉藻云大夫私事使私人擯以臣仕於私家謂之私人非此類也**或以其酒不以其漿**或醉於酒或不得漿**鞙鞙佩璲不以其長**鞙鞙玉貌璲瑞也箋云佩璲者以瑞玉爲佩佩之鞙鞙然居其官職非其才之所長也徒美其佩而無其德刺其素餐○鞙胡犬反字或作琄璲音遂**維天有漢監亦有光**漢天河也有光而無所明箋云監視也喻王閩置官司而無督察之實○監古蹔反閩音開字亦作開○**跂彼織女終日七襄**跂隅貌襄反也箋云襄駕也駕謂更其肆也從旦莫七辰一移因謂之七襄○跂說文作岐丘豉反徐又丘婢反更音庚歷也

【疏】或以至七襄○毛以爲言王政之偏或用之爲官令其醉酒者或不見任用不得其漿者言王政既偏其所用之人皆鞙

鞙然佩其璲玉居其官職不以其才之所長徒美其佩而無其德也維天之有漢仰監視之亦有精氣之光是徒有光而無無明今佩璲之人亦徒有名而無實也跂然三隅之形者彼織女也終一日歷七辰至夜而迴反徒見其如是何曾有織乎言王之官司徒見列於朝耳何曾有用乎○鄭唯言佩璲以云是玉也故鞙鞙為玉貌璲瑞釋器文郭璞曰玉瑞也禮以玉為瑞信其官謂之典瑞此瑞正謂所佩之玉故箋云佩璲者以瑞玉為佩玉藻云古之君子必佩玉是也釋訓云皐皐鞙鞙刺素餐也某氏云鞙鞙無德而佩故刺素餐也○傳漢天至所明○正義曰河圖括地象云河精上為天漢揚泉物理論云星者元氣之英也漢水之精也氣發而著精華浮上宛轉隨流名曰天河一曰雲漢大雅云倬彼雲漢是也此天河雖則有光不能照物故有光而無所明也自下諸星皆取有名無用以為義天漢此知不以無水用為義者以言監亦有光是嫌其光之小也故知取無明為喻其女牛箕斗各自言其無所用知其不取無明也星皆在天獨漢言維天者以其初言天象故云維天以揔之使下諸星皆蒙維天之文也天畢又言天者以其餘皆二字為星名箕斗又有南北相配維畢單名故言天以配之也此諸星者牛女言其貌箕斗言其用七襄再述其辭長庚一無所說參差不同者皆作者選

言罽辭使成文理潤色而已無義例也○傳跂隅貌襄反○正義曰說文云跂頃也字從匕孫毓云織女三星跂然如隅然則三星鼎足而成三角望之跂然故云隅貌襄者謂從旦至暮七辰而復反於夜也○箋襄駕至七襄○正義曰襄駕釋言文言更其肆者周禮有市廛之肆謂止舍處也而天有十二次日月所止舍也舍即肆矣在天爲次在地爲辰每辰爲肆是歷其肆舍有七也星之行天無有舍息亦不駕車以人事言之耳晝夜雖各六辰數者舉其終始故七即自卯至酉也言終日是晝也晝不見而言七移者據其理當然矣

雖則七襄不成報章不能反報成章也箋云織女有織名爾駕則有西無東不如人織相反報成文章○

睆彼牽牛不以服箱睆明星貌河鼓謂之牽牛服牝服也箱大車之箱也箋云以用也牽牛不可用於牝服之箱○睆華板反箱息羊反河鼓何可反又音河星名牝頻忍反

東有啓明西有長庚日旦出謂明星爲啓明日既入謂明星爲長庚庚續也箋云啓明長庚皆有助日之名而無實光也

有捄天畢載施之行捄畢貌畢所以掩兔也何嘗見其可用乎箋云祭器有畢者所以助載鼎實今天畢則施於行列而

已雖則至之行。正義曰言雖則終日歷七辰有西而
【疏】無東不成織法報反之文章也言織之用緯一來一
去是報反成章今織女之星駕則有西而無東不見倒反是
有名無成也又睆然而明者彼牽牛之星雖則有牽牛之名
而不曾見其牽牛以用於牝服大車之箱也又東方有啓導
日明之星西方有長庚續日之星此亦何曾能有啓續乎又
有捄然而長者在天之畢也徒則施之於二十八宿之行列
而已亦何曾見其掩兔載肉之用乎是皆有名無實亦與王
之官司虛列而無所成也。傳何鼓至之箱。正義曰河鼓
謂之牽牛釋天文也李巡曰河鼓牽牛皆二十八宿名也孫
炎曰河鼓之旗十二星在牽牛之北也或名爲河鼓亦名爲
牽牛如爾雅之文則牽牛河鼓一星也如李巡孫炎之意則
二星今不知其同異也知服牝服者以連箱言之爲牛所用
故牝服也車人言大車牝服二柯又三分柯之二注云大車
平地載任之車牝服長八尺謂較也今俗爲平較兩較之內
謂之箱甫田曰乃求萬斯箱書傳曰長幾充箱是謂車內容
物之處爲箱言大車者以經有牽牛之文故知大車箱也。
傳日旦至庚續。正義曰言旦出者旦猶明也明出謂鄉晨
時也啓開也言開導日之明故謂明星爲啓明庚續釋詁文
日既入之後有明星言其長能續日之明故謂明星爲長庚

也釋天云明星謂之啓明孫炎曰明星太白也出東方高三舍今曰明星昏出西方高三舍今曰太白然則啓明是太白矣長庚不知是何星也或一星出在東西而異名或二者別星未能審也○傳捄畢至掩兔○正義曰上言捄長貌此云畢貌亦言畢之長也鴛鴦曰畢之羅之月令禁羅網畢翳無出國門是田器有畢也此畢象畢星爲之而施網焉故言所以掩兔也○箋祭器至鼎實○正義曰特牲饋食禮曰宗人執畢是祭器有畢也彼注云畢狀如叉蓋爲其似畢星取名焉主人親舉宗人則執畢導之是所以助載鼎實也掩兔祭器之畢俱象畢星爲之必易傳者孫毓云祭器之畢狀如畢星名象所出也畢弋之畢又取象焉而因施網於其上雖可兩通箋義爲長○

維南有箕不可以簸揚維北有斗不可以挹酒漿挹𣂏也○簸波我反徐又府佐反斗都口反沈作主挹音揖𣂏矩于反廣雅云酌也本又作𣂏**維南有箕載翕其舌維北有斗西柄之揭**翕如也箋云翕猶引也引舌者謂上星相近○翕許急反柄彼病反揭居竭反徐起謁反

【疏】維南至之揭○正義曰言維此天上其南則有箕星不可以簸揚米粟維此天上其北則有斗

星不可以挹斟其酒漿所以不可以簸挹者維南有箕則徒翕置其舌而已維北有斗亦徒西其柄之揭然耳何嘗而有可用乎亦猶王之官司虛列而無所用也此挹下言酒漿則簸揚下宜言米粟作者取文便而不言之耳又西柄之揭與載翕其舌文不類者以箕斗之形成於柄舌又簸之須舌猶挹之須柄各隨其義故不同也言南箕北斗者案二十八宿連四方爲名者唯箕斗井壁四星而已壁者室之外院箕在南則壁在室東故稱東壁鄭稱參傍有玉井則井星在參東故稱東井推此則箕斗並在南方之時箕在南而斗在北故言南箕北斗也以箕斗是人之用器故令相對爲名其名之定雖單亦通故巷伯謂箕爲南箕爲此也○傳翕合○正義曰言合者以天星衆也此獨爲箕者由此星合聚相接其舌也○箋翕猶引至相近○正義曰鄭以爲箕星踵狹而舌廣而言合於天文不便故言翕猶引也引其舌者謂上星近也言箕之上星相去近故爲踵因引之使相遠而爲舌也

大東七章章八句

四月大夫刺幽王也在位貪殘下國構禍怨亂

並興焉〔疏〕四月八章章四句至興焉○正義曰四月詩者大夫所作以刺幽王也以幽王之時在位之臣皆貪暴而殘虐下國之諸侯又構成其禍亂結怨於天下由此致怨恨禍亂並興起焉是幽王惡化之所致故刺之也經云廢爲殘賊是在位貪殘也我日構禍是下國構禍也民莫不穀是怨亂也亂離瘼矣是亂事也言怨亂並興者王政殘虐諸侯構禍是亂也亂既未弭則民怨不息政亂民怨同時而起故云並興也經八章皆民怨刺王之辭此篇毛傳其義不明王肅之說自云述毛於六月徂暑之下注云詩人以夏四月行役至六月暑往未得反已闕一時之祭後當復闕二時也先祖匪人之下又云征役過時曠廢其祭祀我先祖獨非人乎王者何爲忍不憂恤我使我不得脩子道案此經序無論大夫行役祭祀之事據檢毛傳又無此意縱如所說理亦不通故孫毓難之曰凡從役踰年乃怨雖文王之師猶采薇而行歲暮乃歸小雅美之不以爲譏又行役之人固不得親祭攝者脩之未爲有闕豈有四月從役六月未歸數月之間未過古者出師之期而以刺幽王亡國之君乎非徒如毓此言首章始廢一祭已恨王者忍己復闕二時彌應多怨何由秋日冬日之下更無先祖之言豈廢闕多時反不恨也以此王氏之言非得毛意孫以爲如適之徂皆訓爲往今

言往暑猶言適暑耳雖四月爲夏六月乃之適盛暑非言往
而退也詩人之與言治少亂多皆積而後盛盛而後衰衰而
後亂周自太王王季王業始起猶維夏也及成康之世而後
致太平猶徂暑也暑往則寒來故秋日繼之冬日又繼之善
惡之喻各從其義疏自云述毛此言亦非毛旨何則傳云暑
盛而往矣是既盛而後往也疏言方往之暑不得與毛同矣
疏之所說義亦不通案經及序無陳古之事太王成康之語
其意何以知然又以四月爲周基六月爲允盛則秋日爲當
誰也直云秋日繼之冬日又繼之不辨其世之所當何哉若
言成康之後幽王之前則其間雖有衰者未足皆爲殘虐何
故以涼風喻其病害百卉乎若言亦比幽王則已歷積世當
陳其漸何故幽王頓此二時中間獨爾闕絶也又疏言以爲
有漸則幽王既比於冬不得更同秋日不宜爲幽王何傷先
世之亂離哉如是則王孫之言皆不可據爲毛義也今使附
之鄭說唯一徂字異耳計秋日之寒未知冬時反言百卉具
腓以譬萬民困病其喻有甚於冬則三者別喻不相積累以
四時之中九可慘酷者莫過於冬日故以比王身自言上之
所行不論病民之狀以冬時草木收藏而無可比下故獨言
王惡也二章以涼風之害百草喻王政之病下民首章言王
惡之有漸嚴寒毒暑皆是可患各自爲興不相因也其興之

日月先後爲章次耳**四月維夏，六月徂暑。**徂，往也。六月火星中，暑盛而往矣。箋云：徂猶始也。四月立夏矣，至六月乃始盛暑，興人爲惡亦有漸，非一朝一夕。○構，古候反。**先祖匪人，胡寧忍予？**箋云：匪，非也。寧，猶曾也。我先祖非人乎？人則當知患難，何爲曾使我當此難世乎？○難，乃旦反。

〔疏〕四月至忍予○毛以爲言四月維始立夏矣，未甚暑，至六月乃極暑矣。既極，然後往過其暑矣。以往表其極。言四月已漸暑，至六月乃暑極，以興王初即位，雖爲惡政矣，未甚酷，至于今乃極酷也。自即位以漸酷，至今乃酷甚也。亦惡如此，故大夫仰而訴之：我先祖非人乎？先祖若人，當知患難，何曾施恩於我，當此亂世乎？以王惡之甚，故訴其先祖也。○鄭以徂爲始，六月始暑，喻王乃始酷。餘同。○傳徂往至往矣○正義曰：徂，往，釋詁文也。月令季夏六月，昏，大火中，是六月火星中也。火星中而暑退，暑盛而往矣，是取暑盛爲義，喻王惡盛也。由盛故有往，是以往表其盛，無取於往義也。傳言暑盛而往矣，其意出於左傳。昭三年傳曰：譬如火焉，火中，寒暑乃退。此其極也，能無退乎？彼以極退，故此以理反之，故言往而明極也。故知不取往爲義也。○箋云徂猶至一夕○正義曰：鄭以大夫已遭王惡，倒本其漸，王惡無已退之時，不似寒暑之更代故以始言之徂訓爲往今言徂始者義出於往也言往者因此往彼之辭徂到郎是其始暑自四月往至於六月爲始也以毛言徂往涉於過義故更以義言訓之爲始東山云我徂東山下言我來自東則我徂東山爲到東山是徂爲始義也漢書律厯志云四月立夏節小滿中故言四月立夏矣至六月乃始盛暑也以興人爲惡有漸非一朝一夕是暑以喻其惡之極也不與下秋冬相繼也○箋云我先至亂世○正義曰人困則反本窮則告親故言我先祖非人出悖慢之言明怨恨之甚猶正月之篇怨父母生已不自先後也○

秋日淒淒百卉具腓

淒淒涼風也卉草也腓病也箋云具猶皆也涼風用事而衆草皆病興貪殘之政行而萬民困病○淒本亦作棲七西反卉許貴反腓房非反韓詩云變也

亂離瘼矣爰其適歸

離憂瘼病適之也箋云爰曰也今政亂國將有憂病者於曰此禍其所之歸乎言憂病之禍必自之歸爲亂○瘼音莫○

〖疏〗秋日至適歸○正義曰言嚴秋之日淒淒然有寒涼之風由此寒涼之風用事於時故使百草皆被凋殘以致傷病以興幽王之惡有貪殘之政由此貪殘之政行於天下故萬民皆見殘害以遭困病此是王政之亂王政既亂則國將有憂病矣曰此憂病之禍其何所

歸之。乎言此憂病之禍必歸。之。於國家滅亂也。箋今政至爲亂。○正義曰經中亂字承上經之事是政亂也亂憂病三者速文明非共爲一事故分之也政亂已損害於民則民不堪命將以危國故言國將有憂病者也謂可憂之病滅亡之事也又言憂病之禍必自之歸於亂者謂之於滅亡之亂流疏滅戲之類非疊上文也宣十二年左傳引此詩乃云歸於怙亂者也是之歸於亂也

冬日烈烈飄風發發箋云烈烈猶栗烈也發發疾貌言王爲酷虐慘毒之政如冬日之烈烈矣其亟急行於天下如飄風之疾也○亟紀力反

民莫不穀我獨何害箋云穀養也民莫不得養其父母者我獨何故覩此寒苦之害○養其餘亮反

疏 箋我獨至之害○正義曰上以寒風喻王行慘毒之政則言禍害者正謂毒政之害也言寒苦之害者遭虐政之苦猶遇風寒之苦因上文以寒喻故言寒也

山有嘉卉侯栗侯梅箋云嘉善侯維也山有美善之草生於梅栗之下人取其實蹂踐而害之令不得蕃茂喻上多賦斂富人財盡而弱民與受困窮○蹂如久反廣雅云履也令力呈反蕃音煩與音預

廢爲殘賊莫知其尤廢忕也箋云尤過也言在位者貪殘爲民之害

無自知其行之過者言大於惡。廢如字一音發怏時世反下同又一本作廢大也此是王肅義行下孟反下之行同。【疏】山有至其九。正義曰言山有此美善之草矣其生也維在栗維在梅之下人往取其梅栗之實則踩踐害此美草使不得蕃茂以興國中有此貧弱之民矣其居也維在富人之傍上多富斂富人財盡則又并賦此貧民使之不得生育俱受困窮由此在位之人慣習爲此殘賊之行以害於民莫有自知其所行爲過惡者故令民皆病。傳廢怏。正義曰說文云怏習也恒爲惡行是慣習之義定本廢訓爲大與鄭不同。

相彼泉水載清載濁　箋云相視也伐。視彼泉水之流一則清一則濁刺諸侯並爲惡曾無一善。相息亮反注同。**我日構禍曷云能穀**　構成曷逮也箋云構猶合集也曷之言何也穀善也言諸侯日作禍亂之行何者可謂能善。曷舊何葛反一云毛安葛反。【疏】相彼至能穀。毛以爲我視彼泉水之流尚有一泉則清一泉則濁我視彼諸侯之行何爲一皆爲惡曾無爲善乃泉水之不如也所以然者我此諸侯日日構成其禍亂之行逮何時能爲善言其日益禍亂不能逮於善時。鄭以下二句爲異言我諸侯日日合集其惡作爲禍亂之行何者可謂其善言其皆無所善不如泉水有清者也○傳舃逷○正義曰釋言文**滔滔江漢南國之紀**滔滔大水貌其神足以綱紀一方箋云江也漢也南國之大水紀理衆川使不雝滯喩吳楚之君能長理旁側小國使得其所○滔吐刀反長張丈反○**盡瘁以仕寧莫我有**箋云瘁病仕事也今王盡病其封畿之内以兵役之事使羣臣有土地者無自保有者皆懼於危亡也吳楚舊名貪殘今周之政乃反不如○瘁本又作萃似醉反下篇同○

【疏】傳滔滔至一方○正義曰滔滔大水貌與吳楚強盛言神者以國主山川所在之國當祀其神魯語曰禹會羣神於會稽以諸侯主祭其神故言神也則此言其神足以綱紀一方是明所事其神之國將有綱紀其意亦喩江漢之傍國故言一方也○箋江漢至其所○正義曰紀理衆川使不雝滯者謂衆川有所注入江漢能統引之不使其水雝遏滯塞常時通流也知喩吳楚之君者以舉江漢爲喩而彼南國之紀則以喩江漢所在之國能相紀理故喩吳楚矣吳楚之意出於經之南國也若然上章言諸侯並惡曾無一善今稱吳楚能理小國又幽王時吳楚微弱未爲盟主所以能長理傍國爲之綱紀者上言諸侯並惡謂中國諸侯耳漸漸之石序曰戎狄叛之荊舒不至是幽王之時荊已

叛矣亦既有背叛王命固當自相君長是大能字小紀理傍國明矣南方險遠世有強國商頌云達彼殷武奮伐荆楚是殷之中年楚已嘗叛鄭語史伯謂桓公曰姜嬴荆芊實與諸姬相干也南有荆蠻不可以入是幽王之時楚已强矣於時未必有吳以吳亦夷之強者與楚相配言耳公羊傳曰吳楚之君不書葬是吳楚相近故連言之○箋今王至不如○正義曰封畿之內謂中國所及之境故六月箋云今汝出征以正王國之封畿彼謂逐玁狁正中國也此疾王之惡而言盡病故爲盡病封畿之內以兵役之事謂以兵甲之事勞役之使不得安寧故羣臣諸侯有土地者無敢自保有之皆懼於危亡也以禹貢唐虞之時已云江漢朝宗于海言朝宗以示臣義故注以爲荆楚之域國無道則先強有道則後服也殷王武丁已伐荆楚是舊貪殘也

匪鶉匪鳶翰飛戾天匪鱣匪鮪潛逃于淵鶉鵰也鵰鳶貪殘之鳥也大魚能逃處淵箋云翰高戾至鱣鯉也言鵰鳶之高飛鱣鮪之處淵性自然也非鵰鳶能高飛非鯉鮪能處淵皆驚駭辟害爾喻民性安土重遷今而逃走亦畏亂政故○鶉徒丸反字或作鷻鳶以專反鴟也鱣張連反鮪于軌反鵰音彫

【疏】匪鶉至于淵○毛以爲鵰也鳶也貪殘之鳥乃高飛至天今在位非

鵰非鳶也何故貪殘驕暴如鳥之高飛至天也鱣也鮪也長大之魚乃潛逃於淵令賢者非鱣非鮪也何爲隱遁避亂如魚之潛逃於淵也是貪殘居位不可得而治大德潛遁不可得而用所以大亂而不振也○鄭以爲王政亂虐下民逃散言若鶉若鳶可能高飛至天非鱣鮪之小魚亦潛逃於淵性非能然爲驚駭避害故也以與民不欲逃走而逃者性非能然而然者爲驚擾畏亂政故也○傳鶉鵰至處淵○正義曰說文云鶉○鵰也從敦而爲聲字異於鶉也鵰之大者又名鶚孟康漢書音義曰鶚大鵰也說文又云鳶○鷙鳥也鶉○鳥皆殺害小鳥故云貪殘之鳥以喻在位貪殘也大魚能逃於淵喻賢者隱遁也故王肅云以言在位非鵰鳶也何則貪殘驕暴高飛至天時賢非鱣鮪也何爲潛逃以避亂孫毓云貪殘之人而居高位不可得而治賢人大德而處潛遁不可得而用上下皆失其所是以大亂而不振皆述毛說也○箋喻民至政故○正義曰箋以上章王政之亂病害下民下章言民不得所不如草木則此亦宜言民之困病故以爲喻民逃走畏亂政也○

山有蕨薇隰有杞桋 杞枸檵也桋赤棟也箋云此言草木尚○各得其所人反不得其所傷之也○蕨居月反桋本亦作荑音夷枸音苟檵音計棟所革反郭霜狄反

君子作歌維

以告哀箋云告哀言勞病而愬之【疏】山有至告哀。○正義曰言山之有蕨薇之菜隰之有杞桋之木是菜生於山木生於隰所生皆得其所以興人生處於安樂以得其所今我天下之民遇此殘亂驚擾失性草木之不如也由此君子作此八章之歌詩以告訴於王及在位言天下之民可哀憫之也作者自言君子以非君子不能作詩故也○傳桋赤棟○正義曰釋木文又曰白者棟舍人曰桋名赤棟也某氏曰白色爲棟其色雖異爲名同江河間棟可作轂郭璞曰赤棟樹葉細而岐說○也皮理錯戾好叢生山中中爲車輞白棟葉負而岐爲木大也

四月八章章四句

北山大夫刺幽王也役使不均已勞於從事而不得養其父母焉○使如字已音紀下注渝已同養餘亮反【疏】北山六章三章章六句三章章四句至父母焉○正義曰經六章皆怨役使不均之辭若指文則大夫不均我從事獨賢是役使不均也朝夕從事是已勞於從事也憂我父母是由不得養其父母所以憂之也經序倒者作者恨勞而不得供養故言憂我父

母序以由不均而致此怨故先言役使不均也

陟彼北山言采其杞

箋云言我也登山而采杞非可食之物喻已行役不得其事。杞音起。

偕偕士子朝夕從事

偕偕強壯貌士子有王事者也箋云朝夕從事言不得休止。偕音皆徐音諧說文云強也。

王事靡盬憂我父母

箋云靡無也盬不堅固也王事無不堅固故我當盡力勤勞於役久不得歸父母思已而憂。盬音古。

【疏】陟彼至父母。○正義曰言有人登彼北山之上者云我采其杞菜之葉也此杞葉非可食之物而登山以采之非宜矣以興大夫循彼長遠之路者云我從其勞苦之役也此勞役非賢者之職而循路以從之非其事矣所以行役不得其事者時王之意以已爲偕偕然而強壯今爲王事之子以朝繼夕從於王役之事常不得休止王家之事無不堅固使已勞以堅固之今使憂及於我父母由久不得歸故父母思已而憂也

溥天之下莫非王土率土之濱莫非王臣

溥大率循濱涯也箋云此言王之土地廣矣王之臣又衆矣何求而不得何使而不行。溥音普濱音賓涯魚佳反字又作崖

大夫不均我從事獨

賢賢勞也箋云王不均大夫之使而專以我有賢才之故獨使我從事於役自苦之辭【疏】傳溥大也濱涯○正義曰溥大釋詁文釋水云滸水涯孫炎曰涯水邊說文云浦水濱廣雅云浦涯然則滸濱涯浦皆水畔之地同物而異名也詩意言民之所居民居不盡近水而以濱爲言者古先聖人謂中國爲九州者以水中可居曰洲言民居之外皆有水也鄒子曰中國名赤縣赤縣內自有九州禹之序九州是也其外有瀛海環之是地之四畔皆至水也濱是四畔近水之處言率土之濱舉其四方所至之內見其廣也作者言王道之衰傷境界之削則云蹙國百里蹙蹙靡所騁恨其有人衆而不使卽以廣大言之所怨情異故設辭不同王不均大夫之使不過朝廷而普及天下者明其衆也○傳賢勞○正義曰以此大夫怨已勞於事故以賢爲勞箋以賢字自道故易傳言王專以我有賢才之故乎何故獨使我也王肅難云王以已有賢才之故而自苦自怨非大臣之節斯不然矣此大夫怨王偏役於已非王實知其賢也王若實知其賢則當任以尊官不應勞以苦役此從事獨賢猶下云嘉我未老鮮我方將恨而問王之辭非王實知其賢也○**四牡彭彭王事傍傍**彭彭然不得息傍傍然不得已○傍布彭反得已音以○**嘉我未**

老鮮我方將將壯也箋云嘉鮮皆善也王善我年未老乎善我方壯乎何獨久使我也○鮮息淺反沈云鄭音仙旅力方剛經營四方旅衆也箋云王謂此事衆之氣力方盛乎何乃勞苦使之經營四方或燕燕居息燕燕安息貌或盡瘁事國盡力勞病以從國事或息偃在牀或不已于行箋云不已猶不止也或不知叫號或慘慘劬勞叫呼號召也○叫本又作嘂古弔反號戶報反協韻戶刀反慘七感反字又作懆○或棲遲偃仰或王事鞅掌鞅掌失容也箋云鞅猶何也掌謂捧之也負何捧持以趨走言促遽也○棲音西卬音仰本又作仰鞅於兩反何戶可反又音何捧芳勇反或湛樂飲酒或慘慘畏咎箋云咎猶罪過也○湛都南反樂音洛咎其九反○或出入風議或靡事不爲箋云風猶放也○風音諷議如字協句音宜○

疏或燕燕至不爲○正義曰三章勢接殺迫解之皆具說在注或不知叫號者居家用逸不知上有徵發呼召者或出入風議謂閒暇無事出入

放恣議薑時政者或勤者無事不爲者定本集注並作議俗本作儀者誤也○鄭雅鞅掌爲異餘同○箋鞅猶至促遽○正義曰傳以鞅掌爲煩勞之狀故云失容言事煩鞅掌然不暇爲容儀也今俗語以職煩爲鞅掌其言出於此傳也故鄭以鞅掌爲事煩之實故言鞅猶荷也鞅讀如馬鞅之鞅以負荷物則須鞅持之故以鞅表負荷也以手而掌執物是捧持之負荷捧持以趨走也促遽亦是失容但本意與傳異耳

北山六章三章章六句三章章四句

無將大車大夫悔將小人也周大夫悔將小人幽王之時小人衆多賢者與之從事反見譖害自悔與小人並○疏無將大車三章章四句至小人○正義曰作無將大車詩者謂時大夫將進小人使有職位不堪其任愆負及已故悔之也以將進小人後致病累可爲鑒戒以示將來足明時政昏昧朝多小人亦所以刺王也若然此大夫作詩則賢者也自當擇交既進而悔者知人則哲堯尚難之孔子以聖人之傳尚改觀於宰我子文以諸侯之良猶未知於子玉況大夫非聖能無悔乎經三章皆悔辭也無將大車祇自

塵兮大車小人之所將也箋云將猶扶進也祇適也鄙事者賤者之所爲也君子爲之不堪其勞以喻大夫而進舉小人適自作憂累故悔之○祇音支累劣僞反篇末同本或作辱

無思百憂祇自疧兮疧病也箋云百憂者衆小事之憂也進舉小人使得居位不任其職愆負及已故以衆小事爲憂適自病也○疧都禮反任音壬愆起連反

【疏】無將至疧兮○正義曰言君子之人無得自將此大車若將此大車適自塵蔽於已以興後之君子無得扶進此小人適自憂累於已小人居職百事不幹已之所舉必助憂之故又戒後人言無思百衆小事之憂若思此憂適自病害於已○傳大車小人之所將也○正義曰冬官車人爲車有大車鄭云大車平地載任之車則此是也其車駕牛故酒誥曰肇牽車牛遠服賈用是小人之所將也○箋將猶扶進○正義曰言將猶扶進者以大車須人傍而將之是爲扶車而進導也大車比小人言無扶進比小人也○

無將大車維塵冥冥箋云冥冥者蔽人目明令無所見也猶進舉小人蔽傷已之功德也○冥莫庭反又莫迥反令力呈反○

無思百憂不出于熲熲光也箋云思衆小事以爲憂使人蔽闇不得出於光明之道○熲

古適反沈又古頊反**無將大車維塵雝兮**箋云雝猶蔽也○雝於勇反字又作壅又於用反**無思百憂祇自重兮**箋云重猶累也○重直龍反又直用反

無將大車三章章四句

小明大夫悔仕於亂世也名篇曰小明者言幽王日小其明損其政事以至於亂○

【疏】小明五章上三章章十二句下二章章六句至亂世○正義曰小明詩者牧伯大夫所作自悔仕於亂世謂大夫仕於亂世使於遠方令已勞苦故悔也首章箋云詩人牧伯之大夫使述其四方之事然則牧伯大夫使述其四方之事是常令。而悔仕者以牧伯大夫雖行使是常而均其勞逸有期而反今幽王之亂役則偏苦行則過時也故我事孔庶箋云王政不均臣事不同是偏苦也蔵聿云莫箋云乃至蔵晚尚不得歸是過時也偏當勞役歷日長久故所以悔也經五章皆悔仕之辭雖揔爲悔仕而發但所悔有意故首章言載離寒暑以日月長久是悔仕箋因其篇初故言遭亂世勞苦而悔仕三章言其自詒伊戚是憂恨之語故箋云悔仕之辭其實皆悔辭也**明明上天照臨**

下土箋云明明上天喻王者當光明如日之中也照臨下土喻王者當察理天下之事也據時幽王不能然故舉以刺之。我征徂西至于艽野二月初吉載離寒暑艽野遠荒之地初吉朔日也箋云征行徂往也我行往之西方至於遠荒之地乃以二月朔日始行至今則更夏暑冬寒矣尚未得歸詩人牧伯之大夫使述其方之事遭亂世勞苦而悔仕。艽音求更音庚。心之憂矣其毒大苦箋云憂之甚心中如有藥毒也。大音泰念彼共人涕零如雨箋云共人靖共爾位以待賢者之君。共音恭注下皆同豈不懷歸畏此罪罟罟網也箋云懷思也我誠思歸畏此刑罪羅網我故不敢歸爾。罟音古

【疏】明明至罪罟。正義曰言明明之上天日中之時能以其光照臨下土之國使無幽不燭品物咸亨也以喻上者處尊之極當以其明察理於天下之事然無屈不伸勞逸得所也今幽王不能然闇於照察勞逸不均令已獨遠使言我行往之西方至于艽野遠荒之地其路之長遠矣以二月初朔之吉日始行至于今則離歷其冬寒夏暑矣尚不得歸其淹久如此故我心中之為憂愁矣其憂之甚則如毒藥

之大苦然由仕於亂世以致如此故困苦而悔之念彼明德
供具賢者爵位之人君欲往仕之而不見涕淚零落如雨然
雖時無此人恨本不隱處以待之也又言己勞苦之狀我豈
不思歸乎我誠思歸但畏此王以刑罪羅網我我恐觸其羅
網而得罪故不敢歸耳。箋明明至以刺之。正義曰言照
臨故知有日月之明察唯中乃然故云王者光明當如日中
之照也昭五年左傳曰日上其中易豐卦彖曰王宜日中以
王明之光照臨天下如日中之時是也必責王令明如天日
者以王者繼天理物當與日同故易曰大人與日月合其明
是也。傳艽野至朔日。正義曰野是遠稱艽蓋地名言其
歷日長久明當至於遠處故言遠荒之地爾雅四海之外遠
地謂之四荒言在四方荒昏之國也此言荒者因彼荒是遠
地故言荒爲遠辭非卽彼之四荒也何則牧伯之大夫行其
所部而已不得越四海而至四荒也言荒者若微子云吾家
耄遜于荒謂在外野而已此言二月朔而始行下章鄭以四
月而至假令還以朔到尚六十日也以日行五十準之則三
千里矣州之遠境容有三千但述職之行有所過歷不知定
日幾里也以言初而又吉故知朔日也君子舉事尚早故以
朔爲吉周禮正月之吉亦朔日也。箋詩人牧伯之大夫。
正義曰知者以言我征徂西至于艽野是遠行巡歷之辭又

曰我事孔庶是行而有事非征役之言是述事明矣述事者唯牧伯耳故知是牧伯之下大夫也若然王之存省諸侯亦使大夫行也知此非天子存省諸侯使大夫者以王使之存省上承王命適諸侯奉使有主至則當還不應云我事孔庶歲莫不歸故不以爲王之大夫也牧伯部領一州大率二百一十國其事繁多可以言孔庶也前事未了後又委之可以言政事愈蹙也如此則爲牧伯之大夫於事爲宜故也且牧伯之大夫不在王之朝廷今而爲王所苦所以於悔切耳然則牧伯大夫自仕於牧非王所用而言悔仕者此之勞役由王所爲故曰幽王不能徵是者王而使已多勞故怨王而悔仕也言牧伯者以牧一州之方伯謂之牧伯然單言之直牧耳此言述職之大夫則容牧下二伯之大夫不必專侯牧之伯一人而已○箋共人至之君○正義曰下云靖共爾位與此共人文同此大夫悔仕於亂世則思不亂而明德者仕之故爲以待賢者之君也若然此大夫所恨恨幽王之惡徧彼天下土無二王不得更有天子然則靖共爾位之君當世之所無矣而云念之者此大夫自悔本應坐待明君不當事於朝廷今仕而遇亂追念昔時言我本應待彼共人無故冒此亂世而涕零耳非謂當時有賢君可念也下章靖共爾位正直是與勸友使聽天任命不汲汲求仕於時亦無明君可令

友往仕之正勸待之耳此所念者亦念其當待之非當時有可念也**昔我往矣日月方除曷云其還歲聿云莫**除除陳生新也箋云四月爲自謂其時將卽歸何言其還乃至歲晚尚不得歸○除直慮反如字若依爾雅則宜餘舒二音莫音暮注及下同**念我獨兮我事孔庶心之憂矣憚我不暇**憚勞也箋云孔甚庶衆也我事獨甚衆勞我不暇皆言王政不均臣事不同也○憚丁佐反徐又音但亦作癉同**念彼共人睠睠懷顧**箋云睠睠有往仕之志也○睠音眷**豈不懷歸畏此譴怒**

【疏】昔我至譴怒○毛以爲大夫言昔我初往向艽野之時矣日月方欲除陳生新二月之中也於我初發卽云何時云其得旋歸乎望得早歸也今乃歲月遂云已莫矣而尚不得歸其時朝廷大夫多得閑逸念我獨憂衆事兮我事甚繁衆也由此此心之憂愁矣以事多勞我不得有閑暇之時憂苦如此悔仕於亂故念彼靖共爾位之人睠睠然情懷反顧欲往仕之恨不隱以待而遭此勞也旣遭此苦豈不思歸乎我誠思歸畏此譴怒而不敢歸耳○鄭唯方除爲異言往至

於艽野之時四月中也於時而望旋反餘同○傳除除陳生新○正義曰上云二月初吉謂始行之時故言除陳生新二月也下章云日月方奧傳曰燠卽春溫亦謂二月○箋四月至不得歸○正義曰四月爲除釋天文今爾雅除作余李巡曰四月萬物皆生枝葉故曰余余舒也孫炎曰物之枝葉敷舒然則鄭引爾雅當同李巡等除余字雖異音實同也方除之下卽云曷云其還是至卽望歸故云至于艽野以四月自謂其時將卽歸也言歲聿云莫是未歸之辭若歲莫得歸不須發此言矣故云乃至歲晚尙不歸也凡言往矣似是始行之辭此得爲往到艽野者往者從此適彼之辭在此言之爲始行據彼言之爲往到自歲聿云莫以下皆是在彼之辭故謂初到彼地爲往矣易傳者以行之思歸當至所往之處乃可還不應發始已望歸也又下章云日月方奧文與此同洪範庶徵曰燠曰寒寒爲冬則燠爲夏矣若毛以方燠爲二月之初則接於正月之末時尙有霜不可云燠且爾雅稱四月爲除故據以易傳也

昔我往矣日月方奧奧煖也○譴棄戰反怒乃路反奧於六反煖音暄又奴緩反○曷云其還政事愈蹙歲聿云莫采蕭穫菽蹙促也箋云愈猶益也何言其還乃

至於政事更益促急歲晚乃至采蕭穫菽尙不得歸。蹙子六反穫戶郭反菽音叔 心之憂矣自詒伊戚 戚憂也箋云詒遺也我冒亂世而仕自遺此憂悔仕之辭。遺唯季反下同冒莫報反又亡北反。 念彼共人興言出宿 箋云興起也夜臥起宿於外憂不能宿於內也 豈不懷歸畏此反覆 箋云反覆謂不以正罪見罪。覆芳福反注同 嗟爾君子無恒安處 箋云恒常也嗟女君子謂其友未仕者也人之居無常安之處謂當安安而能遷孔子曰鳥則擇木。處昌慮反。 靖共爾位正直是與神之聽之式穀以女 靖謀也正直爲正能正人之曲曰直箋云共具式用穀善也有明君謀具女之爵位其志在於與正直之人爲治神明若祐而聽之其用善人則必用女是使聽天乎命不汲汲求仕之辭言女位者位無常主賢人則是。治直吏反祐音又本或作右又作佑並同

疏 嗟爾至以女。正義曰大夫既自悔仕亂又戒朋友恐其仕不擇時還同已悔故嗟嘆而深戒之嗟乎汝有德未仕之君子人之居無常安樂之處謂不要以仕宦爲安汝但安以待命勿汲汲求仕當自有明君

謀具汝之爵位其志在於正直之人於是與之爲治者此明君能得如是爲神明之所聽祐之其用善人必當用汝矣勿以今亂世而仕也言神之聽之者明君志與正直故爲神明聽祐而用善人用其善則國治是神明祐之○箋嗟女毛擇木○正義曰以此大夫悔而戒之下言式穀以汝是知未仕者無常安之處謂隱之與仕所安無常也安安而能遷者無明君當安此潛遁之安居若有明君而能遷往仕之是出處須時無常安也必待時而遷者孔子曰鳥則擇木猶臣之擇君遷也故須安此之安擇君遷也安安而能遷曲禮文也孔子曰鳥則擇木哀十一年左傳文○傳靖謀至曲曰直○正義曰靖謀釋詁文也襄七年左傳公族穆子引此詩乃云正直爲正正曲爲直此傳解正直取彼文也彼杜預注云正直爲正正巳之心正曲爲直正人之曲也取此爲說論語曰舉直錯諸枉能使枉者直是直者能正人之曲也○箋是使至則是○正義曰人之窮達在於上天貴賤生死命皆先定故子夏云死生有命富貴在天是上天之命定於冥兆非可以智力求非可以進取得易稱君子樂天知命爲此也大夫身遭困厄悔於進仕勸友脩德以待賢君此詩是令其友聽天之處分任命之窮達不汲汲求仕之辭也又爵位是君所設官非其友之物而此詩謂之爾位故又解言汝位者以位無

常主賢人則是也其友賢者有此位分故謂之汝位也○嗟爾君子無恒安息息猶處也靖共爾位好是正直神之聽之介爾景福介景皆大也箋云好猶與也介助也神明聽之則將助女以大福謂遭是明君道施行也

小明五章三章章十二句二章章六句

附釋音毛詩注疏卷第十三（十三之一）

清嘉慶二十年江西南昌府學開雕

黄中模栞

毛詩注疏挍勘記(十三之一)

阮元撰盧宣旬摘録

○谷風

能及於膏潤澤陰雨　閩本明監本毛本同案澤當作之

故潤澤德行(補)閩本明監本毛本德作得案得字是也

扶搖謂之猋　閩本明監本毛本同案浦鏜云猋誤焱下同是也

草木無有不死葉萎枝者　小字本相臺本同案此定本集注本也正義云定本及集注本云草木無有不死葉萎枝者其正義本未有明文今無可考正義釋經云無能使草不有死者無能使木不有萎者釋傳云是草木無能不有枝葉萎槁者意必求之或當無有不作無能不有也考文古本作不有采正義

大德切瑳　小字本相臺本同閩本明監本毛本瑳誤磋案正義作磋瑳磋古今字易而譌之之例也不當依以改箋

〇蓼莪

貌視之以爲非莪 小字本同閩本明監本毛本同相臺本貌作我考文古本我字亦同案我字是也正義云故云我視之是作者自我也可證

故謂之蒿 小字本同閩本明監本毛本同相臺本故作反案反字是也正義云反謂之爲蒿又云反謂之是彼物也是其證

民之一生也言生而得養 閩本明監本毛本同案十行本之至生剜添者一字

是罍大如缾也 閩本明監本毛本同案浦鏜云如當於字誤是也

拊我畜我 唐石經小字本相臺本同案詩經小學云戴震云畜當爲慉說文慉起也此箋慉起也明是易畜爲慉今考釋文云畜喜郁反正義云畜我承拊我之後明起止而畜愛之是釋文正義二本經皆是畜字箋畜起也仍用經字以畜爲慉之假借而於訓釋中顯之者也例見前

憯其至役之勞苦　閩本明監本毛本同案至當作在形近之譌

〇大東

斂則兼言民勞　閩本明監本毛本同案浦鏜云斂當斂字誤是也

由送衰財以致役　閩本明監本毛本同案送衰當作哀送

證其在京師之事也　閩本明監本毛本同案事當作東

君子皆法效而履行之　相臺本同閩本明監本毛本同小字本效作傚案正義云皆共法傚又云而法傚之是其本作傚字

雜記法（補）　閩本明監本毛本同案法當作注形近之譌

言凡飱饔餼　閩本明監本毛本同案飱下當有饔字

故注云凡大行人宰使　閩本明監本毛本使作史案所改是也浦鏜云介誤大

杼柚其空　唐石經小字本相臺本同案釋文云柚本又作軸考柚即軸之假借方言云木作謂之柚五經文字木部云柚橘柚也又杼柚字見詩

維絲麻爾　小字本相臺本同案爾當作耳正義云維絲麻耳考文古本作耳采正義

糾糾葛屨　毛本屨誤履明監本以上皆不誤

是使我心傷悲焉　閩本同明監本毛本悲作病焉作也案所改病字是也字非正義上文云由是所以使我心傷病焉可證正義本是焉字今各本作也字與正義本不同

正義曰聘礼云無行則重○賄反幣　補案○衍也

垂櫜而入　閩本明監本毛本同案此不誤浦鏜云櫜誤櫜非也今國語作櫜乃誤字耳韋昭注云櫜囊也囊櫜散文則通昭元年有垂櫜而入櫜非此之用也相涉而致誤

有洌氿泉　唐石經小字本相臺本同閩本同明監本毛本洌作冽案釋文冽音列寒意也正義云故字從冰明

監本毛本依之改也詩經小學云字從夊列聲

無浸穫薪唐石經小字本相臺本同案釋文云穫戶郭反毛刈也鄭落木名也字則宜作木旁正義云云穫落釋木文文在釋木故為木名考此經毛如字鄭以穫為穫之假借仍用經字而但於訓釋中顯之者也倜與遂瑞也价中也之屬同詳見前爾雅釋文穫下引詩云無浸穫薪是依鄭義破其字而引之非此經有作穫之本也

既伐而折之以為薪閩本明監本毛本同小字本相臺本折作析案析字是也

今譚大夫契憂苦而寤歎閩本明監本毛本同小字本相臺本重契字考文古本同案重者是也

畜之以為家用小字本相臺本同案正義云又言薪畜是穫刈之薪者釋文云畜勑六反畜蓄二字以鴟鴞甫田等釋文考之經注中皆有錯互者當各依其舊

有洌至可息也閩本明監本毛本洌作冽下同案所改是

以荆楚之類 閩本明監本毛本同案以當作似

穫落釋木文 閩本明監本毛本同案穫當作檴正義引爾雅本是檴字不云字異義同者省耳

郭璞曰穫音穫 閩本明監本毛本同案上穫當作檴下音穫二字當旁行細字正義自爲音例如此○案舊挍非也此郭樸自爲音耳

舟人舟楫之人 小字本相臺本同閩本明監本毛本亦同案釋文云檝字又作楫正義本未有明文正義云致舟檝之人之子者當亦是以楫檝爲古今字而易之未必與釋文本同也

使搏熊羆 小字本相臺本同案此釋文本也釋文云搏音博正義云明遣賤人求捕熊羆是其本搏作捕

快其不賦稅 閩本明監本毛本同案山井鼎云宋板快作決其實不然當是觖也

杕杜以勤歸 毛本歸誤婦閩本明監本不誤山井鼎考文所載勤作動譌字也

東人言王勞苦是也 閩本明監本毛本同案浦鏜云主誤王

刺其素餐　相臺本同閩本同小字本餐作飧明監本毛本同案正義云釋訓云皋皋鞙鞙刺素餐也某氏曰鞙鞙無德而佩故刺素餐也考爾雅是食字食字與上下文爲韻鄭據彼文及正義所引亦當作食今作餐者轉寫之誤耳召旻正義引釋訓作食引某氏曰無德而空食祿也亦可證

從旦莫七辰一移　閩本明監本毛本同小字本相臺本旦下有至字重辰字考文古本同案有至字辰字者是也

跂說文作攱　補　釋文挍勘記通志堂本同盧本岐改攱云攱舊譌跂今改正案技字是也

更音東　補　案東當作庚形近之譌小明釋文更音庚可證毛本所附不誤

天漢此知不以無水用爲義者　閩本明監本毛本同案浦鏜云天漢此知當知此天漢誤是也

睆彼牽牛　唐石經相臺本同小字本睆作晥案釋文云睆華板反考秋杜釋文云字從白或作目邊是小字本

本晥當皖之誤也廣韻皖明星卽此經字

河鼓謂之牽牛 小字本相臺本同考文古本同閩本明監本毛本河作何案釋文云何胡可反又音河是釋文本作何也正義引爾雅及李巡孫炎注字盡作河是正義本作河也其郭璞注爾雅字作何讀爲荷正義不引以其字不合也唐石經爾雅初刻何後磨刻作河此正義十行本唯標起止一字剜爲何彼此互改皆誤也

今曰明星 閩本明監本毛本同案史記天官書索隱今作命下今日太白同命字是也

彼注云畢狀如叉 閩本明監本毛本同案浦鏜云叉誤叉是也

翕如也 閩本明監本毛本同小字本相臺本如作合考文古本同案如字誤也

○四月

是怨亂也 閩本明監本毛本同案浦鏜云亂當辭字譌是也

何故幽王頓此二時 閩本明監本毛本同案浦鏜云此當比字誤是也

未知冬時 閩本明監本毛本同案浦鏜云知當如字誤是也

何爲曾使我當此難世乎 小字本同閩本明監本毛本同相臺本難作亂考文古本同案亂字是也正義云當此亂世乎可證

四惡如此 閩本同明監本毛本四作曰案山井鼎云曰恐王誤非也浦鏜云疑肆字誤是也寫者以四爲肆之別體字而致誤耳大小雅譜肆夏作四夏是其證也

何曾施恩於我 閩本明監本毛本同案山井鼎云左傳疏恩作忍見於文公十三年傳是也此即經之忍字

百卉具腓 唐石經小字本相臺本同案李善注謝靈運戲馬臺詩引毛詩作痱考釋文云腓房非反病也韓詩云變也不言其字有異是毛詩經亦作腓但傳訓爲病以爲痱之假借字

必自之歸爲亂 小字本相臺本同閩本明監本毛本亦同案正義云必之歸於國家滅亂也又云是

之歸於亂也是爲當作於

其何所歸之乎閩本明監本毛本同案歸之當作之歸下必歸之於國家滅亂也同

廢爲殘賊小字本相臺本同唐石經初刻癈後磨改廢

廢忕也小字本相臺本同案釋文忕忕時世反下文一本作廢大也此是王肅義正義云定本廢訓爲大與鄭不同標起止云傳廢忕定本當是依王肅申毛也

言大於惡閩本明監本毛本同小字本相臺本大作忕考文古本同案忕字是也列女傳引詩云廢爲殘賊言忕於惡可證六經正誤云釋文忕作忲誤

上多富斂（補）毛本富作賦案賦字是也

定本廢訓爲太閩本明監本毛本同案太當作大

伐視彼泉水之流（補）案伐當我字之譌毛本正作我

匪鶉匪鳶唐石經小字本相臺本同案釋文云鶉徒丸反鵰也字或作鷲正義云說文云鶉鵰也從敦而為聲字異於鶉也標起止云匪鶉又云傳鶉鵰考此是正義釋文二字皆作鶉字鶉即鷻字之省耳

言若鶉若鳶閩本明監本毛本同案此不誤言下浦鏜云脫非字非也主說他鳥箋所謂非鵰鳶者也

非鱣鮪之小魚閩本明監本毛本同案此不誤浦鏜云大誤小非也主說他魚箋所謂非鱣鮪者也此經中四匪字箋以為魚鳥之非鵰鳶鱣鮪者與傳以為人非鵰鳶鱣鮪不同故正義文如此浦所改失箋及正義之意也

說文云鶉鵰也閩本明監本毛本同案浦鏜云說文作鷻是也正義下文可證

說文又云鳶鷙鳥也閩本明監本毛本同案浦鏜云鳶說文作鳶是也

鶉鳥皆殺害小鳥閩本明監本毛本同案上鳥字浦鏜云鳶誤是也

尙各得其所閩本明監本毛本同小字本相臺本尙作生案生字是也

葉細而岐說也[補]案說當銳字之譌爾雅注正作銳毛本銳字不誤依爾雅注刪也字非

中爲車綱[補]案綱當作輞爾雅注作輞毛本不誤

○北山

其有瀛海環之閩本明監本毛本同案其下浦鏜云脫外字是也

鞅猶可也相臺本同閩本明監本毛本同小字本無也字案無者脫也

或勤者無事不爲者閩本明監本毛本同案山井鼎云宋板者作若其實不然當是剜也

○無將大車

賢者與之從事反見譖害自悔與小人竝小字本相臺本同案此十六字非鄭注也考下箋云不任其職愆負及已此正義亦云不堪其任愆負及已絕無反見譖害之事使有此注正義自

不容不爲之解其當無此注明甚且此正義云此大夫作詩則賢者也若有此注則鄭已明言賢者正義不待推作詩而後定其賢者矣是正義本決無此注也今各本皆誤

祇自疷兮 小字本相臺本同唐石經疷作疧案釋文云疧兮都禮反白華釋文云疧徐都禮反又祈支反是此依徐讀也考疧字見於爾雅說文玉篇廣韻五經文字皆從氏不從氐則徐讀非也段玉裁六書音韻表云一作疷無此字宋劉彝臆改疷以韻塵亦無此字考唐石經正作疧與白華疧字皆甚明晝顧炎武從劉說謂石經乃從諱民減畫之例非也詳見詩經小學釋文疧通志堂本亦誤爲疷今正詳後考證

言無扶進比小人也 〔補〕毛本同案比當作此

維塵雝兮 唐石經小字本同閩本明監本毛本同相臺本雝作雝案雝字是也九經字樣云爾雅作雝是其證石經考異云經中雝字皆放此釋文云雝字又作壅考文古本作壅采釋文而誤

○小明

令而悔仕者　閩本明監本毛本同案浦鏜云令當今字誤是也

喻王者當察理天下之事　閩本明監本毛本事下衍也字小字本相臺本無十行本初刻無後剜添

以喻上者〔補〕毛本同案上當作王

月之明察　閩本明監本毛本同案浦鏜云日誤月是也

又下章云四月方奧　閩本明監本毛本同案浦鏜云日誤四是也

奧煖也　小字本相臺本同閩本明監本毛本奧誤燠案此經釋文唐石經皆作奧與無衣經用字不同上正義兩云下章日月方奧可證其正義自爲文則用燠字者以奧燠爲古今字而易之也考文古本經作燠采正義而誤耳

譴棄戰反怒乃路反下〔補〕毛本同案此八字當附上節經文

是使聽天乎命　閩本明監本毛本同小字本相臺本乎作任考文古本同案任字是也

遷也故須安此之安擇君遷也　閩本明監本毛本同案上遷也二字當衍擇君下當有而能二字

小明五章三章章十二句二章章六句　唐石經小字本相臺本同閩本同明監本脱毛本小明至二章脱

附釋音毛詩注疏卷之十三 十三之二

毛詩小雅　鄭氏箋　孔穎達疏

鼓鍾刺幽王也【疏】鼓鍾四章章五句至幽王○正義曰毛以刺鼓其淫樂以示諸侯鄭以爲作先王正樂於淮水之上毛鄭雖其意不同俱是失所故刺之經四章毛鄭皆上三章是失禮之事卒章陳正禮責之此刺幽王明矣鄭於中候握河注云昭王時鼓鍾之詩所爲作者鄭時未見毛詩依三家爲說也

鼓鍾將將淮水湯湯憂心且傷幽王用樂不與德比會諸侯于淮上鼓其淫樂以示諸侯賢者爲之憂傷箋云爲之憂傷者嘉樂不野合犧象不出門今乃於淮水之上作先王之樂失禮尤甚○將七羊反湯音傷比毗志反爲于僞反下同犧象素何反皆罇名王音義

淑人君子懷允不忘箋云淑善懷至也古者善人君子其用禮樂各得其宜至信不可忘【疏】鼓鍾至不忘毛以爲言幽王會諸侯於淮水之上鼓其淫樂以示之之鼓擊其鍾而聲將將然其傍淮水之流湯湯然於淮上作樂以云諸侯而其樂不與德比故賢者爲之憂結於心且復

悲傷傷其失所也故相念古人言古之善人君子其用禮樂
得宜者至實信然不忘也至信俱言其實然耳鄭唯以爲正
樂爲異其文義則同○傳幽王至憂傷○正義曰王者象功
成以作樂其意與道德和比今幽王用樂不與德比者正謂
鼓其淫樂是也毛直言淫樂不知以何爲淫樂王基曰所謂
淫樂者謂鄭衞桑間濮上之音師延所作新聲之屬王肅云
凡作樂而非所則謂之淫淫過也幽王既用樂不與德比又
鼓之於淮上所謂過也桑間濮上亡國之音非徒過而已未
知二者誰當毛旨也言會諸侯淮上者以淮遠於京師非王
常行之處不應遠適淮上獨自作樂明其有會聚而作之故
知會諸侯也○箋爲之至尤甚○正義曰犧象不出門嘉樂
不野合定十年左傳孔子辭也服虔云犧象饗禮犧尊象尊
也嘉樂鍾鼓之樂也引此者以野尚不可今乃於淮水之上
作先王之樂失禮尤甚大也與彼文到°者以證樂事故先言
樂也傳言淫樂箋易之爲先王之樂者以卒章所陳是先王
正樂之事舉得正以責王明是王作之失所耳非有他樂也
故孫毓云此篇四章之義明皆正聲之和欽欽人樂進之善同
音四縣克諧以雅以南既以其正且廣所及以籥不僭又爲和而不
僭差皆無淫樂在其間也則末知幽王曷爲作先王之樂於
淮水之上耳二者之說箋義爲長如毓此言不信毛爲會諸

侯也箋於上下皆不言諸侯或亦以如䟫不知何爲如此作故不言也○鼓鍾喈喈淮水湝湝憂心且悲喈喈猶將將湝湝猶湯湯悲猶傷也○喈音皆湝戸皆反淑人君子其德不回回邪也○邪似嗟反鼓鍾伐鼛淮有三洲憂心且妯鼛大鼓也三洲淮上地妯動也箋云妯之言悼也○鼛古毛反長丈二尺妯勑留反徐又直留反郭音爾雅盧叔反又音迪○淑人君子其德不猶猶若也箋云猶當作瘉瘉病也○猶如字鄭改作瘉羊主反○【疏】鼓鍾至不猶毛以爲幽王會諸侯而示之淫樂鼓擊其鍾伐擊其鼛於淮水有三洲之地由此失所賢者爲之憂結於心且爲之變動容貌也念古之善人君子其用禮樂當得其宜其德不肯若今之幽王失所也鄭以爲幽王作先王正樂擊鍾伐鼛於淮上賢者爲憂心且悼傷思古之善人君子其德不於礼法爲病者類上不忘不回故以猶爲瘉瘉是病名與上相類角弓云不令兄弟交相爲瘉斯干云兄及弟矣無相猶矣以彼二文知猶瘉相近而誤○傳鼛大淮上地○正義曰鼛即臯也古今字異耳韗人云臯鼓尋有四尺長丈二是大鼓也三洲繫淮言之水中可居曰洲故知淮上之地○箋妯之言

悼○正義曰以類上傷悲故爲悼也**鼓鍾欽欽鼓瑟鼓琴笙磬同音**欽欽言使人樂進也笙磬東方之樂也同音四縣皆同也箋云同音者謂堂上堂下八音克諧○樂音岳縣音玄○**以雅以南以籥不僭**爲雅爲南也舞四夷之樂大德廣所及也東夷之樂曰昧南夷之樂曰南西夷之樂曰朱離北夷之樂曰禁以爲籥舞若是爲和而不僭矣箋云雅萬舞也萬也南也籥也三舞不僭言進退之旅也周樂尙武故謂万舞爲雅雅正也籥舞文樂也○籥以灼反樂器僭七心反沈又子念反又楚林反韎本又作昧音昧又莫戒反禁居蔭反

疏鼓鍾至不僭○毛以爲幽王既作淫樂失所故言其正者言善人君子皆鼓擊其鍾則其聲欽欽然人聞而樂進其善又鼓其瑟與琴又擊其堂下東方之笙磬於是四縣之樂皆得和同其音矣琴瑟堂上也笙磬堂下也是上下之樂得所以爲王者之雅樂以爲四方之南樂又以爲羽舞之籥樂如是音聲舒合節奏得所爲和而不參差此正樂之作也王何爲不如此作之乃鼓其淫樂於淮水之上以示諸侯乎鄭以爲上三章言幽王作正樂於淮水之上失其處故此言其正樂鼓其鍾欽欽然又鼓其瑟與琴吹匏竹之笙與玉石之磬於是堂上之琴瑟與堂下之磬

鍾皆同其聲音不相奪倫又以爲雅樂之萬舞以爲南樂之夷舞以爲羽籥之翟舞此三者皆不僭差又作不失處故可爲美王今何故於淮水而作之乎○傳欽欽至皆同○正義曰此欽欽亦鍾聲也云使人樂進者以陳先王之正樂正聲之美使人樂心於善樂記說樂之和感動人之善心而已是聞樂而進於善也以鍾在前故先言其狀云欽欽明下琴瑟等亦得所也以鼓瑟鼓琴類之故鼓鍾爲擊鍾也樂器多矣必以鍾爲首而先言之者以作樂必擊鍾左傳謂之金奏是先擊金以奏諸樂也言笙磬東方樂者以東方物生之位故謂其磬爲笙磬也大射樂人宿縣阼階東笙磬西面其南笙鍾其南鑮皆南陳注云笙猶生也東爲陽中萬物以生是東方爲笙磬舉磬則鍾鑮可知矣以笙磬之下即言同音故知四縣皆同也小胥云王宮縣鄭司農云宮縣四面縣是也以東爲始舉笙磬則四方可知故也○箋同音至克諧○正義曰以上言鍾及琴瑟是琴瑟爲堂上鍾爲堂下故爲笙與磬俱在堂下以配鍾而同音堂下既同則堂上亦同故云八音克諧八音克諧尚書文言其能相諧和也八音者春官大師云以八音金石土革絲木匏竹注云金鍾也石磬也土塤也革鼓也絲琴瑟也木柷敔也匏笙也竹管也此經言云鍾琴笙磬是金石絲匏四者矣舉此明土革竹木亦和同可知○

傳爲雅至僭矣。正義曰：以三者舞名，故與上異其文。詩言其志，歌詠其聲，舞動其容，故舞在後也。傳言爲雅爲南者，明以爲此舞。以籥屬下句，故別言之。云以爲籥舞，明其上皆爲矣。若是和者，若，如也，謂此三舞與上琴瑟笙磬節奏齊同，如是乃爲和也。此三者雖是舞，包上琴瑟，謂之樂。箋周樂尚武，故謂萬舞爲雅，是以先言雅也。南先籥者，進之以韻句。以上下類之，則知南亦舞也。以四夷之樂所取者不盡取其樂器，雅取舞耳，故言舞。四夷之樂，美大王者德廣，能所及，故舞之也。白虎通云：王者制夷狄樂，不制夷狄禮何？以爲均中國也。即爲夷禮，恐夷人不宜隨中國禮也。四夷之樂雖爲舞，以使中國之人，是夷樂唯舞也。明堂位曰：昧，東夷之樂也。任，南蠻之樂也。納夷蠻之樂於大廟，言廣魯於天下也。是廣所及也。魯下天子，因在東南，用二方耳。旄人云舞四夷之樂，故此傳廣言四方以明之。經獨舉南，可以兼也。孝經鉤命決云：東夷之樂曰昧，南夷之樂曰任，西夷之樂曰株離，北夷之樂曰禁。東方之舞助時生也，南方助時養也，西方助時殺也，北方助時藏也。然則言昧者，物生根也。南者，物懷任也。秋物成而離其根株，冬物藏而禁閉於下，故以爲名焉。以任訓任，故或名任，此爲南，其實一也。定本作朱離，其義不合於此。言南而得揔四夷者，以周之德先致南方，故秋官立象胥之職以通譯四夷是言南可以兼四夷也然則舞不立南師而立昧師者以象背曲以示法昧四夷之始故從其常而先立之也若然虞傳云東岳陽伯之樂舞株離注云株離舞曲名言象物生株離也彼雖中國之舞四岳所獻非四夷之舞要名與此東西反者以物生與成皆有離其根株之義故兩有其言也以爲籥舞謂吹籥而舞也簡兮曰左手執籥右手秉翟以翟或謂之羽舞也若是爲和而不僭差結上三舞之辭。箋雅萬至文樂。正義曰以干戚而言萬者舉本用兵人衆之大數爲舞以象之故言萬舞也萬卽武舞故云周樂尚武故謂萬舞爲雅以對籥爲文樂也言進退之旅者謂此三舞進退皆旅衆齊一鄭意直據三種之舞進退齊一不包上經琴瑟與毛意異必異毛者以不僭謂行列不有參差故特謂爲舞也故樂記云古樂之發進旅退旅注云言其齊一是爲不僭也。

鼓鍾四章章五句

楚茨刺幽王也政煩賦重田萊多荒饑饉降喪民卒流亡祭祀不饗故君子思古焉田萊多荒茨棘不除也饑

饑倉庾不盈也降喪神不與福助也

疏 楚茨六章章十二句至思古焉○正義曰：作楚茨詩者，刺幽王也。以幽王政教既煩，賦斂又重，下民供上，廢闕營農，故使田萊多荒，而民皆饑饉。天又降喪病之疫，民盡皆流散。流散而逃亡，祭祀又不爲神所歆饗，不與之福。故當時君子思古之明王而作此詩，意言古之明王能政簡斂輕，田疇墾闢，年有豐穰，時無災厲，下民則安土樂業，祭祀則鬼神歆饗，以明今不然，故刺之。田廢生草謂之萊，自然多荒，而并言之者，周禮以田易者爲萊，若使時無苛政，則所廢年滿亦當墾之，今乃與不易之田並不藝種，故言多荒也。既言降喪，而又言流亡者，明死者爲天災所殺，在者又棄業而逃也。降喪流亡由祭祀不饗所致，而後言祭祀不饗者，欲明喪亡亦由饑饉，以見人神相將也。經六章皆陳古之善以反明今之惡，故箋每事屬之。言田萊多荒，茨棘不除，則首章上四句是也。饑饉倉庾不盈，首章次四句是也。降喪神不與福助，首章下四句盡於卒章，言古之享祀神錫爾福，反明今之不饗神不祐助也。政煩賦重，則於經無所當，而下篇有其事耳。此及信南山、甫田、大田四篇之詩，事皆陳古，文指田類，故序有詳略以相發明。此序反經以言今，信南山序據今以本古，甫田直言思古，畧而不陳所由，大田言矜寡不能自存，又畧而不言思古，皆文互見。大田曰曾孫是若言成王止力役以順民是政不煩也甫田云歲取十千言稅有常法是賦不重明幽王政煩賦重也信南山經云信彼南山維禹甸之畇畇原隰曾孫田之而序云不能脩成王之業以奉禹功是曾孫爲成王矣而甫田大田皆言曾孫則所陳古皆爲成王時也此經無曾孫之言而周之盛王致太平者莫過成王則此思古者思成王也此篇思古明王先成其民而後致力於神故首章言民除草以種黍稷收之而盈倉庾王者得爲酒食獻之宗廟擧言祭祀之事其享爰脩皆主人身之所行也二章言助祭者各供其職爰及執爨有俯仰之容君婦有淸濁之德俎豆肥美獻酬得法以事鬼神鬼神安之報以多福四章言孝子恭敬無愆尸嘏以福五章祭事既畢告尸利成卒章言於祭之末與同族燕飲六章共述祭事而其文皆次唯三章獻酬笑語事在祭末當處報辭工祝致告之下文在先者以獻酬是賓客之事因說羣臣助祭而言之耳三章傳曰繹而賓尸及賓客或以爲三章則別陳繹祭之事知不然者以此篇所陳上下有次首章言酒食二章言牛羊三章言俎豆燔炙四章言神嗜飲食共論一祭首尾接連不得輙有繹祭厠之也案三章傳曰燔取膟膋也禮燔燎報陽乃是朝事之節繹祭事尸而已無求陽燔燎之事若傳以三章爲繹祭安得以燔爲膟膋也三章傳又

曰豆謂内羞庶羞案有司徹陳羞豆之下注云此皆朝事之豆籩大夫無朝事而用之賓尸然則天子有朝事則此豆當朝事用之矣作者何得捨正祭而不述越言之繹祭之末禮乎又繹祭主於事尸而事神禮簡三章言神保報福與二章正同豈禮簡之謂以此知三章所陳非繹祭矣然則傳言繹而賓尸及賓客者正以經言孔庶其豆既衆則所用必廣故因分之以爲賓謂繹曰敬尸爲客謂正祭所薦見用豆處廣之意其文不主繹也箋易傳以庶爲侈自然無繹祭之事矣

楚楚者茨言抽其棘自昔何爲我蓺黍稷 楚楚茨棘貌抽除也箋云茨蒺藜也伐除蒺藜與棘自古之人何乃勤苦爲此事乎我將得黍稷焉言古者先生之政以農爲本茨言楚楚棘言抽互辭也○抽勑留反徐直留反蓺魚世反蒺音疾藜音黎一音梨 **我黍與與我稷翼翼我倉既盈我庾維億** 露積曰庾萬萬曰億箋云黍與與稷翼翼蕃廡貌陰陽和風雨時則萬物成萬物成則倉庾充滿矣倉言盈庾言億亦互辭喻多也十萬曰億○與音餘注同積如字又子賜反蕃音煩廡音無又音武 **以爲酒食以享以祀以妥以侑以**

介景福爲安安坐也侑勸也箋云享獻介助景大也以黍稷爲酒食獻之以祀先祖既又迎尸使處神坐而食之爲其嫌不飽祝以主人之辭勸之所以助孝子受大福也○妥湯果反侑音又坐才卧反爲其于僞反

【疏】楚楚至景福○毛以爲彼明王之時有楚楚然者茨棘也我明王之時民皆除去其茨棘焉自古昔之人何爲乃勤苦爲此事乎言我蓺黍與稷也既種而値陰陽和風雨時萬物蕃盛何所種之黍與與然我所種之稷翼翼然蕃茂盛大皆得成就及秋收而治之我倉之内既得滿矣我庾之大維積一億也明王乃以黍稷爲酒之與食以獻祀其先祖也謂鬱鬯之酒以灌朝踐酌醴饋熟酌盎以獻比至於尸酳以酢諸臣皆爲用酒也當饋獻又迎尸於室以拜安之乃設食以進爲尸嫌不飽祝以主人之辭侑勸之由祭祀以禮神所歆享故以得大大之福也今王不能然故舉以刺之○鄭唯以介爲助餘同○傳楚楚茨棘貌抽除也○正義曰經言楚楚者茨并言棘者以茨言楚楚須抽之棘言抽明楚楚故箋云互辭也○箋茨蒺至互辭○正義曰茨蒺藜釋草文也郭璞曰布地蔓生細葉子有三角刺是也其古者先王之政以農爲本太宰九職一曰三農生九穀洪範八政一曰食是也○傳露積曰庾○正義曰甫田言曾孫之稼如茨如梁此聚稼也又曰曾

孫之庾如坻如京是積粟也下言乃求千斯倉乃求萬斯箱欲以萬箱載稼于倉納庾是庾未入倉矣故曰露積言露地積聚之九章筭術平地委粟是也周語云野有庾積韋昭引唐尚書云十六斗曰庾昭謂此庾露積穀也引詩云曾孫之庾如坻如京是取此傳爲說也且言野有則非倉之類亦露積之驗也○箋黍與與至踰多○正義曰與與翼翼黍稷之狀故言蕃蕪貌釋詁云蕪茂豐也謂黍稷之苗蕃殖而茂盛也既言露積爲庾則庾在於空非有可滿之期言互辭者庾舉億爲多以至億爲滿也倉無一億者假令一億十萬斛依九章筭術古粟斛方一尺長二尺七寸是一億之積方一尺而長二十七萬尺也立方開之幾六十五尺雖則高大之倉未有能容此者知其不相通也明在地則一億入倉則盈倉宜以庾至於億倉至於滿爲相互耳箋言踰多明非實然也若然豐年曰亦有高廩萬億及秭廩亦倉之類而得萬億及秭者彼論天下之粟非據一廩所容故得及億秭也○傳妥安坐也侑勸也○正義曰妥安安坐也釋詁文又云侑報也傳以爲勸者已飲食而後勸之亦是重報之義○箋享獻至大福○正義曰酒是大名其鬱鬯五齊三酒總名皆爲酒也月令命大酋爲酒云秫稻必齊則爲酒非直黍也又天子之祭其祭當用黍稷稻粱然則爲酒食者非獨黍稷而已以黍稷

爲國。之主故舉黍稷以總衆穀順上我黍稷之文上言黍稷乃是天下民田稅以充倉庾耳以爲酒食文承其下則以稅得之粟爲酒食矣案祭義君親耕以供粢盛則當用積。田黍稷而此文勢得用稅物者親耕示其孝敬之心以勸民耳。必祭祀所用皆所親爲信南山云曾孫之穡以爲酒食畀我尸賓是用稅物之明文也言獻之祀先祖者此總辭也終祭皆是祀事因獻之於神以成祭祀故並言享祀以便句也言先祖者以經云先祖是皇故據而言也下章云以往烝嘗則時祭也時祭當自禰以上而言先祖者據遠可以兼近言既又迎尸使處神坐者解妥侑之意文承享祀之下而享祀雖總於祭因在其前則爲灌及朝踐矣妥侑當饋食之節故云又迎尸使處神坐而食於時拜以安之是妥也爲其嫌不飽祝以主人之辭勸之是侑也又者亞前灌獻之辭初尸入祝延之入廟奧而行灌禮至朝踐祭統注云天子諸侯之祭延尸於戶外郊特牲注云朝事延尸於戶西南面注又云至薦孰乃更延主於室之奧尸來升席自北方升坐於主北焉即郊特牲曰舉斝角詔妥尸注云妥安坐也尸始入舉奠斝若奠角將祭之祝則詔主人拜安尸使之坐尸即至尊之坐或時不自安則以拜安之是又迎尸使處神坐也言嫌者以天子使公卿爲尸尸爲天子所尊已有爲臣之嫌故言嫌不飽祝以主人之辭勸之知祝者以今少牢特牲之祝主人及尸之言皆祝之所傳故也案鳬鷖云公尸來燕來寧注云尸來燕也其心安不以已實臣之故自嫌則尸意安而不嫌云嫌者此據正祭彼論繹祭故尸安也○**濟濟蹌蹌**濟濟蹌蹌言有**絜爾牛羊以往烝嘗或剝或亨或肆或將**容也亨飪之也肆陳將齊也或陳于牙或齊于肉箋云有容言威儀敬慎也冬祭曰烝秋祭曰嘗祭祀之禮各有其事有解剝其皮者有煑熟之者有肆其骨體於俎者或奉持而進之者○濟子禮反大夫之容也蹌七羊反士之容也亨普庚反注同肆音四飪本又作腍而甚反齊才細反下或齊同解剝上佳買反下邦角反有肆他歷反解肆也奉芳勇反又如字○**祝祭于祊祀事孔明**祊門內也箋云孔甚也明猶備也絜也孝子不知神之所在故使祝博求之平生門內之旁待賓客之處祀禮於是甚明○祊補彭反說文作鬃云門內祭先祖所彷徨也處昌慮反○**先祖是皇神保是饗**皇大保安也箋云皇暀也先祖以孝子祀禮甚明之故精氣歸暀之其鬼神又安而亨其祭祀○暀于況反下篇同**孝孫有慶報以介福萬壽**

無疆箋云慶賜也疆竟界也○竟音境○

疏濟濟至無疆○毛以爲古之明王其助祭之臣大夫士其義濟濟然蹌蹌然甚皆敬愼乃鮮絜爾王者所祀之°牛羊以往爲冬烝秋嘗之祭也於周禮祭祀之聯事司徒奉司°牛°馬奉羊六牲各有司也既絜此牲其理治之亦各有職或解剝之者或亨煑之者或陳其肉於牙°之上者或分齊其肉所當用者於是之時祝則博求先祖之神祭於門內之祊既羣臣恪勤各司其職祭祀之事於是甚絜明矣以此知先祖之精靈於是美大之其神安而於是歆饗之既爲所饗故令孝孫有慶賜之事報之以大大夫°之福使孝孫得萬年之壽無有疆境也由臣助得禮令王受介福今幽王之時非徒王不敬神臣又廢職故神所不歆降之喪禍故刺焉○鄭唯或肆或將及是皇爲異既或亨而煑之匕載而出或有肆其骨體於俎者或有奉持而進之者爲事之次又先祖之神以孝子祀事孔明故於是精氣歸賉之餘同○傳濟濟至其肉○正義曰曲禮下曰大夫濟濟士蹌蹌是有容也祭祀之禮主人自愨而趨其賓客則有容儀故濟濟蹌蹌也亨謂煑之使熟故云亨飪之也行葦云肆筵設席肆是設之言故爲陳也將齊釋言文郭朴曰謂分齊也地官牛人云凡祭祀共其牛牲之牙°注云牙°若今屠家縣肉架則肆謂既殺乃陳之於牙°上也齊

其肉者王肅云分齊其肉所當用則是旣陳於牙就牙上而齊之也或肆或將其事俱在或亨之前以二者事類相將故進或亨於上以配或剥耳○箋冬祭至進之者○正義曰據四時則嘗先於烝經先烝後嘗便文耳不言祠礿者王肅云舉盛言也然則以此二禮備於春夏故特言之耳祭祀各有其事者解其每事言或由名有所司故也禮運曰腥其俎熟其殽注云腥謂豚解而腥之熟謂體解而爓之豚解腥之是解剥其肉也定本集注皆云解剥其皮體解爓之是煑熟之者禮運又曰然後退而合亨體其犬豕牛羊注云謂分别骨體之貴賤以爲衆俎也是肆其骨體於俎也特牲少牢之禮每云佐食奉俎肉是奉持而進之定本持作將此説天子之祭羣臣各有所司於周禮則内饔云凡宗廟之祭祀掌割亨之事則解剥其肉是内饔也亨人云掌供鼎鑊以給水火之齊職外内饔之爨亨煑則煑熟之者是亨人也外饔掌外祭祀之割亨供其脯脩刑膴陳其鼎俎實之牲體則肆其骨體於俎是外饔也大司徒云祀五帝奉牛牲羞其肆亨先王亦如之注云肆進所解骨體又小子職云掌祭祀羞羊肆羊殽肉豆則奉持進之是司徒小子之類也然羣臣助祭各有所掌故稱奔走在廟奉持進之非獨此二職而已易傳者以祭雜有牙不施於旣亨之後非文次也孫毓云此章祭時之事

始於絜牛羊成於神保亨各以次第也既解剥則當亨煑之於鑊既煑熟當陳其骨體於俎然後奉持而進之爲尸羞不待既亨熟乃分齊所當用也箋義爲長○傳祊門內○正義曰釋宫云閍謂之門李巡曰閍廟門名孫炎曰詩云祝祭于祊祊謂廟門也彼直言門知門內者以正祭之禮不宜出廟門也而郊特牲云直祭祝於主注云直正也謂薦熟時也祭以熟爲正又曰索祭祝於祊注云廟門外曰祊又注祊之禮宜於廟門外之西室與此不同者以彼祊對正祭是明日之名又彼記文稱祊之於東方爲失明在西方與繹俱在門外故禮器曰爲祊於外祭統曰而出於祊對設祭於堂爲正是以明日之繹故皆在門外與此不同以廟門謂之祊知內外皆有祊稱也○箋明猶至甚明○正義曰以此祀事孔明之言揔濟濟蹌蹌以下故言明猶備也絜也博求其神是備也絜爾牛羊是絜也所以於此而祝祭于祊者以孝子不知神之所在故使祝博求之平生門內之傍待賓客之處也每處求之是祀禮於是甚明也明此祊廟門之名其內得有待賓客之處者聘禮公食大夫皆行事於廟其待之迎於大門之內則天子之禮焉其迎諸侯之臣或於廟門內也繹祭之祊在廟門外之西此正祭之祊或在廟門內之西天子迎賓在門東此祭當在門西大率繫之門內爲待賓客之處耳○箋皇

暀至祭祀。正義曰信南山箋云皇之言暀也泮水箋云皇當作暀暀猶往也不同者注意趨在義通不爲例也先祖與神一也本其生存謂之祖言其精氣謂之神作者因是皇是享異事變其文耳箋易傳以皇爲暀者以論祭事宜爲歸暀孫毓云孝經稱宗廟致敬鬼神著矣禮曰聖人爲能享帝孝子爲能享親故此章云神保是享下章稱神保是格皆取之往安來爲義箋說爲長

執爨踖踖爲俎孔碩或燔或炙爨饔爨廩爨也踖踖言爨竈有容也燔取膟膋炙炙肉也箋云燔燔肉也炙肝炙也皆從獻之俎也其爲之於爨必取肉也肝也肥碩美者。爨七亂反注唯言爨竈一字七端反餘並同踖七夕反又七略反燔音煩廩力甚反膟音律膋音遼脂膏肝炙之赦反。

君婦莫莫爲豆孔庶爲賓爲客莫莫言清靜而敬至也豆謂肉羞庶羞也繹而賓尸及賓客箋云君婦謂后也凡適妻稱君婦事舅姑之稱也庶胗也祭祀之禮后夫人主共籩豆必取肉物肥胗美者也。莫音麥內羞如字內羞房中之羞或作肉羞非也適音的稱尺證反胗字又作侈昌紙反何沈都可反共亦作供音恭

獻醻交錯禮儀卒度笑語卒獲東西爲交邪行

爲錯度法度也獲得時也箋云始主人酌賓爲獻賓旣酌主人主人又自飲酌賓曰醻至旅而爵交錯以徧卒盡也古者於旅也語。醻市由反又作酬度如字沈徒洛反邪似嗟反徧音遍下同**神保是格報以介福萬壽攸酢**格來酢報也。

【疏】執爨至攸酢。毛以爲當古明王祭祀之時其當執爨竈之人皆踖踖然敬愼於事而有容儀矣其爲俎之牲體甚博大言肥腯而得禮也或燔燒膟膋以報陽者或炕炙其肉以薦獻者君婦之后又復莫莫然清淨而敬愼以至其爲薦豆甚衆多非直以之薦神又爲繹而賓敬其尸及令爲賓客所用是其衆多也旣有此豆以薦賓客故令賓客於祭日飮酒行獻酬之禮旅而交錯以至於徧也其賓客禮儀盡依法度其爲笑語皆得其時是得萬國之歡心恭敬事其先王故神安而於是來歸之報以大大之福以万年之壽所用報孝子也今王君臣不能然故舉以刺也。鄭以爲俎孔碩謂爲從獻之俎必取肉及肝甚肥大而美者或加火燔燒之謂燔肉也或炕火貫炙之謂炙肝也以從於獻酒之用也爲豆孔庶謂於先爲豆實之時必取肉物肥腯美者旣以朝獻爲賓客以爲薦故賓客用而獻酬餘同。傳爨饔至炙肉。正義曰以祭祀之禮饔爨以煮肉廩爨以炊米此言臣各有司故兼二爨也少牢云雍人概鼎匕俎于雍爨雍爨在門東南北上廩人概甑甗匕與敦于廩爨廩爨在雍爨之北故知有二焉踖踖爨竈有容者謂執爨之有容儀也燔取膟膋王肅云取膟膋燔燎報陽也案祭義曰君牽牲既入廟門麗于碑卿大夫執鸞刀以封之取膟膋注云膟膋血與腸間脂也郊特牲曰取膟膋燔燎升首報陽也禮器曰君親制祭注云親制祭謂朝事進血膋時也如是則當朝事之時取牲膟膋燎於爐炭是燔膟膋也既以燔爲膟膋故以炙爲炙肉爲傳以炙爲炙肉則是薦俎非從獻也從獻之俎炙用肝○箋燔燔肉至美者○正義曰鄭以上或肆爲陳其骨體於俎則此非尸賓常俎故爲從獻之俎既以爲從獻之俎明燔炙是從獻之物故爲燔肉炙肝也言從獻者既獻酒卽以此燔肉從之而置之在俎也於此言之者以其爲之於爨故就爨文言之以其俎之常者隨體所值此特言孔碩故云必取肉也肝也肥而碩美者也知燔肉炙肝者特牲主人獻尸賓長以肝從主婦獻尸兄弟以燔從彼燔與此燔同則彼肝與此炙同故云炙肝炙也炙既用肝明燔用肉矣故行葦箋亦云燔用肉炙用肝也特牲先言肝此後言炙者便文耳夏官量人云凡祭祀制其從獻脯燔之數量是從獻之文也然燔者火燒之名炙者遠火之稱以難爇者近火易爇者遠之故肝炙而肉燔也

生民傳曰傅火曰燔瓠葉傳曰加火曰燔對遥炙者爲近火故云傅火加之。留。其。實。亦炙非炮燒之也故量人注云燔從於獻酒之肉。特牲。云燔炙肉是燔亦炙也且燔亦炙爲爇而貫之以炙于火如今炙肉矣故量人制其數量注云數多少。長短若非爇而炙之何有多少長短之數量乎故知燔亦爇而貫炙之易傳者以燔燎報陽祭初之事君親爲之此文承爲俎之下言執爨有容則序助祭之人非君親之也且脺膋燎之於爐此燔炙爲之於爨禮有燔肉炙肝從獻所用以此知非報陽燎薦之事故易之也此爲豆孔庶若正祭則先薦豆然後獻繹祭則先獻後薦知者少牢正祭云主婦薦韭菹醓醢主人乃獻尸案有司徹大夫賓尸禮云主人獻尸乃始云主婦薦韭菹是以鄭注祭義云君獻尸夫人薦豆謂繹日也。傳莫莫至賓客。正義曰毛以孔庶爲甚衆故云莫莫清靜而敬至由后能清靜恭敬又至篤故能爲豆甚多若簡躁不恭則不能也此豆實則菹醢也周礼醢人注云凡醢者必先膊乾其肉乃莝之雜以粱麴及鹽漬以美酒塗置鉼中百日則成矣然則爲豆先祭而豫作此本而言之非當祭時也豆內羞庶羞者以言孔庶則非一故爲兼二羞也有司徹云宰夫羞房中之羞于尸侑主人主婦皆右之司士羞庶羞于尸侑主人主婦皆左之注云二羞所以盡歡心房中之羞

其籩則糗餌粉餈其豆則酏食糝食庶羞羊臐豕膮皆有胾
醢房中之羞內羞也內羞在右陰也庶羞在左陽也是有二
羞之事也彼大夫賓尸尚有二羞明天子之正祭有二羞矣
天子庶羞百有二十品明內羞亦多矣毛又以豆言甚衆爲
過常之辭而云爲賓爲客則所爲有二事也然則非但正祭
所用至繹又用之故云繹而賓尸及賓客也言於繹祭可以
此賓敬於尸而薦之解爲賓也又今正祭賓用之爲薦是爲
客也繹雖在後而尸尊於賓客故先言爲賓也○箋君婦至
侈美○正義曰凡適妻稱君婦故妾稱之爲女君也婦有舅
姑之稱公羊穀梁傳文也庶侈也釋言文舍人曰庶衆也侈
多也孫炎曰庶豐多也云侈然則豐侈亦肥侈之義爾雅既
有此釋且以爲俎孔碩類之宜爲肉甚肥侈故易傳也天官
九嬪職曰贊后薦徹豆籩是后夫人主供籩豆此論天子之
事言后足矣兼云夫人者以諸侯夫人於其國與王后同故
連言之由后主供籩豆故爲豆實必命有司令取肉物肥侈
美者言物者籩豆有非肉者也若棗栗及菹與糗粉之屬不
用肉故言肉物也后夫人所主籩豆唯有朝事饋食之籩豆
后薦之耳於周禮加籩則內宗薦之內羞庶羞則世婦薦之
而此言若婦爲豆爲賓爲客者以后夫人揔主之故也○箋
始主人至旅也語○正義曰此特牲少牢咸有其事獻酬據

其初故依彼節而言也交錯言其末故云至於旅旅而爵交錯以徧也古者於旅也語鄉射記文引之者證笑語得時**我孔熯矣式禮莫愆工祝致告徂賚孝孫**熯敬也善其事曰工賚予也箋云我我孝孫也式法莫無愆過徂往也孝孫甚敬矣於禮法無過者祝以此故致神意造主人使受嘏既而以嘏之物往予主人○熯而善反又呼但反賚如字徐音來嘏古暇反**苾芬孝祀神嗜飲食卜爾百福如幾如式**幾期式法也箋云卜予也苾苾芬芬有馨香矣女之以孝敬享祀也神乃歆嗜女之飲食今予女之百福其來如有期矣多少如有法矣此皆嘏辭之意○苾蒲蔑反一音蒲必反下篇同芬孚云反嗜市志反徐云又巨之反下章同幾音機予羊汝反下同歆喜今反女音汝下同**既齊既稷既匡既勑永錫爾極時萬時億**稷疾勑固也箋云齊減取也稷之言即也永長極中也嘏之禮祝徧取黍稷牛肉魚擩于醢以授尸孝孫前就尸受之天子使宰夫受之以匡祝則釋嘏辭以勑之又曰長賜女以中和之福是万是億言多無數○齊王申毛如字整齊也鄭音資一音才細反謂分

之齊也筐本亦作匡匡方反擩而專反又音茘又而純反何耳誰反醢音海○【疏】我孔至時億○毛以爲上三章既言孝子助祭之人皆得其禮爲神饗報故此承而結之言我孝子甚能恭敬矣其於祭祀之法與禮儀無過差者孝子既能如此工善之祝以此之故於是致神之意以告主人令之受嘏既而因以所嘏之物往與主人孝孫也神本所以與孝孫嘏福者能苾苾芬芬有馨香乃汝以孝敬享祀故鬼神忻說乃歆嗜汝之飲食今所以與汝百種之福其來早晚如有期節矣其福多少如有法度矣我孝子既能整齊矣既能極疾矣既能誠正矣既能慎固矣於祀之禮無所失是知神永賜汝中和之福於是得萬於是得億言多無數此即報以介福之事也今王不能然故以刺之鄭唯既齊既稷既筐既勑二句爲異以徂賚孝孫言以嘏之物往予主人也次四句乃本所以嘏之意既齊以下陳爲嘏之禮祭有黍稷牢肉魚祝就中齊減取其物以擩于醢以受尸矣孝子既就尸而受之矣既得乃使宰夫受之以筐矣既得尸令祝釋嘏辭以勑之永錫爾極即嘏辭之畧也○傳熯敬至賚予○正義曰熯敬釋詁文以工者巧於所能論語曰工欲善其事故云善其事曰工賚予也釋詁文○箋我我至主人○正義曰以上章說臣事既然此摠結之故知我我我孝孫也特牲少牢薦獻

禮終尸皆命祝以嘏於主人故知工祝致告是致神意告主
人使受嘏也告之下即云徂賚孝孫故知以嘏之物往與主
人其嘏之物即下箋云黍稷牢肉是也此及下章再言工祝
致告箋以此章祝以神意告主人使受嘏下章祝以主人之
意告尸以利成知者此致告之下即云徂賚孝孫以物予主
人明是告之使受嘏也下章乃云工祝致告訖即云皇尸載
起明致孝子之意以告尸也又特牲少牢皆受嘏在前告利
成在後以此知之二者皆尸祝傳其辭故並稱工祝致告○箋
苾苾至之意○正義曰以其馨香宜重言故云苾苾芬芬有
馨香矣汝以孝敬祭祀曰孝子能盡其誠信致其孝敬故馨
香也由飲食馨香故神歆嗜之而予之百福其來如有期矣
言須而即來不遲晚也多少如有法矣謂來必豐足不乏少
也嘏辭予主人以福此說得福之事故云皆嘏辭之意言嘏
辭之意耳此非嘏辭○傳稷疾也敕固○正義曰王肅云執
事已整齊已極疾已誠正已固慎也傳意或然○箋齊減取
至敕之○正義曰齊與資古今字異資訓取齊爲減取非訓
齊爲減取也以上言嘏之意此言嘏之事參之以特牲少牢
而事有似故說爲嘏之禮也其不同者天子與大夫尊卑既
殊故祝數有異耳少牢禮曰二佐食各取黍于一敦上佐食
兼受摶之以授尸尸執以命祝祝卒命祝祝受以東北面于戶

西以嘏于主人曰既稱嘏辭主人坐奠爵與受黍坐振祭嚌之詩懷之實于左袂挂于季指執爵以興出宰夫以籩受嗇黍主人嘗之納諸內是大夫受嘏之禮也特牲禮曰佐食摶黍授祝祝授尸尸受以菹豆執以親嘏主人主人左執角再拜稽首受復位詩懷之實于左袂特。于季指卒角拜尸荅拜主人出寫嗇于房祝以籩受是士受嘏之禮二禮皆取黍而已特牲注云獨用黍者食之主也又云變黍直言嗇者因事託戒欲其重稼嗇此言徧取黍稷牢肉魚者以齊者是減取諸物故知徧減取也知祝徧取之者嘏礼祝所主又特牲言佐食摶黍授祝祝授尸準此故爲祝也知擩于醢者以醢亦宜在徧取之中而少牢礼云尸取韭菹辯擩于三豆有擩醢之事此既徧取以嘏天子天子當嘗之故知擩于醢以授尸也既以授尸故孝子前就凡。受之特牲尸親嘏少牢命祝嘏此言既即是孝子自就取則亦尸親嘏不嫌與士同也言天子使宰夫受之以筐者以少牢宰夫受之故知此亦宰夫特牲少牢皆受以籩此經云既筐故知受之以筐也以少牢主人受之出以授宰夫此初即宰夫受之不至於出故言天子使宰夫以爲別異之文也定本。注天子宰夾。受之無使夫兩字祝則釋嘏辭以勑之少牢嘏辭云皇尸命工祝承致多福無疆于汝孝孫來汝孝孫使汝受祿于天宜稼于田眉壽百。年勿替以。之是一。大夫之嘏辭也天子嘏辭無以言之此永錫爾極時萬時億是其辭之略以少牢嘏辭準之知天子嘏辭必多於是彼先設嘏辭乃嘏以黍此先以嘏予之乃釋辭者亦天子之禮大節文之數與大夫異也易傳者以徂賚孝孫是嘏之事也永錫爾極是嘏之辭也則此章雖說受嘏之禮耳不得有執事於其間若不指執事則極疾固慎支無所主故易之以爲受嘏之禮。

禮儀既備鍾鼓既戒孝孫徂位工祝致告致告告利成也箋云鍾鼓既戒戒諸在廟中者以祭禮畢孝孫往位堂下西面位也祝於是致孝孫之意告尸以利成。祭禮畢禮或作祀。**神具醉止皇尸載起鼓鍾送尸神保聿歸**皇大也箋云具皆也皇君也載之言則也尸節神者也神醉而尸謖送尸而神歸尸出入奏肆夏尸稱君尊之也神安歸者歸於天也。謖所六反起也夏戶雅反**諸宰君婦廢徹不遲**箋云廢去也尸出而可徹諸宰徹去諸饌君婦籩豆而已不遲以疾爲敬也。廢方吠反徹直列反去起呂反下同**諸父兄弟備言燕私**燕而盡其私恩箋云祭祀畢歸賓客豆俎同姓則留與之燕所以尊賓客親骨肉也【疏】禮儀至燕私○正義曰此受嘏之後言祭畢之事故云祭祀之禮儀既畢備矣鍾鼓之音聲既告戒矣謂擊鍾鼓以告戒廟中之人言祭畢也主人孝孫於此之時則往於堂下西面之位工善之祝則從西堂下致孝孫之意告尸言利養之成也於時神皆醉飽矣故皇尸則起而出也尸以節神尸畢而神醉故神醉而尸起也乃鳴鍾鼓以送尸謂奏肆夏也神安而遂歸於天也尸已出矣而諸宰及君婦肅敬於事其徹去俎豆皆不遲矣於是之時賓客歸之俎其諸父兄弟留之使皆備具我當與之燕而盡其私恩也今王不能然故舉以刺之○箋鍾鼓至利成○正義曰以禮儀既畢而擊鍾鼓以戒知戒諸在廟中者告以祭禮畢也祭禮畢卽禮儀既備是也孝孫往位堂下西面位知者以言往而自此適彼之辭而特牲告利成之位云主人出立于戶外西面少牢告利成之位云主人出立于阼階上西面是尊者出稍遠也此云徂位明遠於大夫故知至堂下也特牲少牢皆西面故知天子之位亦西面也既言徂位卽云致告故云於是致孝子之意告尸以利成也少牢主人立於阼階祝立于西階上告利成此孝孫在堂下西面則祝當以西階下告利成也若然特牲告利成卽云尸謖祝前主人降少牢祝告利成卽云祝入尸謖主人降此二者皆祝告主人以利成是致尸意

也此言致孝子之意告尸者以孝子之事尸有尊親及賓客之義命當由尊者出讓當從賓客來祀畢義由於尸非主人所當先發故知彼二禮皆言祝告主人以利成也則天子彌尊備儀盡飾蓋有節文準彼二禮祝告主人則此以祝先致尸意告主人乃更致主人之意以告尸故云告尸以利成也此云皇尸載起即彼尸謖也但此舉主人之報告則得尸告而可知矣必知然者以彼大夫與士尊卑而俱告主人明亦有告主人矣其告主人則同主人報告則有差彼士祝告主人利成尸即謖大夫則祝入乃尸謖明天子則祝入又報以利成然後尸乃起準彼爲差故知然也言利成者少牢注云利猶養也成畢也孝子之養禮畢○傳皇大也○正義曰箋依釋詁以皇爲君稱君尊之少牢亦云皇尸命工祝傳皇爲大言尊大之尸亦君義○箋具皆至於天○正義曰言皆醉者所祭羣廟非止一神故也又解神尸相將之意故云尸節神者也郊特牲云尸神象也此尸所陳言神醉而尸謖送尸而神歸是尸與神爲節度也神無形故尸象焉特牲少牢注皆依釋言云謖起也又解以鼓鍾送尸由尸出入奏肆夏故也尸出入奏肆夏春官大司樂職文也祭義云樂以迎來哀以送往此鼓鍾送尸者以哀其享否不可知自孝子之心耳其送尸猶自作樂也神者鬼魂之氣郊特牲云鬼氣歸於天

故言神安歸於天也。箋尸出至爲敬。正義曰案特牲少牢禮尸出之後乃饗乃陽厭尋亦徹之故此繫于尸起也而諸宰徹去諸饌君婦籩豆而已者以周禮九嬪云凡祭祀贊后薦徹豆籩知君婦籩豆而已餘饌諸宰徹之也周禮宰夫無徹饌之文膳夫云凡王祭祀賓客則徹王之胙俎注云膳夫親徹胙俎胙俎最尊也其餘則其屬徹之然則徹饌者膳夫也言諸宰者以膳夫是宰之屬官宰膳皆食官之名故繫之宰言諸者序官膳夫上士二人中士四人下士八人故言諸也祭末嫌其情慢故言以疾爲敬。箋祭祀至骨肉。正義曰祭統曰貴者取貴骨賤者取賤骨論語曰祭於公不宿肉特牲少牢皆曰祝執其俎以出是祭祀畢賓客歸之俎也其同姓則皆留之與燕而盡其私恩也特牲云祝命徹胙俎豆籩設于東序下注云胙俎主人之俎設于東序下亦將私燕也是祭末而燕私之事歸之俎所以尊賓客留之燕所以親骨肉也大宗伯云以脤膰之禮親兄弟之國注云脤膰社稷宗廟之肉以賜同姓之國同福祿也春秋定十四年天王使石尚來歸脤脤同姓得肉者彼謂不助祭者不得與燕故歸之也。

樂具入奏以綏後祿爾殽既將莫怨具慶 綏安也安然後受福祿也將行也箋云燕而祭時之樂復皆入奏以

安後日之福祿骨肉歡而君之福祿安女之殽羞已行**既**同姓之臣無有怨者而皆慶君是其歡也○復扶又反

醉既飽小大稽首神嗜飲食使君壽考箋云小大猶長幼也同姓之臣燕已醉飽皆再拜稽首曰神乃歆嗜君之飲食使君壽且考此其慶辭○長張丈反**孔惠孔時維其盡之子子孫孫勿替引之**替廢引長也箋云惠順也甚順於禮甚得其時維君德能盡之願子孫勿廢而長行之○替天帝反

[疏]樂具至引之○正義曰以上章云備言燕私故此即陳燕私之事以祭時在廟燕當在寢故言祭時之樂皆復來入於寢而奏之以安其從今以後之福祿言骨肉歡樂然後君之福祿安也其燕之時非直以鼓鍾樂之又爾之殽羞既行之長幼皆徧故同姓之臣莫有嗟怨而皆慶君是其骨肉歡矣於是之時既醉於酒矣既飽於食矣其同姓小大長幼皆再拜稽首而共慶君曰由君明德馨香神乃嗜君飲食使君得壽考之福也祭甚順於禮甚得其時維君德其能盡此順時之美願君之子孫世世勿廢而長行之欲使長行此禮常得福祿此即所謂其慶也今王不能然故舉以刺之○箋燕而至其歡○正義曰案前文而言入奏故知祭之樂復皆

入也燕祭不得同樂而云皆入者歌詠雖異樂器則同故皆入也後日從今以後之日也宗族不親則公室傾危故骨肉歡而君之福祿安同姓無怨而皆慶是其歡矣神嗜飲食以下是慶辭也○傳替廢引長○正義曰替廢釋言文引長釋詁文釋詁云子子孫孫引無極也舍人曰子孫長行美道引無極也郭璞曰世世昌盛長無窮是勿廢長行之

楚茨六章章十二句

信南山刺幽王也不能脩成王之業疆理天下以奉禹功故君子思古焉

疏 信南山六章章六句至思古焉○正義曰作信南山詩者刺幽王也刺其不能脩成王之事業疆界分理天下之田畝使之勤稼以奉行大禹之功故其時君子思古成王焉所以刺之經六章皆陳古而反以刺今言成王能疆理天下以奉禹功而幽王不能脩之經先云禹功乃言曾孫見成王能遠奉禹功今幽王不能述脩成王之業非責幽王令奉禹功也故箋云言成王乃遠脩禹之功今王反不脩其業乎是思古之內直思成王耳而成王又有所奉故經言禹焉首章言我疆我理是疆理天下也雖禹甸之是禹功也

以下言雲雨生穀乃稅以祭祀鬼神降福皆由疆理使然故序者略之也**信彼南山維禹甸之畇畇原隰曾孫田之**甸治也畇畇墾辟貌曾孫成王也箋云信乎彼南山之野禹治而丘甸之今原隰墾辟則又成王之所佃言成王乃遠脩禹之功今王反不脩其業乎六十四井爲甸甸方八里居一成之中成方十里出兵車一乘以爲賦法○甸毛田見反鄭繩證反畇音勻又作畇蘇遵反又音旬墾辟上苦很反下婢亦反佃音田本亦作田乘繩證反○**我疆我理**疆畫經界也理分地理也**南東其畝**或南或東

【疏】信彼至其畝○毛以爲信乎彼南山之傍田野得成平田可種殖者維本禹所治之又此地今畇畇然成其墾辟之原隰者由曾孫成王所田之又正我天下經界之疆又分我天下土宜之理而隨事之便使南東其畝成王能疆理天下奉禹之功而幽王不能脩之故以刺焉○鄭唯甸之爲丘甸之爲異餘同○傳甸治至成王○正義曰此及韓奕之傳皆言甸治則訓甸爲治不爲丘甸之異於鄭也墾辟貌者謂墾耕其地辟除草萊以成柔田也釋訓云畇畇田也注引此畇畇原隰與勻音同也知曾孫是成王者序言成王奉禹之功此言曾孫田禹之地故知曾孫與序成王一人也

成王而謂之曾孫者以古者祖有德而宗有功因爲之號文
武爲受命伐紂定天下之基以爲祖宗祭法云祖文王而宗
武王是也成王繼文武之後爲太平之主特異其號故詩經
通稱成王爲曾孫也不繼於文王不直言孫者蓋周雖文王
受命而大王亦有王迹所起見其王業之遠故繼而稱曾孫
不言玄孫者玄孫對高祖爲定名世數更多則不得稱玄孫
矣曾者重也自曾祖以至無窮皆得稱曾孫故維天之命箋
云自孫之子而下事先祖皆稱曾孫是爲遠辭明周德之隆
久故繼大王而不稱玄也毛以此及維天之命言曾孫篤之
亦爲成王鄭以祀非一人所行雖彼不從之耳○箋信乎至
賦法○正義曰言信乎者文通於下言禹治南山成王田之
皆信然矣上云南山下云原隰皆南山之傍見禹之所甸而成
王所脩爲一處互其文以相曉也箋云彼南山之野禹治而成
上甸之卽云今原隰墾辟則又成王之所田言成王乃遠脩
禹之功今王反不脩其業乎言脩禹功而文相因明南山原
隰二者爲一處成王之脩禹功實天下盡然而獨言南山者
作者指一處以表之其意通及天下也故序言疆理天下下
注○言上天同雲是非獨南山之傍脩禹功也獨舉原隰以爲
言者鄭駁異義引此詩以盡三章此詩之意以原隰生百
穀原隰之功於人尤大故獨言也甸之爲字旣訓爲治音又

爲乘以治其地使平成田則訓爲治以方十里出兵車一乘故又音爲乘也韓奕箋云禹甸之者決除其災使成平田定貢賦於天子是亦以治爲義也地官小司徒云四丘爲甸注云甸之言乘也讀如中甸之甸稍人云掌令丘乘之政令注云丘乘四丘爲甸甸讀與維禹敶之之敶同其訓曰乘由是改云云郊特牲云丘乘其粢盛注云甸或謂之乘以其於車賦出。。。長轂一乘是以乘爲義也知六十四井爲甸者小司徒云四井爲邑四邑爲丘四丘爲甸如數計之丘十六井甸六十四井也知方八里者以孟子云方里爲井計之則邑方一里丘方四里甸方八里也又解方八里名爲甸之意以其居一成之中成方十里出兵車一乘以爲賦法故謂之甸甸乘也十里爲成冬官匠人文也知甸居一成之中者以匠人既云十里爲成即云成間廣八尺深八尺謂之洫是當甸在其中傍一里以治洫故彼注云方十里爲成成中容一甸甸方八里出田稅緣邊一里治洫是也論語注引司馬法云井十爲通通十爲成成出革車一乘是據成方十里出車一乘也成元年左傳服注引司馬法云四邑爲丘丘有戎馬一匹牛三頭是曰匹馬丘牛四丘爲甸甸六十四井出長轂一乘馬四匹牛十二頭甲士三人步卒七十二人戈楯具備謂之乘馬是據甸方八里出車一乘也二者事得相通故各據一焉若然成出兵車一乘爲七十五人耳而哀元年左傳說夏少康有田一成有衆一旅十里有五百人者計成方十里其地有九百夫之田也授民田有不易一易再易通率二而當一有四百五十人矣其中上地差多則得容五百人也其出兵一夫則衆不盡行故一車士卒雖七十五人傳說少康言有衆一旅盡舉大衆故與出賦異也箋以此維禹甸之爲丘甸孫毓云禹平治水土以除洪水之災當此之時未及丘甸其田也且井邑丘甸出於周法虞夏之制未有聞焉今以周之法爲虞夏之說又謂禹治水土皆丘甸之非其義也然則鄭爲禹亦丘甸之者礼運說大道既隱而曰以立田里是則三王○之初而有井甸田里之法也論語說禹盡力乎溝洫與匠人井間有洫同也皐陶謨畎澮距川與匠人同間有澮專達於川同也是則丘甸之法禹之所爲左傳少康之在虞思有田一成有衆一旅於是則十里爲成非周之賦法也禹之治水既平乃任土作貢有何不暇而云未及丘甸之也故鄭以爲禹治而丘甸之○傳疆畫至地理○正義曰孟子曰大仁政必自經界始經界不正井田不均趙歧注云經界亦界也然則經界者地畔之名也疆謂正其封疆故云畫經界襄四年左傳曰茫茫禹跡畫爲九州九州尚畫其界是田之經界須畫之也分地理者分別地所宜之理若孝經注云高田宜黍

稷下田宜稻麥是也○傳或南或東○正義曰成二年左傳曰先王疆理天下物土之宜故詩曰我疆我理南東其畝是於土之宜須縱須横故或南或東也

上天同雲雨雪雰雰雰雰雪貌豐年之冬必有積雪○雨于傳反崔如字雰芳云反**益之以霢霂既優既渥**小雨曰霢霂箋云成王之時陰陽和風雨時冬有積雪春而益之以小雨潤澤則饒洽○霢亡革反霂音木優說文作瀀音憂渥烏學反**既霑既足生我百穀**〔疏〕上天至百穀○正義曰言成王時在上天同起其雲正於冬月雨下此雪雰雰然多而積也至於春日又益之以小雨而霢霂然以接冬澤既已優洽既已饒渥既已沾潤既已豐足是以故得生我之衆穀也今王不能然故舉以刺之言上天同雲明澤之徧也以雲在於天上雨從上下故云上天非有義例○傳豐年至積雪○正義曰謂明年將豐今冬積雪爲宿澤也然則積雪是年之前冬而言豐年之冬必有積雪者以此章言穀之生下章言其成熟舉一年之生成以爲首尾之次非復言歲初歲末限以同年傳達經意故言豐年冬耳○傳小雨霢霂○正義曰釋天文也李巡曰水雪俱下案彼文上有暴雨下云久雨於間無雪事而李巡云俱下妄矣此傳

有云小雪者誤今定本云小雨疆埸翼翼黍稷彧彧埸畔也翼翼讓畔也彧彧茂盛貌○埸音亦下同彧彧於六反曾孫之穡以爲酒食畀我尸賓壽考萬年箋云斂稅曰穡畀予也成王以黍稷之稅爲酒食至祭祀齊戒則以賜尸與賓尊尸與賓所以敬神也敬神則得壽考萬年○畀必寐反注同齊側皆反

疏

疆埸至萬年○正義曰上既言百穀以生成故此云稅取供祭也言所生百穀之處其農人理之使疆埸之上翼翼然閑整讓畔今黍稷之苗彧彧然茂盛而成成長至秋收刈則曾孫成王之所稅斂而以爲酒之與食也既爲酒食於祭前齊戒之時乃賜我尸之與賓以尊養之尸賓未至祭時而豫賜之酒食爲敬神故也神既爲王所敬故令王得壽考萬年之福也今王不能然故舉以刺之○傳埸畔至盛貌○正義曰以田之疆畔至此而易主名之爲埸翼翼是閒暇之名故舉讓畔之敬以明其田事之理也上言生我百穀此獨言黍稷者黍稷爲穀之長故特言之也○箋斂至萬年○正義曰上言黍稷或是天下民田也曾孫之穡文承其下故知稅斂曰穡也賓之與尸祭時所有經云畀我尸賓何知不指謂祭時予之而箋以爲齋戒則以賜尸賓者以此詩陳事而有次序

五章卒章始言祭時之事清酒騂牡享于祖考則此未祭而言畀我尸賓明祭前矣又不言享祀而云畀我是賜下之辭故爲祭祀齊戒以賜尸賓也祭義云祭前十日散齊七日致齊三日周禮所謂前期十日是也於齊之時官當與之酒食而箋云賜者以其未祭則尸猶臣道故言賜也經言敬事尸賓而令神降福者以其尊尸與賓卽所敬神也由能敬神則壽考萬年也神與壽考祭時嘏辭與卒章萬壽無疆明其同時也以宿敬於神以及尸賓於後得福故此致其意而逆言之耳

中田有廬疆埸有瓜是剝是菹剝瓜爲菹也箋云中田田中也農人作廬焉以便其田事於畔上種瓜瓜成又入其稅天子剝削淹漬以爲菹貴四時之異物○廬力居反剝邦角反菹側居反便毗戰反削思約反淹英鉗反漬子賜反淹也○**獻之皇祖曾孫壽考受天之祜**箋云皇君祜福也獻瓜菹於先祖者順孝子之心也孝子則獲福○祜音戶○

【疏】箋中田至異物○正義曰古者宅在都邑田於外野農時則出而就田須有廬舍故言中田謂農人於田中作廬以便其田事於田中種穀於畔上種瓜亦所以便地也於畔上種瓜廣謂天下民田瓜成又入其稅民以瓜新熟獻於天子天子得之乃剝

削淹漬以爲菹欲以供祭祀貴四時之異物故也徧檢書傳未見天子稅民瓜以供祭祀者故地官場人掌國之場圃而樹之果蓏珍異之物以時斂而藏之凡祭祀共其果蓏瓜瓠之屬郊特牲曰天子樹瓜華不斂藏之種是則天子之瓜自令有司供之不稅於民此言瓜成入其稅於天子者周禮言其正法瓜不稅民此述成王之時民盡力於農業故畔上種瓜獻諸天子天子得爲菹以祭欲見天子孝於親而下民愛其主反以刺今幽王也箋以對前曾孫之穡爲正稅故云又入其稅耳非謂正法所當稅也○箋獻瓜至獲福○正義曰周禮場人祭祀供其果蓏是祭必有瓜菹矣醢人豆實無瓜菹者主說正豆之實故文不具耳○

祭以清酒從以騂牡享于祖考周尚赤也箋云清謂玄酒也酒鬱鬯五齊三酒也祭之禮先以鬱鬯降神然後迎牲享于祖考納亨時○騂息營反字林許營反享許兩反徐許亮反注及下同鬱雍勿反齊才細反亨普庚反○

執其鸞刀以啓其毛取其血膋鸞刀刀有鸞者言割中節也箋云毛以告純也膋脂膏也血以告殺膋以升臭合之黍稷實之於蕭合馨香也○膋音聊中丁仲反臭昌救反

【疏】祭以至血膋○正義曰此章陳正祭之事古者成王爲祭之時祭神

以清與酒清謂玄酒也酒謂鬱鬯與五齊三酒也先以鬱鬯祼而降神乃隨從於後以騂牡之牲迎而入于廟門以獻于祖考之神既納以告神乃令卿大夫執持其鸞鈴之刀以此刀開其牲之皮毛取牲血與脂膋之膟膋而退毛以告純血以告殺膋以升臭合馨香以薦神各有其人皆肅其事今王不能然故刺之。傳周尚赤也。正義曰地官牧人云陽祀用騂牲毛之注以陽祀爲宗廟似由陽祀故用騂此云尚赤者牧人以周尚赤故郊廟用騂爲陽以相對其實由所尚故曰白牡騂。公牲三代祭其廟各用其所尚之毛色也。箋清謂至亨時。正義曰禮運說祭之禮云玄酒在室是祭祀有玄酒也春官鬱人掌祼器凡祭祀之祼事和鬱鬯以實彝而陳之彝。尊彝四時之祭皆祼用彝是祀祼用鬱鬯也天官酒正云辨五齊之名一曰泛齊二曰醴齊三曰盎齊四曰緹齊五曰沈齊辨三酒之物一曰事酒二曰昔酒三曰清酒酒人掌爲五齊三酒祭祀則供奉之是祭祀有五齊三酒也酒正鄭注云泛者成而滓浮泛泛然如今宜成醪矣醴猶體也成而汁滓相將如今恬酒矣盎猶翁也成而翁翁然葱白色如今酇白矣緹者成而紅赤如今下酒矣沈者成而滓沈如今造清酒矣齊者每有祭祀以度量節作之也又云事酒酌有事者之酒其酒則今時醳酒也昔酒今之酋久白酒所謂舊醳者也清酒今之中山冬釀接夏而成者是也鄭解五齊三酒之事也此言祭以清酒廣言祭用酒事則文當揔攝諸酒故箋分而屬之清謂玄酒也酒謂鬱與五齊三酒也玄酒水也故以當清五齊三酒則釀而爲之故以當酒然鬱人注云鬱金香草也則鬱非酒矣亦以爲酒者祭之用鬱煮之以和鬯郊特牲所謂臭鬱合鬯是也鬯人注鬯釀秬爲酒芬香條暢於上下者也然則祼之有鬱和秬鬯而用之故鬱亦爲酒也此言清酒箋既辨之旱麓云清酒既載騂牡既備箋直言祭祀先爲清酒其次擇牲不復曲辨清酒之名者此下有鸞刀謂殺牲祭時則騂牡在其上據迎牲時清酒又在其上明據灌時今經直云清酒恐不兼鬱鬯故箋備解之彼旱麓汎說未是祭時故注與此不同烈祖云既載清酤箋云既載清酒於尊中酌以祼獻以周禮言之祼獻所用則鬱鬯與醴齊也清酤之言亦揔諸酒與此同也案三酒之名三曰清酒何知清酒非三酒之清酒者以言祭以清酒則以清酒祭神也三酒卑於五齊非祼獻所用故司尊彝凡六尊之酌鬱齊獻酌醴齊縮酌盎齊涗酌凡酒脩酌鄭注差次之云凡祭酒三酒也四者祼用鬱齊朝用醴齊饋用盎齊諸臣自酢用凡酒然則三酒乃是諸臣之所酢不用之以獻神故知詩之清酒非三酒之清酒也司尊彝又注云唯大事于太廟備五齊三

洒此不必大事言五齊三酒者以獻饋必醴盎在五齊之中
諸臣所酢必當用酒故因言五齊耳不必此祭備三五也箋
又以經先言祭以清酒乃云從以騂牡言從是相亞之辭郊
特牲曰既灌然後迎牲是先用酒後用牲故云祭之禮先以
鬱鬯降神然後迎牲郊特牲又曰灌用鬯臭鬱合鬯臭陰達於
淵泉是以鬱鬯降神也又言享于祖考謂納亨時者大宰云及
納亨贊王牲事注云納牲將告殺謂向祭之晨既殺以授亨
人然則納亨者謂牽牲入廟將殺授亨人故謂之納亨也亨
于祖考知是納亨時者祭義云君牽牲入廟門麗于碑卿大
夫袒而毛牛尚耳鸞刀以封之此下文乃言執其鸞刀故知
是納亨時也納亨而謂之獻於祖考者地官充人云碩牲則
贊注云贊助也助君牽牲入告肥是獻之也○傳鸞刀至中
節○正義曰鸞即鈴也謂刀環有鈴其聲中節故郊特牲曰
割刀之用而鸞刀之貴貴其義也聲和而後斷是中節也祭
義曰卿大夫鸞刀以封之取膟膋則此亦卿大夫也○箋毛
以至馨香○正義曰經言以啓其毛取其血膋據文言之直
開毛取血不似取毛箋言毛以告純者以祭禮用毛不言啓
皮而云啓毛明是取毛用之郊特牲曰毛血告幽全之物貴
純之道也楚語觀射父云毛以示物章昭曰物色是毛以告
純膋者腸間脂也脂釋者曰膏故云膋脂膏也血以告殺亦

楚語文也若不殺則無血故以血告殺也韋昭曰明不因故是也膋以升臭謂燒其脂膏升其臭氣使神聞之又申明升臭之事以此脂膏合之黍稷置之蕭乃以火燒之合其馨香之氣是升臭也知者郊特牲曰取膟膋燔燎升首報陽也又曰蕭合黍稷臭陽達於牆屋故既奠然後焫蕭合馨香注云蕭香蒿染以脂合黍稷燒之是合馨香之事也定本及集注皆以此注爲毛傳無箋云兩字

是烝是享苾苾芬芬祀事孔明烝進也箋云既有牲物而進獻之苾苾芬芬然香祀禮於是則甚明也○**先祖是皇報以介福萬壽無疆**箋云皇之言暀也先祖之靈歸暀是孝孫而報之以福○疆居良反

〔疏〕是烝至無疆○皇介二字別毛以先祖之精魂於是美大之報以大夫之福鄭以先祖之神靈於是歸往之報之所以助受大福祿餘同○箋既有牲物○正義曰上章騂牡是牲也酒及血膋是物也以承上文而言是烝是享故云既有牲物而進獻之也

信南山六章章六句

谷風之什十篇五十四章三百五十六句 卷終

毛詩注疏挍勘記（十三之二）

阮元撰盧宣旬摘錄

○鼓鍾

鼓其淫樂以示之之 補案下之字衍

以云諸侯 補毛本云作示案示字是也

與彼文到者 補案到當作倒

傳鼛大淮上地 閩本明監本毛本同案十行本大至地剜添者一字淮當作至

東夷之樂曰昧 小字本相臺本同閩本明監本毛本同案釋文云韎本又作昧正義云然則言昧者物生根也是正義本與釋文又作本同

南夷之樂曰南 小字本相臺本同考文古本同閩本同明監本毛本南作任案南字是也正義云以南訓任故或名任此爲南其實一也可證

西夷之樂曰朱離 小字本相臺本同閩本同明監本毛本朱作株案正義云秋物成而離其根株又云定本作朱離其義不合是作株字者改之以合正義也

如是音磬舒合 補 案磬當作聲形近之譌毛本正作聲

此經言云鍾琴笙磬 閩本明監本毛本同案云字當衍琴上當有瑟字

四夷之樂雖爲舞 閩本明監本毛本同案雖當作唯

○楚茨

民盡皆流散流散而逃亡 閩本明監本毛本同案上流散二字當作棄業

田疇懇闢 閩本明監本毛本懇作墾案所改是也毛本闢誤闕

文指田類 閩本明監本毛本同案田當作相大田序正義可證

君婦有清濁之德 閩本明監本毛本濁作淨案所改是也

我蓺黍稷唐石經小字本相臺本同閩本明監本毛本蓺作藝案藝字非也釋文云我蓺魚世反南山釋文云蓺樹也本或作藝技藝字耳猗嗟釋文云藝技其綺反

我將得黍稷焉閩本明監本毛本同小字本相臺本得作樹案樹字是也

萬萬曰億毛本萬誤十明監本以上皆不誤案毛以萬萬爲億伐檀正義有明文

何所種之黍與與然補毛本何作我案我字是也

依九音草術補案音草當作章筭形近之譌

以黍稷爲國之主閩本明監本毛本同案浦鏜云國當穀字誤是也

則當用積田黍稷補案積當作藉形近之譌毛本作籍

必祭祀所用閩本明監本毛本同案必上浦鏜云疑脫非字是也

或陳于牙小字本相臺本同閩本明監本毛本亦同案牙當作㸦㸦即互之別體碑刻中每見之周禮釋

文云互徐音乎正義中字同

或齊于肉　小字本同閩本明監本毛本同相臺本于作其案其字是也正義標起止云至其肉又云齊其肉者王肅云分齊其肉所當用可證

有解剝其皮者　小字本相臺本同案正義云豚解腥之是解剝其肉也定本集注皆云解剝其皮是正義本作肉字

而享其祭祀　閩本明監本毛本同小字本相臺本享作饗考文古本同案饗字是也

其義濟濟然　補　案義當作儀毛本作儀是也

司徒奉司牛馬奉羊　補　案司牛二字當倒

報之以大夫之福　補　案夫當作大形近之譌毛本正作大

由名有所司故也　閩本明監本毛本同案浦鏜云名當各字誤是也

體其犬豕生羊（補）案生當作牛毛本不誤

供其脯脩刑膴　閩本明監本毛本同案浦鏜云膴誤膴考周禮是也

每處求之是祀禮於是甚明也　閩本明監本毛本同案十行本求之是剜添者一字

豆謂肉羞庶羞也　小字本相臺本同閩本明監本毛本肉作内案釋文云内羞如字内羞房中之羞或作肉羞非也正義云豆内羞庶羞者是其本作内不誤也

必取肉物肥腯美者也　閩本明監本毛本同小字本相臺本無者字案正義標起止云箋君婦至腯美是其本無者字段玉裁云有者是

故云傳火加之　閩本明監本毛本同案之當作火

留其實亦炙　閩本明監本毛本留作燔案此當作其實燔亦炙

燔從於獻酒之肉　閩本明監本毛本同案肉下浦鏜云脫灸字考周禮注是也

特牲云燔炙肉　閩本明監本毛本同案云上浦鏜云脫注字是也

數多少長短　閩本明監本毛本同案長上浦鏜云脫量字考周禮注是也

孫炎曰庶豐多也云胗　閩本明監本毛本同案多也二字當倒

加籩則內宗薦之　閩本明監本毛本同案籩上浦鏜云脫豆字以周禮考之是也

造主人使受嘏　閩本明監本毛本同小字本相臺本造作告考文古本同案告字是也

嘏古暇反　補　毛本同案下嘏字乃假字之譌釋文挍勘通志堂本作假盧本作雅云舊譌今改正案雅字是也小字本所附是雅字

既匡既勑　唐石經小字本相臺本同案釋文云筐本亦作匡考此經毛無傳但以稷疾勑固例之必不與鄭義同正義依王述毛以說傳云既能誠正矣是其本經字作匡與釋文亦作本同毛氏詩經字自如此也鄭箋本經字亦作

匡其云受之以筐者以匡爲筐之假借不云讀爲而於訓釋中竟改其字以顯之也釋文本經字作筐乃依箋所改當以正義本爲長正義云既匡既勑二句爲異又云此經云既筐皆易字之例耳○按説文筐即匡之或字即知毛訓匡鄭訓器而無異字也

天子使宰夫受之以匡　小字本相臺本匡作筐閩本明監本毛本同考文古本同案筐字是也

又音茍　補　釋文挍勘通志堂本盧本茍作苪案苪字是也　小字本所附是苪字

以擩于醢以受尸矣　閩本明監本毛本同案受當作授

曰孝子能盡其誠信　閩本明監本毛本同案浦鏜云曰當由字誤是也

率命祝祝受以東　閩本明監本毛本同案山井鼎云率恐卒誤是也

特于季指　補　特當作拄形近之譌

故孝子前就凡受之　閩本明監本毛本同案浦鏜云尸誤凡是也

定本注天子宰又受之　閩本明監本毛本同案浦鏜云定本下當脫集字又字當衍文是也

眉壽百年　補　閩本明監本毛本同案百當作万形近之譌儀禮少牢嘏辭眉壽萬年万萬古今字耳

勿替以之　閩本明監本毛本以作引案山井鼎云以恐非是也

是一大夫之嘏辭也　補　毛本一作亦案所改是也

鼓鍾送尸　唐石經小字本相臺本同案宋書樂志兩引此作鍾鼓送尸考箋云尸出入奏肆夏此經言鼓鍾猶春秋內外傳之言金奏肆夏也變上經鍾鼓既戒亦使不相蒙也當以作鼓鍾者爲是正義云乃鳴鍾鼓以送尸謂奏肆夏也鍾鼓當倒耳○按舊按非宋書自可據也

神安歸者歸於天也　小字本相臺本同案宋書樂志引歸於天地也考正義云神安而歸於天

也又云郊特牲云䰟氣歸於天故言神安歸於天也標起止云至於天是有地字者誤也

歸賓客豆俎 閩本明監本毛本同小字本相臺本豆作之又云是祭祀畢賓客歸之俎也又云於是之時賓客歸之俎是正義當作賓客歸之俎考文古本客下有之字仍衍豆字

此尸所陳 閩本明監本毛本同案浦鏜云詩誤尸是也

釋詁云子子孫孫也 閩本明監本毛本詁作訓案所改是

○信南山

畇畇原隰 唐石經小字本相臺本同案釋文云畇畇音勻又作畍蘇遵反又音旬正義云釋訓云畇畇田也注引此畇畇原隰與勻音同也是正義本作畇字

則又成王之所佃 小字本相臺本同閩本明監本毛本亦同案釋文云佃本亦作田正義云由曾

孫成王所田之又云成王田之皆信然矣又云今原隰墾辟則又成王之所田是其本作田與亦作本同佃非其義乃俗本耳

下注言上天同雲 閩本明監本毛本同案注當作經

讀如中甸之甸 閩本明監本毛本同案此不誤浦鏜云衷誤中非也正義所引自如此今周禮注作衷甸左傳同說文人部引作中佃

丘乘其粢盛也 閩本明監本毛本同案浦鏜云共誤其是

出馬四匹長轂一乘 閩本明監本毛本出下不空案此所空當是馬四匹三字也郊特牲注本無此三字正義以義增之耳依彼注刪非也

皆丘甸之 閩本明監本毛本皆誤比十行本亦比字

與匠人井間有洫同也 閩本明監本毛本同案浦鏜云成誤井是也

疆場翼翼 毛本場誤埸明監本以上皆不誤下同

周禮所諧前期十日 閩本明監本毛本同案浦鏜云謂誤諧是也

受天之祜 唐石經小字本相臺本同考文古本同閩本明監本毛本祜誤祐

箋云毛以告純也 小字本相臺本同案此正義本也正義標起止云箋毛以至馨香又云定本及集注皆以此注爲毛傳無箋云兩字是自此至合馨香也二十八字皆在傳是也

故曰白牡騂公牲 明監本毛本牡誤牲公誤剛閩本牡字不誤案騂當作周魯頌傳云白牡周公牲正義引彼文也不知者轉輒改之而不可通矣

彝尊彝四時之祭 閩本明監本毛本同案上彝字當作司

郊特又曰 閩本明監本毛本同案特下浦鏜云脫牲字是也

亯于祖考 閩本明監本毛本同案浦鏜云享誤亯是也

報以大夫之福〔補〕案夫當作大毛本不誤

附釋音毛詩注疏卷之十四　十四之一　四三

甫田之什詁訓傳第二十一　孔穎達疏

甫田刺幽王也君子傷今而思古焉刺者刺其倉廩空虛政煩賦重農人失職【疏】甫田四章章十句○箋刺者至失職○正義曰經言成王庾稼千倉萬箱是倉廩實反明幽王之時倉廩虛也言適彼南畝耘耔黍稷是農人得職反明幽王之時農人失職也政煩賦重楚茨序文次四篇文勢大同此及下篇箋皆引之言由政煩賦重故農人失其常職也若然賦重則倉應實倉虛則賦應輕而同刺之者以王貪而無藝故賦重用而無節故倉虛由倉虛而賦更重以賦重而民逃散農人失職由政煩賦重所致其倉虛則別有費散不由賦重故箋先言倉廩虛則言政煩賦重也

倬彼甫田歲取十千倬明貌甫田謂天下田也十千言多也箋云甫之言丈夫也明乎彼大古之時以丈夫稅田也歲取十千於井田之法則一成之數也九夫為井井稅一夫其田百畝井十為通通稅十夫其田千畝通十為成成方十里成稅百夫其田萬畝欲見其數從井通起故言十

干上地穀畝一鍾○倬陟角反韓詩作箌音同云箌卓也甫之言丈夫也直兩反依義丈夫是也本又作大夫一本甫之言夫也又一本甫之言大也大古音泰見賢遍反○我取其陳食我農人自古有年尊者食新農夫食陳箋云倉廩有餘民得賒貰取食之所以紓官之蓄滯亦使民愛存新穀自古者豐年之法如此○食音嗣賒音奢貰音世又食夜反說文云貸也紓音舒何常汝反蓄勑六反今適南畝或耘或耔黍稷薿薿耘除草也耔雝本也箋云今者今成王之法也使農人之南畝治其禾稼功至力盡則薿薿然而茂盛於古言稅法今言治田互辭○耘音芸沈又音運本又作芸音同耔音子沈音茲壅禾根也薿魚起反徐又魚力反○攸介攸止烝我髦士烝進髦俊也治田得穀俊士以進箋云介舍也祇使民鋤作耘耔間暇則於廬舍及所止息之處以道藝相講肄以進其爲俊士之行○介音界王大也烝之承反髦音毛鋤本或作助同仕魚反間音閑處昌慮反肄以四反字亦作肄同行下孟反

疏 倬彼至髦士○毛以爲倬然明大者彼古太平之時天下之大田也一歲之收乃取十千以其天下皆豐故不繫之於夫井不限之於斗斛要

言多取田畝之收舉十千多數而已以其大熟如此故詩人云我取其陳者以食農人使一家之内尊老得食其新粟卑稺食其陳粟是爲老壯之别等養之義也自古太平有豐年其時如此故今成王之時亦奉而脩之其萬民適彼南畝之内或耘除草木或擁其根本功至力盡故令黍稷得薿薿然而茂盛收穫既多國用充足所以成大功所以自安止又得進我民人成爲髦俊之士由倉廩實知禮節故豐年多穫髦士所以得進也而幽王不脩之故舉以刺焉鄭唯今適南畝三句同其首尾皆異言倬然明著者彼太古之時於丈夫之所税田一歲之中於一成之地取十千畝也言賦斂不重倉廩盈實故於時之民見官有餘遂云我從官取其倉廩之陳者而食我農夫之民所以紓官之畜滯亦使民愛存新穀故令國以足用下無困乏自古豐有之年其法如此故今成王之時奉而脩之其萬民適彼南畝之中或耘或耔黍稷薿薿然茂盛其農人所居廬舍及所止息之處閒暇則以道藝相講肄故得進我農人成其爲俊士之行是農人盡力而治田上依古法而税斂政省賦輕倉廩以實今王不能然故反以刺之○傳倬明至言多○正義曰以雲漢云倬彼雲漢是明貌也言明者疾今不能言古之明信故云明也齊甫田傳曰甫大也以言大田故謂爲天下田也十千者數之大成舉其

成數故云十千言多也王肅云太平之時天下皆豐故不繫
之於夫井不限之於斗斛要言多取田畝之收而已孫毓曰
凡詩賦之作皆摠舉衆義從多大之辭非如記事立制必詳
度量之數甫田猶下篇言大田耳言歲取十千亦猶頌云萬
億及秭舉大數且以協句言所在有大田皆有十千之收一推
而廣之以見天下皆豐此皆申述毛說也○箋甫之至畝一
鍾○正義曰以此意言自古有年又云今適南畝一章之內
而有古今相對今適南畝言民之治田則歲取十千宜爲官
之稅法稅法而言十千爲有限之數則不據天下不可言大
不得與齊之甫田同訓故云甫之言丈夫也穀梁傳曰夫猶
傳也男子之美稱士冠禮注亦云甫丈夫之美稱甫或作父
是爲丈夫也易曰師貞丈人吉言以禮法長於人可倚丈也
是夫者有傳相之德而可倚丈謂之丈夫通天下男子之辭
喪服曰丈夫婦人是也言明乎彼太古之時者以此詩據幽
王之時而思古謂思成王也成王既古矣而云今適南畝以
成王之時爲今則古又古於成王是爲太古也案禮記郊特
牲與士冠禮皆曰太古冠布齊則緇之下郎云牟追夏后氏
之道章甫殷道委貌周道然則太古冠布在三代之前故注
云唐虞以上曰太古然世代推移後之仰先皆爲古矣古有
遠近其言無常故易以文王爲中古禮記以神農爲中古各

有所對爲古不同則太古之名亦無定限此言太古古於成王則可未必要唐虞以上也孟子曰欲重之於堯舜大桀小桀輕之於堯舜大貉小貉則什一而稅堯舜一巳然此論稅法而言太古亦以太古爲唐虞於理雖通但什一而稅三代皆然據今成王所脩不必要本堯舜信南山言成王奉禹之功則此太古蓋亦禹也言丈夫稅田謂於丈夫而稅其一田以治田者男子故言於丈夫也歲取十千於井田之法則一成之數者司馬法計之而然也司馬法曰夫三爲屋屋三爲井是九夫爲井也井十爲通通十爲成亦司馬法文孟子云請野九一而助謂九夫之内與公助一夫田有百畝故知井稅一夫其田百畝從此而累計之故知通稅千畝成稅萬畝也又解不言萬畝而稱十千意欲見其數從井通起故言十千明從井稅一夫爲百畝千是通之稅故云十千以見之而不言萬畝也鄭以爲稅法者亦以此十千故耳知此爲田畝者以十千之文連甫田之下明取十千之田故知田畝非釜斛也又解田之所收數言上地穀畝一鍾明時和而收多故稅輕而用足也史記河渠書曰韓使水工鄭國間說秦鑿涇水爲渠並於山東注洛三百餘里渠成而用漑瀉鹵之地四萬餘頃收皆畝一鍾彼瀉鹵之地灌漑之功畝收一鍾明太平陰陽和風雨時上地畝亦收一鍾也昭三年左傳曰齊舊四量

豆區釜鍾四升爲豆各自其四以登於釜釜十則鍾是鍾容六斛四斗也漢書食貨志曰一夫治田百畝歲收畝一碩半爲粟百五十碩歲有上中下上孰其收自四中孰自三下孰自倍張晏曰平歲百畝收百五十碩今大孰四倍收六百碩自三。百五十碩自倍三百碩彼謂中平之地上孰畝六碩故本太平之上孰上地準闢中爲畝一鍾也孟子曰。言三代稅法其實皆什一若井稅一夫是九稅一矣此詩之意刺幽王賦重當陳古稅之輕而言成稅萬畝反得重於什一者孟子言什一據通率而言耳周制有貢有助助者九夫而稅一夫之田貢者什一而貢一夫之穀通之二十夫而稅二夫是爲什中稅一也故冬官匠人注廣引經傳而論之云周制畿內用夏之貢法稅夫無公田邦國用殷之助法制公田不稅夫貢者自治其所受田貢其稅穀助者借民之力以治公田又使收斂焉諸侯謂之徹者通其率以什一爲正孟子云野九夫而稅一國中什一是邦國亦異外內之法耳是鄭解通率爲什一之事也又孟子云滕文公使畢戰問井田孟子對曰請野九一而助國中什一使自賦是鄭所引異外內之事也孟子又云方里而井。九百畝其中爲公田八家皆私百畝同養公田公事畢然後治私事所以別野人也是說助法井別一夫以八公也言別野人者別野人之法使與國中不同也爾雅云郊外曰野則野人爲郊外也野人爲郊外則國中謂郊內也郊內謂之國中者以近國故繫國言之亦可地在郊內居在國中故也助法既言百畝爲公田則使自賦者明是自治其田貢其稅穀也助則九而助一貢則什一而貢一通率爲什一也若然九一而助者爲九中一知什一自賦非什中一者以言九一即云而助明九中一助也國中言什一乃云使自賦是什一之中使自賦之明非什中一爲賦也故鄭玄通其率以什一爲正若什一自賦爲什中賦一則不得與九一通率爲什一也且鄭引孟子云野九夫而稅一國中什一不言國中什而稅一明是國中什一而貢一故得通率爲什一也如鄭之言邦國亦異外內則諸侯郊內貢郊外助矣而鄭正言畿內用貢法邦國用助法以爲諸侯皆助者以諸侯郊內之地少郊外助者多故以邦國爲助對畿內之貢爲異外內也案王制云千里之內曰甸其外曰采注云取其美物以當穀稅又尚書鄭志說貢篚之義云凡所貢篚之物皆以稅物市之隨時物價以當邦賦然畿外諸侯不以穀入天子此若成稅萬畝是畿外助法則詩說天子之事得云歲取十千者以天子天下爲家故美其收入之多則廣舉天下之田若貢之天子自可隨其所須變爲貨物皆是稅穀市之亦得爲天子所取也史傳說助貢之法唯孟子爲明鄭據其言

以什十而徹爲通外內之率理則然矣而食貨志云井方一里是九夫八家共之各受私田百畝公田十畝是爲八百八十畝餘二十畝爲廬舍其言取孟子爲說而失其本旨班固既有此言由是韓儒遂謬何休之注公羊范甯之解穀梁趙岐之注孟子宋均之說樂緯咸以爲然皆義異於鄭理不可通何則言井九百畝其中爲公田則中央百畝共爲公田不得家取十畝也又言八家皆私百畝則百畝皆屬公矣何得復以二十畝爲廬舍也言同養公田是八家共理公事何得家分二十畝自治之也若家取十畝各自治之安得謂之同養也若二十畝爲廬舍則家別二畝半亦入私矣則家別私有百二畝半何得爲八家皆私百畝也此皆諸儒之謬鄭於匠人注云野九夫而稅一此箋云井稅一夫其田百畝是鄭意無家別公田十畝及二畝半爲廬舍之事俗以鄭說同於諸儒是又失鄭旨矣此井稅一夫爲定法而禹貢注上上出九夫稅下下出一夫稅通率九州一井稅五夫者以禹貢九州之賦法凡有九等鄭欲品其多少無所比況遂以九井擬之以示稅之多少耳非其實稅之也何則九州之地不至九倍若第一之州爲三等豈第九州之上者一家受田九百畝中者千八百畝下者二千七百畝斯不然矣若亦以百畝二百畝三百畝爲三等給之以地有薄厚差降其稅不可下州

九家而共積一夫之稅此乃不近人情也明是以九等井稅
擬之耳箋必易毛者以此詩之作刺幽王政煩賦重廢民農
業而此章下言治田則此此爲稅法互言其事以相發明耳且
取者自此取彼之辭耳歲取既爲稅斂之言十千即是期限
之數若子孫千億萬億及秭文無指定可爲多大之辭其此
文與十千維耦百室盈止周公之東征四國成湯之式於九
圍皆是一數有限量不得爲摠舉大辭也又參之於司馬之書
校之於一成之稅其數正允其若合符故不從毛氏也而孫
毓難云一成之收裁是十里之豐謂箋之說不足以該天下
然毓以所在天下大田皆有十千之收可推而廣之則每於
十里皆取十千何獨不可推而廣也鄭氏之說亦足通矣○
傳尊者至食陳○正義曰言食我農人是辭有所別七月云
采荼薪樗食我農夫以對爲此春酒以介眉壽是農夫別於
眉壽彼農夫與此農人一也言農夫食陳明對眉壽爲尊者
食新矣孫毓云一家之中尊長食新農夫食陳老壯之别孝
養之義也○箋倉廩至如此○正義曰上言古之稅法一成
而歲取十千故知此言我取取於官是倉廩有餘縣貸取而
食之歲也以官有畜積恐其久而腐敗所以紓出官粟之畜積
久滯者待秋收然後取民新穀以納官也於官則積而不腐
亦是使民愛重存留此新穀也定本及集注貸皆作貫義或

然也地官旅師云凡用粟春頒而秋斂之注云因時施之饒時收之此卽義取其陳也此又特言農人不對眉壽則老壯揔爲農人不與七月同也若然王制云古者三年耕必有一年之食則太平豐年當家自有積而得有貸官粟者然古今時運人亦一也作制者美古之辭據多以言不能使皆有畜積猶今之豐年而民有貧而無食者稅斂有義用之以道以倉粟則陳陳相因民貧則貸取以食所以上下交濟海內乂安豈言皆無畜積人盡取之也○傳耘除草耔雝本○正義曰食貨志云后稷始甽田以二耜爲耦廣尺深尺曰甽長終畝一畝三甽一夫三百甽而播種於甽中苗葉以上稍耨壠草因隤其土以附苗根比成壠盡而根深能風與旱故儗儗而盛也是說耘耔之事附根卽此雝本也○箋今者至治田互辭○正義曰以上言自古有年此言今以別之而下言曾孫來止故知今者成王之時也言不奪農時故得使農人之其南畝也○傳治田至以進○正義曰管子云倉廩實知禮節衣食足知榮辱明人成俊士由田之得穀故云治田得穀俊士以進也攸介攸止毛雖不訓準生民之傳則不爲舍而止息王肅云是君子治道所大功所定止傳意當然言太平年豐爲功成治定故俊士以進以由得穀故耳○箋介舍至之行○正義曰以此田農之事介止相對止是止息故介爲

舍也信南山云中田有廬舍則必歸於廬止則隨其所憩而息故介止分爲二事也禮使民鋤作耘耔其有閒暇則於廬舍及所止息之處相講論而肄習其業言禮者以其禮法當然非有禮文也漢書藝文志曰古之學者且耕且養三年而通一藝用日少而畜德多三十而五經立即此烝我髦士是也以文承或耔之下以止舍講習以成後士於理爲切故易傳○

以我齊明與我犧羊以社以方器實曰齊在器曰盛社后土也方迎四方氣於郊也箋云以絜齊豐盛與我純色之羊秋祭社與四方爲五穀成熟報其功也○齊本又作齋又作齍同音資注同犧許宜反爲于僞反下爲農親爲爲之皆同○

我田既臧農夫之慶箋云臧善也我田事已善則慶賜農夫謂大蜡之時勞農以休息之也年不順成則八蜡不通○蜡仕詐反勞力報反篇末勞賜同

琴瑟擊鼓以御田祖以祈甘雨以介我稷黍以穀我士女田祖先嗇也穀善也箋云御迎介助穀養也設樂以迎祭先嗇謂郊後始耕也以求甘雨佑助我禾稼我當以養士女也周禮曰凡國祈年于田祖吹豳雅擊土鼓以樂田畯○御牙嫁反注同豳彼貧反本亦作邠以

樂音洛。【疏】以我至士女。毛以爲士絜黍稷茂盛故今至秋以用我器實之齊豐而明報及與我犧而純色之羊用此齊牲以祭社稷以祀四方以老其能成五穀之功也五穀成熟則我田事已善矣於孟冬之月其農夫之人受慶賜謂息田夫而饗勞之也至前孟春月以琴瑟及擊其土鼓以迎田祖先嗇之神而祭之所以求甘澍之雨以大得我稷之與黍其成熟則人皆脩飾以善我士之與女今王不能然故刺之鄭唯以佑助我禾稼之黍稷及其成熟當以養我士之與女爲異餘同。傳器實至於郊。正義曰經傳多齊盛連文故傳因齊解盛春官肆師祭之日表齍盛告絜注云粢六穀也則六穀總爲齊天官甸師注云粢稷也唯以稷爲粢者以稷是穀之長爲諸穀之總名六穀皆爲器之實故曰器實曰齊指穀體也在器曰盛據已盛於器也故桓六年左傳曰絜粢豐盛言爲穀則絜清在器則豐滿是指器實爲粢在器爲盛也毛氏解社其言不明惟此言社后土其義當與鄭同鄭駮異義以爲社者五土之神能生萬物者以古之有大功者配之祭法曰共工氏之霸九州也其子曰后土能平九州故祀以爲社昭二十九年傳曰共工氏有子曰句龍爲后土。又曰后土。則社鄭志荅趙商云后土爲社謂輔。作社神趙商問郊特牲社祭土而主陰氣大宗伯職曰王大封則先告后土注云后土土神也若此之義后土則社社則后土二者未知云何敢問后土祭誰社祭誰乎荅曰句龍本后土後遷之爲社大封先告后土玄注云后土土神不云后土社也田瓊問周禮大封先告后土注云后土社也前荅趙商曰當言后土土神言社非也檀弓曰國亡大縣邑或曰君舉而哭於后土注云后土社也月令仲春命民社注云社后土中庸云郊社之禮所以事上帝也注云社祭也。神不言后土省文此三者皆當定之否荅曰后土土官之名也死以爲社社而祭之故曰句。龍爲后土後轉爲社故世人謂社爲后土無可怪也欲定者定之亦可不須由此言后土者地之大名也僖十五年左傳曰履后土而戴皇天指謂地爲后土也句龍職主土地故謂其官爲后土此人爲后土之官後轉以配社又謂社爲后土且社亦土地之神是后土之言參差不一故弟子疑而發問也宗伯大封告后土者以其大封是土地之事宜告土神不告句龍故云定爲后土土神檀弓曰以。國亡大縣邑哭於后土以諸侯守社稷失地哭於社故云后土社也此文與月令皆謂祭祀后土則配社之神故云社后土也中庸云郊社相對郊是天則社是地故云社祭土神以宗伯與左傳皆謂地爲后土則土神宜稱后土而中庸言社不言后土故云省文以理皆可通故云欲定定之亦可不須言也言迎四方之神於郊者下曲禮云天子祭四方歲徧注云祭四方謂祭五官之神於四郊也句芒在東祝融后土在南蓐收在西玄冥在北是也實五官而云四郊者火土俱在南其火土俱祀黎故鄭志荅趙商云后土轉爲社無復代者故先師之說黎兼之亦因火土位在南又大宗伯注云五祀者五官之神在四郊四時迎五行之氣於郊而祭五德之帝亦食此神焉少昊氏之子曰重爲句芒食於木該爲蓐收食於金脩及熙爲玄冥食於水顓頊氏之子曰黎爲祝融后土食於火土是黎兼二祀也曲禮言歲徧此祀在秋而并言四方蓋常祀歲徧此秋成報功則揔祭故并言四方也○箋以絜至其功○正義曰楚茨箋云明猶潔也齊言明謂絜清羊言犧謂純色故云以絜齊豐盛與純色之羊經言齊明箋云絜齊文倒者各從其便而言耳郊特牲云社稷太牢則四方之神亦太牢此獨言羊以會句言犧以見純明非特羊而已社爲陰祀其犧用純黑色也其方祀則各以其方之色也知比社與四方皆爲秋祭報功者以上言黍稷之盛而此言齊羊之祭明是物成而祭也下言農夫之慶當蓋冬休息以御田祖是來春祈穀故知此祭在秋爲時次也故大司馬仲秋云遂以獮田羅弊致禽以祀祊注云祊當爲方聲之誤也獮田主祭四方報成萬物鄭引此詩云以社以方是報祭四方在仲秋也良耜序云秋

報社稷鄭駁異義引大司徒五地之物云此五土地者土生萬物養鳥獸草木之類皆爲民利有貢稅之法王者秋祭之以報其功是祭社亦在秋也○箋我田至不適○正義曰農夫之得慶賜唯勞賜之耳歲事不成則無此勞息故言我田事既善則慶賜農夫也謂大蜡之時勞農以休息之者王者以歲事成熟搜索羣神而報祭之而謂之大蜡又爲臘先祖五祀因令黨正屬民飲酒于序以正齒位而勞賜農夫令得極歡大飲是謂休息之知如此者郊特牲曰天子大蜡八蜡也蜡者索也歲十有二月合聚萬物索饗之也是說大蜡之祭也月令孟冬云是月也臘門閭及先祖五祀勞農以休息之是說休息之事也郊特牲蜡祭之下又曰黃衣黃冠而祭息田夫也注云既蜡臘先祖五祀於是勞農以休息之是臘即次蜡之後與蜡異也郊特牲止云息田夫不謂之臘必知月令之臘祭與特牲息田夫爲一者郊特牲說蜡祭之服云皮弁素服以送終葛帶榛杖喪殺也其下別云黃衣黃冠而祭明非蜡也又曰既蜡而收民息已既蜡乃云息民明知息民非蜡息民與月令休息文同故知黃冠而祭爲臘祭也是以注云息民與蜡異則黃衣黃冠而祭爲臘必也以此知臘在既蜡之後也地官黨正職曰國索鬼神而祭祀則以禮屬民而飲酒于序以正齒位以此知黨正飲酒亦此時也下雜

記云子貢觀於蜡曰一國之人皆若狂是恣民大飲也酒誥
周公戒康叔禁民飲食○民無故不飲酒歡樂今以歲穀豐熟
場功畢入而特聽之故謂之慶賜勞息漢世每有國慶而賜
民大酺亦此義也臘與息民蜡後爲之以其與蜡同月若不
爲蜡則此事亦廢事皆相將故繫之蜡焉年不順成八蜡不
通郊特牲文引此者解言我田既臧乃云農夫之慶之意也
彼注數八蜡云先嗇一也司嗇二也農三也郵表畷四也貓
虎五也坊六也水庸七也昆蟲八也此八蜡爲其主耳所祭
不止於此四方百物皆祭之春官大司樂云凡六樂者一變
而致羽物及川澤之示再變而致蠃物及山林之示三變而
致鱗物及丘陵之示四變而致毛物及墳衍之示五變而致
介物及土示六變而致象物及天神注云此謂大蜡索鬼神
而致百物六奏樂而禮畢又大宗伯云疈辜祭四方百物注
云謂磔攘及蜡祭是蜡祭四方百物皆祭之○傳田祖至穀
善○正義曰郊特牲注云先嗇若神農春官籥章注云田祖
始耕田者謂神農是一也以祖者始也始教造田謂之田祖
先爲稼穡謂之先嗇神其農業謂之神農名殊而實同也以
神農始造田謂之田祖而后稷亦有田功又有事於尊可以
及郊則祭田祖之時后稷亦食焉后土則五穀所生本云句
龍能平之則句龍亦在祭中而籥章云以樂田畯尙及典田

之大夫明兼后土后稷矣故大司徒注云田主田神后土及田正之神所依也詩人謂之田祖以句龍爲后土后稷爲田正而言詩人謂之田祖則田祖之文雖主於神農而祭尊可以兼畀其祭田祖之時后土田正皆在焉故鄭揔言詩人謂之田祖也言此田祖其文得兼有后土后稷而司徒言田主則其文不得兼神農何則彼云設其社稷之壝而樹之田主則田主唯社稷不得有神農故鄭唯云后土田正其言不及神農是其意也穀善釋詁文王肅云大得我稷黍以善我男女言倉廩實而知禮節也○箋設樂至田畯○正義曰言設樂者揔琴瑟擊鼓鼓言擊明琴瑟亦擊可知籥章云吹豳雅則有籥吹之此不云籥彼籥章不言琴瑟皆文不備耳知迎先嗇謂郊後始耕者月令孟春天子乃以元日祈穀于上帝注云謂以上辛郊祭天即引襄七年左傳曰夫郊祀后稷以祈農事是故啓蟄而郊郊而後耕又曰乃擇元辰天子親載耒耜躬耕帝籍注云元辰郊後吉亥是郊後始耕也謂於始耕時而祭之也知者以先嗇人神不宜先天而祭故當郊後也祈雨又宜早不可以至二月而田祖是始教田者故知是始耕時祭之也云甘雨者以長物則爲甘害物則爲苦昭四年左傳曰秋無苦雨服虔曰害物之雨民所苦是也雨以甘故故得祐助我禾稼當以養士女也以此事在孟春則事最在

後時次於上故以此結章見後當恒然反明此年之春已有此事以興嗣歲亦此義也引周禮者籥章文也彼注云祈年求豐年也豳雅七月也七月有于耜舉趾饁彼南畝之事歌其類也謂之雅以其言男女之正鄭司農云田畯古之先教田者爾雅曰畯農夫也以此言之云吹豳雅謂籥吹之故其職掌土鼓豳籥杜子春云土鼓以瓦爲匡以革爲兩面可擊也鄭司農云豳籥豳國之地竹玄謂籥豳人吹籥之聲章是也祭田祖而并祭田畯者以神農始造田法典田大夫以其法教民亦是先教田其祭并及之先言祈年于田祖是此祭主祭田祖末言以樂田畯見其次及之故異其文也○**曾孫來止以其婦子饁彼南畝田畯至喜攘其左右嘗其旨否**箋云曾孫謂成王也攘讀當爲饟饁饟饋也田畯司嗇今之嗇夫也喜讀爲饎饎酒食也成王來止謂出觀農事也親與后世子行使知稼穡之艱難也爲農人之在南畝者設饋以勸之司嗇至則又加之以酒食饟其左右從行者成王親爲嘗其饋之美否示親之也○饁于輒反畯子峻反本又作畯後篇同喜毛如字鄭爲饎尺志反下篇同攘如羊反鄭讀爲饟式尚反王如字饋巨愧反從才用反○**禾易長畝終善**

且有易治也長畝竟畝也易以豉反徐以赤反。曾孫不怒農夫克敏

敏疾也箋云禾治而竟畝成王則無所責怒謂此農夫能自敏也○【疏】曾孫至克敏○毛以爲成王之時非直爲民報祭祈年又曾孫成王亦自來止親循畎畝以勸稼穡也君既勸之於上民又勤之於下農夫務事遂以其婦之與子並來饋饁於彼南畝之中家盡歡樂矣其田畯之官典田大夫既至見其勤勞則喜樂其事矣即教農夫以閒暇之時攘除田之左右辟其草萊嘗其氣旨士地和美與否也故使不生易而治理長而次列徧竟畝中終至成善且收而大有曾孫成王見其如此不有恚怒乃謂此農夫其田事既有工能而且敏疾故不怒之以是致黍稷茂盛而年豐矣今王不能然故刺之○鄭以爲曾孫成王之來止也則以其已之婦與子謂后與世子出觀農事使知稼穡之艱難也又以飲食而行饋餉彼在南畝之農人設食以勸之使其樂事也田畯之官至又加之酒食之饎以慰其典田之勤也又饟其左右從已之行者以賞其行途之勞令喜於巡勸不厭也又親爲嘗其饋之美否示親而愛之故上下用命農畯勸樂餘同○箋曾孫至親之○正義曰以信南山準之故知曾孫成王也上言饁下言嘗皆飲食之事故蠰讀當爲饟也釋詁云饁饟饋

也舍人曰饁自家之野也此攘字在饁喜之下而先言之者以詩中未有其事故先明之田畯田家在田司主稼穡故謂司嗇漢世亦有此官謂之嗇夫故言今之嗇夫也郊特牲曰蜡之祭也主先嗇而祭司嗇也注云先嗇若神農司嗇若后稷以神農始造其田后稷教民播種此二人有田事之大功者也以蜡者爲田報祭故知稷謂此二人臣教稼亦是大田官故謂之司嗇此言田畯乃是當時主稼之人故以司嗇言之與郊特牲名同而實異也饁彼南畝田畯至喜此及大田文與七月正同故亦讀喜爲饎饎酒食也此爲田事而言曾孫之來故知成王來止謂出觀農事曾孫來止即言以其婦子明曾孫自以已之婦子故知親與后世子行也王之婦必是后知子唯世子者以將欲傳之國祚明其教戒尤深故知非餘子也稼穡之艱難尚書無逸周公戒成王之辭也此經曾孫之下而公以其明以下皆曾孫之事故云爲農人之在南畝者設饋以勸之謂成王爲之設也言司嗇至則又加之以酒食則農人之饋無酒故云加之也其左右之行雖各有糧食王欲其勸農忘苦從行不厭故饋之也王之從者必有公卿大臣親爲嘗其饋之美否亦所以親之也此經毛不爲傳但毛氏於詩無破字者與鄭不得同王肅云曾孫來止親循畎畝勸稼穡也農夫務事使其婦子並饁饋也田畯之至

喜樂其事教農以閒暇擾田之左右除其草萊嘗其氣旨土
和美與否也傳意當然王肅又云婦人無閫外之事又帝王
乃躬自食農人周則力不供不徧則爲惠不普玄說非也孫
毓云古者婦人無外事送兄弟不踰閾唯王后親桑以勸蠶
事又不隨天子而行成王出勸農事何得將婦兒自隨而云
使知稼穡之艱難王后寧復與稼穡事者乎此與豳風同我
婦子饁彼南畝田畯至喜之義皆同農人遠於其事婦子俱
饁也田畯見其勤脩喜樂其事又王者從官自有常餼非獨
於南畝之中乃饁左右而親爲之嘗又非人君待下之義皆
以鄭說爲短斯不然矣此刺今思古之詩言古人之所難行
以傷今之廢業也首章言輕其稅斂二章爲之祈報此章言
思澤深厚卒章言收穫弘多歷觀其次粲然有敘寧當於此
甫說農人之家行饁之事又大田卒章上言曾孫下言禋祀
並是成王之事不當以農人婦子輒厠其閒也且言曾孫來
止即言以其婦子則是曾孫以之也上無農人之文何得爲
農人婦子乎既言曾孫以其婦子則后之從行於文自見復
何所言而云無事也若王后必無外事不當蠶於北郊王基
以親蠶決之非無理矣衣食人之所資田蠶並爲急務蠶則
后之所專故后當獨行田則王之所勸后從行耳此乃外內
之別職司之義而孫毓反言親桑不隨王非其難矣王者憂

深思遠以世子者生於深宮之內長於婦人之手故與之俱行知稼穡之艱難欲其重國用而愛黎民保王業而全宗祀也以予所親莫過於母使之俱觀辛勤內相規諫此聖賢明訓可與日月俱懸豳風同我婦子事連於舉趾此云以其婦子文繫於曾孫辭既不同義同當異又安得皆爲農人婦子也田畯所喜當喜農人之勤事文在饁彼之下是則喜其饟食非復說其勤勞何有國史吟詠立文若是哉王者從官非無常餼直以同循稼穡共食甘與夫秦風所謂與子同袍亦復何異而云非待下之義乎此饁南畝之農人賜田畯以酒食者天子所省固無周備值其所幸便卽賜之使天下知我王之愛農也則莫不盡力農人之見饟也則人各用心賞一勸百可使海內從風何必每地皆往農人盡賚而云力不供患不普也王基因於不徧之言而引周語以此爲藉田之事謬矣然此詩止說豐年之義無刺廢藉之文箋之上下言不及藉下篇刺矜寡不能自存其文亦同於此豈合矜寡之人就藉田捃拾也又下章庾稼共此接連箋稱古之稅法非爲藉田明矣○**曾孫之稼如茨如梁曾孫之庾如坻如京**茨積也梁車梁也京高丘也箋云稼禾也謂有槀者也茨屋蓋也上古之稅法近者納總遠者納粟米庾露積穀也坻水

中之高地也○茨徐私反庾羊主反坻直基反積如字又子賜反下皆同囊古老反穟作孔反**乃求千斯倉乃求萬斯箱**箋云成王見禾穀之稅委積之多於是求千倉以處之萬車以載之是言年豐收入踰前也○委積如字又於僞反年收手又反又如字**黍稷稻粱農夫之慶報以介福萬壽無疆**箋云慶賜也年豐則勞賜農夫益厚既有黍稷加以稻粱報者爲之求福助於八蜡之神萬壽無疆竟也○疆居良反竟如字【疏】曾孫至無疆○毛以爲上言曾孫之親循甽畝此言稅穫竟也曾孫成王所稅得禾穀之稼其積聚高大如屋茨如車粱也曾孫成王所稅得米粟之庾其唯高大如渚坻如丘京也成王既見禾稼之積粟庾之多於是乃求千倉以處其庾也乃求萬箱以載其稼也以其收入踰前故求倉廩車箱以載蓄之喜其收穫之廣懸念農夫之勤故以黍稷稻粱爲農夫之慶謂黨正飲酒加其饌食以稻粱也非直勞而息之又爲之求福於八蜡之神而報我農夫以大大之福使之得萬年之壽無有疆境今幽王不能然故刺之也二斯皆爲語助○鄭唯以介爲助餘同○傳茨積至高丘○正義曰墨子稱茅茨不翦謂以茅覆屋故箋以茨爲屋蓋傳言茨積非訓茨

爲積也言其積聚高大如屋茨耳其意與箋同也孟子十二月車梁成梁謂水上横橋橋有廣狹得容車渡則高廣者也故以比禾積釋上云絕高爲之京是京高上也○箋稼不至高地○正義曰庾是平地委粟而與稼相對則知稼有藁草矣故云稼禾稼謂有藁者也此言曾孫所有則是稅而得之而有庾稼二種明是稅有兩法故言古之稅法近者納總謂并禾稼納之遠者納粟米謂路遠者唯納粟又遠者唯納米以運輸爲難故輕之也此文稼庾相對而下言千倉萬箱是箱以載稼倉以納庾故知庾露地積穀也釋水云水中可居者曰洲小洲曰渚小渚曰沚小沚曰坻是水中之高地也此言禾庾當在畿内若畿外則采取美物以當邦賦不入穀矣畿内雖用貢法亦校其歲以爲率依稅法近郊十一遠郊二十而三甸稍縣都無過十二以禾及米貢入於王掌客有芻薪倍禾之言是明周法有禾稼之稅矣禹貢有納銍納秸周之有無無以言也依禹貢云五百里甸服百里賦納總二百里納銍三百里秸服四百里粟五百里米注云甸服者堯制賦其田使入穀禹彌其外百里者賦入總謂入刈禾也二百里銍銍斷去藁也三百里秸秸又云穎也四百里入粟五百里入米者遠彌輕也甸服之制本自納總禹爲之差使百里者從之耳以此言之有輕遠之法故爲近者納總遠者粟米

既無銍秸之文不知遠近以何爲差也若然後世之役宜繁於上代周止下里納穀唐虞則弼其外五百里爲方二千里是方千里者四納穀多於周者唐虞萬國諸侯歲朝其用或費於後代故納穀多也又鄭志荅趙商云畿內四百國則周郊內亦封諸侯矣於周法十國而入其一於天子然則雖千里者四其稅猶少於周故使方二千里入粟米世代不同故異法也。箋年豐至疆竟。正義曰特牲少牢之祭皆無稻粱此特言黍稷稻粱故知勞賜農夫加以稻粱也報者自神之辭明求神而得報爲農夫之求神唯蜡祭耳故云爲之求助於八蜡之神以祭有尸祝故云萬壽無疆竟爲得福之辭與三章互相成也蜡在息農夫前而後言之者以祭者雖在前而福慶是將來之事故後言之以結篇也定本疆境字作竟。

甫田四章章十句

大田刺幽王也言矜寡不能自存焉幽王之時政煩賦重而不務農事蟲災害穀風雨不時萬民飢饉矜寡無所取活故時臣思古以刺之。矜古頑反注皆同字或作鰥。疏大田四章上二章章八句下二章章九句至自存焉。正義曰四章皆陳古善以刺王之辭經唯言寡婦序并言矜者以無妻爲矜無夫爲寡皆天民之窮故連言之由此而言孤獨老疾亦矜寡之類其文可以兼之矣○箋幽王至刺之○正義曰箋亦以序省畧反取經意以明之經從首章盡二章上三句言成王教民治田百穀茂盛比役順時秀實成好反明幽王之時政煩賦重而不務農事也二章下五句言時無蟲災反明幽王之時蟲災害穀也三章上四句言雲雨安御反明幽王之時風雨不時也三章下五句言收刈有餘寡婦獲利是下民豐盈矜寡得濟反明幽王之時萬民饑饉矜寡無所取活也詩皆公卿國史所作故云時臣思古以刺之序不言思古者楚茨至此文指相類承上篇而畧之也○

大田多稼既種既戒既備乃事箋云大田謂地肥美可墾耕多爲稼可以授民者也將稼者必先相地之宜而擇其種季冬命民出五種計耦耕事脩耒耜具田器此之謂戒是既備矣至孟春土長冒橛陳根可拔而事之○種章勇反此注及下注擇種並同墾苦狠反相息亮反長張丈反冒莫報反橛其月反

以我覃耜俶載南畝覃利也箋云俶讀爲熾載讀爲菑栗之菑時至民以其利耜熾菑發所受之地趨農急也田一歲曰菑○覃以冉反徐以廉反俶載𢦏家並如字俶音尺叔反始也載事也鄭讀爲熾菑熾音尺志

反菑音緇栗音列鄭注周禮云讀如裂繻之裂

播厥百穀既庭且碩曾孫是若庭直也箋云碩大若順也民既熾菑則種其衆穀衆穀生盡條直茂大成王於是則止力役以順民事不奪其時○

【疏】大田至是若○毛以爲古者成王之時有大肥美之田可墾耕矣又多爲稼而以授民也民已受地相地求種既已擇其種矣時王者又號令下民豫具田器既已戒勑之矣此受地擇種戒勑具器既已周備矣至孟春之月乃耕而事之矣用我覃然之利耜始設事於南畝而耕之以種其百種之衆穀其穀之生盡條直且又長而茂大民既勤力已專其務曾孫成王於是止力役以順民不奪其時令民得盡力於田今王不能然故刺之○鄭唯用利耜熾菑耕發其南畝所受之田爲異餘同○箋大田至事之○正義曰知大田非天下田者以文連多稼又云既種既戒皆謂田中之事不得爲天下之田故以爲肥美之大田可墾耕者也舉肥美以與民則自然爲天下田矣地自山陵林麓川澤溝瀆城郭宮室塗巷其外皆可墾耕作者舉其年豐明田多故云大田地之肥美者謂可墾耕者皆肥美也言多爲稼可授民者以此方陳擇種豫戒是本之於初所授受之辭其實此地先在民矣言多爲稼者地官司稼注云種穀曰稼如嫁女有

所生草人掌土化之法稻人掌稼下地秋官薙氏掌殺草月令云燒薙行水皆是爲稼也爲稼謂多爲此等之稼以糞美其地故云多稼若其不然鄭則不宜言爲也此當在授民之後民自稼之言多爲稼乃授民者疾今之田萊多荒而本之初授不廢授民而稼之或公家令民稼之而後授故薙氏掌之也又云將稼者謂將稼種之與多爲稼者別也以別起此文明多爲稼者故非稼種矣以下繹始說耕事則此未得下種故知既種爲相地之宜而擇其種也月令云善相丘陵土地所宜五穀所殖司稼云掌巡邦野之稼而辨其種稑之種與其所宜注云知種所宜之地草人云物地相其宜而爲之種即分地之利是也以既知地所宜種故引月令并云出五穀爲之種也計耦事者以耕必二耜相對共發一尺之地故計而耦之也耒耜之具別言田器則耘耨所用故彼注云鎡錤之屬命民即是戒之故云此之謂戒也既備者辭總上事故云是故備矣此在往年至春始用云乃者緩辭也孟春土長冒橛陳根可拔月令注引此言農書曰則此出於農書也漢書藝文志農書有七家不知出誰書也以冬土定故椓橛於地與地平孟春土氣升長而冒覆於橛則舊陳之根可拔於是乃耕故云而事之○傳覃利也○正義曰良耜云畟畟載芟云有畧與此覃皆連耜言之明爲耜之利意故云覃利

也傳不解俶載之文以毛不破字必不與鄭同王肅以俶爲始載爲事言用我之利耜始發事於南畝○箋俶讀至曰菑○正義曰此及載芟良耜皆於耜之下言俶載南畝是俶載者用耜於地之事故知當爲熾菑謂耜之熾而入地以菑殺其草故方言入地曰熾反草曰菑也連言菑栗之菑者弓人云凡鋸幹之道菑栗不迆則弓不發注云玄謂栗讀如裂繻之裂彼鋸弓幹以鋸菑而裂之猶耕者以耜菑而發之義理既同故讀從其文以見之也上云乃事是豫以待時之言故云時至以爲相連文次也田一歲曰菑釋地文郭璞曰今江東呼初耕地反草爲菑則是入地殺草之名故引爲證也○箋民既至其時○正義曰論語云長沮桀溺耦而耕鄭云耰而不俶注云耰覆種也是古者未解牛耕人耕即下種故云民既熾菑則種其衆穀此既庭及下章既方之等皆論天下之田宜爲普徧之辭故皆以既爲盡言穀生盡條直茂大也月令云毋聚大衆毋作大事以妨農事是止力役以順民事不奪其時○**既方既阜既堅既好不稂不莠**實未堅者曰皁稂童粱。也莠似苗也箋云方房也謂孚甲始生而未合時也盡生房矣盡成實矣盡堅熟矣盡齊好矣而無稂莠擇種之善民力之專時氣之和所致之○皁才老反稂音郎又音粱童粱草

也說文作蓈云稂或字也禾粟之莠生而不成者謂之童蓈也莠餘久反

去其螟螣及其蟊賊無害我田稺

食心曰螟食葉曰螣食根曰蟊食節曰賊箋云此四蟲者恒害我田中之稺禾故明君以正己而去之○去起呂反注同螟莫庭反螣字亦作蟘徒得反說文作蟘蟊本又作蛑莫侯反爾雅云隨所食爲名郭云皆蝗類也稺音稚下同○

田祖有神秉畀炎火

炎火盛陽也箋云螟螣之屬盛陽氣蠃則生之今明君爲政田祖之神不受此害持之付與炎火使自消亡○秉如字執持也韓詩作卜卜報也畀必二反與也炎于沾反沈于凡反蠃音盈

疏既方至炎火○正義曰上言穀生茂大此言秀實之好云衆穀既秀穗上已有孚甲盡生房矣稍復結粒盡成實矣粒又稍成盡堅熟矣並無死傷盡齊好矣不有童梁之稂不有似苗之莠是其五穀大成也所以得然者由其明王能自正己去其食心葉之螟螣及食根節之蟊賊無害我田中之稺禾者由此而皆得大成也明所以能去四蟲者以其明君爲政德當靈祇故云田祖有神不受此等之害持付炎火使自消亡今王不能然故刺之○傳實未至似苗○正義曰以此章承上苗長之後皆論秀實之事皁音爲造訓爲成也文在堅上皁成

而未堅故云實未堅曰阜也稂童粱○釋草文舍人曰稂一名
童粱○郭璞曰似莠是也仲尼之語曰若苗之有莠若粟之有
秕秕似粟莠似苗也○箋方房至致之○正義曰阜是未堅
方文又在阜上初秀始欲結實之時故云方房也謂孚甲始
生而未合時也謂米外之房者言其孚甲米生於中若人之
房舍然也孚者米外之粟皮故秠者一孚二米言一皮之內
有兩米也甲者以在米外若鎧甲之在人表其種於地則開
甲始生故月令孟春云其日甲乙注云物之孚甲始生謂開
此孚甲生出也禾既有穗即生孚甲故云盡生房矣房生既
成則有米實故云盡成實矣既已有實稍向熟成故云盡堅
熟矣衆穗皆熟故云盡齊好矣稂莠苗既似禾實亦類粟若
擇種去其細粒鋤不除其非類則無復稂莠亦出時氣之和
使然言○傳食心至曰賊○正義曰皆釋蟲文李巡云食禾心
爲螟言其姦冥冥難知也食禾葉者言假貸無厭故曰蟘也
食不節言貪很故曰賊也食禾根者言其稅取萬民財貨故
云蟊也孫炎曰皆政貪所致因以爲名也郭璞曰分別蟲啖
禾所在之名耳蟘與螣蟊與蝥○古今字耳郭璞直以蟲食所
在爲名而李巡孫炎並因託惡政則災由政起雖食所在爲
名而所在之名緣政所致理爲兼通也陸機疏云螟似子方
而頭不赤螣蝗也賊似桃李中蠹蟲赤頭身長而細耳或說

云蟊螻蛄也食苗根爲人患許慎云吏犯法則生螟乞貸則生螣舊說螟螣蟊賊一穗蟲也如言寇賊姦宄內外言之耳故犍爲文學曰此四種蟲皆蝗也實不同故分別釋之○箋此四至去之○正義曰以特言田稺故云恒害我田中之稺禾蟲災之盛稺者亦食以稺者偏甚故舉以言之以其由政而然故云明君正已而去之○傳炎火盛陽○正義曰以言炎火恐其是火之實故云盛陽也陽而稱火者以南方爲火炎爲甚之故云盛陽也知非實火者以四者所謂昆蟲得陰而藏得陽而生故箋云盛陽氣羸則生之義無取於火之實故爲盛陽也○箋螟螣至消亡○正義曰解本言炎火之意以螟螣之屬四者盛陽氣羸則生之以得陽而生故陽盛而爲害月令仲夏行春令百螣時起是陽行而生陽盛則蟲起消之則付於所生之本今明君爲政田祖之神不受此害故持之付于炎火使自消亡也田祖所以受者以害由政起今明君爲政害無由作故云田祖不受四蟲之害若政能消之則本無可受而云田祖不受者以田祖主田之神託而言耳

有渰萋萋。興雨祁祁。雨我公田，遂及我私。渰，雲興貌。萋萋，雲行貌。祁祁，徐也。箋云：古者陰陽和，風雨時，其來祁祁然，而不暴疾。其民之心，先公後私，令天主雨於公田，因及私田爾此言民怙君德蒙其餘惠。渰本又作弇於檢反漢書作黤萋七西反興雨如字本或作興雲非也祁巨移反雨我于付反注內主雨同一本主作注雨如字**彼有不穫穉此有不斂穧彼有遺秉此有滯穗伊寡婦之利**秉把也箋云成王之時百穀既多種同齊孰收刈促遽力皆不足而有不穫不斂遺秉滯穗故聽矜寡取之以爲利。穫戶郭反斂穧上力檢反下才計反又子計反穧穫也穗音遂把巴馬反矜音鰥

【疏】有渰至之利。正義曰言太平之時有渰渰然既起萋萋然行者雨之雲也此雲既行乃起其雨澤祁祁然安徐而落不暴疾也民見雲行雨降歸之於君云此雨本主爲雨我公田耳因遂及我之私田雖作者廣見太平之時民心先公之義要雨無不徧天澤以時故得五穀大成出此民所收刈力皆不足而令彼處有不穫刈之穉禾此處有不收斂之穧束又彼處有遺餘之秉把此處有滯漏之禾穗此皆主不暇取維是寡婦之所利言捃拾取之以自利已今王不能然使矜寡無所資故刺之定本集注穧作積。傳渰雲興貌定本集注云渰陰雲貌。正義曰既言有渰即云興雨雨出於雲故知渰雲興貌雲既興而後行萋萋在渰之下故知雲行貌雲行然後雨落故萋萋之下言

興雨也祁祁徐貌謂徐緩而降故箋云不暴疾也經典雨或作興雲誤也定本作興雨。箋成王至爲利。正義曰穧者禾之鋪而未束者秉刈禾之把也聘禮曰四秉曰筥注云此秉謂刈禾盈手之秉筥穧名也若今萊易之間刈稻聚把有名爲筥者卽引此詩云彼有遺秉此有不斂穧是也彼注言此秉者以對米秉爲異故掌客注云米禾之秉筥字同數異禾之秉手把耳筥謂一穧然則禾之秉一把耳米之秉十六斛禾之筥四把耳米之筥則五斗是有對故言此以別之王制及書傳皆云矜寡孤獨天民之窮而無告者皆有常餼地官遺人門關之委積以養老孤則官自有餼而須捃拾者以豐年矜寡捃拾足能自活王者恐其不濟或力不堪事乃餼之

曾孫來止以其婦子饁彼南畝田畯至喜箋云喜讀爲饎饎酒食也成王出觀農事饋食耕者以勸之也司嗇至則又加之以酒食勞倦之爾。饋食音嗣勞力報反。來方禋祀以其騂黑與其黍稷以享以祀以介景福騂牛也黑羊豕也箋云成王之來則又禋祀四方之神祈報焉陽祀用騂牲陰祀用黝牲。禋音因享許兩反徐又許亮反黝伊糾反黑也。【疏】曾孫至景福毛

以爲曾孫成王之身自來止親循畎畝以觀稼穡也時耕者皆以其婦之與子同饁彼農人於南畝之中田畯之官至喜樂其事以勸慕能勤故得成穫故成王之來乃於四方之神則禋敬而絜祀爲其祀之也以其騂赤之牛黑之羊豕與其黍稷之粢盛用此以獻以祀四方之神爲神歆饗而報以大之福所以常得年豐今王不能然故刺之○鄭以爲曾孫來止則以其婦之與子出共觀之又設食饁彼南畝之農人以勸之其田畯又加之以酒食勞之故上下樂業穀得以成也曾孫之來則又於四方之神而往禋祀焉所祀者以其牲或赤或黑與其黍稷之粢盛以獻以祀四方之神神饗之而報以祐助與大福○傳騂牛黑羊豕○正義曰毛以諸言騂者皆牛故云騂赤牛也定本集注騂下無赤字是也上篇云以社以方而方社連文則方與社稷同用大牢故以黑爲羊豕通牛爲三牲也且上章言犧羊是方有羊明不特牛故爲太半牢中色而色不同者毛意蓋以此四方既非望祀又非五方之帝故用是牲所以無方色之別○箋成王至黝牲○正義曰此以田事爲主成王出觀民事因即祭祀故云成王之來則又禋祀四方之神所報焉對出觀爲文也此出觀之祭則祭當在秋祈報並言者言其報以成而祈後年也陽祀用騂牲陰祀用黝牲地官牧人文也彼注云陽祀南郊及宗

廟陰祀北郊及社稷非四方之神而引以解此者以毛分騂黑爲三牲鄭以騂黑爲二色故引牧人騂黝以明騂黑爲別方之牲耳非謂四方之祭在陽祀陰祀之中也知方祀各以其方之色牲者大宗伯云青圭禮東方赤璋禮南方白琥禮西方玄璜禮北方皆有牲幣各放其器之色注云以爲禮五天帝人帝而句芒等食焉是五官之神其牲各從其方色則宜五色獨言騂黑者略舉二方以韻句耳故易傳大宗伯職祀天乃稱禮五祀在血祭之中而言禮者此五官之神有配天之時乃配天則禮祀此祭雖不配天以其嘗爲禮祀故亦以禮言之五祀在血祭之中則用太牢矣故上篇云與我犧羊以社以方是方祭有羊孫毓以爲方用特牲非禮意也

大田四章二章章八句二章章九句

附釋音毛詩注疏卷之十四　十四之一

毛詩注疏挍勘記（十四之一）　阮元撰盧宣旬摘録

○甫田

甫之言丈夫也　小字本相臺本同案此正義本也正義云故云甫之言丈夫也釋文云依義丈夫是也本又作大夫一本甫之言夫也又一本甫之言大也考文一本作大夫采釋文古本作夫丈誤

上地穀畝一鍾　小字本相臺本同閩本同明監本毛本鍾作鐘案鍾字是也正義標起止同正義下文作鍾者自爲文而易字耳閩本皆作鍾非

民得賖貰取食之　小字本相臺本同案正義云賖貸取而食之也又云定本及集注貸皆作貰義或然也釋文云貰音世

今言治田元辭　閩本明監本毛本同小字本相臺本元作互考文古本同案互字是也正義標起止不誤

禮使民鋤作耘耔小字本相臺本同案釋文云鋤本或作助同仕魚反正義本是鋤字○按周禮耡訓助牀据切作鋤仕魚切非也

以道藝相講肄小字本相臺本同案釋文云肄以四反字亦作肄同正義本是肄字

等養之義也閩本明監本毛本等作孝案此用孫毓評也下文引是孝字

或擁其根本閩本明監本毛本擁作壅案壅字非也正義引食貨志之附根故易壅爲擁而說之

故令黍稷得薿薿然而茂盛閩本明監本毛本令誤今

所以紓官之畜滯閩本明監本毛本畜作蓄後畜積同案畜字是也以大東證之正義用畜爲今字

夫猶傳也毛本同閩本明監本傳作傅案傳字誤也

可倚丈也閩本明監本毛本丈作仗案仗乃俗字耳古祇用杖用丈

上埶其收自四閩本明監本毛本埶誤熟下同

自三百五十頃閩本明監本毛本同案三下浦鏜云脫四字是也自三者以三乘百五十頃也

當得四百五十頃

孟子曰言三代稅法閩本明監本毛本同案浦鏜云曰當衍字是也

方里而井九百畝閩本明監本毛本重井字案所補是也

故鄭元通其率閩本明監本毛本同案元當作互

其若合符閩本明監本毛本同案其當作共

言農夫食陳閩本明監本毛本夫作人案所改是也

注云因時施之閩本明監本毛本同案浦鏜云困誤因是也

此卽義取其陳也閩本明監本毛本同案浦鏜云我誤義是也

因隤其土　閩本明監本毛本隤誤壝

比成壠盡而根深　閩本明監本毛本同案此不誤浦鏜云盛暑二字誤成非也當是正義所引自如此

用日少而畜德多　閩本明監本毛本畜誤蓄案浦鏜云漢志作畜是也

以之其能成五穀之功也　閩本明監本毛本上之字作報案所改是也

於孟冬又月　〔補〕又當作之

至前孟春其以琴瑟　〔補〕其當作月

共工氏有子曰句龍爲后土又曰后土則社　閩本明監本毛本同案十行本共至下后字剜添者四字當是衍又曰后土四字也則者今之卽字下引趙商問后土則社社則后土可證

后土爲社謂輔作社神閩本明監本毛本同案十行本社至社剜添者一字當是衍謂字也輔當作轉下云後轉爲社又云後轉以配社又云后土轉爲社皆其證也

注云社祭也閩本明監本毛本同案山井鼎云也當作地是也

社而祭之故曰閩本明監本毛本同案曰下浦鏜云脫后土社三字從周禮大宗伯疏挍是也

亦可不須由此言閩本明監本毛本同案此不誤須下浦鏜云脫言也二字非也此讀當於言字絕乃七字爲一句

檀弓曰以國亡大縣邑哭於后土閩本明監本毛本同案以字當衍土下當有者字

蜡也蜡者索也閩本明監本毛本同案浦鏜云蜡也下衍一蜡字

禁民飲食閩本明監本毛本同案浦鏜云酒誤食是也

彼云設其社稷之壝閩本明監本毛本同案浦鏜云壝誤壝是也

祁雨又宜早閩本明監本毛本同案祁當作祈

成王則無所責怒小字本相臺本同考文古本同閩本明監本毛本責作恚案正義云不有恚怒不知正義本字作恚或自爲文也輒依以改者非

田畯田家閩本明監本毛本同案家當作官

而公以其閩本明監本毛本同案浦鏜云公當云字誤是也

近者納稯小字本相臺本同考文古本同閩本明監本毛本稯作總案釋文云稯作孔反考此正義總字凡五見應是其本作總與釋文本不同

是言年豐收入踰前也小字本相臺本同案釋文云年收手又反又如字考此箋當本云是言年收踰前也年下豐字收下入字皆衍年收即歲取也正義云以其收入踰前乃自爲文耳或因此改箋又并添

豐字考文古本倒作豐年但欲使年收連文以爲合於釋文耳

秸又云穎也 閩本明監本毛本同案浦鏜云去誤云是也

定本疆境字作竟 閩本明監本毛本同案境竟二字當互易七月正義可證

○大田

是既備矣 小字本相臺本同案正義云故云是故備矣當是其本作故字

至孟春土長冒橛 橛相臺本同閩本明監本毛本同小字本橛作撅案橛字是也橛者陳稼之根橛在地中者也月令及此釋文皆作橛正義中字同皆可證○按禮記疏云以木橛置地上候之氣至則土冒橛上此云以冬土定故稼橛於地與地平稼字必誤當同月令疏作置井稼橛即下文陳根也舊挍殊誤今復正之

農書有七家 閩本明監本毛本同案浦鏜云九誤七以漢志考之是也

稂童粱也 小字本相臺本同閩本同明監本毛本粱作梁案粱字是也見下泉

無害我田穉　閩本明監本毛本同小字本相臺本穉作稺唐石經初刻稺後磨改穉案穉字是也釋文云田穉音稚下同五經文字云稺穉幼禾也上說文下字林亦爲長穉字載馳衆穉且狂唐石經同作稺者非谷風等箋長稚則多用稚又稺之今字也正義自爲文長稚字亦當用之

盛陽氣嬴則生之　小字本同閩本明監本毛本同相臺本嬴作羸案六經正誤云作嬴誤興國本作羸相臺本依之改非也釋文云嬴音盈古盈縮字作嬴見於書傳多矣毛居正失考耳

故曰蟘也　閩本蟘誤螟明監本毛本蟘作螣案正義下文以蟘與螣爲古今字說此也作螣者誤

蝥與蟊古今字耳　閩本明監本毛本同案蝥當作蟁集韻所載如此可證也依此上所引李巡爾雅注是蟁字今作蝥者誤○按蟁今說文蟲部徐鉉曰上象其形非从矛書者多誤徐所云多誤者謂俗多上从矛耳

一穗蟲也　閩本明監本同毛本穗作種案所改是也

故持之付于炎火 閩本明監本毛本同案于當作與因寫者以予爲與之別體字而又譌爲于也付與是箋所以說經畀字者也正義上文云持于炎火誤同

有渰萋萋 唐石經小字本相臺本同案釋文云萋萋七西反正義云萋萋然行者段玉裁云當從說文玉篇廣韻作淒淒又呂氏春秋務本漢書食貨志後漢左雄傳皆作淒淒見經義雜記考文古本作淒采他書也

興雨祈祈 小字本同閩本明監本毛本同唐石經相臺本作祁祁考文古本同案祈祈誤也正義中字同釋文云興雨如字本或作興雲非也正義云經興雨或作興雲誤也定本作興雨考此經本作興雲顏氏家訓始以爲當作興雨釋文正義唐石經皆從其說也段玉裁云說文淒雨雲起也渰雨雲貌雨雲謂欲雨之雲凡大雨之來黑雲起而風生風生而雲行所謂有渰淒淒也已而風定白雲徧天雨隨之下所謂興雲祁祁雨公及私也作興雨於物理經訓皆失之詩經小學說同又呂氏春秋食貨志隸釋無極山碑韓詩外傳皆作興雲見經義雜記又鹽鐵論後漢書左雄傳作興雨當亦是後人以顏說改之耳

渰雲興貌　小字本相臺本同案釋文渰下云雲興貌正義云傳渰興雲貌定本集注云渰陰雲貌顏氏家訓引毛傳云渰陰雲貌段玉裁從家訓定本集注考文一本作渰陰雲興貌采正義而誤并二本爲一也

祁祁徐也　小字本相臺本同案釋文祁祁下云徐也正義云祁祁徐貌謂徐緩而降段玉裁云家訓有貌考文一本作祈祈徐徐行貌也采正義而有誤

此有不斂穧　唐石經小字本相臺本同案正義云定本集注穧作積以釋文正義考之積字非也或積當作穦以齊資得通用而借穦爲穧也

騂牛也　小字本相臺本同案正義云故云騂赤牛也定本集注騂下無赤字是也是其本有赤字標起止無當是後改考文古本有采正義

以觀稼穡也　閩本明監本毛本同案浦鏜云勸誤觀是也甫田正義可證

目上章言犧羊　閩本明監本毛本目誤且案章當作篇

止

附釋音毛詩注疏卷第十四〔十四之二〕

四四

毛詩小雅　鄭氏箋　孔穎達疏

瞻彼洛矣刺幽王也思古明王能爵命諸侯賞善罰惡焉〔疏〕瞻彼洛矣三章章六句至罰惡焉○正義曰作瞻彼洛矣詩者刺幽王也以幽王不能爵命賞罰故思古之明王能爵命諸侯賞善罰惡焉以刺今之不能也爵命即賞善之事但爵命之外猶別有賞賜故敘分之經三章皆言爵命賞善之事既能有賞必當有罰故連言罰惡耳於經無所當也此及裳裳者華桑扈鴛鴦亦是思古以刺今但與上四篇文勢不類故敘於起發不同耳上篇每言曾孫則所思爲成王此等不言曾孫不知思何時也故宜云古明王不指斥之

瞻彼洛矣維水泱泱興也洛宗周漑浸水也泱泱深廣貌箋云瞻視也我視彼洛水灌漑以時其澤浸潤以成嘉穀興者喻古明王恩澤加於天下爵命賞賜以成賢者○泱於良反漑古愛反浸子鴆反灌古亂反○君子至止福祿如茨箋云君子至止者謂來受爵命者也

爵命爲福賞賜爲禄茨屋蓋也如屋蓋喻多也韎韐有奭以作六師韎韐者茅蒐染草也一曰韎韐所以代韠也天子六軍箋云此諸侯世子也除三年之喪服士服而來未遇爵命之時時有征伐之事天子以其賢任爲軍將使代卿士將六軍而出韎韐者茅蒐染也茅蒐韎韐聲也韎韐祭服之韠合韋爲之其服爵弁服紂衣纁裳也○韎音昧又王界反韐音閤又古洽反奭許力反赤貌茅如字蒐所留反韠音畢任音壬將子匠反下同紂音緇纁許云反○【疏】瞻彼至六師○正義曰言我視彼宗周之洛水矣維此洛水則泱泱然深而廣大能灌溉以時浸潤矣以成嘉穀以喻我視彼古昔之明王矣維此明王則仁而寬愛能爵賞以理賜命以成賢者是王恩之深厚也故君子諸侯之至止來見於王則王爵命之以福又賞賜之以禄其聚積多大如屋蓋之茨也又言諸侯世子初除父喪服士服來至京師正值有征伐之事王以其賢命代卿士之任服韎韐之韍有奭然而赤以作六師之將其賢如是故得福禄也今王不能爵賞諸侯之賢者故舉以刺之○傳洛宗周溉浸水○正義曰宗周鎬京也夏官職方氏河西曰雍州其浸渭洛是洛爲宗周之浸水也禹貢云漆沮既從孔安國云漆沮一名洛水洛水則漆沮是也與東都伊洛別矣○箋君子至喻

多。正義曰上以水喻明王故知至止爲來至明王之所受爵命也凡言福者大慶之辭祿者吉祉之謂善事皆是不必一定以此此所思者止思爵命賞賜耳故言爵命爲福賞賜爲祿於此經對文爲然於他書散則通矣福祿非聚積之物而云如茨故云如屋蓋以喻多也。傳韎韐至六軍。正義曰韎韐者衣服之名奭者亦貌傳解言奭之由以其用茅蒐之草染之其草色赤故也一曰韎韐所以代韠者案爾雅云一染謂之縓再染謂之赬三染謂之纁此曰韎韐卽一入曰韎韐是縓也定本云一入曰韎韐是以他服謂之韍祭服則謂之韎韐以此韎韐代他服之韠大夫以上祭服謂之韍士無韍名謂之韎韐士言韎韐亦猶大夫以上之言韍也若然王藻云一命緼韍黝珩注云侯伯之士一命則士亦名韍矣言韎韐者彼注亦云子男大夫一命則一命緼韍以子男大夫爲文故言韍耳其實士正名韎韐士冠禮爵弁服韎韐不言韍是也天子六軍夏官序文。箋此諸侯至纁裳。正義曰以序言爵命諸侯故知此謂諸侯世子也若在三年喪中則凶服不得有韎韐耳若已爵命則當服諸侯之赤韍不得服士服故知除三年之喪服士服而來也王制云諸侯之世子未賜爵視天子之元士以君其國此又言韎韐故知諸侯世子未賜爵命服士服也若然春官典命云凡諸侯之適子誓於天子攝其君則下其君之禮一等未誓則以皮帛繼子男此以代父君國反服士服者周禮之文謂父在代父行禮故有執圭璧皮帛之禮未誓尚比卿今此雖已除父喪非代父行禮不得復繼於父又不敢自成爲君故服士服也世子雖服士服待之同於正君雜記云君薨太子號稱子待猶君也彼注謂未踰年者尚然況除服後乎待之固如成君何但下一等而已此詩大意皆言諸侯世子受王爵命今服士服故知是未遇爵命又云作六師故知有征伐之事天子以其賢任爲軍將使代卿士將六軍而出也以軍將命卿故知代卿士也天子六軍一卿將一軍言將六軍而出者舉六軍見天子之法其實六軍之中將一軍耳將軍之時猶未得命由是仍服韎韐也春秋之義諸侯踰年即位天子賜之以命圭則天子遣使就國賜之矣文元年天王使毛伯來錫公命是其事也此言除三年之喪自來受賜命者天子命諸侯之禮亡亦無明文春秋之義言踰年賜命者說者致之非傳辭也春秋之世魯文公晉惠公即位而賜之魯成公八年乃賜之齊靈公天子將昬於齊始賜之衛襄魯桓則既薨乃賜之是賜命時節無定限也由此而言蓋踰年賜命是其正其不得命則除喪自見天子此是踰年未得命者故自來也傳言韎韐茅蒐染故解之云茅蒐韎韐聲也言古人之道茅蒐其聲如

韎韐故名此衣爲韎韐也士冠禮注云韎韐者縕韍而幽珩合韋爲之士染以茅蒐因以名焉今齊人名蒨爲韎韐又駁異義云韎草名齊魯之間言韎韐聲如茅蒐字當作韎陳留人謂之蒨是古人謂蒨爲茅蒐讀茅蒐其聲爲韎韐故云茅蒐韎韐聲也又解代韠之意士朝服謂之韠祭服謂之韎韐駁異義云有韎韐無韠有韠無韎韐是韎韐必代韠也其韎合韋爲之此韎韐是蔽膝之衣耳士冠禮陳服于房中云爵弁服纁裳純衣緇帶韎韐是韎韐配爵弁服也彼注云爵弁者冕之次也其色赤而微黑如雀頭然其布三十升纁裳淺絳裳也純衣絲衣朝服皆用布唯冕與爵弁服用絲耳先裳後衣欲令下近緇明衣與帶同色此引之以衣在裳上故先云純衣耳○

瞻彼洛矣維水泱泱君子至止鞸琫有珌鞸容刀鞸也琫上飾珌下飾珌下飾也天子玉琫而珧珌諸侯璗琫而璆珌大夫鐐琫而鏐珌士珕琫而珕珌箋云此人世子之賢者也既受爵命賞賜而加賜容刀有飾顯其能制斷○鞸字或作琕補頂反說文云刀室也琫字又作鞛必孔反佩刀削上飾珌字又作琿賓一反佩刀下飾珧音遙以蜃者謂之珧璗徒黨反字又作瑒音同爾雅云黃金謂之璗璆音虯又巨樛反又舊周反玉也沈舉彪反又與彪反又張

疇反鐐音遼爾雅云白金謂之銀其美者謂之鐐徐何盧到
反又力弔反本又作璙亦音遼又力小反說文云玉也字書
力召反鏐力幽反又力幼反沈又力虬反黃金之美
者郭云紫磨金璆力計反說文云鬟屬斷丁亂反○

君子萬年保其家室

箋云德如是則能長安其家室親家室親安之尤難安則無篡殺之禍也○篡初患反殺本亦作弑同音試○

【疏】君子至家室○正義曰言明王既有恩澤能爵命諸侯故君子諸侯至止於王
之所王既爵命之又加賜以容飾之刀有鞞以盛之其鞞則
有琫及其珌之飾賜之以顯其能制斷也君子以諸侯爲王所
賜之以其德如是則能萬年而長安其家室無危亡之禍矣
今王不能爵賞諸侯故刺之○傳鞞至協珌○正義曰古
言鞞猶今之言鞘內則注遰刀鞞是也以公劉云鞞琫容刀
故知鞞容刀鞞也又容者容飾此琫有珌即容飾也琫上飾
於鞞之形飾有上下耳其名爲琫珌之義則未聞公劉傳曰
琫上飾下飾者以彼无珌文因琫爲在上之飾下則指鞞
之體故言鞞下飾也傳因琫珌歷道尊卑所用似有成文未
知出何書也天子諸侯琫珌異物大夫士則同言尊卑之差
也天子玉琫玉是物之至貴者也釋器說弓之飾曰以蜃者
謂之珧郭璞曰珧似蜯說文云珧蜃甲所以飾物也釋器又

云黄金謂之璗其美者謂之鏐白金謂之銀其美者謂之鐐郭璞曰此皆道金銀之別名及其美者也鏐即紫磨金也說文云公琫蜃而不及於蜃故天子用蜃士用琫也定本及集注皆以諸侯璲璆字從玉又以大夫鏐璲恐非也○瞻彼洛矣維水泱泱君子至止福禄既同箋云此人世子之能繼世位者也其爵命賞賜盡與其先君受命者同而已無所加也○君子萬年保其家邦

瞻彼洛矣三章章六句

裳裳者華刺幽王也古之仕者世禄小人在位則讒諂並進棄賢者之類絶功臣之世焉古者古昔明王時也小人斥今幽王也○諂勑檢反〔疏〕裳裳者華四章章六句至之世焉○正義曰作裳裳者華詩者刺幽王也以其古之仕於朝者皆得世襲其祿今用小人幽王在於天子之位則有讒佞諂諛之人並進於朝既爲佞以蔽之王又進讒以害賢而王信受之棄去賢者之胤類絶滅功臣之世嗣故時臣思古以刺之也此言古之仕者世祿及文王曰凡

周之士不顯亦世皆謂仕官於朝者朝者在官之揔名公卿大夫皆是也經言乘其四駱則仕者得乘四馬矣禮士乘兩馬則此詩所言不及士也古者有世祿復有世位世祿者直食其先人之祿而不居其位不賢尚當然子若復賢則居父位矣三章箋云守我先人之祿位并位言之見此意也類謂種類世謂繼世棄賢者之類絕功臣之世其理一也由其賢而得有功以舉類而當嗣世義不異矣但指人身而稱賢者據祿位而言功臣耳經四章皆言思見明王以免讒諂並進令已棄絕之事也○箋古者至幽王○正義曰諸言在位者多謂臣在於位此小人在位文對古者明王則在位謂幽王也○

裳裳者華其葉湑兮興也裳裳猶堂堂也湑盛貌箋云興者華堂堂於上喻君也葉湑然於下喻臣也明王賢臣以德相承而治道興則讒諂遠矣○湑思敘反治直吏反遠于萬反又如字**我覯之子我心寫兮我心寫兮是以有譽處兮**箋云覯見也之子是子也謂古之明王也言我得見古之明王則我心所憂寫而去矣我心所憂既寫是則君臣相與聲譽常處也憂者憂讒諂並進○覯古豆反

【疏】裳裳至處兮○正義曰詩人遇讒絕世傷今思古言彼堂堂然光明者華

也在於上又葉滑然而茂盛兮在於下華葉相與共成榮茂以興顯著者君也在於上美德者臣也佐於下君臣相承共興國治古之明王政治如此我得見古之是子之明王則我心所憂讒諂之事寫除而去兮我心之憂既已寫兮則仕於彼朝君臣相得是以有聲譽之美而處之兮言常處此聲譽之美兮已由讒見絶故憂而思之以刺今也○傳裳裳至盛貌○正義曰以華狀顯見故言猶堂堂也此葉與臣德盛故滑爲盛貌有杕之杜刺不親宗族故傳以滑爲枝葉不相比也○箋興者至遠矣○正義曰讒諂並進由君受之三章皆言華故以華喻君也華既喻君而復有葉故以喻臣言君之須臣爲輔猶華之須葉以盛故下章無葉以喻無臣也華葉之在於枝高下同耳言華上葉下者因文之上下以喻君臣上下耳○

裳裳者華芸其黄矣 芸黄盛也箋云華芸然而黄興明王德之盛也不言葉微見無賢臣也○芸音云徐音運見賢遍反 我覯之子維其有章矣維其有章矣是以有慶矣 箋云章禮文也言我得見古之明王雖無賢臣猶能使其政有禮文法度政有禮文法度是則我有慶賜之榮也○【疏】裳裳至有慶矣○正義曰既思君臣並賢而不得又思君

明而無賢臣者言彼堂堂然光明者華也此華乃芸然而其色黄而盛矣以興顯著者君也此君其德彰而明矣華盛而不言其葉見君明而其臣不賢我得見是子明王雖無賢臣猶能使其政有禮文法度之章也維其政有禮文法度之章則能進用有德是以於我有慶賜之榮矣我所以欲得見之也。傳芸黄盛。正義曰芸是黄盛之狀故箋云華芸然而黄也此華亦以黄爲盛謂草木之有黄華者也苕之華紫赤而繁黄則衰矣與此不同也。箋華芸至賢臣。正義曰類上章有葉而此無故云而不言葉者微見無賢臣也微謂不明言而理見是其微也

裳裳者華或黄或白箋云華或有黄者或有白者興明王之德時有駁而不純。駁邦角反。**我覯之子乘其四駱乘其四駱六轡沃若**言世祿也箋云我得見明王德之駁者雖無慶譽猶能免於讒諂之害守我先人之祿位乘其四駱之馬六轡沃若然。駱音洛沃若如字徐於縛反。

疏箋華或至不純。正義曰喻取其象既以黄色興明王德純故以異色喻其不純或有黄者或有白者華自有雜色與純者二章各舉以喻非此華本黄而變白又非白即衰也華一時而黄白雜色以興明王亦一時而善惡不純非先盛而後

衰爲不純也故言時有駮而不純者言時有善多而惡少非善惡半也若惡與善等則是闇君不得爲明王矣

左之左之君子宜之右之右之君子有之左陽道朝祀之事右陰道喪戎之事箋云君子斥其先人也多才多藝有礼於朝有功於國○朝直遙反下及下篇同○**維其有之是以似之**似嗣也箋云維我先人有是二德故先王使之世祿子孫嗣之今遇讒諂並進而見絕也

【疏】左之至似之○正義曰詩人既思明王又陳已所以宜嗣之意也言左之左之左之左陽道朝祀之事我先人君子則宜而行之右之右之右之右陰道喪戎之事我先人君子則能有而曉之此二德者我先人維其並能有之是以先王使其子孫嗣之今遇讒見絕故思古明王也左陽道嘉慶之事故言宜之右陰道爲憂凶之事不得言宜故變言有之二者皆君子之所能故下經總言有之明二者皆有也○傳左陽至之事○正義曰以天下之事多矣大摠不過吉凶故舉左右以目之左陽道謂嘉慶之事朝者人所樂祀者吉之大故爲陽也右陰道謂憂凶之事喪者人所哀戎者有所殺故爲陰也以能事弘多故皆重言以見衆也

裳裳者華四章章六句

桑扈刺幽王也君臣上下動無禮文焉動無禮文舉事而不用先王禮法威儀也○桑扈音戶桑扈竊脂鳥也說文扈作雇〔疏〕桑扈四章章四句至禮文焉○正義曰以其時君臣上下升降舉動皆無先王禮法威儀之文焉故陳當有禮文以刺之即上二章上二句是也三章言其君爲百辟所法而受福卒章言臣能燕飲得禮而不傲慢皆是君臣禮文之事故揔之此與賓之初筵序皆言君臣上下以君臣即有上下之禮故并言以見義

交交桑扈有鶯其羽興也鶯然有文章箋云交交猶佼佼飛往來貌桑扈竊脂也興者竊脂飛而往來有文章人觀視而愛之喻君臣以禮法威儀升降於朝廷則天下亦觀視而仰樂之○鶯於耕反佼交卯反

君子樂胥受天之祜胥皆也箋云胥有才知之名也祜福也王者樂臣下有才知文章則賢人在位庶官不曠政和而民安天予之以福祿○胥毛如字鄭徐思敘反祜音戶知音智下同○〔疏〕交交至之祜○毛以爲佼佼然飛而往來者桑扈之鳥也有鶯然其羽之文章故人皆觀

視而念愛之以興動而升降者王與羣臣也當有威儀禮法則天下亦觀視而樂仰之君子既有禮文爲下所愛盡得其所故能樂與天下所共是與天下皆樂而得受天之祜福也○鄭唯樂胥爲異具在箋說○箋交交至樂之○正義曰黄鳥小宛傳曰交交小貌此云猶佼佼飛而往來者作者各有所取佼佼實飛而往來之貌也此喻升降舉動故取往來爲義○傳胥皆○正義曰釋詁文孫毓曰與天下皆樂樂之大者天子四海之内無違命則天子樂矣諸侯四封之内無違命外内無故則諸侯樂矣大夫官府之内無違命者諮謀行於上則大夫樂矣士進以禮退以義則士樂矣庶人耕稼樹藝以養父母刑罰不加於身則庶人樂矣是述毛之義也○箋胥皆至福祿○正義曰周禮每官之下皆有胥徒胥一人則徒十人是胥以才智之故而爲十徒之長又有大胥小胥之官故知胥有才智之名易歸妹以須注亦云須有才智之稱天文有須女屈原之姊名女須鄭志荅冷剛云須才智之稱故屈原之姊以爲名是胥爲才智之士胥須古今字耳

交交桑扈有鶯其領領頸也○**君子樂胥萬邦之屏**屏蔽也箋云王者之德樂賢知在位則能爲天下蔽捍四表患難矣蔽捍之者謂蠻夷率服不侵畔○屏畢郢反爲于僞

反捍音汗難乃
旦反下患難同【疏】君子樂胥萬邦之屏。毛以爲言君子王
者既有禮文又能樂與天下皆共之能
與天下皆樂則爲萬邦之蔽捍天下皆得其樂無復侵伐之
憂是爲之蔽捍矣○鄭義具箋○箋王者至不侵畔○正義
曰萬邦是中國之辭與中國爲屏蔽明捍四夷可
知也故云蠻夷率服不敢內侵外畔是蔽捍也○**之屏之**
翰百辟爲憲翰幹憲法也○箋云辟君也王者之德外
能捍蔽四表之患難內能立功立事爲之
楨幹則百辟卿士莫
不修職而法象之○**不戢不難受福不那**戢聚也不戢
戢也不難難
也那多也不多多也箋云王者位至尊天所子也然而不自
斂以先王之法不自難以亡國之戒則其受福祿亦不多也
○戢莊
立反○【疏】之屏至不那○毛以爲言王者之德外能蔽捍
四表之患難內能立功立事爲之楨幹則百辟
卿士莫不修職而法象之王能如此則天下之民不戢聚而
歸之乎言戢聚而歸之也不畏難而順之乎言畏難而順之
也民皆順之則爲天所祐其受福豈不多乎言受福多也今
王不能然故刺之○鄭以上二句與毛同下二句具在箋○
傳翰幹憲法○正義曰釋詁云楨幹也舍人曰楨正也築牆
所立兩木也幹所以當牆兩邊障土者也然則言楨幹者皆

以築牆爲喻幹是牆之主善政亦民之主也憲法釋詁文○箋辟君至法象之○正義曰辟君釋詁文之屏因上文而轉故亦爲蔽捍四表之患難入君之所施爲唯功事而已故知立功立事爲之楨榦也百辟知卿士者以烈文言辟其刑之對四方其訓之故知爲卿士尊比諸侯故曰君也○箋王者至不多○正義曰言王位至尊天所子愛解其當自斂難之意斂者收攝之名故言斂以先王之法難者戒懼之辭故知難以亡國之戒不自斂以先王之法卽動無禮文也故序箋云動無禮文者舉事而不用先王禮法威儀是先王之法爲禮文也不自難以亡國之戒者卽不用賢也故首章箋云王者樂臣下有才智文章則賢人在位而庶官不曠政和而民安言用賢則民安是棄賢則亡國矣又彼文連言受天之祜彼由樂有賢智則受天之祜此不難以亡國之戒則受福不多是相配成也易傳者以順文理切不假反言故也○

兕觵其觩旨酒思柔　箋云兕觵罰爵也古之王者與羣臣燕飲上下無失禮者其罰爵徒觩然陳設而已其飲美酒思得柔順中和與共其樂言不憮敖自淫恣也○兕徐履反獸名觵古橫反以兕角爲之觩音虯本或作斛樂音洛憮火吳反敖五報反下文同○彼交匪敖萬福來求　箋云彼彼賢者

也賢者居處恭執事敬與人交必以禮則萬福之祿就而求之謂登用爵命加以慶賜○〔疏〕箋彼賢至慶賜○正義曰以承上經而云彼是指思柔之人故云彼賢者也言交非敖則常恭敬故引論語居處恭執事敬爲不傲慢矣故明王招聘用之故云登用爵命加以慶賜也

桑扈四章章四句

鴛鴦刺幽王也思古明王交於萬物有道自奉養有節焉交於萬物有道謂順其性取之以時不暴夭也○鴛鴦於袁反沈又音温下於崗反又於良反〔疏〕鴛鴦四章章四句至有節焉○正義曰作鴛鴦詩者刺幽王也以幽王殘害萬物奉養過度是以思古明王交接於天下之萬物鳥獸蟲魚皆有道不暴夭也其自奉養有節度不奢侈也今不能然故刺之交於萬物有道卽上二章上二句是也自奉養有節卽下二章上二句是也見明王急於萬物而緩於已故先言交萬物而後言自奉養也○箋交於至暴夭○正義曰天子以天下爲家萬物皆天子立制節其生殺與之交接故言交於萬物也有道者謂順其生

長之性使之得相長養取之以時不殘暴
天絶其孩幼者是有道也不暴天王制文**鴛鴦于飛畢**
之羅之興也鴛鴦匹鳥太平之時交於萬物有道取之以
時於其飛乃畢掩而羅之箋云匹鳥言其止則相
耦飛則爲雙性馴耦也此交萬物之實也而言興者廣其義
也獺祭魚而後漁豺祭獸而後田此亦皆其將縱散時也。
大音泰揜於檢反馴音巡又
音脣獺勑轄反又他末反。**君子萬年福祿宜之**箋
云
君子謂明王也交於萬物其
德如是則宜壽考受福祿也
〔疏〕鴛鴦至宜之。正義曰古
太平之時交於萬物有道
欲取鴛鴦之鳥必待其長大於其能飛乃畢掩之而羅取之以
不於幼小而暴天也非但於鳥獨然以興於萬物皆耳至獺
祭魚然後取魚豺祭獸然後捕獸皆待其成而取之也君子
明王交於萬物之德如是則萬年之壽及福祿並皆宜歸之
也今王不能然故舉以刺之。傳興也至羅之。正義曰以
交於萬物則非止一鳥故云興也言舉一物以興其餘也又
解正舉鴛鴦者以鴛鴦匹鳥也相匹耦而擾馴則易得也易
得尚以。明萬物皆然故言太平之時交於萬物有道取之以
時也又言於其飛乃畢掩而羅之此即取之以時之事也謂
小者未能飛待其能飛而後取之釋器云鳥罟謂之羅月令云

羅網畢翳注云罔小而柄長謂之畢以畢羅異器故各言之大東傳曰畢所以掩兔彼雖以兔爲文其實亦可取鳥故此鴛鴦言畢之也羅則張以待鳥畢則執以掩物故言畢掩○箋匹鳥至散時○正義曰申說匹鳥之意止則耦飛則雙性馴善而相耦則取之易得故詩特舉之鴛鴦即是萬物之一而傳以爲興故又解之此交於萬物之實而言興者欲廣其義故也箋又止言魚獸二事者以天之生物飛走而已經已言鳥又舉魚獸則可以兼諸水陸矣且因王制詩傳之成文也此豺獺祭時魚獸成就皆是魚獸放縱分散之時故於是可取之

鴛鴦在梁戢其左翼

言休息也箋云梁石絕水之梁戢斂也鴛鴦休息於梁明王之時人不驚駭斂其左翼以右翼掩之自若無恐懼○戢側立反韓詩云捷也捷其噣於左也恐丘勇反○

君子萬年宜其遐福

箋云遐遠也遠猶久也○

乘馬在廄摧之秣之

摧莝也秣粟也箋云挫今莝字也古者明王所乘之馬繫於廄無事則委之以莝有事乃予之穀言愛國用也以興於其身亦猶然齊而後三舉設盛饌恒日則減焉此之謂有節也○乘馬王徐繩證反四馬也鄭如字下同廄音救摧采卧反莝也秣音末穀馬也芻楚俱反莝采卧反韓詩

云委也委紆僞反猶食也與音豫齊側皆反本亦作齋餼仕戀反減古攬反○【疏】箋鴛鴦至恐懼○正義曰言斂其左翼以右翼掩之舉雄者而言耳此舉鳥不恐懼亦廣與其義禮運曰龍以爲畜故魚鮪不淰鳳以爲畜故鳥不獝麟以爲畜故獸不狘是水陸飛走皆可擾馴也白華文與此同但彼言申后見黜故以陰陽相下爲義此興取自安故與此異也○箋摧今至有節○正義曰傳云摧莝轉古爲今而其言不明故辯之云此摧乃今之莝字也言古者明王所乘之馬繫之於廄者以王馬多矣而此言在廄明是王所乘馬天子之馬而不常與衆言愛國用也序言自奉養非王身上章爲興知此亦興故言以興於其身亦猶然也齋而後三舉設盛饌三舉倘是設盛饌也恒日則減焉唯一舉也齋爲有事故三舉恒日無事而一此之謂有節天官膳夫云王日一舉注云殺牲盛饌曰舉又曰王齋則三舉是恒日則減焉因奉養先盛而倒言耳此不言朔月而玉藻云天子之食日少牢朔月太牢明朔必加於恒日不知爲同齋三太牢爲降二太牢也玉藻曰少牢與周禮日一舉不同者鄭志荅趙商云禮記後人所定或以諸侯同天子或以天子與諸侯等所施不同故難據也王制之法與周異者多當以經爲正然則爲記有參差故不同也○

君子萬年福祿艾之

艾養也箋云明王愛國用自奉養之節如此故宜久爲福祿所養也○艾魚蓋反徐又音刈○乘馬在廐，秣之摧之。君子萬年，福祿綏之。箋云綏安也○綏士果反又如字○

鴛鴦四章，章四句

頍弁，諸公刺幽王也。暴戾無親，不能宴樂同姓，親睦九族，孤危將亡，故作是詩也。戾虐也暴虐謂其政教如雨雪也○頍弁缺婢反著弁貌說文云舉頭貌燕樂音洛卒章同燕又作宴雨于付反卒章同

〔疏〕頍弁三章章十二句至是詩○正義曰作頍弁詩者時同姓之諸公刺幽王也以王之政教酷暴而戾虐又無所親不能燕樂其同姓親睦其九族孤特傾危將至喪亡故同姓諸公作是頍弁之詩以刺之爲不能燕樂同姓明諸公是同姓諸公也作詩者一人而已言諸公者以作者在諸公之中稱諸公意以刺之也九族亦同姓見諸公非一容九族之外故言同姓以廣之不能燕樂即亦不能親睦親睦由於燕樂以經責王不燕樂令不親睦故分而言之耳暴戾無親卽如彼雨雪先集維霰是也不能燕

樂同姓親睦九族三章皆上六句是也孤危將亡卒章四句是也其首章二章上六句懼王危亡庶幾諫正亦是將亡之事也經序倒者序述論其事由暴虐無親故不能燕樂爲事之次經則主爲不能燕樂故先言之○**有頍者弁實維伊何**興也頍弁貌弁皮弁也箋云實猶是也言幽王服是皮弁之冠是維何爲乎言其宜以安而弗爲也禮天子諸侯朝服以宴天子之朝皮弁以日視朝○朝服直遥反下皆同**爾酒既旨爾殽既嘉**箋云旨嘉皆美也女酒已美矣女殽已美矣何以不用與族人宴也言其知具其禮而弗爲也**豈伊異人兄弟匪他**箋云此言王當所與宴者豈有異人疏遠者乎皆兄弟與王無他言至親又刺其弗爲也**蔦與女蘿施于松柏**蔦寄生也女蘿菟絲松蘿也喻諸公非自有尊託王之尊箋云託王之尊者王明則榮王衰則微刺王不親九族孤特自恃不知已之將危亡也○蔦音鳥說文音弔寄生草也爾雅云寓木宛童是也女蘿力多反在草曰兔絲在木曰松蘿又唐蒙施以豉反下同**未見君子憂心奕奕既見君子庶幾說懌**奕奕然無所薄也箋云君子斥幽王

也幽王久不與諸公宴諸公未得見幽王之時懼其將危亡已無所依怙故憂而心弈弈然故言我若已得見幽王諫正之則庶幾其變改意解懌也○弈音亦說音悅懌音亦本又作繹怙音戶解音蟹○

【疏】有頍至說懌毛以為有頍然者之皮弁實維伊何乎宜在於首以為表飾也以興有尊貴者之天王維如何乎宜君於上以正綱紀也爾王之酒既旨美矣爾王之殽既嘉善矣足能具祇何以不用與族人燕乎王所當與燕者豈伊更有異人疏遠者乎皆王宗族兄弟非有他人何不燕而親之令為輔助我所以欲王之親燕者以蔦與女蘿施于松栢之上非自有根依於松栢之根故松栢存而茂松栢殞而亡是存亡在松栢以興同姓與九族附於王者之側非自有尊託王之尊故王政明而榮王政衰而微是興衰由于王政所以欲王之明也下四句義具在箋○鄭以為王服是有頍然者皮弁之冠是維伊何為乎宜當服之以燕而王何以不為餘同○傳興也至皮弁○正義曰以頍文連弁故為弁貌弁者冠之大名稱弁者多矣但爵弁則士之祭服韋弁則服以即戎冠弁則服以從禽非常服也唯皮弁上下通服之故知皮弁也傳興理不明王肅云言無常也興有德者則戴頍然之弁矣下章肅又云言冕其在人之無期也其意以傷王无德將不戴弁孫毓以皮弁非唯王

者所服雖陪臣卿大夫皆得服之不足以爲王者廢興之喻
以王說爲非案昭九年左傳王使詹桓伯辭於晉曰我在伯
父猶衣服之有冠冕僖八年穀梁傳曰弁冕雖舊必加於首
周室雖衰必先諸侯然則王者之在上位猶皮弁之在人首
故以爲喻也○箋實猶至視朝○正義曰釋詁云寔是也實
寔義同故實亦爲是也言是維伊何問其所用之辞則此皮
爲燕之服天子皮弁以日視朝玉藻文燕禮者諸侯燕臣子
之禮經云燕朝服諸侯用朝服燕則知天子亦自以朝服燕
也且此詩責王不燕而舉皮弁是天子燕用皮弁明矣若然
王制云周人冕而祭玄衣而養老注云凡養老之服皆其時
與羣臣燕之服周人循而兼用之玄衣素裳其冠委貌諸侯
以天子之燕服爲朝服燕如彼注則天子之燕用玄衣此言
弁者蓋天子燕服有二燕羣臣用玄冠親同姓用皮弁也實
之初筵三章箋云此祭末王與族人燕而經云側弁之俄是
燕同姓用皮弁之事也○傳蔦寄至松蘿○正義曰蔦釋草
無文寄生者毛以時事言之耳陸機疏云蔦一名寄生葉似
當盧子如覆盆子赤黑恬美釋草云唐蒙女蘿女蘿菟絲毛
意以菟絲爲松蘿故言松蘿也陸機疏云今菟絲蔓連草上
生黃赤如金今合藥菟絲子是也非松蘿松蘿自蔓松上生
枝正青與菟絲殊異事或當然○傳弈弈然無所薄○正義

曰弈弈憂之狀憂則心遊不定故爲無所薄也下章傳曰怲怲憂盛滿言憂之多○箋君子至解懌○正義曰以王不燕樂而欲見之故知君子爲幽王也此悅懌文與下章有臧相値有臧冀王之善則此亦冀王意悅懌故云庶幾其變改意解懌言當開解而懌悅也

有頍者弁實維何期箋云何期猶伊何也期辭也○期本亦作其音基王如字爾酒既旨爾殽既時時善也○豈伊異人兄弟具來箋云具猶來也蔦與女蘿施于松上未見君子憂心怲怲既見君子庶幾有臧怲怲憂盛滿也臧善也○怲兵命反

有頍者弁實維在首爾酒既旨爾殽既阜豈伊異人兄弟甥舅箋云阜猶多也謂吾舅者吾謂之甥【疏】箋謂吾舅者吾謂之甥○正義曰釋親文也此諸公而及甥舅以甥舅王之外親皆是縁王與衰故亦欲從王燕之也○

如彼雨雪先集維霰霰暴雪也箋云將大雨雪始必微溫雪自上下遇溫氣而摶謂之霰久而寒勝則大雪矣喻幽王之

不親九族亦有漸自微至甚如先霰後大雪○霰蘇薦反消雪也字亦作霓摶徒端反○**死喪無日無幾相見樂酒今夕君子維宴**箋云王政既衰我無所依怙死亡無有日數能復幾何與王相見也且今夕喜樂此酒此乃王之宴禮也刺幽王將喪亡哀之也○喪息浪反幾居豈反注同樂音洛復扶又反○【疏】如彼至維宴○正義曰言王政教暴虐如彼天之雨下大雪其雪必先集聚而摶維爲小霰而後成爲大雪是雪有漸也以興幽王之爲惡亦初爲小惡而成大惡亦惡有漸也王漸益惡今則大甚王若覆滅則已亦喪亡我等死與喪亡無有日數復無幾何與王相見永不得王之燕禮矣且自相與善樂此酒於今之夕以王必不燕已故自已酒維當王之燕禮○傳霰暴雪○正義曰以比幽王漸致暴虐且初爲霰者久必暴雪故言暴雪耳非謂霰即暴雪也○箋將大至大雪○正義曰先集者謂雪集聚也解雪當散下而言集意天將大雨雪其始必微温暖雪自上下逢遇温氣消釋集聚而摶謂之霰積久而雪之寒氣勝此温氣則大雪散下是雪有漸故喻王惡自微至甚如先霰後雪大戴禮曾子云陽之專氣爲霰陰之專氣爲雹盛陽氣之在雨水則温暖爲陰氣薄而脅之不相入則摶爲雹也盛陰之氣在

雨水則凝滯而爲雪陽氣薄而脅之不相入則消散而下因水而爲霰是霰由陽氣所薄而爲之故言遇温氣而摶也○

頍弁三章章十二句

車舝大夫刺幽王也褒姒嫉妒無道並進讒巧敗國德澤不加於民周人思得賢女以配君子故作是詩也○舝胡瞎反車軸頭鐵也嫉音疾又音自妒丁故反敗必邁反又如字下注同

【疏】車舝五章章六句至是詩○正義曰作車舝詩者周大夫所作以刺幽王也以當時褒姒在王后之位情性嫉妒由物類相感而小人道長故使無道之輩並進於朝讒佞巧言傾敗國家令王之德澤不加於民使致下民離散周人見其如此乃思得賢女以配君子幽王欲令代去褒姒教幽王改修德教故作是車舝之詩以刺之上言大夫下言周人見大夫所作述衆人之意故也此經五章皆以褒姒嫉妒思得賢女代之言思變季女是褒姒嫉妒也德音來括是民已離散者也令德來教欲王之改修德教是德澤不加於民也故皆反經而序之所以相發明也

閒關車之舝

兮思孌季女逝兮興也間關設舝也孌美貌季女謂有齊季女也箋云逝往也大夫嫉褒姒
之爲惡故嚴車設其舝思得孌然美好之少女有齊莊之德者往迎之。配幽王代褒姒也既幼而美又齊莊庶其當王意
○孌力兗反齊側皆反下同少詩照反本亦作季女匪飢匪渴德音來括括會也箋
云時讒巧敗國下民離散故大夫汲汲欲迎季女行道雖飢不飢雖渴不渴覬得之而來使我王更脩德教合會離散之
人○括本又作佸音活徐古闊反覬音冀雖無好友式燕且喜箋云式用也我得德音而
來雖無同好之賢友我猶用是燕飲相慶且喜○好呼報反注下並同○〔疏〕間關至且喜○正義曰周人惡褒姒
嫉妬讒佞在朝欲得賢女以代之故言已欲間關然以設車之舝兮思得孌然美好齊莊之少女往迎之兮若有此女可
得往迎共於行道雖飢非以爲飢雖渴非以爲渴所以然者覬望此女以令德善音來發教誨於王使施行德澤會合離
散之人凡人之喜樂須賢友共之我若迎得此女雖無同好之賢友猶用是得賢女之故燕飲酒相慶而且喜樂疾褒姒
之甚思賢女之幼雖無朋友亦將獨喜也○傳間關至有齊
季女○正義曰以迎言舝兮故知間關設舝貌舝無事則脫

行乃設之故言設舝也有齊季女者采蘋經文也以其當爲王后欲代嫉妒明其非直幼少而已是以箋述之云既美好而少又有齊莊之德庶其當王意也依彼平林有集維鷮辰彼碩女令德來教依茂木貌平林林木之在平地者也鷮雉也辰時也箋云平林之木茂則耿介之鳥往集焉喻王若有茂美之德則其時賢女來配之與相訓告改脩德教○鷮音驕○式燕且譽好爾無射箋云爾女女王也射厭也我於碩女來教則用是燕飲酒且稱王之聲譽我愛好王無有厭也○射音亦下同厭於豔反下同

【疏】依彼至無射○正義曰既思賢女欲以配王又欲王有美德致此賢女故言依然而茂盛者彼平林之木有往集之者維爲鷮雉也此鷮雉乃耿介之鳥由平林之木茂故往集焉雖有茂美之德者君子之身有來配之者維爲碩女也此碩女有齊莊之德由君子之身美則來配焉是美德能致碩女也如此則王若有茂美之德則其時彼有美大之賢女以令善之德來配於王與王相訓令王改脩德教我用是之故則燕而飲酒且稱王之聲譽又愛好汝王無有厭倦也○傳依茂至辰時○正義曰依依爲林之狀以茂而致雉故知依爲茂木貌也周禮有山林林麓不在平地此云平林

故爲林木之在平地也鷮雉釋鳥文以說文云鷮長尾雉走鳴乘轝尾爲防釳著馬頭上陸機疏云鷮微小於翟也走而且鳴曰鷮鷮其尾長肉甚美故林麓山下人語曰四足之美有麃兩足之美有鷮麃者似鹿而小是也此鷮是雉中之別名雉性耿介故箋謂之耿介之鳥士相見注云贄用雉者取其耿介交有時別有倫雉必用死爲其不可生服是耿介也以雉有耿介之性喻碩女有貞專之德碩大也言美大之女○**雖無旨酒式飲庶幾雖無嘉殽式食庶幾雖無德與女式歌且舞**箋云諸大夫覲得賢女以配王於是酒雖不美猶用之此燕飲殽雖不美猶食之必皆庶幾於王之變改得輔佐之雖無其德我與女用是歌舞相樂喜之至也○樂音洛〔疏〕箋諸大至之至○正義曰以言與汝是相於非一之辭故言諸大夫也人之飲食必樂其旨嘉今喜而用之故不待旨嘉經再言庶幾其意則同故箋於食之下摠云皆庶幾於王之變改已得輔佐之也說燕樂之事而言無德者以人燕樂欲與賢德者同之若非賢德則燕不樂矣上云雖無好友以己爲主引人從己自他而言故云已無賢友此言無德與汝以彼爲主持己就人自己而言故云已身無德爲謙辭耳○**陟彼高**

岡析其柞薪析其柞薪其葉湑兮箋云陟登也登高岡者必析其木以爲薪析其木以爲薪者爲其葉茂盛蔽岡之高也此喻賢女得在王后之位則必辟除嫉妬之女亦爲其蔽君之明○析星歷反柞子洛反湑思敘反茂盛也爲于僞反下亦爲同辟婢亦反又音璧○鮮我覯爾我心寫兮箋云鮮善覯見也善乎我得見女如是則我心中之憂除去也○鮮息淺反徐音仙覯古候反女音汝行如是下孟反一本無行字

【疏】陟彼至寫兮○正義曰言有人登彼高岡之上當必析伐其柞木以爲薪析伐其柞木以爲薪者以此柞木其葉湑湑然茂盛兮爲其蔽岡之高故我伐而去之以興有賢女居彼王后之位則必辟除褒姒以爲賤辟除褒姒以爲賤者以此褒姒其惡衆多爲其蔽王之明故除而去之善乎我得見汝之新昏賢女辟除褒姒如是則我心中之憂寫除而去兮喜之至也○箋登高至之明○正義曰以析者是除去之辭又言湑兮爲茂盛故喻其蔽岡之高以喻取一象欲見其體而不得見之則爲蔽也○高岡爲薪是廢棄不用之辭故辟除嫉妬亦廢棄之也○高山仰止景行行止四牡騑騑六轡如琴景大也箋云景明也

諸大夫以爲賢女既進則王亦庶幾古人有高德者則慕仰之有明行者則而行之其御羣臣使之有禮如御四馬騑騑然持其教令使之調均亦如六轡緩急有和也○仰止本或作仰之景行下孟反注有明行同牡茂口反騑孚非反調音條和胡卧反○**覯爾新昏以慰我心**慰安也箋云我得見女之新昏如是則以慰除我心之憂也新昏謂季女也○慰怨也於願反王申爲怨恨之義韓詩作以慍我心慍恚也本或作慰安也是馬融義馬昭張融論之詳矣○

【疏】高山至我心○毛以爲若得賢女在王后之位則諫王使之爲善庶幾於古人有高顯之德如山者則慕而仰之有遠大之行者則法而行之既慕德行善則謂御有法如善御者使四牡之馬騑騑行而不息進止有度執其六轡緩急調和如琴瑟之相應也喻王法仰高大善御羣臣使有禮法成其文章如六轡之御四馬也得賢女則令王如是我所以願見之也我若得見爾之新昏使王改脩也如是則以安慰我心除其憂矣○鄭唯以景爲明爲異餘同○箋景明至有和○正義曰傳云景大釋詁文箋必易之言爲明者以行須行之故以爲明見其明白可法明亦大也言高山者以山之高比人德之高故云古人有高德者則慕仰之也且仰是心慕之辭故爲高德德者在内未見之言行者

已見施行之語德則慕仰多行則法行故仰之行之異其文也六轡以御四馬故以喻王御羣臣六轡如琴猶言執轡如組傳相比並以發明其意也四牡傳曰騑騑行不止此亦然也○傳慰安○正義曰傳以慰爲安箋言慰除以憂除則心安非是異於傳也孫毓載毛傳云慰怨也王肅云新昏謂褒姒也大夫不遇賢女而後徒見褒姒讒巧嫉妒故其心怨恨徧檢今本皆爲慰安凱風爲安此當與之同矣此詩五章皆思賢女無緣末句獨見褒姒爲恨肅之所言非傳旨矣定本慰安也○

車舝五章章六句

附釋音毛詩注疏卷之十四（十四之二）

黃中栻栞

毛詩注疏挍勘記（十四之二）

阮元撰盧宣旬摘録

〇瞻彼洛矣

此及裳裳者華　閩監本毛本及誤乃閩本不誤

故宜云古明王　閩本明監本毛本同案浦鏜云宜當直字誤是也

韎韐者茅蒐染草也　小字本相臺本同案草當作韋見下

一曰韎　小字本相臺本同案一下當有入字見下正義云定本云一入曰韎韐此讀當以韎字斷句韐字逗正義讀韎韐二字爲逗文者非亦見下

韎韐者茅蒐染也茅蒐韎韐聲也　小字本相臺本同案二韐字當衍見下韋昭晉語注引無二韐字左成十六年正義引亦無正義有二韐字當是其本誤

韎韐祭服之韠合韋爲之　小字本相臺本同案韎字當衍也段玉裁曰韎者韐之色也茅

蒐染韋一入曰韎亦見說文及五經文字即一染謂之縓也韠韍也士無韍有韐故云韐所以代韠箋申之云韎者茅蒐染也茅蒐韎聲也韐祭服之韠合韋爲之皆分析韎韐二字别義各本譌舛不可讀茅蒐韎聲者駮異義所云齊魯之閒言韎聲如茅蒐也

紂衣纁裳也　小字本相臺本同案此釋文本也釋文云紂音緇考士冠禮纁裳純衣緇帶注云純衣絲衣也鄭不破爲紂正義引此經及注是其本當不誤今正義中字皆作紂者後人改之也又鄭彼注云先裳後衣者欲令下近緇明衣與帶同色亦經不讀爲紂之明證儀禮釋文此無音不誤也

河西曰雍州也　閩本明監本毛本同案浦鏜云正誤河是

此又言韎韐　閩本明監本毛本同案又當作文

琫上飾珌下飾珌下飾也　閩本同明監本毛本也誤者小字本相臺本不重珌下飾三字考文古本同案有者複衍也段玉裁云鞞刀室也即刀削削音肖削之上刀把其飾曰琫削末之飾曰珌有讀爲又

言有鞞有琫又有珌也公劉傳下曰鞞上曰琫略舉上下之體而已釋名與毛所說各異戴震改此傳云琫上飾鞞下飾珌飾貌非也鞞不可言飾戴說見毛鄭詩考正據釋名也又陳啟源毛詩稽古編說與段玉裁合

諸侯璗琫而璆珌大夫鐐琫而鏐珌　小字本相臺本同案正義云天子諸侯琫珌異物大夫士則同尊卑之差也又云定本及集注皆以諸侯珌璆字從玉又以大夫鏐珌恐非也是正義本當作諸侯璗琫而鏐珌大夫鐐琫而鐐珌釋文本與定本集注同段玉裁云此從正義本考說文琫珌天子皆以玉則諸侯皆以金大夫皆以銀士皆以蠡爲有條理說文又云天子玉琫而珧珌

顯其能制斷　小字本相臺本同案釋文以能斷作音無制字正義云以顯其能制斷也不知正義本有制字或自爲文也制斷字在兔罝傳當以有者爲是

說文云公珕蠡而不及於蠡故天子用蠡　閩本同明監本毛本及誤別案十行本珕至末蠡剜添者三字公珕蠡山井鼎云作珕蠡屬爲似是是也

○裳裳者華

兮已由讒見絕閩本明監本毛本同案浦鏜云兮疑以字誤屬下爲句是也

此華赤以黃爲盛閩本明監本毛本同案赤當作亦形近之譌

故言時有駮而不純者閩本明監本毛本同案駮當作駁

而見絕也閩本明監本毛本同小字本相臺本見下有棄字無也字考文古本棄字亦同案有者是也

○桑扈

箋胥皆至福祿閩本明監本毛本同案山井鼎云皆作有爲是是也

屈原之妹名女須閩本明監本毛本同案姊誤妹下同是也

翰榦小字本相臺本榦作幹閩本明監本毛本同考文古本作榦案榦字是也此箋云爲之楨榦韓奕榦不庭方江漢召公維翰箋皆云楨榦可證此傳本是榦字也幹字說文所無文王文王有聲板崧高傳箋皆當同其正義

云爲之楨榦者以榦榦爲古今字易而說之也餘同此釋文翰下云榦也亦是易爲今字耳崧高韓奕以楨榦作音則不用榦字矣爾雅楨翰儀榦也釋文云本又作榦五經文字木部云榦楨榦字○按榦乃俗字之尤者未必作正義者用之直轉寫之譌耳舊挍非是

爲之楨榦也　閩本明監本毛本榦作幹案所改是也此當易爲幹上標起止當作榦今誤

言不憮敖自淫恣也　小字本同閩本明監本毛本同相臺本憮作憮案憮字是也

爲不傲慢矣　閩本明監本毛本傲誤敖案敖傲古今字此正義易而說之也

○鶩鶩

以興於萬物皆耳　閩本明監本毛本同案浦鏜云耳字當作爾是也

易得尚以　閩本明監本毛本同案浦鏜云下當脫時取二字是也

月令云羅網畢翳　閩本明監本毛本同案十行本月令云剜添者一字

摧莝也 小字本相臺本同案此正義本也正義云傳云摧莝轉古爲今釋文摧下云芻也又芻也楚俱反是其本莝作芻與正義本不同也考此傳當本云摧芻也與下傳秣粟也相對故箋云摧今莝字所以申摧得訓爲芻之意非傳先已轉古爲今而箋又辨之如正義所云也當以釋文本爲長○按詩經小學言之詳矣傳本作摧挫也箋本作挫今莝字也毛用古字鄭恐人不解故申之後人轉寫譌誤耳莝乃是斬芻芻未斬者不可以飼馬且摧挫音義皆相近

挫今莝字也 小字本同閩本同相臺本挫作摧明監本毛本同案摧字是也釋文云摧采臥反讀依此箋也正義標起止云箋摧今○按小字本閩本是也

有事乃予之穀 小字本相臺本同案此正義本也正義云而不常與粟易予爲與也釋文云與於音豫是其本予之作與於與正義本不同考文一本予作與采正義釋文而不知其異

箋駑驁至恐懼 閩本明監本毛本同案浦鏜云至故與此異也百五字當在二章下是也此合

併時分屬之如此耳

故與此異也閩本明監本毛本同案浦鏜云此當彼誤是也

序言自奉養非王身閩本明監本毛本同案非當作謂

亦猶然也齊而後三舉設盛饌三舉節是設盛饌也恒日則減焉唯一舉也閩本明監本毛本同案十行本首也至末也剜添者七字浦鏜云節當節字是也

玉藻曰少牢閩本明監本毛本同案浦鏜云日誤曰是也

○頍弁

不能宴樂同姓唐石經小字本相臺本同案釋文云燕又作宴以鹿鳴等訂之序字當作燕又作宴者依經君子維宴字改也考文古本作燕采釋文

令不親睦是也　閩本明監本毛本同案浦鏜云今疑令字誤

則此皮爲燕之服　閩本明監本毛本同案浦鏜云皮下當脫弁字是也

周人循而兼用之　閩本明監本毛本同案今禮記循作脩

親同姓用皮弁也　閩本明監本毛本同案浦鏜云親疑燕字誤是也

赤黑恬美　閩本明監本毛本同案此不誤浦鏜云甜誤恬非也采苦正義引陸機云恬脆而美可證也恬即甜字周禮注云如今恬酒矣

言當闓解而懌悅也　閩本明監本毛本懌悅倒案所改是也

實維何期　唐石經小字本相臺本同案釋文云本亦作其音基辭也王如字考此箋云期辭也是以期其爲同字也毛氏詩當是經字本作期故王肅得如字讀之以異於鄭亦作本非也考文古本本作斯誤甚

具猶來也　閩本明監本毛本同小字本相臺本來作皆考文古本同案來字誤也

吾謂之甥相臺本同閩本明監本毛本同小字本甥下有也字

君子維宴小字本相臺本同考文古本同唐石經初刻燕後改宴案初刻非也正義標起止云至維宴當是其本字作宴上下文云燕者亦易字之例也

且今夕喜樂此酒小字本相臺本同案六經正誤云喜作善誤是本作喜考正義作喜者誤字耳毛居正非考文古本作善采正義

陽之專氣爲霰陰之專氣爲雹閩本明監本毛本同案山井鼎云大戴禮上作雹下作霰是也此轉寫誤倒耳○按正義文不誤且以釋箋遇溫氣而摶謂之雹正相合不當以今之大戴禮相繩也疑今大戴正文誤

盛陽氣之在雨水閩本明監本毛本同案山井鼎云以下文類之氣之當作之氣是也

○車舝

作車牽詩者閩本明監本毛本同案浦鏜云作字當衍文是也

往迎之配幽王閩本明監本毛本同小字本相臺本配上有以字考文古本同案有者是也

合會離散之人小字本相臺本同閩本明監本毛本亦同案正義云會合離散之人當是轉寫倒之耳考文古本作會合采正義而誤

思賢女之幼閩本明監本毛本同案幼當作切共誤因形近而涉上文也

辰彼碩女小字本相臺本同唐石經初刻季後改碩案初刻誤也正義可證

故林麓山下人語曰閩本明監本毛本同案浦鏜云慮誤麓是也

猶用之燕飲閩本明監本毛本之下衍此字小字本相臺本無考文古本無十行本初刻無後剜添

必皆庶幾於王之變改閩本明監本毛本同小字本相臺本必作人案人字是也

善乎我得見女如是小字本相臺本同案此正義本也正義云善乎我得見汝之新昏賢女辟

除褒姒之惡如是釋文云行如是一本無行字考文古本有采釋文

高山仰止 唐石經小字本相臺本同案釋文云仰止本或作仰之考正義云則仰而慕之下景行行止正義云則法而行之又云故仰之行之異其文也是正義本二止字皆作之○按正義本當是一作之一作止故云異其文舊挍非也

慰安也 小字本相臺本同案此傳正義本作慰安也釋文本作慰怨也正義云孫毓載毛傳慰怨也又云徧檢今本皆爲慰安又云定本慰安也釋文云本或作慰安也是馬融義馬昭張融論之詳矣昭融所論今不傳釋文以王申爲怨恨之辭爲據正義則申鄭以難王當以正義本爲長

附釋音毛詩注疏卷第十四 十四之三

毛詩小雅　鄭氏箋　孔穎達疏

青蠅大夫刺幽王也蠅餘仍反營營青蠅止于樊興也營營往來貌樊藩也箋云興者蠅之爲蟲汙白使黑汙黑使白喻佞人變亂善惡也言止于藩欲外之令遠物也○營如字說文作謍云小聲也樊音煩藩方元反一本甫煩反汙汙辱之汙烏路反令力成反遠于萬反豈弟君子無信讒言箋云豈弟樂易也○愷開在反悌音弟樂音洛易以豉反

疏營營至讒言○正義曰言彼營營然往來者青蠅之蟲也此蟲汙白使黑汙黑使白乃變亂白黑不可近之當去止於藩籬之上無令在宮室之內也以興彼往來者讒佞之人也詩人喻善使惡喻惡使善以變亂善惡不可親之當棄於荒野之外無令在朝廷之上也讒人爲害如此故樂易之君子謂當今之王者無得信受此讒人之言也○傳樊藩○正義曰釋言文也孫炎曰樊圃之藩然則圃園藩籬是遠人之物欲令蠅止之故箋云外之令遠物令使遠於近人之物又藩以細木爲之下章

四五

棘榛即是爲藩之物故下傳曰榛所以爲藩明棘亦然也此章言藩下章言所用之木互相足也營營青蠅止于棘讒人罔極交亂四國箋云極猶已也營營青蠅止于榛榛所以爲藩也○榛士中反又側巾反讒人罔極構我二人箋云構合也合猶交亂也〔疏〕箋構合合猶交亂○正義曰構者構合兩端令二人彼此相嫌交更惑亂與上章義同故云猶交亂也上言四國此云二人者二人謂人君與見讒之人也讒者每人讒之常構二人構之不已至交亂四國先多而後少故先四國也

青蠅三章章四句

賓之初筵衛武公刺時也幽王荒廢媟近小人飲酒無度天下化之君臣上下沈湎淫液武公既入而作是詩也淫液者飲酒時情態也武公入者入爲王卿士○筵音延媟息列反近附

近之近沈如字直林反字或作耽都南反湎莫衍反飲酒齊其色曰湎徐又莫顯反液音亦態他代反【疏】賓之初筵五章章十四句至是詩○正義曰賓之初筵詩者衛武公所作以刺時也以幽王政教荒亂而情廢乃媟慢親近小人與之飲酒無有節度令使天下化而效之致天下諸侯君臣上下亦效而行之沈湎於酒湎齊顏色淫液不止遂成風俗衛武公既入爲王之卿士見其如此而作是詩以刺之也定本衛集注並云飲酒無度俗本作飲食誤也刺時者即幽王之時也以幽王之文見於下故言刺時以目之案箋云刺時也時不親迎鄭以爲直刺君身則言時者目其時之君由可以兼見於當時矣此君臣上下文在天下化之之下則是天下諸國之君臣也沈湎淫液即飲酒無度之事舉化者尚沈湎淫液則王朝亦沈湎淫液可知矣言武公既入者言作詩之早晚耳雅者言天下之事形於四方之風謂大夫尚得作詩以刺王則在國亦得作不要待入王朝也沈湎者尚書微子曰用沈酗于酒亂敗厥德于下蕩曰天不湎爾以酒箋云天不同爾顏色以酒酒誥注云齊色曰湎然則沈湎者飲酒過久若沈没然使湎然俱醉顏色齊同也此經五章毛以上二章陳古燕射之禮次二章言今王燕之失鄭以上二章陳古大射行祭之事次二章言今王祭末之燕俱以上二章陳

古以駁今次二章刺當時之荒廢卒章乃言天下化之三章四章言賓屢舞號呶是媟近小人飲酒無度也卒章言凡此飲酒爲天下之辭是天下化也卒章無君臣淫泆之事者此天下化之效上所爲效者何然君臣可知故經舉天下之民以明其君臣也不醉反恥是使齊醉也其設戒童羖之言出與不出之語並爲沈湎之事也或以爲君臣上下沈湎淫泆倒本幽王之君臣則天下化之宜居於下非文之勢理在不然○箋淫泆至情態○正義曰樂記說樂之淫遲云咏嘆之淫泆之則淫泆遲久之意也小人未醉身有惡態強自收掩及其醉酒則舊時情態皆出莊子說察人之法曰醉之以酒以觀其態是久飲酒則情態出也下箋云至於旅酬小人之態出亦謂久飲態出故舞不知止也定本集注態下皆無出字毛於首章傳曰有燕射之禮二章傳曰主人請射於賓則毛以上二章皆陳古者先行燕禮後爲燕射無祭祀之事也燕禮於旅酬之後云若射則大射正爲司射如鄉射之禮是燕射之法先行燕禮而後射也首章舉酬逸逸以上八句皆說燕事舉酬即旅酬也燕禮旅後乃射故舉酬之下說大侯既抗以下六句爲射事也燕必有樂故二章又重說燕事籥舞笙鼓是燕時之樂若燕樂之義得先祖之神悅故因論樂事遂引而致之言樂既和而奏之可以進樂先祖每事得禮則

神降之福至子孫其湛以來六句說燕樂得宜可使明神降福之意燕樂得所則神明福之是不可不以禮燕射故下四句復說射事言賓主相耦入次取弓矢而又射也此兩章皆初論燕後論射而首章言籩豆二章言笙鼓者燕以飲食爲主作樂助其勸耳故先言酒殽而後言聲樂三章四章言今王燕飲初雖重慎後則失儀至於音聲號呶舞不休息卒章言下民化之亦荒於酒皆刺當時沈湎之事鄭以將祭而射謂之大射大射之初先行燕禮首章上八句言射初飲燕之事下六句言大射之事二章言作樂以祭盡章皆說祭時之事三章四章言今王祭末與族人私燕小人爲賓威儀昏亂唯卒章與毛同耳

賓之初筵左右秩秩秩秩然肅敬也箋云筵席也左右謂折旋揖讓也秩秩知也先王將祭必射以擇士大射之禮賓初入門登堂卽席其趨翔威儀甚審知言不失禮也射禮有三有大射有賓射有燕射○秩直乙反鄭智也折之舌反知音智下同

籩豆有楚殽核維旅楚列貌殽豆實也核加籩也旅陳也箋云豆實葅醢也籩實有桃梅之屬凡非穀而食之曰殽○肴核上戶交反下戶革反葅側俱反

酒既和旨飲酒孔偕箋云和旨酒調美也孔甚也王之酒已調美衆

賓之飲酒又威儀齊一言主人敬其事而衆賓肅慎○偕音皆**鍾鼓既設舉醻逸逸**逸逸往來次序也箋云鍾鼓於是言既設者將射故縣也○醻市由反縣音玄**大侯既抗弓矢斯張**大侯君侯也抗舉也有燕射之禮箋云舉者舉鵠而棲之於侯也周禮梓人張皮侯而棲鵠天子諸侯之射皆張三侯故君侯謂之大侯大侯張而弓矢亦張節也將祭而射謂之大射下章言烝衎烈祖其非祭與○抗若浪反斯張如字鵠戶沃反鴿鴿也說文云即鵠也小而難中又云鵠者覺也直也射者直己志棲音西著也梓音子衎苦旦反祭與音餘本作乎又作也並非**射夫既同獻爾發功**箋云射夫衆射者也獻猶奏也既比衆耦乃誘射射者乃登射各奏其發矢中的之功○發如字餘音廢比毗志反中丁仲反**發彼有的以祈爾爵**的質也祈求也箋云發發矢也射者與其耦拾發發矢之時各心競云我以此求爵女爵射爵也射之禮勝者飲不勝所以養病也故論語曰下而飲其爭也君子○勺音的本亦作的同祈音其拾其劫反更也飲於鴆反下同爭爭鬬之爭

【疏】賓之至爾爵○毛以爲古之將行燕射先爲燕禮燕禮之時其賓之初入門以至於升筵其折

旋揖讓隨其左右趍翔威儀甚肅敬而秩秩然而不失禮也
其升筵之時則王之籩豆有楚然而陳列之矣又葅醢之殺
與有核桃梅維旅而陳之於籩豆之上矣其王之酒既又和
調旨美時衆賓之飲酒者威儀甚偕言其齊一而順禮也及
其將射鍾鼓既已改設舉相酬之爵逸逸然往來而有次序
也既旅之後止飲而行射事君之所射大侯既舉而張之其
衆射之弓矢於斯舉侯之時又亦張之矣弓矢既張衆射之
夫既同登於堂而在射位遂各呈奏爾之射者發矢中的之
功此射者發矢射彼有射與其耦拾發之時則各心競云我
發必使中以求不飲汝養病之爵今不能然故舉以刺之○
鄭唯行燕至安賓之後而行大射爲異其文義則同○傳秩
秩然肅敬○正義曰箋依釋訓云秩秩智也傳言肅敬者以
序刺媟慢由有智而能肅敬理亦通也○箋筵席至燕射○
正義曰春官司几筵注云筵亦席也鋪陳曰筵藉之曰席然
其言之筵席通也左右謂折旋揖讓者以賓與主人爲禮隨
其左右之宜其行或方折或迴旋相揖而辭讓也今大射禮
諸侯與其臣行禮使宰夫爲主人案其經擯者納賓及庭公
降一等揖之公外席賓列自西階主人從之賓在北面再拜
賓荅拜主人降洗賓降主人辭降主人取觚洗賓辭洗主人
卒洗賓揖升筵前獻賓賓拜受爵於筵前然後賓升筵是賓

初入門至即筵以來每折旋揖讓之事也折旋揖讓則或左或右故知左右謂折旋揖讓也射義曰古者諸侯之射也必先行燕禮故此言升筵薦酒行燕禮也射義又曰天子將祭必先習射於澤宮澤者所以擇士也已射於澤宮然後於射宮射中者得與於祭不中者不得與於祭是先王將祭必射以擇士也先於澤宮後於射宮是將祭再爲射禮澤宮言習射則未是正射○射於射宮乃行大射云公入驁注云此公出而言入者大射於郊鄉射記曰於郊則閭中注云於郊謂大射於學則射宮者西郊之學也澤宮之所在則無明文言賓之初筵左右秩秩則從爲賓以至於即筵皆秩秩也以其言廣故云大射之禮賓初入門登堂即席其趨翔威儀甚審智言其不失禮也審智言其安審而有智與毛肅敬同也毛以此篇爲燕射鄭則爲大射因辨禮射之數言已不同之意也故云射禮有三有大射有賓射有燕射大射者將祭擇士於射宮賓射者謂諸侯來朝與之射於朝燕射者因燕賓客即與射於寢此三者其處不同其侯亦別冬官梓人云張皮侯而棲鵠則春以功張五采之侯則遠國屬張獸侯則王以息燕三者別文皮侯即大射也五采之侯賓射也獸侯燕射也不言鄉射者鄉射是州長與其民射於州序之禮天子諸侯無之故不言也○傳楚列至旅陳○正義曰此言邊豆之設故知楚

爲陳列貌也此經二句自相充配殽核即籩豆所盛殽則實之於豆核則加之於籩故言殽豆實核加籩也先殽後核不依籩豆次者便其文耳祭祀有加豆籩傳言加籩豆知非加豆籩者以此非祭無取加豆之義而又天官籩人加籩之實蔆芡栗脯非核物且以殽豆實類之知加之於籩非爲籩加之也旅陳釋詁文楚是陳列之貌旅又爲陳者謂陳殽核於籩豆之上也○箋豆實至曰殽○正義曰天官醢人掌四豆之實非葅醢醢之等皆實之於豆。實謂葅醢籩人云饋食之籩其實棗栗桃乾蕂注云蕂乾梅也內則有桃諸梅諸是其乾者也桃梅有核之物申傳說加籩之義故云籩實有桃梅之屬故稱核也言之屬者以燕之物多非止桃梅故稱屬也既以豆實爲葅醢恐殽名唯施於此故云凡非穀實而食之曰殽明殽是揔名以此文殽核與籩豆相對故分之耳其實核亦爲殽魏風曰園有桃其實之殽是在籩之物亦爲殽也醢人云羞豆之實酏食糝食酏糝皆以稻米爲之則豆實之殽亦有穀實矣言非穀實者穀實謂爲飯食者也今變爲雜用不同穀實之限○箋主人至肅愼○正義曰偕者俱也言其俱相類故言衆賓之飲酒又威儀齊一也言主人敬其事而衆賓肅愼明賓主皆得其宜所以爲美也○傳逸逸往來次序○正義曰燕禮旅酬之後乃云若射此將射而言舉酬

行旅也旅者以長幼次序之言故知逸逸往來有次序也燕
禮初則云樂人宿懸注云懸鐘磬也國君無故不徹懸言懸
者爲燕新之然則於此言鐘鼓既設者亦爲將射改懸也以
天子宮懸階間妨射位故改懸以避射也鄉射禮將射乃云
樂正命弟子贊工遷樂于下注云當避射位○彼琴瑟之樂尙
遷之明鐘鼓之懸改之矣○箋鐘鼓至改懸○正義曰大射
諸侯之禮云樂人宿懸厥明乃射明天子亦然今至於舉酬
始言鐘鼓既設故知將射改懸也大射不言改懸者國君與
臣行禮略三面而已不具軒懸東西懸在兩階之外兩階之
間有二建鼓耳東近東階西近西階又無鐘鼓不足以妨射
不須改也大射注云國君於其羣臣備三面耳無鐘磬有鼓
而已其爲諸侯則軒懸是由階間無懸故不改也鄭言諸侯
爲諸侯則軒懸明天子於其臣備宮懸將射而改之故於此
言既設也○傳大侯至之禮○正義曰傳唯言大侯君侯不
言侯之所用梓人云張獸侯則王以息燕是燕射獸侯則
毛意亦當然矣燕射之禮自天子至士皆一侯上下共射之
無三侯二侯故鄉射記云天子熊侯白質諸侯麋侯赤質大
夫布侯畫以虎豹士布侯畫以鹿豕注云此所謂獸侯也燕
射則張之鄉射及賓射當張采侯二正而記此者天子諸侯
之燕射各以其鄉射之禮而張此侯是以云焉白質赤質者

皆謂采其地不采者曰布也熊麋虎豹鹿豕皆正面畫其頭象於正鵠之處君畫一臣畫二陽奇陰耦之數也燕射射熊虎豹不忘上下相犯射麋鹿豕志在君臣相養也其畫之者皆毛物也又曰凡畫者丹質注云賓射之侯燕射之侯皆畫雲氣於側以爲飾必先以丹采其地丹淺於赤又曰鄉侯中十尺侯道五十弓弓二寸以爲侯中如此則天子燕射唯射一侯耳侯身一丈其中三分居一以白地畫熊於外則丹地畫以雲氣唯此一侯君臣共射而云大侯君侯者以君所射故謂之大傳解言大之意故以君侯釋之非謂與君臣別侯也大射禮云大侯九十弓彼張三侯其九十弓者最高大故云名大侯亦以君之所射故也言有燕射之禮者以上文謂燕此下說射故言禮有燕射之禮故此詩得言之若然燕禮言若射如鄉射之禮案鄉射初則張侯此舉酬之下始言大侯既抗者鄉射之初雖言張侯而以事未至經云不繫左下綱中掩束之至於將射以司正爲司馬乃云司馬命張侯弟子脫束遂繫左下綱是將射始張之故於此言既抗也○箋舉者至祭與○正義曰案大射前射三日司馬命量人巾車張三侯夏官射人云若王大射則以貍步張三侯則天子亦前射三日其侯射人張之矣此將射而言大侯既抗明非始張侯體言舉鵠而棲之於侯中也知者鄭既云周禮梓人張皮

侯而棲鵠是鵠在侯復別棲之棲卽舉也彼注云皮侯以皮所飾之侯也其上文云梓人爲侯廣與崇方三分其廣而鵠居一焉注云高廣等謂侯中天子射祇以九爲節侯道九十弓弓二寸以爲侯中高廣等則天子侯中一丈八尺諸侯於其國亦然鵠所射也以皮爲之各如其侯也居侯中三分之一則此鵠方六尺唯大射以皮飾侯故言張皮侯而棲鵠也天官司裘注亦云以虎熊豹麋之皮飾其側又方制之爲質謂之鵠著於侯中所謂皮侯也又解名曰大侯之意天子諸侯之射皆張三侯故云君侯謂之大侯鄭以此爲大射故云張三侯若燕射則張一侯而已無三侯也射人云王大射張三侯司裘王大射供虎侯熊侯豹侯設鵠天子之射張三侯也大射巾車張三侯是諸侯之射張三侯也司裘又曰諸侯供熊侯豹侯不三侯者注云諸侯謂三公及王子弟封於畿內者是畿內諸侯屈於天子故二侯也謂之侯與鵠者司裘注云謂之侯者天子中之則能服諸侯以下中之則得爲諸侯謂之鵠者取名鳱鵠也鳱鵠小鳥而難中是以中之爲俊也亦取名鵠之言較較者直也射所以直已志也大射注云或曰鵠鳥名也淮南子曰鳱鵠知來然則所云正者正也亦鳥名也齊魯之間名題肩爲正正鵠皆鳥之捷黠者也此因大射之鵠而又解賓射之正故言然也射人注云正之言正

也射者內志正則能中焉是取鳥爲名又取正爲義亦猶鵠
也既已棲鵠便即射之故云侯張而弓矢亦張節也解抗侯
之下言張弓之意弓可言張而并言矢者矢配弓之物連言
之耳既言大射之禮而毛以此爲燕射故破之云將祭而射
謂之大射下章言烝衎烈祖其非祭乎既烝衎烈祖是爲祭
事則此時祭爲大射明矣故難之也鄭異於毛多矣雖采蘋
及此難之者出於當時之意耳王肅述毛云幽王飲酒無度
故言燕祀之義其奏云言燕樂之義得則能進樂其先祖猶
孝經說大夫士之行曰然後能守其宗廟而保其祭祀非惟
祭之日然後能保而行之以此故言烝衎非實祭也孫毓以
爲燕禮輕祭事重幽王無度無不慢也舉重可以明輕輕不
足以明重又錫爾純嘏子孫其湛非燕飲之文所得及也一
篇之旨箋義爲長。箋射夫至之功。正義曰大射所以擇
士當助祭者莫不在焉既同非一之辭故知射夫衆射者也
獻奏皆奉上之言以發矢能中是呈奏已功故以獻爲奏也
大射祀選羣臣爲三耦若大夫不足以士充之三耦之外其
餘衆士與射者各自取匹謂之衆耦射人說賓射之禮云王
以六耦則天子大射亦六耦也故周禮夏官大司馬職云若
大射則合諸侯之六耦此其義也射人云諸侯四耦大射雖
三耦者賓射對鄰國之君尊故四耦大射與已之臣子卑故

降之天子尊無與敵其與射者皆是諸侯來朝及在朝公卿無所差降明矣大射賓射但六耦之外亦當有衆耦矣言既比衆耦乃誘射者衆耦正謂王之六耦。之外衆耦也何者大射於司射誓射之下云遂比三耦司射命三耦取弓於次司射升堂誘射既誘射然後三耦登堂而射三耦既射乃云遂比衆耦是比衆耦在誘射之後今此箋云既比衆耦乃誘射射者乃登堂而射各奏其發矢中的之功言比衆耦文在誘射之上誘射之下始云登堂而射故知衆耦非如大射之衆耦也必知然者射以正耦爲主故祇定其尊卑之數其餘衆耦纔廁末而已鄭何嘗舍其正耦而言及衆乎正以六耦非一耦故稱衆也言誘射者大射注云誘教也夫子循循然善誘人○傳的質○正義曰毛氏於射侯之事正鵠不明唯猗嗟傳云二尺曰正亦不言正之所施周禮鄭衆馬融注皆云十尺曰侯四尺曰鵠二尺曰正四寸曰質則以爲侯皆一丈鵠及正質於一侯之中爲此等級則亦以此質爲四寸也王肅亦云二尺曰正四寸曰質又引爾雅云射張皮謂之侯侯中者謂之鵠鵠中者謂之正正方二尺也正中謂之槷方六寸也槷則質也舊云方四寸今云方六寸爾雅說之明宜從之此肅意惟改質爲六寸其餘同鄭馬也賈逵周禮注云四尺曰正正五重鵠居其內而方二尺以爲正正大於鵠鵠在正内雖内外不同亦共在一侯鄭於周禮上下檢之以爲大射之侯其中制皮爲鵠賓射之侯其中采畫爲正大如鵠皆居侯中三分之一其燕射則射獸侯侯中畫爲獸形卽鄉射記所謂熊侯白質之類矣三射之侯皆不同也射人注說畫正之法云其外之廣居侯中三分之一中言二尺與毛傳二尺曰正同也射義云孔子曰循聲而發發而不失正鵠者其唯賢者乎詩云發彼有的以祈爾爵旣言正鵠卽引此的則詩人之意以的爲正鵠之謂也司裘注說皮侯之狀云以虎熊豹麋之皮飾其側又方制之以爲質謂之鵠是鄭意以侯中所射之處爲質也此傳唯言的質也不言質之大小不必同於諸儒四寸六寸也且的者明白之言若廣纔四寸不足以爲明矣蓋亦爲所射處與鄭同也毛以此爲燕射則的者謂熊侯白質者也○箋發發矢至君子○正義曰言射事故知發爲發矢大射禮曰上射既發挾矢而後下射射拾發以將乘矢是射者與其耦拾發也彼注云拾更也將行也然則四矢謂之乘言射者更代發以行此四矢使四矢偏射也上言獻爾發功謂其行射時此又本其發時之心故云發矢之時各心競云我以此求汝爵謂求不飲也射義引此詩卽云祈求也求中以辭爵也酒者所以養老所以養病求中以辭養也注云欲求中之者以求不飲汝爵是矣故此云射之礼

勝者飲不勝者所以養病是觶養也大射禮曰司射命設封司宮士奉豐由西階升坐設於西楹西勝者之弟子洗觶升酌散南面坐奠于豐上司射命三耦及衆射者勝者皆袒決遂執張弓不勝者皆襲脫決拾郤左手右加弛弓於其上遂執弣勝者先升堂不勝者進北面坐取豐上之觶興少退立卒觶坐奠於豐下三耦卒飲衆皆繼飲射爵如三耦是飲射爵之禮故論語曰下而飲其爭也君子引此者明所爾爵爲心中之爭也此飲於西階上言下而飲者謂飲射爵時揖讓而升下意取而飲與爭故引彼文不盡耳射義又曰射者仁之道也射者求正諸己己正而後發發而不中則不怨勝己者反求諸己而已矣是各心爭之事也○**籥舞笙鼓樂既和奏烝衎烈祖**秉籥而舞與笙鼓相應箋云籥管也殷人先求諸陽故祭祀先奏樂滌蕩其聲也烝進衎樂烈美洽合也奏樂和必進樂其先祖於是又合見天下諸侯所獻之禮○籥余若反衎若旦反洽戶夾反應應對之應滌徒歷反樂音洛下樂其湛樂喜樂下文曰樂並同**以洽百禮百禮既至有壬有林**壬大林君也箋云壬任也謂卿大夫也諸侯所獻之禮既陳於庭有卿大夫又有國君言天下徧至得萬國之歡心○徧音遍**錫爾**

純嘏子孫其湛嘏大也箋云純大也嘏謂尸與主人以福也湛樂也王受神之福於尸則王之子孫皆喜樂也○錫音析嘏古雅反湛荅南反其湛曰樂各奏爾能賓載手仇室人入又手取也室人主人也主人請射於賓賓許諾自取其匹而射主人亦入于次又射以耦賓也箋云子孫各奏爾能者謂既湛之後各酌獻尸尸酢而卒爵也士之祭禮上嗣舉奠因而酌尸天子則有子孫獻尸之禮文王世子曰其登餕獻受爵則以上嗣是也仇讀也鄭室人有室中之事者謂佐食也又復也賓手挹酒室人復酌爲加爵○能如字徐奴代反又奴來反仇毛音求匹也鄭讀爲㪺音俱謂挹取酒餕子峻反復扶又反下皆同挹一入反酌彼康爵以奏爾時酒所以安體也時中者也箋云康虛也時謂心所尊者也加爵之間賓與兄弟交錯相醻卒爵者酌之以其所尊亦交錯而已又無次也○中張仲反入無次也一本入作又

【疏】籥舞至爾時○毛以爲古之行燕禮也作樂以助歡心使人秉籥而舞與吹笙擊鼓音節相應樂既和奏之音聲甚得其所既賓主有禮八音和樂如是則德當神明可以進樂其先有功烈之祖以合其酒食百衆之禮以獻之也祭有酒食聲

樂可歆神因言合獻衆禮以是俱是事神之物郎乘而言之
此酒食百衆之禮既獻而至於祖時則有祭祀之大禮有孝
子之人君可以當於神明爲神所歆祐賜汝孝子以大大之
福令子孫其皆耽樂而歡喜也燕樂之和可使神明降福子
孫耽樂其此耽者乃曰由燕飲之樂是燕之不可以已也故
燕末將射賓則自取其匹耦以其發而居室之主人亦入於
次故取弓矢又射以耦賓也賓主射畢而有勝否乃酌彼安
體之養爵以奏進於汝之射中者令以飲其不中而行罰也
此皆燕射之正禮疾今不行○鄭以爲既大射擇士與祭故
於此言其祭事爲祭之初先秉籥而舞吹笙擊鼓聲音滌蕩
節度相應其樂既和而俱奏詔告天地之間進樂功烈之祖
以合百國所獻之禮而薦之宗廟百國所獻之禮既至陳於
庭又有卿大夫矣有諸侯君矣是天下之偏至得萬國之歡
心所以事其先祖也先祖於是饗而祐之錫爾王大嘏之福
令得保其家邦則王之子孫蒙神之福其皆耽而喜樂矣子
孫所以其耽者曰由喜樂於神之福是子孫亦當敬事神明
於嘏之後乃各奏見爾子孫奉進之能酌酒而獻尸以事神
也子孫既獻於是賓則手自斞挹其酒室中佐食之人又人
而酌爲加爵以獻尸也既加爵之後欲使神惠偏行而賓之
弟子及已弟子酌彼空虛之爵以進汝之此時心中所尊敬

者此皆先王祭祀之禮疾今幽王不能然至於洗滌而無度故舉以刺之○傳秉籥至相應○正義曰籥分云左手執籥右手秉翟是執籥以舞也舞在笙鼓之上明其與之相應樂器多矣燕之所用不止於此作者舉鼓舞而言耳此皆燕時樂也或以此爲節射之樂案射禮主於射略於樂大射云司射命曰不鼓不釋言射不與鼓節相應不釋筭也樂正命大師曰請奏貍首間若一言調其䟢數以節射也然則射之樂者擊鼓作歌與射者爲節而已不必大作諸樂此云鼓舞相應非射樂矣且傳意以此樂和奏可以進樂先祖安得捨燕初之盛作而指節射之略者乎以此知不然矣○箋殷人至之禮○正義曰殷人先求諸陽郊特牲文。以人死也。體魄則降智氣在上祭義曰氣也者神之盛也魄也者鬼之盛也合鬼與神教之至也衆生必死死必歸土此之謂鬼其氣發揚于上神之著也又曰二端既立報以二禮注云二端既立謂氣也魄也由人死有二者故作樂揚其聲音之號使詔告天地之間令魂氣聞而以降此求諸陽之義陽謂魂氣分散者也又臭鬱合鬯以灌令體聞而以出是求諸陰之義陰謂體魄存在者也祭者皆爲此二者但行之有先後耳故郊特牲曰殷人尚聲臭味未成滌蕩其聲樂三闋然後出迎牲聲音之號所以詔告於天地之間周人尚臭灌用鬯臭鬱合鬯臭

陰達於淵泉灌以圭璋用玉氣也既灌然後迎牲致陰氣也
凡祭慎諸此魂氣歸於天形魄歸于地故祭求諸陰陽之義
也殷人先求諸陽周人先求諸陰注云此其所以先後異也
由此言之殷周先後雖異皆行二禮殷人之臭味未成滌蕩
其聲則成臭味而作樂臭味成而行祼其相去亦幾也宗廟
當九闋殷於樂闋迎牲周既灌迎牲則殷之爲灌不可在迎
牲之後當亦三闋之前矣以氣魄不甚相遠求之亦先後耳
故知作樂與灌不得相懸也昭七年左傳稱人生始化曰魄
既生魄陽曰魂則魂魄小異耳禮記注云復招魂復魄是魂
魄相將之物也然人死精氣有遺而留者有發而升者相對
故留者爲魄發者爲魂聖人制作二禮以求之此詩說祭祀
之禮不言酒食雅言樂故解之由殷人先求諸陽故祭祀之
禮先奏樂滌蕩其聲以是之故此詩主言鼓舞而已此武公
周之子孫而言殷禮者鄭志荅趙商云衛殷之識內君子行
禮不求變俗祭祀之禮居喪之服哭泣之位皆如其國之法
故備稱殷禮是解武公言殷禮之事也鄭之此荅皆下曲禮
文案彼注云重本也謂去先祖之國居他國則是不變本國
之俗而荅志以爲不變民之俗者以禮記說大夫上去國之
去故知不變父祖之俗至於人君則與民爲敵故順民之俗
以不變事同故取禮記爲言耳必知人君當不變民俗者以

秦襄公居周之故地故蒹葭刺襄公未能用周禮將無以固其國定四年左傳命伯禽以商奄之民命康叔封諸殷墟皆啓以商政皆言因其故也行其舊俗故知武公行殷之禮故舉殷法而言也此因詩文唯言奏樂故解武公之意也其實詩人之作出於本情不必殷人皆言樂周人皆言祼也烈祖言既載清酤玄鳥云大糦是殷人之作言酒食也執競說武王之祭言鼓鍾管磬是周人之作言聲樂也以此知作者各言其志立文不常箋知以洽百禮合見天下諸侯所獻之禮者以下經云百禮既至是自外而至故知諸侯所獻之禮也○傳壬大林君○正義曰釋詁文毛不解百禮之義載芟文與此同傳曰百禮言多則是君所進祭祀之禮多非諸國之所獻百禮宜爲所薦之酒食殽羞之百種也毛以此詩正論燕樂之和其言遂及先祖皆非賓祭之事則百禮既至不得爲諸侯非百國之禮自外至也然則有壬有林皆異於鄭當謂有祭祀之大禮有孝子之人君耳○箋任至心○正義曰鄭以此爲賓祭既云外來之辭則君爲諸侯之君君爲國君則任是君所任者故爲卿大夫也以百禮既至則禮從外來故云所獻之禮既陳於庭謂九州諸侯採其美物以當邦賦各獻國之所有而陳之王庭也禮器曰大饗其王事與三牲魚腊四海九州之美味也籩豆之薦四時之和氣也注云此饌諸侯

所獻則王者之祭致遠物以助之故知陳天下諸侯獻之禮陳於庭其禮物之外又有卿大夫又有國君也國君之來臣必從焉亦有君不來朝使臣聘者故任林並言也先任後林便其文耳必陳此物及卿大夫與國君者見天下徧至得萬國之歡心孝經曰故得萬國之歡心以事其先王是其事也經言百禮而箋云萬國者皆舉大數箋因成文耳○箋謂至喜樂也○正義曰嘏言既與少牢特牲受嘏文同少牢之嘏有辭是皆尸假神意與主人故言尸與主人以福主受神之福於尸也以王之受嘏其辭有勿替引之是福及子孫故喜樂也○傳手取至耦賓○正義曰毛以此爲行燕射之禮故以手爲取言室人以對賓故云室人主人以主自居於室故謂之室人也大射云司射請於公鄉射云司射請於賓則射法立司射以請之非主人自請此云主人請射於賓賓許諾者以詩之所陳畧舉大綱非如記注禮儀曲言節數此揔陳賓主之黨不獨陳主與正賓二人也禮從主人而起故主人請而賓許諾也又射禮耦者有司所比不是賓自取之云賓自取匹者雖配之由於有司其技藝敵與不敵亦強弱素定自相牽引而爲耦也大射司射及三耦等皆云取弓矢於次此云主人亦入於次謂取弓矢也言又射以耦賓者賓爲上射主爲下射故言又射以耦賓也次者大射注云次若今更

衣帳張席爲之○箋子孫至加爵○正義曰以此論祭事而云子孫各奏爾能故知謂旣耽之後各酌獻尸也尸尊神之象子孫敢獻之是其能也禮獻必有酢故知尸酢而卒爵也以天子祭禮亾約士之祭禮有嗣子舉奠因酌尸天子則有子孫獻尸之禮特牲禮云上嗣舉奠入北面再拜稽首注云上嗣主人將爲後者舉猶飲也使嗣子飲奠者將傳重累之也又曰尸執奠進受復位祭酒啐酒尸舉肝進受肝復位坐食肝卒觶是士之祭禮嗣子舉奠也又曰舉奠洗爵入尸拜受舉奠拜尸祭酒啐酒奠之舉奠出復位是因酌尸也言奠者謂迎尸之前親酌奠於鉶南嗣子於此乃舉而飲之故言舉奠自是以後因號嗣子爲舉奠也不引少牢禮者少牢無嗣子舉奠之事特牲注云大夫之嗣子無舉奠避諸侯然則士卑故不嫌也特牲酌尸不卒爵又無酢直啐而奠之與此不同引之者以有洗酌入事其節相當故引之又引文王世子者與此相當故云其登引○餕獻受爵則以上嗣彼據世子之禮正當此事故言是也不直引文王世子而先引士之禮者以文王世子記文無行事之次約士禮準之而後明故并引之彼注云上嗣君之適長子以特牲少牢饋食禮言之受爵謂嗣子舉奠也獻謂舉奠洗爵入也餕謂宗人遣舉奠盥祝命之餕也言登以三者皆登堂行之文逆者便文且令受爵文

承上嗣明受之者嗣子也鄭以特牲禮文有次故順而解之與經反也天子有奠斝諸侯有奠角在於饋獻之前至祭末世子乃舉奠也郊特牲云舉斝角詔妥尸彼謂陰厭之時設饌於奧奠斝鉶南迎尸主而入即席東面尸舉所奠之斝祭之至九獻之後嗣子舉所奠之斝飲而卒爵所謂受爵也既稱爲獻固當有酢而卒爵所以爲異故此云天子則有子孫獻尸之禮以明士禮無也以祭無取於匹故曰仇讀曰𣪠謂𣪠挹取酒也室人有室中之事謂佐食者特牲注云佐食賓佐尸食者也謂於賓客之中取人令佐主人爲尸設饌食之人其名之曰佐食特牲佐食一人少牢佐食二人未知天子諸侯當幾人也特牲三獻之後長兄弟洗觚爲加爵又曰衆賓長爲加爵注云大夫三獻而禮成多之者爲加是賓手挹酒室人復酌爲加爵也特牲止有賓長爲加爵不及佐食此言賓與室人俱爲加爵者天子之禮大故佐食亦爲加也案特牲加爵在嗣子舉奠前此賓與室人文在各奏爾能之下者此因子孫其耽先言子孫之事令與上連故賓與室人在其後耳不以酌獻先後爲次也○傳酒至中○正義曰言酒所以安體者射義曰酒所以養病所以養老是由安體故可以養也上章言以所汝爵慮其耦與己爵也言以奏爾中謂勝者之黨酌以進中者令以飲彼不中者也各從其所而言之

故王肅云奏中者以飲不中者是也大射禮云勝者之弟子洗觶升酌散南面坐奠於豐上是豐上之觶勝者所酌又言養是自勝者往養不勝者之辭故知以奏爾中欲令飲不中者或以投壺云正爵既行請爲勝者立馬三馬既立請慶多馬謂此以奏爾中爲慶勝之爵知不然者大射鄉射皆射訖卽行飲酒之禮以至於終無慶勝之事故也○箋康至次正義曰康虛釋詁文時者謂時而存在乎意故云心所尊者箋又解酌虛爵奏所尊之節故云加爵之間賓與兄弟交錯相酬卒爵言自此以前爵未虛也特牲禮加爵之前賓酬長兄弟加爵之後長兄弟酬賓是加爵之間賓與兄弟交錯其酬也酬賓之下云卒爵者實觶於篚是卒爵也於是以後爵乃虛矣又曰賓弟子及兄弟弟子各酌於其尊中庭北面舉觶於其長是奏所尊之事也故云酌以獻其所尊交錯而已無次序以旅末故知無次序也言交錯而已者謂弟子舉觶之交錯非上交錯其酬也特牲注云弟子後生者也

賓之初筵溫溫其恭 箋云此復言初筵者旣祭王與族人燕之筵也王與族人燕以異姓爲賓溫溫柔和也 **其未醉止威儀反反曰旣醉止威儀幡幡舍其坐遷屢舞僊僊** 反反言重愼也幡幡失威

儀也遷徙屢數也。僊僊然箋云此言賓初即筵之時能自勑戒以禮至於旅酬而小人之態出言王既不得君子以爲賓又不得有恒之人所以敗亂天下率如此也。反如字韓詩作昄昄音蒲板反善貌曰既音越下是曰皆同下章放此幡孚袁反舍音捨坐如字徐才臥反屢力具反注及下同本作婁僊音仙屢數音朔態他代反率音類又所律反

其未醉止威儀抑抑曰既醉止威儀怭怭是曰既醉不知其秩

抑抑慎密也怭怭媟嫚也秩常也。抑於力反怭毗必反又符筆反說文作佖媟嫚也媟嫚息列反下音慢

〔疏〕賓之至其秩。毛以爲幽王既不能如古之禮故陳其燕之失禮言幽王所與燕賓失禮之事其賓之初入門及登堂升筵矣於時尚溫溫然其貌和柔而恭敬也至飲酒旅前其未醉止之時威儀猶能反反然重慎也至於旅酬之後曰既醉止之時威儀幡幡然失其所矣又舍其本坐遷衢他處數數起舞僊僊然失所也此賓爲王所敬其失如此故武公疾之又重言之云此本旅前其未醉止尚守威儀抑抑然慎密至旅後門已醉止乃威儀怭怭然而媟嫚至於旅末是曰既醉不自知其常禮言其昏亂禮無次也由此故民皆化之敗亂天下可疾之甚。鄭惟王祭

末與族人燕爲異其文義則同○箋此復至和柔○正義曰此與上章雖古今不同而相承爲首尾再言賓之初筵故解之云此復言初筵者既祭王與族人燕之筵也鄭楚茨所謂諸父兄弟備言燕私是也以文王世子云若公與族人燕則異姓爲賓明王亦然彼注云同宗無相賓客之道以是賓必異姓○傳反反至僊僊然○正義曰此言自重而謹愼與下抑抑愼密一也謂愼禮而密靜即爲美之義故假樂傳曰抑抑美也幡幡失威儀亦由媟慢故下傳曰怭怭媟慢也僊僊舞貌也傳直云僊僊者是貌狀之辭下僛僛傞傞俱是貌狀亦宜然矣○箋此言至如此○正義曰鄭以章句相接故因上經言初即筵之時能自勑戒以禮未醉之前謂獻酢酬之時也既醉謂至於旅酬而小人態出故失威儀也下章無筭爵時故音聲號呶又甚於舍坐是爲文次也論語云聖人吾不得而見之得見君子者斯可矣又曰善人吾不得而見之得見有恒者斯可矣故言王既不得君子以爲賓又不得有恒之人卒章云凡此飲酒爲天下所化是由此賓之失而然故言所以敗亂天下卒如此言卒者非一之辭

賓既醉止載號載呶亂我籩豆屢舞僛僛是曰既醉不知其郵側弁之俄屢

舞傞傞號呶號呼讙呶也僛僛舞不能自正也傞傞不止也箋云郵過側傾也俄傾貌此更言賓既醉而異章者著爲無筭爵以後也○號胡毛反注同呶女交反僛起其反注本正或作止按下傞傞是舞不止此宜爲正說文云醉舞也郵音尤俄五何反廣雅云哀傞素多反一音倉柯反呼火故反讙呼端反

既醉而出並受其福醉而不出是謂伐德飲酒孔嘉維其令儀箋云出猶去也孔甚令善也賓醉則出與主人俱有美譽醉至若此是誅伐其德也飲酒而誠得嘉賓則於禮有善威儀武公見王之失禮故以此言箴之○箴之林反

【疏】賓既至令儀○正義曰前章言燕初及旅酬之事此述無筭爵之後言爵行無筭賓既醉於酒止於是則號呼則讙呶而喧呌也錯亂我籩豆之行列數起舞僛僛然不能自正也又疾而重言之是此言賓曰既已醉則不自知其過失傾傾其弁使之俄然數起舞傞傞然又不能止以此荒醉敗亂天下故武公爲言陳作賓之禮若既醉而出則賓與主人並受其得禮之福賓則身爲知禮主則用得其人是並受其福也若至於醉而不出是謂誅伐其德是前無失爲有德既醉爲愆以喪之是伐其德也戒王若飲酒而誠能得嘉善人之賓與之

燕則維其於祇有善儀也王何不擇而賓之乎上言曰既醉
止與此是曰既醉曰者斷絕更生事之辭言醉而復盆醉也
上言僊僊是舞之形貌猶能自正僛僛則不能
自正傞傞則非徒不正又不能止爲差降也

凡此飲酒或醉或否既立之監或佐之史彼醉不臧不醉反恥

立酒之監佐酒之史箋云凡此者凡此時天下之人
史使督酒欲令皆醉也彼醉則已不善人所非惡反復取
未醉者恥罰之言此者疾之也○令力呈反惡烏路反

式勿從謂無俾大怠匪言勿言匪由勿語

箋云式讀曰慝勿猶
無也俾使由從也武公見時人多說醉者之狀或以取怨致
讎故爲設禁醉者有過惡女无就而謂之也當防護之無使
顛仆至於怠慢也其所陳說非所當說無爲人說之也亦無
從而行之也亦無以語人也皆爲其聞之將恚怒也○式徐
云毛如字又云用也鄭讀作慝他得反惡也大音泰徐勑佐
反語魚據反又如字故爲于僞反下同顛都田反本作傎仆
何音赴一音蒲北反說文云頓
也語魚據反恚一瑞反怒也

由醉之言俾出童羖

羖羊不童也箋云女從行醉者之言使女出無角之羖羊脅以無然之物使戒深也羖羊之性牝牡有角○出如字徐尺遂反羖音古脅許業反

三爵不識矧敢多又

箋云矧況又復也當言我於此醉者飲三爵之不知況能知其多復飲乎三爵者獻也酬也酢也○矧失忍反

【疏】凡此至多又○毛以為言王燕失所故天下化之凡此天下之人聚共飲酒初時或有醉者或有不醉者復設法以逼之既立酒之監或復佐之為史令催不醉之人亦使醉也彼醉者則已不善為人所非惡不醉者此監與史反恥而罰之是使小大盡醉舉坐皆猶狂也俗既然矣武公無如之何故禁戒時人無令相說言用此醉時勿得從而謂之以言其醉狀又當防護醉者無使顛仆大至怠慢汝之所陳說者非所當言勿為人言而又當自善非得見彼皆然遂從而行之亦勿以彼惡行而語他人以人姓諱短聞將恚怒故教之言教之猶恐不從故又脅以重禁汝若從醉者之後言其過失我則使汝出童首無角之羖羊脅其無然之物欲使息也既禁其勿言恐人問之不已又教之云人若問汝彼醉之狀汝當云我於此醉者三爵之時已自不識知況敢能知其多而復飲乎但以此荅彼問自息將慎其已然而為之立大法也○鄭唯以式為慝謂見醉者之過惡無就而謂

之餘同。傳立酒之監佐酒之史。正義曰：毛以經直云立監佐史，不知是何監何史，贊其不足，故言酒也。立監是衆所推舉，佐史是彼自佐之，故立文不同。此刺其立酒之監，燕禮、鄉射並立司正。鄉射注云「解倦失禮者，立司正以監之，察儀法也」，卽引詩云「旣立之監，或佐之史」，則祇法自當立監。此刺者，彼則監其失禮，此乃督之使醉，名同而實異，以其俱是監察，故鄭於鄉射引此耳。箋式讀曰慝。正義曰：以上文未有醉惡之事，而云勿從謂之，故以式爲慝，訓之爲惡。毛不爲傳，但毛無改字之理，必不與鄭同。王肅云「用其醉時勿從而謂之」，傳意當然也。箋當言至醉酬。正義曰：何知非已自飲之，而云彼醉者飲三爵者？以問彼之狀，宜以彼飲荅之。且言矧敢多又，是不敢知他之辭，故知三爵者亦他飲也。禮有獻酢與旅酬及無算爵，旅與無算不止三爵而已，故知三爵是獻也、酢也、酬也。若然，禮主人獻賓，賓飲而又酢主人，主人飲而又酌以酬賓，賓則奠之而不舉，則賓主皆不飲三爵矣。而指獻酢酬爲三爵者，言於飲三爵祇之時，非謂人飲三爵也。

賓之初筵五章，章十四句。

甫田之什十篇三十九章二百九十六句

附釋音毛詩注疏卷之十四（十四之三）

黄中栻栞

毛詩注疏挍勘記十四之三　阮元撰盧宣旬摘錄

○青蠅

詩人喻善使惡　閩本明監本毛本詩作讒案所改是也

○賓之初筵

飲酒時情態也　小字本相臺本同案釋文滛液下云飲酒時情態也正義云定本集注態下皆無出字標起止云至情態當是合併時不知正義本有出而刪之耳考二章箋云至於旅醻而小人之態出當以有者爲長

卒章無君臣滛泆之事者　閩本明監本毛本泆作液案所改是也以下皆當作液

和旨酒調美也　小字本同閩本明監本毛本同相臺本酒作猶考文古本同案猶字是也

下章言烝衎烈祖　小字本相臺本同閩本同明監本毛本烈誤列

其非祭與 小字本相臺本同案釋文云其非祭與音餘本作乎又作也並非考正義云故破之云云其非祭乎是其本作乎標起止云至祭與當是後改

我以此求爾女 小字本相臺本同閩本明監本毛本同案正義云故云發矢之時各心競云我以此求汝爵是其本作女爵考文古本有女字采正義但又以句末女字別屬下爵讀非也

公外席賓列自西階 閩本明監本毛本同案外字列字皆升字之譌山井鼎引儀禮元文公升下有卽字乃正義引不備耳

是將祭再爲射禮澤宮言習射則未是正射射於射宮乃行 閩本明監本毛本同案十行本上射至下宮剜添者二字此當云正射於射宮乃行句首仍脫一正字

傳言加籩豆 閩本明監本毛本同案豆字當衍

蔆茨栗脯閩本明監本毛本同案浦鏜云芡誤茨是也

皆實之於豆實謂葅醓閩本明監本毛本同案實上浦鏜云當脫故云豆三字是也

不忘上下相犯閩本明監本毛本同案山井鼎云鄉射記註下作不誤也不是今本儀禮譌字耳

正鵠皆鳥之捷黠者也閩本明監本毛本捷誤㨗案山井鼎云黠恐黠誤是也今大射注作黠不誤

衆耦正謂王之六耦之外衆耦也閩本明監本毛本同案浦鏜云六耦下當脫非謂六耦四字是也

又引爾雅云閩本明監本毛本同案爾當作小此在孔叢小雅廣物

司射命設封閩本明監本毛本同案山井鼎云大射禮封作豐浦鏜云豐誤封是也正義下文皆

作豐

卒爵者酬之以其所尊小字本相臺本同案當作酬以之其所尊倒者誤正義云故云酬之獻其所尊以義言之耳考文古本其上有獻字采正義而爲之

又無次也小字本相臺本同案釋文云人無次也一本人作又正義云以旅末故并無次序也當是其本作又而以并釋之也

郊特牲文以人死也閩本明監本毛本同案也字當在文字下

其相去亦幾也閩本明監本毛本同案亦當作無

有孝子之人君耳○箋任至心○閩本明監本毛本同案十行本有至下○剜添者二字此當云箋任至歡心仍脫二字

採其美物閩本明監本同毛本採作采案采字是也

故知陳天下諸侯獻之禮陳於庭閩本明監本毛本同案浦鏜云庭下脫所字是也知下陳字衍

次若今更衣帳張席爲之閩本明監本毛本同案山井鼎云彼注作次若今時更衣處帳張席爲之非也正義無時字處字引不備耳又今大射注帳張席作張幃席

又曰舉奠洗爵入閩本明監本毛本同案浦鏜云酌誤爵以特牲考之浦校是也

少牢無嗣子舉奠之事特牲注云大夫之嗣子無舉首奠閩本明監本毛本同案十行本上嗣至下子剜添者二字山井鼎云特牲注無作不無首字浦鏜云首衍字是也

故云其登引餕獻受爵閩本明監本毛本同案山井鼎云引字應删是也

不直引文王世子閩本明監本毛本同案十行本引文王剜添者一字此因初刻引字錯入

上文而然也但上仍未删耳

以特牲少牢饋食禮言之閩本明監本毛本同案浦鏜云少牢二字衍是也

注云大夫三獻而禮成閩本明監本毛本同案夫下浦鏜云脫士字是也

遷徙屢數也小字本同閩本明監本毛本同相臺本無也字案無者誤也

僛僛舞不能自正小字本相臺本同案釋文云注本正或作止又云此宜爲正正義本是正字考文古本作止采釋文

彼醉則已不善小字本相臺本同案六經正誤云彼醉則已不善作已誤此毛居正誤改也箋意已字與下復字相對無取於已之義

匪由勿語唐石經小字本相臺本同案段玉裁云觀箋亦無從而行之也鄭時經文作勿由勿語詳見詩經小學今考正義云非得見彼皆然遂從而行之是正義本已如此唐石經所自出也

鄭唯以式爲惡閩本明監本毛本同案浦鏜云慝誤惡是也

附釋音毛詩注疏卷之十五 十五之二

魚藻之什詁訓傳第二十二

毛詩小雅　鄭氏箋　孔穎達疏

魚藻刺幽王也言萬物失其性王居鎬京將不能以自樂故君子思古之武王焉萬物失其性者王政教衰陰陽不和羣生不得其所也將不能以自樂言必自是有危亡之禍○藻音早鎬胡老反樂音洛篇內唯注八音之樂一字音岳餘並同

［疏］魚藻三章章四句至武王焉○正義曰作魚藻詩者刺幽王也言時王政既衰致令天下萬物失其生育之性而不得其所由此王居鎬京將有危亡之禍將不能以自燕樂故詩人君子覩微知著思古之武王焉以武王之時萬物得所能以自樂今萬物失性禍亂將起不以爲憂亦安而自樂故作此魚藻之詩陳武王之樂反以刺之幽王之詩思古多矣皆不陳武王此獨言之者此言將喪鎬京其居鎬京武王爲始刺王將喪其業故特陳武王也既言思古故反

經以序之萬物失其性經三章上二句是也王居鎬京將不能以自樂三章下二句是也○箋萬物至之禍○正義曰言萬物所以失其性者由王政既衰以致陰陽不和水旱蟲災死喪疫病害加草木殃及飛走羣衆生長之物悉皆不得其所是萬物失其性也羣生不得其所易乾鑿度文將者未至之辭故云言必自是有危亡之禍謂從是得禍不復更能與也

魚在在藻有頒其首頒大首貌魚以依蒲藻爲得其性箋云藻水草也魚之依水草猶人之依明王也明王之時魚何所處乎處於藻既得其性則肥充其首頒然此時人物皆得其所正言魚者以潛逃之類信其著見○頒符云反說文同韓詩云衆貌見賢遍反

王在在鎬豈樂飲酒箋云豈亦樂也天下平安萬物得其性武王何所處乎處於鎬京樂八音之樂與羣臣飲酒而已今幽王惑於褒姒萬物失其性方有危亡之禍而亦豈樂飲酒於鎬京而無悛心故以此刺焉○豈本亦作愷同苦在反樂也下同悛七全反改也洗又七句反

【疏】魚在至飲酒○正義曰言明王之時魚何所在乎在於藻也然藻者是水中之草乃是魚之常處既得其性故能肥充有頒然其大首也魚之潛逃尚得其性則水陸之物莫不盡然是萬物皆得其所矣既萬物得所天下

無事爾時武王何所在乎在於鎬京樂此八音之樂與羣臣飲酒而已今幽王方有危亡之禍將以喪滅鎬京反亦愷樂飲酒故刺之○傳頒大至其性○正義曰釋詁云墳大也頒與墳字雖異音義同以序言萬物失其性則在藻依蒲爲得性也故探下章而揔之云魚以依蒲藻爲得其性○箋魚之至著見○正義曰物之潛隱莫過魚顯見者莫過人經舉潛逃箋舉著見則萬物盡該之矣故以人類之魚之依水草猶人之依明王變武王言明王者見人之所依取其明也又言人物者物卽魚也

魚在在藻有莘其尾莘長貌○莘所巾反王在在鎬飲酒樂豈魚在在藻依于其蒲王在在鎬有那其居箋云那安貌天下平安王無四方之虞故其居處那然安也○那乃多反王多也

【疏】箋那安至然安○正義曰那然爲安之狀故那安貌也無四方之虞昭四年左傳文

魚藻三章章四句

采菽刺幽王也侮慢諸侯諸侯來朝不能錫命

以禮數徵會之而無信義君子見微而思古焉

幽王徵會諸侯爲合義兵征討有罪既往而無之是於義事不信也君子見其如此知其後必見攻伐將無救也○菽本亦作叔侮亡甫反朝直遙反篇內皆同數色角反音朔爲于僞反

【疏】采菽五章章八句至思古焉○正義曰作采菽詩者刺幽王也以幽王侮慢諸侯來朝不能錫命以礼數徵召而會聚之而無誠信之義事無故召之而無信義後若實有義事將召而不來詩人見其微知其著而思古昔明王焉故作采菽之詩言古之明王能敬待諸侯錫命以礼反以刺幽王也序皆反經爲義侮慢諸侯首章上二句是也不能錫命以礼首章下四句是也其餘皆是錫命之事序揔而略之君子見微而思古敘其作詩之意於經無所當也○箋幽王至無救○正義曰天子之會諸侯必爲四方有不順服者將征討之乃會以爲謀焉不然不會之也今幽王徵會諸侯若爲合會義兵以征討有罪者故諸侯聞其召而皆會既而無此征討之義事是於義事不信故言無信義也以寇徵之而實無寇後實有寇徵將不來君子見其如此其後必見攻伐將無救之事未然而已知之是見微也易曰幾者動之微君子見幾而作是君子皆見微也周本紀曰褒姒不好笑

幽王欲其笑萬方故不笑幽王爲烽燧大鼓有寇至則舉烽火諸侯悉至至而無寇褒姒乃大笑幽王欲悅之數舉烽火其後不信益不至幽王之廢申后去大子申侯怒乃與繒西夷犬戎共攻幽王幽王舉烽火徵兵兵莫至遂殺幽王驪山下盡取周賂而去是義與也菽事不信見伐無救之事

采菽采菽筐之筥之所以芼大牢而待君子也羊則苦豕則薇箋云菽大豆也采之者采其葉以爲藿○三牲牛羊豕芼以藿王饗賓客有生俎乃用鉶羹故使采之○筐音匡筥音舉芼亡報反薇音微藿火郭反鉶音刑羹古衡反

君子來朝何錫予之雖無予之路車乘馬君子謂諸侯也箋云賜諸侯以車馬言雖無予之尚以爲薄○乘繩證反下注車乘驂乘皆同

又何予之玄衮及黼玄衮卷龍也白與黑謂之黼箋云及與也玄衮玄衣而畫以卷龍也黼黼黻謂絺衣也諸公之服自衮冕而下侯伯自鷩冕而下子男自毳冕而下王之賜維用有文章者○衮古本反玄衮冕服黼音斧徐又音補卷眷勉反下同本又作衮黻音弗絺知里反本又作黹同雉知反鷩必滅反冕也毳尺鋭反

〔疏〕采菽至及黼○毛以爲言古之明王待諸侯使人采此菽藿得菽藿則筐

盛之筥盛之以爲牛汁之芼筐筥所以受所采之菜以與牢禮所以待來朝諸侯故於此君子諸侯之來朝也乃云有何物而當錫予之乎於時雖爲無可予之尙與之路車及所乘之駟馬其車馬之外又以何物予之又以玄衣而畫以袞龍下及黼冕之黼裳言無予之尙得車馬袞黼今王何以反侮慢之曾無錫命之禮乎故刺之○鄭唯以不與爲異其文義則同○傳與也至則薇○正義曰傳既言羊則苦豕則薇則菽不揔芼三牲而言菽所以芼太牢者舉牛之芼則羊豕之苦薇從之可知故云太牢以揔之公食禮云鉶芼牛藿羊苦豕薇皆有滑注云藿豆葉也苦苦茶也滑堇荁之屬是也王述毛云筐筥受所采之菜牢禮所以待來朝諸侯○箋菽大豆至采之○正義曰以菽名荅大豆之體而言采故云采其葉以爲藿言三牲牛羊豕者傳解言大牢之意明舉菽以見三牲牛不獨爲大牢也定本三牲之下無牛羊豕字王饗賓客則有牛俎謂以鼎煑牛取其骨體置之於俎其汁則芼之以藿調以鹹酸乃盛之於鉶謂之鉶羹故言乃用鉶羹也郎公食記鉶芼是也以草菜地之毛故謂之芼地官牛人云凡賓客之事共其牢禮積膳之牛又云饗食賓射共其膳羞之牛注引燕禮膳宰設折俎王之膳羞亦猶此知王饗賓客則有牛俎也彼食亦供牛獨云饗者以饗爲尊且舉饗而食可

知矣。箋賜諸侯至爲薄。正義曰諸侯來朝而得車馬之賜是於禮事足矣而言雖無予之是古者明王其意猶以爲薄箋深駁今王薄亦不爲也其雖無予之言通及玄衮及黼爲文但以車服之別故分言之耳覲禮曰天子賜諸侯氏以車服注云賜車者同姓以金路異姓以象路服則衮也鷩也毳也是服同賜之矣。傳玄衮至之黼。正義曰玉藻云龍卷以祭郎卷龍也白與黑謂之黼冬官繢人文。箋玄衮至章者。正義曰傳雖云玄衮卷龍而義未明故申之玄衮者玄衣而畫以衮龍玉藻注云龍衮畫龍於衣卷字或作衮然則以龍首卷然謂之衮龍衮是龍之狀也黼黼黻者引類以明之非黼黻爲一也謂絺衣絺謂刺之言此黼黻絺刺之於衣衮黼之在衣也衮則畫之黼則刺之故言謂絺衣以對衮畫衣故也絺在裳言衣者衣總名也諸公之服自衮冕而下侯伯自鷩冕而下子男自毳冕而下皆春官司服職文冕引之者明衮黼非一衣君子摠諸侯也故彼注云九章初一曰龍次二曰山次三曰華蟲次四曰火次五曰宗彝皆畫以爲繢次六曰藻次七曰粉米次八曰黼次九曰黻皆絺以爲繡則衮之衣五章裳四章凡九也鷩畫以雉謂華蟲也其衣三章裳四章凡七也毳畫虎蜼謂宗彝也其衣三章裳二章凡五也絺衣粉米無畫也其衣一章裳二章凡三也玄冕者衣無文裳刺黻而已是以謂之玄焉凡冕服皆玄衣纁裳由此言毳冕絺冕其裳皆以黼爲首唯玄冕無文耳言子男自毳冕而下則逼及絺冕此黼宜絺冕之裳矣箋言謂絺衣者自取絺繡之義非謂冕名但差失偶同耳裁以爲衣舉衮裳舉黼正是衮冕之服知不然者以經言及則非一之辭又君子來朝非獨上公一人何得獨言衮龍之衣乎故知黼文下及絺冕之裳也賜法下不得兼上而上得兼下則五等所賜下皆及於絺冕矣所以獨言衮黼不及玄冕者鄭卽解之云王之賜服唯用有文章故也案終南美秦襄公之受顯服云黻衣繡裳是得玄冕也又曰錦衣狐裘是得皮弁服也然則天子之賜諸侯無文亦賜之言王賜唯用有文章者解詩人特舉衮黼之意諸侯之得王賜以有文章者爲榮故詩人言王之賜服唯用有文章者言之故其辭不及玄冕此作者之意耳非謂玄冕以下王不賜之且作者黼亦取與莒馬爲韻也

觱沸檻泉言采其芹觱沸泉出貌檻泉正出也箋云言我也芹菜也可以爲菹亦所用待君子也我使采其水中芹者尙絜清也周禮芹菹鴈醢○觱音必沸音弗檻泉銜覽反徐下斬反爾雅云正出涌出也芹巨斤反菹側魚反清如字一音才性反○君子來朝言觀其旂其旂淠

淠鸞聲嘒嘒載驂載駟君子所屆淠淠動也嘒嘒中節也箋云屆極也諸侯來朝王使人迎之因觀其衣服車乘之威儀所以爲敬且省禍福也諸侯將朝于王則驂乘乘四馬而往此之服飾君子法制之極也言其尊而王今不尊也○旂巨機反淠匹弊反徐孚蓋反又芳計反嘒呼惠反驂七南反騑馬曰驂駟音四屆音界中丁仲反諸侯將朝于王一本無于字皆以王字絕句一讀諸侯將朝絕句以王字下屬乘乘上音承證反下音繩○

疏 觱沸至所屆○毛以爲觱沸然者是正出之檻泉我明王使人於此水中采其芹菜以爲菹以待諸侯以興富有者是王家之府藏我明王使人於此府中取其財貨以爲車服以賜諸侯其君子諸侯至來朝之時我明王又使人迎之因觀其車服旌旂其此君子車服旌旂則淠淠然動得宜其車馬鸞鈴之聲又嘒嘒然鳴中節至於將朝王於是親自驂騑則乘四馬而往迎之未來則采菽爲菹以待之既來則乃使人在塗迎之既朝王則驂駟而見之是故明王於諸侯其所尊敬法制之極今王何以不尊乎○鄭唯以不興爲異○傳觱沸至正出○正義曰以觱沸連檻泉言之故知泉出貌釋水云檻泉正出正出涌出也李巡曰水泉從下上出曰涌泉此章毛傳興事不明正以上章類之知

此必爲興王肅云泉水有芹而人得采焉王者有道而諸侯法焉觀此上下止言王者之待諸侯不美王者與諸侯作法肅輒言之恐非毛旨必欲爲興不知以興興車服賞賜故別爲毛說焉○箋芹菜至觱沸○正義曰上章菽苼美則此芹亦食之故知芹菜可以爲菹亦所以待君子也以菽爲牛之苼言菽見其有牛俎泉是芹所出言泉見其芹絜清不謂非泉卽不絜也周禮芹菹鴈醢者醢人云加豆之實芹菹兎醢箈菹鴈醢是也彼鴈醢與芹菹別文而連引之者因其尚絜清芹鴈俱是水物故連言之○箋諸侯至不尊○正義曰上言采其芹爲我明王則此言觀其旂亦爲我明王故云王使迎之也此陳王尊諸侯既使人迎之又自親迎因見諸侯車服之得禮故言其旂鸞之事與下章相首引是一文而有二意故云因觀其衣服車乘之威儀也此直有車乘而兼云衣服者逆探下章是相互之意明皆因迎而觀之耳言觀則人迎可知案覲禮云至于郊王使人皮弁用璧勞注云郊謂近郊去王城五十里小行人職曰凡諸侯入王則逆勞于畿則郊勞者大行人也書傳畧曰天子太子十八曰孟侯孟侯者於四方諸侯來朝迎於郊則小行人迎於畿大行人迎於郊此直云迎理兼於此也又解所以必使迎而觀其威儀者迎之所以爲敬觀之且以省察其禍福也成十四年左傳曰古之

爲享食也以觀威儀省禍福也彼雖云饗理可相通故箋據而言之以諸侯至當行朝禮故言將朝於是王則驂乘駟馬而往迎之知驂駟非諸侯之物者以上云言采其芹又曰言觀其旂皆王於諸侯之事既言旂鸞乃云載驂載駟故知非諸侯所乘明王所乘以往也夏官齊僕云朝覲宗遇饗食皆乘金路各以其等爲車送逆之節注云謂王乘車迎賓客上公九十步侯伯七十步子男五十步是也又言此服飾君子法制之極者謂古者明王待君子諸侯法制所爲之至極言其可尊而今王不尊故刺之○**赤芾在股邪幅在下彼交匪紓天子所予**諸侯赤芾邪幅幅偪也所以自偪束也紓緩也箋云芾大古蔽膝之象也冕服謂之芾其他服謂之韠以韋爲之其制上廣一尺下廣二尺長三尺其頸五寸肩革帶博二寸脛本曰股邪幅如今行縢也偪束其脛自足至膝故曰在下彼與人交接自偪束如此則非有解怠紓緩之心天子以是故賜予之○芾音弗股音古邪似嗟反注同幅音福紓音舒予音與偪彼力反大音泰韠音必廣光曠反下同長直亮反脛胡定反縢徒登反解古賣反**樂只君子天子命之樂只君子福祿申之**申重也箋云只之言是也古者天子

賜諸侯也以礼樂樂之乃後命予之也天子賜之神則以福祿申重之所謂人謀鬼謀也刺今王不然○樂只上音洛下音止重直用反下同樂樂上音岳下音洛

【疏】赤芾至申之○正義曰言古之諸侯非直鸞旂有礼又服赤芾在於股又著邪幅在於股之下而當滕彼古之諸侯與人交接服芾著幅自偪束如此則非有解怠舒緩之心天子由是之故所以賜予之車馬衣服也以諸侯偪束如此故又以礼樂樂是君子諸侯天子乃命予之以礼樂樂是君子諸侯則神又以福祿申重之古之王者命賜諸侯如此今王不能然故刺之○傳諸侯至偪束之○正義曰以赤芾對朱為異故云諸侯赤芾也桓二年左傳曰帶裳幅舄内則亦單云偪則此服名偪而已杜鄭皆云今之行滕然則邪纏於足謂之邪幅故傳辨之云邪幅正是偪也名曰偪者所以自偪束也○箋芾太古至予之○正義曰箋本其有芾之由故言太古蔽膝之象易乾鑿度注云古者田漁而食因衣其皮先知蔽前後知蔽後後王易之以布帛而猶存其蔽前者重古道不忘本是亦謚芾之元由也繫辭云包犧氏之王天下作結繩而為網罟以佃以漁則佃漁而食伏犧時也禮運曰飲其血茹其毛衣其羽皮是因衣其皮也以人情而論在前為形體之褻宜所先蔽故先知蔽前後知蔽後且服芾於前明是重其先蔽而

存之也孔還又曰後聖有作治其絲麻以爲布帛繫辭又云黄帝堯舜垂衣裳而天下治則易之以布帛自黄帝以後推此則太古蔽膝伏犧時也後王爲芾象太古之蔽膝故云芾太古蔽膝之象垂衣裳服布帛必始於黄帝其存此象未知起自何代也明堂位曰有虞氏服韍注云舜始作之以尊祭服言始尊祭服異其名未必此時始存象也知冕服謂之芾其他服謂之韠者以士之有爵弁猶大夫以上有冕也士有韎韐猶大夫以上有芾也士冠禮陳服於房中爵弁韎韐皮弁素韠玄端爵韠雜記云士弁而祭於公即爵弁也士服爵弁以韎韐配之則服冕者以芾配之故知冕服謂之芾士服皮弁玄端皆服韠是他服謂之韠以冕爲主非冕謂之他也韍韠俱是蔽膝之象其制則同俱尊祭服異其名耳古者衣皮此存其象故知以韋爲之故禮記玉藻韠君朱大夫素士爵韋上云韠下摠以韋結之故知以韋上廣一尺下廣二尺長三尺其頸五寸有革帶博二寸此玉藻文也彼論韠此言韍而引之者明此二者色異而制同也又言脛本曰股者明邪幅在下在股之下古今名異欲以今曉人故云邪幅如今行縢說文云縢緘也名行縢者言行而緘束之故云偪其脛也又解在下之義故云自足至膝故曰在下因在下之文從下而上言之故云自足足即脚蹴也彼交匪紓交在邪幅之

下明非舒之義出於邪幅之下故云彼與人交接自偪束如此則非有解怠舒緩之心天子以其如此故賜予之言上章所得車服由諸侯非有舒緩故也此芾幅說諸侯服之而來非天子賜以芾幅也天子所賜之服亦必有芾幅隨之要此據諸侯自服爲文非天子所賜故云自偪束如此此芾幅之服禮之所制縱使心實解惰亦將服之而以其服幅卽云自偪束者作者欲美其事因其衣服而美之能依禮不失亦是自偪束矣○箋古者至不然○正義曰古者天子之賜諸侯必設饗禮則以禮作樂故云以禮樂樂之乃後命予之卽上車服是也天子既已賜之神則以福祿申重之謂使之君臣同心人安國治此則由神祈祐是神申重之以福祿是神祐之辭故知申之者神也以天子賜之卽人謀神又重之卽鬼謀故言所謂繫辭也祭統曰古者明君爵有德而祿有功必賜爵祿於太廟示不敢專也則賜或在廟故神得福之言古能如是以刺今王不然

維柞之枝其葉蓬蓬蓬蓬盛貌箋云此與也柞之幹猶先祖也枝猶子孫也其葉蓬蓬喻賢才也正以柞爲興者柞之葉新將生故乃落於地以喻繼世以德相承者明也○柞子洛反又音昨木名蓬步公反注同○

樂只君子殿天子之邦樂只君子

萬福攸同殿鎮也○殿多見反注同鎮陟慎反又音珍本作塡平平左右亦是率從平平辯治也箋云率循也諸侯之有賢才之德能辯治其連屬之國使得其所則連屬之國亦循順之○辯平婢延反韓詩作便便云閑雅之貌

疏 維柞至率從○正義曰言維此柞木幹上之有枝條其生葉蓬蓬然茂盛新將生故乃落之於地以葉相承無衰落以與維此諸侯先祖之有子孫其有才智亦茂盛繼世以德相承無絕由其諸侯世賢如此是以古之明王以禮樂樂是君子則鎮撫天子之邦萬福所同聚而歸之由古者明王尊重之如此故諸侯之有賢才者乃平平然辯治其連屬左右之國使之得所此連屬之國亦如是相與循順而從之故天下所以安定今諸侯亦有繼世賢才者王不命賜使之辯治相從以安天子之國也故刺之○傳蓬蓬盛貌○正義曰述柞葉而言蓬蓬故知是盛貌毛於此章無異鄭之傳故爲同也○箋此興至者明○正義曰箋以下云樂只君子是上列君子之美下所樂之故知此宜陳君子諸侯之事枝生於幹猶子孫生於先祖故云柞之幹猶先祖枝猶子孫也以陳諸侯可樂之美故以其葉蓬蓬喻賢才木枝莫不生葉正以柞爲興者由柞葉新將生故乃落於地其枝常有葉似前君賢者死後君賢者

生落。君常有賢也。以詩人舉柞葉相代爲輿，知其意喻繼世以德相承者明也。又天保云「如松柏之茂，無不爾或承」，彼取葉相承爲義，故取柞爲輿亦然也。○傳「殿，鎮」。○正義曰：軍行在後曰殿，取其鎮重之義，故云「殿，鎮」也。天子以天下爲家，諸侯爲天子守土，故樂是諸侯則得鎮安天子之國也。○傳「平平，辯治」。○正義曰：堯典云「平章百姓」，書傳作「辨章」，則平、辨義通，而古今之異耳，故云「平平，辯治」。服虔云「平平，辯治不絶之貌」，則平平是貌狀也。○箋「諸侯」至「循順之」。○正義曰：箋以上云賢才相承，故此云諸侯之有賢才之德，能辯治連屬之國，使得其所也。諸侯來朝，其連屬者亦至焉，至則亦當賞之。不唯連屬之長上，獨言其賢才者，賞以得賢爲貴，故特舉賢而言，不謂連屬小國至而不賞也。襄十一年左傳說晉悼公受魏絳之謀，先和戎狄，霸功既成，以賜魏絳之樂。郎引詩云「樂只君子，殿天子之邦。樂只君子，萬福攸同。便蕃左右，亦是率從」。雖引詩斷章，彼以晉悼爲霸長，連屬之國與此同也。○

汎汎楊舟，紼纚維之。紼，繂也。纚，緌也。明王能維持諸侯也。箋云：楊木之舟浮於水上，汎汎然東西無所定，舟人以紼繫其緌以制行之，猶諸侯之治民，御之以禮法。○汎，芳劒反。紼音弗，爾雅云「紼，繂也」。繂音律。纚，力馳反，韓詩云「筰也」。筰音才各反。緌，如誰反。○**樂只**

君子天子葵之樂只君子福祿膍之葵揆也膍厚也○葵其維反膍頻尸反韓詩作肶注同

優哉游哉亦是戾矣戾至也箋云戾止也諸侯有盛德者亦優游自安止於是言思不出其位

【疏】汎汎至戾矣○毛以爲汎汎然浮於水上者楊木之舟舟人以紼縭繫而維持之使不得東西也以興居於民上者諸侯之君也明王以禮法約而制禦之使不得違叛也諸侯既不得違叛供職順命故於來朝明王以禮樂樂是君子諸侯天子於是揆度其功德之多少而命賜之以禮樂樂是君子諸侯又以福祿厚賜之明王既以賜祿諸侯優饒之哉遊縱之哉明王之德能如此亦如是至美矣古之命賜諸侯所以爲美今王不能然故刺之○鄭云汎汎然浮之於水上者楊木之舟而舟人以紼繫而維持之使有所屬以興國中者諸侯之人而諸侯以禮教制禦之使有所法中四句與毛同下二句言諸侯既得賜祿故優柔哉遊息哉亦是於自安止矣而思不出其位無復擾叛今王何以不樂賜賢侯令之治人自安反侮慢不信而令之違叛乎故刺之○傳紼縭至諸侯○正義曰釋水云紼縭維之紼繂也縭緌也孫炎曰繂大索也李巡曰繂竹爲索所以維持舟者郭璞曰緌繫也孫炎曰舟止繫之於樹

木戾竹爲大索然則紼訓爲繂繂是大組縭訓爲緌緌又爲繫正謂舟之止息以組繫而維持之以喻明王能維持諸侯定本及集注以毛云紼弗也與爾雅不同○箋楊木至礼法○正義曰箋亦以下樂只君子明此言諸侯可樂故以舟喻人舟人喻諸侯以紼喻礼法也舟人以紼繫舟而制行之喻人人亦得依礼法而行不以舟止爲喻○傳葵揆○正義曰釋言文揆者以天子於諸侯命賜有多少或以恩或以功當須揆度多少而與之○箋戾止至其位○正義曰以承上言諸侯能治人以礼法是有盛德者也自安止是思不出其位故引論語以足之襄二十一年左傳叔向引詩云優哉游哉聊以卒歲下句與此不同則所引逸亡此非也鄭亦約彼優游爲居止自安之義故與毛不同

采菽五章章八句

角弓父兄刺幽王也不親九族而好讒佞骨肉相怨故作是詩也好呼報反

疏○角弓八章章四句至是詩○正義曰角弓詩者王之宗族父兄所作以刺幽王也以王不親九族之骨肉而好讒佞之人令骨肉之內自相憎怨使人傚之故父兄作此角弓

之詩以刺之也此經八章上二章言王當親九族是爲不親而發言也既不親九族則疏遠賢者自然而好讒佞事勢所宜言於文無所當也骨肉相怨卽三章四章是也由其相怨故五章本其王慢族親宜燕食之事卽亦不親九族之經矣既相怨不親是上教之失故下三章言其可教而反之無使爲驕如蠻如髦也

騂騂角弓翩其反矣興也騂騂調利也不善紲檠巧用則翩然而反箋云興者喻王與九族不以恩礼御待之則使之多怨也○騂息營反沈又許營反說文作弲音火全反翩匹然反紲息列反弓韣也檠音景弓匣也說文云榜也謂輔也**兄弟昏姻無胥遠矣**箋云胥相也骨肉之親當相親信無相疏遠相疏遠則以親親之望易以。

〔疏〕騂騂至遠矣。正義曰以王不親九族故先述御待之難言騂騂然調利者角弓此角弓雖則調利當善用之若不善置紲檠而巧用之則翩然而其體反房矣是用角弓之難也以興和順者宗族也此宗族雖則和順當善待之若不善設食燕而恩御之則亦憤然而其心怨恨矣是待宗族之難也下二句義具在箋。傳騂騂至而反。正義曰騂騂文連角弓卽是角弓之狀也故云調利也既已調利復云翩其反矣不善用之可知故言不善紲檠巧用。翩然而則反矣冬官弓人以六材爲弓謂幹角筋膠絲漆也又曰角之中恒當弓之隈杜子春云隈謂弓之淵角之中央與淵相當如彼文弓有用角之處不得即名角弓此言角弓蓋別有角弓如今北狄所用者於古亦應有之但弓人所不載耳今北狄角弓施則體反若不紲檠則不復任用也檠者藏弓定體之器謂未成弓時內於檠中此弓已調利而言檠者蓋用訖內於竹閉之中恐損其體亦謂之檠紲即緄縢也傳言巧用明是既已成弓非未定體也故知檠義爲然不以恩礼御待定本待作侍○箋骨肉至成怨○正義曰骨肉謂族親也以其父祖上世同稟血氣而生如骨肉之相附陽謂之骨肉然則骨肉唯謂同姓耳此經兼言昏姻箋通言骨肉者以昏姻之親與宗族同類弁云兄弟甥舅連言之是其同也孟子云兄弟關弓而射我我則涕泣而道之無他戚之也其親親之也是親親之望易以成怨○

爾之遠矣民胥然矣爾之教矣民胥傚矣

箋云爾女女幽王也胥皆也言王女不親骨肉則天下之人皆如之見女之教令無善無惡所尙者天下之人皆學之言上之化下不可不愼○傚戶教反

疏

箋爾女至胥皆○正義曰以言人傚之故知汝幽王也上章胥爲相此章胥爲皆者胥相皆並釋詁文也上以王於族親

故爲相於之辭此言天下之人非
一故爲皆觀交之勢而爲訓也○**此令兄弟綽綽有裕**
不令兄弟交相爲瘉綽綽寬也裕饒瘉病也箋云令善也○綽處若反寬大也裕羊樹反
瘉羊主反［疏］此令至爲瘉○正義曰上言人隨上化此又申言須化之由以人性有善惡其不善者須化之故言
天下皆此令善之人於兄弟恩義相與綽綽然有饒裕也其
不善之人於兄弟則無恩義唯交更相詬病而已是天下善
人少惡人多惡人相病須上化之故欲令王教之○**民之無良相怨一方**箋云良善也民
之意不獲當反責之於身思彼所以然者而怨之無善心之人則徙居一處怨恚之○處昌慮反恚一瑞反○**受**
爵不讓至于已斯亡爵祿不以相讓故怨禍及之比周而黨愈少鄙爭而名愈辱求安而
身愈危箋云斯此也○比毗志反鄙爭爭鬭之爭○［疏］民之至斯亡○正義曰上既言惡人兄弟相病此又申而
成之言天下之人無善心也不但於兄弟相病又不能反之
於己以情相怨徒然相怨於一方彼非可怨而怨之是小人
之愚惑也此言無良之人不但遥則相怨又對面則受其官
爵不以相讓由此爲彼所怨至於己身以此而致滅亡是不

詩疏十五之二　十七

敎之大禍也王何不親宗族以化之乎章首先言人之無良乃云相怨一方并受爵不讓皆是無良之行末言至於己斯亡以此二事而至亡也以人初不善兄弟又於外遙則相怨爵則不讓由此以亡○箋民之至怨恚○正義曰欲解無良之意先言良事以反之言人之善者其意有所不得於彼心則當反而求之於己身思彼所以於我而然者而以情恕之不即相怨也其無善心之人有不獲於彼則徒居一方而相怨恚徒空也彼不可怨而怨之是空也○傳爵祿至愈危○正義曰由爵不讓彼而爲彼所怨是以禍及於己王制云使以德爵以功則己有功德當自受之而必須讓者以凡稟血氣皆有爭心在上者可量功校能受之者當先人後己故禮設辭讓之法禮記曰爵祿可辭又曰爵位相先文王之朝士讓爲大夫大夫讓爲卿舜命羣官禹讓稷契之類皆先聖典謨有相讓之法也論語注云士辭位不辭祿言爵祿可辭者以辭爵則祿亦辭之可知故并言之傳又因述不可讓之意爲阿黨比周而望黨援者而其黨愈益少也以人與正不與枉故曲比者黨少也爲鄙耻之爭而望榮名者而其名愈益辱也以鄙爭可耻故名辱也苟望求安於己而危他人者而其身愈益危也人各求安則彼以危己故身危也然則求黨求名在於不爭求安在於不安是猶求爵在於讓爵故言此

以類之。**老馬反爲駒不顧其後**已老矣而孩。童慢之箋云此喻幽王見老人反侮慢之遇之如幼稚不自顧念後至年老人之遇己亦將然。駒音拘孩本作咳尸才反許愼云小兒笑也稺音稚**食宜饇如酌孔取**饇飽也箋云王如食老者則宜令之飽如飲老者則當孔取孔取謂度其所勝多少凡器之孔其量大小不同老者氣力弱故取義焉王有族食族燕之禮。食音嗣注同宜如字本作儀注同韓詩云儀我也饇於據反徐又於具反取如字沈又音娶令力呈反飲於鴆反度待洛反勝音升量音亮。[疏]老馬至孔取。正義曰此又言王之不恕言老馬反爲駒而用之猶王於老人反爲童而遇之王慢老如是則爲不復自顧其後已至年老人之遇己亦將然是猶王之不恕故天下傚之皆無良相怨也因教王尊老之宜言王如食老者之食則宜令之飽而已如酌老者之酒則當如孔之有取孔者器中之所受也器之所受有大小滿則止猶老者所勝有多少亦足則停是王於老者當節度如是今王何以不然而反慢之。傳已老至慢之。正義曰此經舉馬以喻人故言已老矣而孩童慢之說文云咳小兒笑也內則云子生三月父咳而名之謂指其頤下令之笑而爲之名此言咳童慢之亦當然也此詩刺王不親九族所以偏言老者以老是王者所宜貴故祭義曰虞夏殷周天下之盛王也未有遺其年者況其宗族之老人乎故九族不宜慢之○箋王如至之禮○正義曰王如食老者食則令之飽謂有嘉味勸助之也經言酌當酌酒以與人是飲之酒也食則苦其不飽酒則唯恐過度故食言宜饇酒言孔取孔取謂器中空虛受物之處老子所謂埏埴以爲器當其無有器之用也以比於老人所勝氣力多少是如孔之取也言王有族食族燕之禮者經所以有食酌之事食則族食酌卽族燕矣以食禮無飲燕法無食故如二事也王於宗族大事亦有饗但經所不言食燕可以兼之也大宗伯以飲食之禮親宗族兄弟文王世子曰若公與族人燕則以異姓爲賓膳宰爲主人族食世降一等大傳云綴之以食而弗殊是王有族食族燕之禮也鄭知孔非物所由出言凡器之孔者以物所由出之孔於人飲酒容受之喻不宜又若一禮之不可以喻多少故爲凡器之孔老子云孔德之容唯道是從亦謂器之受實爲孔也○**毋教猱升木如塗塗附**猱猨屬塗泥附著也箋云毋禁辭猱之性善登木若教使其爲之必也附木桴也塗之性善者若以塗附其著亦必也以喻人之心皆有仁義教之則進**君子有徽猷小人與屬**

微美也箋云猷道也君子有美道以得聲譽則小人亦樂與之而自連屬焉今無良之人相怨王不教之【疏】毋教至與屬○毛以爲上言小人傚上之化無良相怨此又言可反之使善○王宜教之言王之不教小人如人之禁彼云無得教猱之升不若教之升木則如以塗塗泥塗物必附著也何者猱之性善登木今教之使登必能登木矣又喻塗之性善附著以之塗塗物必著矣以興王自不教小人以仁義者若教小人以仁義則必從矣何者以人性皆有仁義因其性而道之故教之必從也又言小人所以易教者以君子之人有美道以得聲譽小人則慕樂之美其榮名欲得與之而自連屬也是天下之人皆樂善而棄惡但無人啓教耳王何不教之乎鄭唯以附爲木桴言以塗塗泥塗木桴則易著餘同○傳猱猨至附著○正義曰猱則猨之輩屬非猨也陸機疏云猱獮猴也楚人謂之沐猴老者爲玃長臂者爲猨猨之白胥者爲獑胡獑胡猨駿捷於獮猴然則猱猨其類大同故樂記注云猨獮猴也是其類故也傳言附著也是訓附爲著故王肅云教猱升木必也如以塗塗之必著○箋毋禁至則進○正義曰說文云毋止之也從女象有好之者言止其好而毋毋故毋爲禁辭以猱升木類之則附爲有形之物不得爲著故易傳以塗之易著必是物之泥者故爲木桴桴謂木表之麤皮也以

猱之性善登木泥之性善著物因其所善而教用之故言必
也以顧下小人與屬故知喻人心皆有仁義教之則進此章
先言人心易教王不教之下章乃言其樂善故言毋爲禁止
之意言小人之易教故反辭以體之非禁王不聽教小人孫
毓難鄭云若喻人心皆有仁義教之則進
何爲禁之而云毋乎是未得立言之意耳

雨雪瀌瀌見晛曰消

晛日氣也箋云雨雪之盛瀌瀌然至日將出其氣
始見人則皆稱曰雪今消釋矣喻小人雖多王若
欲興善政則天下聞之莫不曰小人今誅滅矣其所以然者
人心皆樂善王不啓教之○雨于付反注及下同瀌符嬌反
徐符彪反又方苗反雪盛貌見如字下文同韓詩作曣音於
見反云曣見日出也晛乃見反日音越下同韓詩作聿劉向
同始見賢遍
反又如字

莫肯下遺式居婁驕

箋云莫無也遺讀
曰隨式用也婁斂
也今王不以善政啓小人之心則無肯謙虛以禮相卑下先
人而後己用此自居處斂其驕慢之過者○下遐嫁反注卑
下同又如字遺王申毛如字鄭讀曰隨婁王力住反數
也徐云鄭音樓斂也爾雅云裒鳩樓聚也沈力俱反

疏

雨雪至婁驕○毛以爲上言人心易進此言易化之事言天
之雨下此雪雖瀌瀌然而盛至於見天晛然之日氣人皆稱

之曰此雪今消釋矣以興小人雖皆行此惡之甚至於見王之善政人皆言之曰小人今誅滅矣人惡小人而欲滅之是其心皆好善矣王何不教之乎必須教之者以此小人皆爲惡行莫肯自卑下而遺去其惡心者用此之故其與人居處數爲驕慢之行故須化之鄭唯以下二句爲異言小人不爲王所啓教故莫肯自謙虛以禮相卑下隨從於人者又無用此卑下隨從行自居處婁斂其驕慢之過者由王不教使然欲王教之也此莫肯之文并統下句爲義○傳晛日氣○正義曰說文云晛日見也此詩之意言雪見之而消消雪者日也序又從日故知晛是日氣也○箋雨雪至教之○正義曰以曰者人言之辭若日出則雪消不復須言矣明之言者於日未出而言之故知至日將出其氣始見人則皆稱之曰雪今消釋矣以瀌瀌雪之盛貌故知喻小人多也以日將出皆以此王政則王未有政故言王若與善政則天下聞之莫不皆曰小人今誅滅矣以雪比小人日能消雪故喻王誅小人也論語曰子爲政焉用殺而言誅小人者以王與政則天下有賞有罰天下喜王爲善而言小人誅滅見疾惡之情深有樂善之意耳非即盡誅滅之也此上成猱升木之事欲王之教人故言人心皆樂善王何不啓教之乎○箋遺讀至過者○正義曰箋以遺棄之義不與謙下相類故讀曰隨隨從於人

先人後已以相卑下之義也釋詁云婁斂聚也俱訓爲聚則
義得通故云婁斂也言用此者用此下隨之行自居處收斂
其驕慢之過爲敬順謙恭也此二句毛不爲傳但毛
無改字之理又婁之爲數乃常訓也故別爲毛說焉　雨雪
浮浮見晛曰流浮浮猶瀌瀌也流流而去也　如蠻如髦我是用
憂蠻南蠻也髦夷髦也箋云今小人之行如夷狄而王不能變化之我用是爲大憂也髦西夷別名武王伐紂其
等有八國從焉○髦舊音毛尋毛鄭之〔疏〕如蠻至用憂○
意當與尚書同音莫侯反行下孟反正義曰言由王
不以善政啓小人之心令如南國之荊蠻如西方之我髦行
如夷狄王不能變我是用爲大憂之欲令王興善政而不能
由此以刺之也○傳蠻南蠻髦夷髦○正義曰爾雅八蠻在
南故爲南蠻髦對而言之不在中國故爲夷髦髦雖在西夷在
摠名也○箋今小至從焉○正義曰言如以比之是小人之
行此如夷狄也傳言夷髦不辨其方之所在故云西夷之別
名知者正以武王伐紂其等有八國從之其中有髳故知在
西方也牧誓曰及庸蜀羌髳微盧彭濮人又曰逖矣西土之
人是西方也彼髳
此髦音義同也

角弓八章章四句

菀柳刺幽王也暴虐無親而刑罰不中諸侯皆不欲朝言王者之不可朝事也菀音鬱徐於阮反中丁仲反下注不中同朝直遥反篇内同〔疏〕菀柳三章章六句至朝事○正義曰經三章毛鄭雖有小異皆以上二章次二句爲暴虐下二句及卒章下二句爲刑罰不中其上二章上二句及卒章上四句言王無美德心無所至言王者不可朝事之意揔三章之義也

有菀者柳不尚息焉興也菀茂木也箋云尚庶幾也有菀然枝葉茂盛之柳行路之人豈有不庶幾欲就之止息乎興者喻王有盛德則天下皆庶幾願往朝焉憂今不然上帝甚蹈無自暱焉蹈動暱近也箋云蹈讀曰悼上帝乎者愬之也今幽王暴虐不可以朝事甚使我心中悼病是以不從而近之釋已所以不朝之意○蹈音悼鄭作悼病也暱女栗反又女筆反徐又乃吉反俾予靖之後予極焉靖治極至也箋云靖謀俾使極誅也假使我朝王王留我使我謀政事王信讒

不察功考績後反誅放我是言王刑罰不中不可朝事也○俾必爾反本作畀後皆同極毛如字鄭音棘〔疏〕有菀至極焉○毛以爲有菀然者枝葉茂盛之柳行路之人見之豈不庶幾就之而息止焉誠欲就之而止息以與有道德茂美之王諸侯見之豈不庶幾往就之朝事今諸侯不往朝王由無美德故也諸侯既不朝王又相戒曰上帝之王甚變動而其心不恒刑罰妄作汝諸侯無得自往親近之若自往親近之必將得罪又恨王者不任已以事言王之有事若使我治之於後則使我更至焉今有事不使我治之動輒加我以罪我所以不欲朝王也○鄭以上二句與毛同言我不欲朝者以王暴逆故訴之于天言上帝乎今幽王行其暴虐不可朝事甚使人心中悼傷我是以無得從而近之由王爲惡故已不欲朝也非直暴虐如是刑罰不中假我朝王王留我有政事使我謀之王信讒不察功考績我雖無罪於後必罪我而誅放焉由此我所以不往朝事之也○箋尚庶至不然○正義曰釋言云庶幾尚也以心所念尚即是庶幾義相反覆也以行人之欲息於茂蔭似諸侯之顯朝於有德故以茂喻盛德而願往焉反陳古義以剌令故言憂令不然○傳蹈動暱近○正義曰蹈者踐履之名可以蹈善亦可以蹈惡故爲動言王心無恒數變動也故王肅孫毓述毛皆以上帝爲斥

王矣暱近釋詁文毛於下章瘵焉病也言王者躁動無常行多逆理無得自往近之則爲王所病與此互相接也○箋蹈讀至之意○正義曰以上言庶幾朝之下句言無自暱焉是其蹈爲惡之狀故讀爲悼言使人心中悼病若蹈履則非惡之狀故易傳也言王無美德下訴其不可朝事於理爲切故以上帝爲天而訴之也序言王者不可朝事故云釋已所以不朝之意○傳靖治極至○正義曰並釋詁文此言王不可朝而云使我治之後我至焉則毛意以爲恨王不使已治事故後不至也此恨王不任已事則居以凶危是又恨王使已皆由王之無常有事不任之讒任即加罪是不可朝事○箋靖謀至朝事○正義曰靖謀俾使皆釋詁文極誅釋言文以序云刑罰不中卒章云居以凶矜反以類此則極邁皆罪事故言假使我朝王王留我使謀政事王信讒反誅放我也以凶矜之文與此相類故易傳也

有菀者柳不尚愒焉愒息也○愒欺例反徐丘麗反上帝甚蹈無自瘵焉瘵病也箋云瘵接也○瘵側界反鄭音際俾予靖之後予邁焉箋云邁行也行亦放也春秋傳日予將行之

〔疏〕箋瘵接○正義曰毛依釋詁云瘵病也鄭以上暱類之讀爲交際之際故言接也○箋邁行至行

之○正義曰邁行釋言文以罪而使之行於外故言行亦放也引傳曰予將行之者昭元年左傳文時鄭之大夫游楚有罪子産將放之子大叔者游楚之宗傳曰將行子南子産咨於大叔大叔曰吉不能亢身焉能亢宗吉若獲戾子將行之何有於諸游是行爲放之義故引證之也吉大叔之名子南游楚之子

有鳥高飛亦傅于天彼人之心于何其臻箋云傅臻皆至也彼人斥幽王也鳥之高飛極至於天耳幽王之心於何所至乎言其轉側無常人不知其所屆○傅音附

曷予靖之居以凶矜曷害矜危也箋云王何爲使我謀之隨而罪我居我以凶危之地謂四裔也○裔延世反

［疏］有鳥至凶矜○毛以爲鳥飛無定之物人心有定之主今鳥有所至人心反無至故以喻之言有鳥高飛謂其終無所至亦至于天而止也今彼人幽王之心于何其所至乎言其心轉側無常人不知其所止乃鳥之不如由此不可朝事也我若朝王王使我治事旋即罪我故恨王云何由使我治之尋復居處我以凶危之地也使即罪之是刑罰不中不可朝事也○鄭唯以靖謀爲異餘同○傳曷害○正義曰傳雖曷爲害亦訓爲何故害辭害否皆爲何也○箋王何至四裔○正義曰以誅放類之故

知凶危是凶危之地謂四方荒裔遠處卽九州之外也文十八年左傳曰投諸四裔以禦螭魅是四裔之文卽羽山東裔崇山南裔三危西裔幽州北裔是也九州之外而言幽州者以州界甚遠六服之外仍有地屬之故繫而言焉

菀柳三章章六句

附釋音毛詩注疏卷之十五〔十五之一〕

大清嘉慶二十年重栞
用文選樓藏本校

黃中模栞

毛詩注疏挍勘記（十五之一）　阮元撰盧宣旬摘錄

○魚藻

有那其居　小字本相臺本同唐石經那字磨改其初刻不可辨或與商頌同見彼下

○采菽

數徵會之　小字本相臺本同唐石經數字磨改其初刻不可辨

采其葉以爲藿　小字本相臺本同案正義云故云采其葉以爲藿釋文以爲藿作音段玉裁云藿當是芼

王饗賓客有生俎　閩本明監本毛本同小字本相臺本生作牛考文古本同案生字誤也正義可證

傳解言大牢之意　閩本明監本毛本同案浦鏜云傳解二字當誤倒是也

天子賜諸侯氏以車服閩本明監本毛本同案浦鏜云諸衍字是也

是服同賜之矣閩本明監本毛本同案是下當有車字

絺衣粉米閩本明監本毛本同案浦鏜云刺誤衣是也

裁以爲衣擧衮閩本明監本毛本同案浦鏜云裁當或字誤是也

諸侯將朝于王小字本相臺本同案釋文云一本無于字皆以王字絶句一讀諸侯將朝絶句以王字下屬考正義云以諸侯至當行朝禮故言將朝於是王則驂乘四馬而往迎之是正義本無于字讀朝字絶句與一讀同也

不知以輿車服賞賜閩本明監本毛本同案浦鏜云知當如字誤是也

上章菽芼美也閩本明監本毛本同案浦鏜云羹誤美是也

箈菹鴈醢明監本毛本箈誤落閩本不誤○按康成以前正作菭菹

邪幅幅偪也所以自偪束也 小字本相臺本同案正義云故傳辨之云邪幅正是偪也偪所以自偪束也名曰偪者所以自偪束也是其本作邪幅偪也偪所以自偪束也各本皆誤

俱尊祭服 閩本明監本毛本同案浦鏜云俱當但字誤是也

此則由神祈祐 閩本明監本毛本同案浦鏜云祈疑所字譌是也

落君常有賢也 (補)毛本落作其案其字是也

優哉游哉 明監本優誤優各本皆不誤

李巡曰𦄈竹爲索 閩本明監本毛本𦄈誤繂案依此正義引爾雅并注皆當作𦄈今作繂者乃依此傳改耳

○角弓

騂騂調利也 小字本相臺本同考文古本同閩本明監本毛本利誤和正義中字同釋文騂騂下云調

利也本亦或誤今正詳後考證

則以親親之望易以　小字本相臺本閩本明監本毛本皆以下有成怨二字案此十行本誤脫

則翩然而其體反房矣　閩本明監本毛本同案浦鏜云戾誤房是也

翩然而則反矣　閩本明監本毛本同案則字當在翩字上浦鏜云譌在下是也

閑謂之骨肉　閩本明監本毛本同案閑當作因形近之譌

綽綽有裕　毛本裕誤裕明監本以上皆不誤餘同此

至于已斯亡　小字本相臺本同閩本明監本毛本同唐石經已作已案已字是也音紀正義云至於已身以此而致滅亡可證坊記引此詩鄭彼注云以至亡已是鄭義自作已也已誤作已經注正義中所在多有考六經正誤則宋時固然唐石經二字無誤者餘同此

此又申而成之　補案成當戒字之譌毛本正作戒

傳又因述不可讓之意　闔本明監本毛本同案不可下浦鏜云疑脱不字是也

而孩童慢之　小字本相臺本同案釋文云孩本作咳戶才反考正義云此言咳童慢之是其本作咳也

如食宜饇　唐石經小字本相臺本同案釋文云宜如字本作儀注同正義本是宜字

老子所謂埏埴以爲器　闔本明監本毛本同案浦鏜云埏誤挻是也

又若一禮　闔本明監本毛本同案浦鏜云禮當孔字誤是也因禮作礼而致譌耳

若教使其爲之必也　小字本同闔本明監本毛本同相臺本無之字必下有能字案相臺本誤也沿革例云依疏增一能字考此正義云必能登木矣乃自爲文非其本注有能字也下箋云其注亦必也二必字義同正義引王肅云教猱升木必也又云因其所善而教用之故云必也皆可證沿革例讀正義誤耳

無得教猱之升不若教之升木　〔補〕案不當作木屬上句讀毛本不誤

猱彌猴也　〔補〕考陸疏彌作獼毛本亦作獼彌字省譌也

故樂記注云獶獼猴也 閩本明監本毛本同案獶當作獶正義引經籍有用其本書之字而不復言其字異義同者於所易知例如此也今每有爲人因經注不見其字而改去者此其比矣

必是物之蹝者 [補]閩本明監本毛本同案蹝當作灑誤脫水旁

序又從日是也 閩本明監本毛本同案浦鏜云序當字字誤

此上成猱升木之事 [補]毛本成作戒案戒字是也

如西方我髦 [補]案我當是夷之譌傳髦夷髦也可證

○菀柳

菀茂木也 小字本相臺本同案釋文菀柳下云木茂也是其本作木茂正義本今無可考

似諸侯之顯朝於有德 閩本明監本同毛本顯作願案所改是也

箋云瘵接也 小字本同閩本明監本毛本同相臺本無瘵字案無者誤也○按箋卽際之假借也不言

讀爲際者省文也

春秋傳曰予將行之閩本明監本毛本同小字本相臺本予作子案予字誤也○補案正義予將行之者同

子南游楚之子補案子當作字毛本同誤

附釋音毛詩注疏卷之十五

毛詩小雅　鄭氏箋　孔穎達疏

都人士周人刺衣服無常也古者長民衣服不貳從容有常以齊其民則民德歸壹傷今不復見古人也服謂冠弁衣常也古者明王時也長民謂凡在民上倡率者也變易無常謂之貳從容謂休燕也休燕猶有常則朝夕明矣壹者專也同也○長張丈反注同貳音二從七容反復扶又反下注同倡率色類反朝夕直遥反

【疏】都人士五章章六句至古人○正義曰都人士詩者周人所作刺其時人所著之服無常也以古者在上長率其民所衣之服不變貳雖從容休燕之處其容貌亦有常不但公朝朝夕而已身自行此以齊正其人則下民皆爲一德謂其德如一與上齊同亦衣服不貳從容有常也傷今不復見古之人故作詩反以刺之周人者謂京師畿內之人此及白華獨言周人者蓋敘者知畿內之人所作其人或微不足錄故言周人以便文無義例也不言刺幽王者此凡在

人上服皆無常故下民亦不齊一此刺當時之服無別非指刺王身故序不言刺王然風俗不齊亦王者之過卽亦刺王也服謂在體之衣德謂身之所行德服非一在上衣服有常能使下民一德正謂服有常也抑抑威儀維德之隅由德行有常故服不變既觀其服之不貳知其德之齊一不然則德在於心不可知其一否也經五章皆陳古者有德之人衣服不貳不言長民者敘言人德齊一之由故說長民不貳於經無所當也雖傷今不復見古之人是揔敘五章之義民者兼男女故經有士女二事○傳服謂至同也○正義曰冠弁在首衣裳在身皆是體之所服直云衣服刺無常明其兼之也弁者古冠之大號也冠弁揔謂在首者冕弁之類皆在其中也春官司服云凡田冠弁服謂委貌玄冠爲冠弁對其餘弁既而立名非揔諸冠與此不同也以傷今而思之故知古者明王時也言長民則與民爲長者皆是故謂凡在人上倡率者謂爲官倡導帥領之人卽邑宰鄉遂之官言凡語廣雖上及天子諸侯皆是也衣服衆矣當各以其事服之今云衣服不貳明各於其事不得差貳故云變易無常謂之貳也此從容承衣服不貳之下以對之矣明爲私處舉動故知謂休燕間暇之處宜自放縱猶尙有常則朝夕舉動亦有常明矣此休燕有常直謂進退舉動不失常耳卽經所云其容不改之

類非據衣服故箋直云猶有常不言服明其非服也壹者齊一之義故爲專也同也言專爲一行服色齊同也

彼都人士，狐裘黃黃。其容不改，出言有章。彼，彼明王也。箋云：城郭之域曰都。古明王時，都人之有士行者，冬則衣狐裘，黃黃然取溫裕而已。其動作容貌既有常，吐口言語又有法度文章。疾今奢淫不自責以過差。○出，如字。士行，下孟反，下文「行歸」注「操行」同。衣，於既反。差，初賣反，又如字。○

行歸于周，萬民所望。周，忠信也。箋云：于，於也。都人之士所行要歸於忠信，其餘萬民寡識者咸瞻望而法傚之。又疾今不然。○望，如字，協韻音亡。○

疏 箋「城郭」至「過差」。○正義曰：都者，聚居之處，故知城郭之域也。定本「城」作「域」。正舉都邑者，以都邑之士近政化，有道先被其德，無道先化其淫。此時奢淫巧僞，都邑尤甚，故舉古之都邑以駮今之都邑也。士者，男子行成之大稱。敘言則民一德，是所陳者人也。人而言士，故知都人之有士行者，非爵爲士也。《月令》孟冬，天子始裘，故知冬則衣狐裘也。以古之衣裘，其上必有裼衣，故知取其溫裕而已。《禮記·緇衣》引此詩，彼注云：黃衣則狐裘，大蜡之服也。詩人見而說焉，以爲大蜡之裘，則是有衣裼矣。言取溫裕者，以注記之時未詳此詩之意，以狐裘黄者實大蜡時息民所服服則黄衣故以言焉至此觀經爲辭故不與彼同也若然息民之祭服此狐裘則是尊貴之服矣庶人而得服之者彼狐之黄者多黄狐之衣非貴服也息人臘祭服之者於是草木黄落象其時物之色故服之耳郊特牲云野夫黄冠黄冠草服也注云言祭以息民服象其時物之色季秋草木黄落是順時而服非同於常祭其實爲輕又不衣裼故庶人所得衣也若然玉藻云犬羊之裘不裼注云質畧亦庶人無文飾則庶人止服犬羊此衣狐裘者以禮不下庶人其制不可得曲而盡此言狐裘則庶人得衣狐裘明矣礼云犬羊舉一以言之七月云一之日于貉箋云于貉往捕貉以自爲裘是庶人又以貉裘而礼無明文禮之所記不能盡也七月又云取彼狐狸爲公子裘則非公子不得衣狐裘言庶人狐裘者以狐色不等若狐白非君不服狐青及小而美者則可以供公于而庶人避其文故言于貉若黄狐及麤惡者不廢庶人亦服之且孔子云狐貉之厚以居狐連貉言之貉既庶人所服狐亦服之明矣以庶人服犬羊不裼故此狐裘亦不裼取其温裕而已或以書傳云古者必有命民得乘飾車駢馬衣文錦彼都人士爲命民故異於其餘庶民知不然者此則思古之服則古之都邑之士則當皆然也下言緇撮不異庶人則狐裘黄黄是庶人所當服矣此思

古人之善以刺今人之惡故箋揔之云疾今奢淫不自責以過差也以君子既有其服則常其容以出於言而後爲行故經以此爲文次也○箋都人士至今不然○正義曰以經言万民所望明都人爲人所法傚也知寡識者以明王之時賞不遺才若深識當爲時所用今取法於都人故知寡識者以囙前經故言又疾今不然襄十四年左傳引此二句服虔曰逸詩也都人士首章有之礼記注亦言毛氏有之三家則亡今韓詩實無此首章時三家列於學官毛詩不得立故服以爲逸

彼都人士臺笠緇撮臺所以禦暑笠所以禦雨也緇撮緇布冠也箋云臺夫須也都人之士以臺皮爲笠緇布爲冠古明王之時儉且節也○臺如字爾雅作薹草名笠音立緇側其反撮七活反夫音符本亦作扶○

彼君子女綢直如髮密直如髮也箋云彼君子女者謂都人之家女也其情性密緻操行正直如髮之本末無隆殺也○綢直留反密也致直置反本亦作緻隆俗本作降殺所界反又所側反○

我不見兮我心不說箋云疾時皆奢淫我不復見今士女之然者心思之而憂也○我不見第二章作不見後三章作弗見一本四章同作不字說音悅

【疏】彼都至不說○正義曰言彼明王之時都邑之

人有士行者以臺草爲笠緇布爲冠以撮持其髮是儉而且
節此都人之行如是則爲君子之人矣彼都人君子之家女
其情性密緻操行正直如人之頭髮然其本末無隆殺言其
性行終始不變也今既不然士女淫慾我今不復得見古之
都人士女德行如是今由此我心不歡說而憂心思古也○
傳臺所至布冠○正義曰臺草名可爲笠則一也而傳分之
者笠本禦暑故良耜曰其笠伊糾因可以禦雨故傳分之以
充二事焉以緇撮爲一知臺笠不二矣○箋以臺至且節○
正義曰禹貢有鳥夷卉服彼卉者是草之摠名但鳥夷居下
濕而常服之此臺草之一名亦卉也郊特牲曰大羅氏天子
之掌鳥獸者諸侯貢屬焉草笠而至尊野服也則草笠野○
人之服是賤者也前裘則冬所衣此笠則夏所用各舉其一
而言之以臺皮爲笠緇布爲冠不用美物故云儉言撮是小
撮持其髻而已是且節也鄭知取此義者以上言狐裘即述
其容貌言行此下不述言行故舉其冠笠以表節儉也案郊
特牲云大古冠布齊則緇之冠而敝之可也注云此重古而
冠之耳三代改制齊冠不復用布玉藻云始冠緇布冠自諸
侯下達冠而敝之可也則此應始冠而敝之今都人以爲常
服者士以上冠而敝之庶人則雖得服委貌因而冠之而儉
者服緇布故詩人舉而美焉故論語今也純儉注云純當爲

緇則緇亦得爲紂帛何知非紂帛爲玄冠而言緇布者以緇雖古布帛兩名但字從才者爲帛從甾者爲布此言緇故知非帛且若是帛爲玄冠則有制度不得言撮故士冠禮云緇布冠頍項注云緇布冠無笄者著頍圍髮際結項中隅爲四綴以固冠也項中有繩亦由固頍爲之耳今未冠笄者著卷幘頍象之所生也是緇布冠制小故言撮以此益明非玄冠若然緇布冠制自當小言明王之時儉且節者解不著玄冠而著緇布之意故雖禮制之小亦由儉節而著之○傳密直如髮○正義曰傳變綢言密則以綢爲密也綢者綢緻之言故爲密也○箋彼君子至隆殺○正義曰文承於上故以彼君子女謂都人之家女也以密在於心故言情性直見於外故言操行謂所操持之行跡也能始終不虧故言本末無隆殺定本隆作降

彼都人士充耳琇實 琇美石也箋云言以美石爲瑱瑱塞耳○琇音秀徐又音誘瑱他見反○

彼君子女謂之尹吉 尹正也箋云吉讀爲姞尹氏姞氏周室昏姻之舊姓也人見都人之家女咸謂之尹氏姞氏之女言有禮法○吉毛如字鄭讀爲姞其吉反又其乙反

我不見兮我心苑結 箋云苑猶屈也積也○苑於粉反徐音鬱又於阮反

【疏】彼都至苑結○毛以爲言彼明

王之時都人之有士行者充耳以琇之美石實其耳是其有節制也彼都人有君子之德其家之女謂之正直而嘉善矣我今不見古之士女德服如是我心爲之菀然槃屈如繩索之爲結矣○鄭唯尹姑爲異餘同○傳琇美石○正義曰淇奥傳曰琇瑩美石說文云琇美石次玉也然琇是美石之名耳而此傳俗本云琇實美石者誤也今定本毛無實字說文直云琇石次玉則實非玉名故王肅云以美石爲瑱塞實其耳義當然也淇奥說武公之服以琇爲充耳此都邑庶人亦用琇者禮天子以純玉諸侯以下則玉石雜衛風自舉石言之其實玉多而石少非全用石也此則庶人無玉用石而已其用之石則與諸侯之同名故俱言琇也○傳尹正○正義曰釋言文王肅云正而吉也易繫辭云吉人之辭寡○箋吉讀至禮法○正義曰言謂之者是指成事而謂之故易傳也尹旣是姓則吉亦姓也故讀爲姑美其人而謂之尹姑者以尹氏姑氏周室昏姻之舊姓也知者節南山云尹氏大師常武經曰王謂尹氏昭二十三年尹氏立王子朝是其世爲公卿明與周室爲昏姻也韓奕云爲韓姑相攸言汾王之甥是姑與周室爲昏姻也又宣三年左傳云鄭石癸曰吾聞姬姑耦其子孫必蕃姑吉人也后稷之元妃也言姬姑耦明爲舊姓以此知尹亦有昏姻矣旣世貴舊姓昏連於王室家風不

替是有禮法矣故見都人之女有禮法者謂之尹姞也孫毓云尹氏姞氏衰世舊姓豈必能賢案篇義思古之人則所言皆斥明王之時不得以衰世爲難矣**彼都人士垂帶而厲彼君子女卷髮如蠆**厲帶之垂者箋云而亦如也而厲如鞶厲也鞶必垂厲以爲飾厲字當作裂蠆螫蟲也尾末揵然似婦人髮末曲上卷然○帶音帶本亦作帶厲毛如字鄭當作裂音列卷音權注及下同蠆勑邁反又勑界反蠚蟲也通俗文云長尾爲蠆短尾爲蠍蠍音虛伐反鞶薄寒反螫音釋本又作蠚呼莫反揵其言反又音虔漢書音義云舉也又渠偃反一音其蹇反反上時掌反**我不見兮言從之邁**箋云言亦我也邁行也我今不見士女此飾心思之欲從之行言已憂悶欲自殺求從古人○

【疏】彼都至之邁○毛以爲言彼明王之時都人之有士行者垂其帶之飾而有厲然言其服飾有常也彼都人君子之家女乃曲卷其髮末如蠆之尾言其容儀有法也今之士女皆奢淫不然我今不見古之士女如是儀飾以是故心中思之我欲從之其當自殺以行而求古人言已憂悶不能自勝也鄭唯以垂帶如鞶裂爲異餘同○傳厲帶之垂者○正義曰毛以言垂帶而厲爲絕句之辭則厲是垂帶之貌故以厲爲

帶之垂者○箋而亦至卷然○正義曰以言如蠆將外物以
比髮曲則而厲亦將外物以比帶垂故云而亦如也以蠆已
言如故言亦如也如厲如鞶厲者謂如桓二年左傳云鞶厲
游纓也彼服虔以鞶爲大帶也鄭意則不然內則云男鞶革
女鞶絲注云鞶小囊盛帨巾者男用韋女用繒有飾緣之則
是鞶裂與詩云垂帶如厲紀子帛名裂繻字雖今異意實同
也以鄭彼注言之則鞶是囊之名但有飾緣之垂而下名之
爲裂鞶必垂裂以爲飾言帶之垂似之也以紀子帛名裂繻
故言厲字當作裂也昭四年左傳曰其父死於路已爲蠆尾
言蠆尾有毒也故以爲螫蟲其末尾揵然似婦人髮末曲上
卷然也祇斂髮無髢而有曲者以長者盡皆斂之不使有餘
而短者若鬢傍不可斂則因曲以爲飾故不同也定本及集
本揵下皆無然字○箋我今至古人○正義曰上言帶髮故
言士女此飾也以上章有我心此言從之邁故知心思之彼
人已死而欲從之行故知憂悶欲自殺求從古人○

匪伊垂之帶則有餘匪伊卷之髮則有旟旟揚也箋云伊辭也此言士非故垂此帶也帶於祇自當有餘也女非故卷此髮也髮於祇自當有旟也旟枝旟揚起也○旟音餘揚也**我不見兮云何盱矣**箋云盱病

也思之甚云何乎我今【疏】匪伊至盱矣○正義曰此承上已病也○盱喜俱反章之文故匪伊之上闕帶髮之文見於下句以法所當然是於禮有之也禮大帶垂三尺是矣此下二句初直不悅後更蕤結故欲自殺而未能所以爲病爲事之次也

都人士五章章六句

采綠刺怨曠也幽王之時多怨曠者也怨曠者君子行役過時之所由也而刺之者譏其不但憂思而已欲從君子於外非禮也○思息嗣反下皆同【疏】采綠四章章四句至曠者○正義曰謂婦人見夫行役過時不來怨已空曠而無偶也婦人之怨曠非王政而錄之於雅者以怨曠者爲行役過時是王政之失故錄之以刺王也經上二章言其憂思下二章恨本不從君子皆是怨曠之事欲從外則非禮故刺之○箋怨曠至非禮○正義曰婦人思夫情義之重禮所不責故知譏其不但憂思而已欲從君子於外非禮也禮婦人送迎不出門況從夫行役乎雖憂思之情可閔而欲從之語爲非故作者陳其事而是非自見也

終朝采綠不盈一匊興也自旦及食時爲終朝兩手曰匊箋云綠王芻也易得之菜也終朝采之而不滿手怨

曠之深憂思不專於事○匊弓六反注本或一手曰匊匊楚俱反草也易以豉反**予髮曲局薄言歸沐**局卷也婦人夫不在則不容飾箋云言我也祇婦人在夫家笄象笄今曲卷其髮憂思之甚也有云君子將歸者我則沐以待之○局其玉反卷音權下同又眷勉反沈其言反○

【疏】終朝至歸沐○毛以爲言人有終朝采此綠葉而不能滿其一匊此采者由此人志在於他故也以興此婦人終日爲此家務而不能成其一事者此婦人由志念於夫故也故言我之憂思不暇容飾今不洗沐其髮徒曲卷而已是憂思之甚也薄知我君子之將歸我則沐髮以待之今之不沐由無君子故也○鄭唯婦人身自采綠不與爲異餘同○傳興也至曰匊○正義曰毛以婦人不當在外故以爲興終朝者是終竟於朝故至食時也匊物必用兩手故曰兩手曰匊○箋綠至於事○正義曰綠若難得不盈是常今言其不盈故爲易得而不滿是其憂思不專也以田漁之婦則庶人之妻可自親采故不從毛興也○箋祇婦至待之○正義曰解所以曲卷者祇婦人在夫家當笄此象骨之笄今曲卷其法則去其笄而不用是憂思深也此訓言爲我我君子也我則沐以待之此我義勢所加非經言也

終朝采藍不盈一襜衣蔽前謂

之襜箋云藍染草也○藍盧談反沈力甘反襜尺占反郭璞云今之蔽膝五日爲期六日不詹詹至也婦人五日一御箋云婦人過於時乃怨曠五日六日者五月之日六月之日也期至五月而歸今六月猶不至是以憂思○詹音占○疏終朝至不詹○毛以上二句與前同下二句言婦人五日一進御於夫言常時以五日爲御之期而望之至六日而不至尚以爲恨今日月長遠能無思乎舉近以喻遠也鄭以上二句爲賦也自與前同下二句言婦人本與夫以五月之日爲還期今六月之日而不至是爲行役過時所以怨曠憂思○傳衣蔽前謂之襜○正義曰釋器文也李巡曰衣蔽前衣蔽膝也○箋藍染草○正義曰以藍可以染青故淮南子云青出於藍月令仲夏無刈藍是可以染之草○傳婦人五日一御○正義曰内則云妾雖年未滿五十必與五日之御是傳之所據也傳以彼文不辨尊卑則通及庶人王肅云五日一御大夫以下之制傳意或然也其天子諸侯御之日數則傳無文焉婦人之思夫必過時乃怨曠毛雖云五日一御不必夫行六日便即怨也當是假御之期日以喻過時耳孔晁曰傳因以行役過時刺怨曠也故先序家人之情而以行役者六日不至爲過期之喻非止六日毛意當然也鄭五日之御則不然故内則注

云五日一御諸侯制也諸侯取九女姪娣兩兩而御則三日
次兩媵則四日次夫人專夜則五日也是鄭以五日爲諸侯
制非大夫以下御婦人之日限也其天子則天官九嬪掌婦
學之法以教九御注云自九嬪以下九九而御於王凡羣妃
御見之法月與后妃其象也卑者宜先尊者宜後女御八十
一人當九夕世婦二十七人當三夕九嬪九人當一夕三夫人當一夕
后當一夕亦十五日而徧云自望後反之孔子云日者天之
明月者地之理陰契制故月上屬爲天使婦從夫故月紀是
鄭差後宮之數爲天子制御日之文也以御女八十一人而言
九御知當九夕以數準之故九嬪以下皆九人當一夕也夫
人自然三人當一夕是十五日一徧與望數相當故云然亦
者亦望之日數以其相當故因引孔子之言以證之后皆取
其盛者故知卑者宜先謂月初也望後則月光盛故知反之
是以內則之注亦先始娣從卑者起由準此也諸侯夫人則
亦望前先卑望後先尊至望而夫人三進望後亦如之以此
推之則大夫一妻二妾三日一御士有妾二日一御庶人多
無妾其妻每夜而進之此所以與毛異也○箋婦人至憂思
○正義曰箋解婦人所以怨曠之意由過時故也則此過時
之言故不爲日數也雖言以日爲喻五日一御非庶人之祀
又其喻懸而不愜故易傳云五日六日者五月之日六月之

日是期至五月而歸今六月猶不至是過時所以爲憂思也○**之子于狩言韔其弓****之子于釣言綸之繩**箋云之子是子也謂其君子也于往也綸釣繳也君子往狩與我當從之爲之韔弓其往釣與我當從之爲之繩繳今怨曠自恨初行時不然○狩尺救反韔勑亮反弢也沈治亮反本亦作鬯釣音弔綸音倫繫音灼亦作故同與音餘下同爲于僞反下同○【疏】曰婦人既思夫不見悔本不隨之共行云我本應與之俱去若是子之夫往狩與我當與之韔其弓謂射訖與之弛弓納于韔中也是子之夫往釣與我當與之綸之繩謂釣竿之上須繩則已與之作繩今不見而思故悔本不然○箋綸釣繳○正義曰釋言云緍綸也則綸是繩名弋是繫繩於矢而射謂之繳射則釣繳者謂繫於釣竿也經云言綸之繩謂與之作繩此猶今人接綖謂之繩綖也說文云繳生絲縷也則釣與弋射其繩皆生絲爲之○**其釣維何維魴及鱮****維魴及鱮薄言觀者**箋云觀多也此美其君子之有技藝也釣必得魴鱮魴鱮是云其多者耳其衆雜魚乃衆多矣○魴音防鱮音敘觀古玩反注同韓詩作覩技其綺反○【疏】其釣至觀者○正義

曰既恨不從君子狩釣故此又說其釣之技上兼有狩此偏言釣者因上釣文在下接而申之耳此不從之行而知其獲多者言本在家之釣非謂役中時也俗本作觀覩誤也定本集注並作多

采綠四章章四句

黍苗刺幽王也不能膏潤天下卿士不能行召伯之職焉　陳宣王之德召伯之功以刺幽王及其羣臣廢此恩澤事業也○膏古報反下同召上照反注及下同○【疏】黍苗五章章四句至之職焉○正義曰作黍苗詩者刺幽王也以幽王不能如陰雨膏澤潤及天下其下卿士又不能行召伯之職以勞來士眾臣之廢職由君失所任故陳召伯之事以刺之也膏潤者以君之恩惠及下似雨澤之潤於物然水之潤物又似脂膏故言膏潤也此敘君臣互文以相見言卿士不能行召伯之職則王不能膏潤天下謂不能如宣王也以經言召伯不言宣王故敘因而互文以見義也此皆反經而敘之首章上二句是宣王之能膏潤也下二句以盡卒章皆召伯之職也言卿士不能行則召伯時爲卿士矣故國語韋昭注云召公康公之後卿士也左

傳服虔注云召穆公王卿士是也經言召伯亦作上公爲二伯以兼卿士耳○箋陳宣至事業○正義曰召伯之爲卿士宣王時也故知陳宣王之德召伯之功以刺幽王及其羣臣廢此恩澤事業也膏潤是恩澤召伯之職是事業故並言焉

芃芃黍苗陰雨膏之興也芃芃長大貌箋云興者喻天下之民如黍苗然宣王能以恩澤育養之亦如天之有陰雨之潤○芃蒲東反一音扶雄反長張丈反**悠悠南行召伯勞之**悠悠行貌箋云宣王之時使召伯營謝邑以定申伯之國將徒南行衆多悠悠然召伯則能勞來勸說以先之○勞力報反注及下篇注同營謝一本作營謝邑將徒役一本作將師旅來音賚說音悅又始說反〔疏〕芃芃至勞之○正義曰言芃芃長大者是黍苗也此黍苗所以得長大者天以陰雨之澤膏潤之故也以興宣王之時悅樂者是衆人也此衆人所以得悅樂者由王以恩惠之澤養育之故也以黍苗之仰膏雨猶衆人之仰恩惠是宣王能膏潤天下今王不能然故舉以刺之又其時之人在國則蒙君之恩澤其行又得臣之勞來故言悠悠衆多而南行者是營謝邑之人召伯則又能勞來勸悅以先之言知人之勞苦也今幽王之時人苦而臣不知又刺之○箋宣王至先之○正義曰以嵩

高言王命召伯定申伯之宅又曰因是謝人與四章肅肅謝
功相當故知此此南行謂宣王之時使召伯營謝邑以定申伯
之國將徒役南行也此言南行是舉其始去而勞之故言召
伯則能勞來勸說以先之謂閔其勤勞身先其苦也我行既
集蓋云歸哉謂事訖而勞之○

我任我輦我車我牛我行既集蓋云歸哉

任者輦者車者牛者箋云集猶成也蓋猶皆也營謝轉餫之役有負任者有輓輦者有將車者有牽
傍牛者其所為南行之事既成召伯則皆告之云可歸哉刺
今王使民行役曾無休止時○任音壬注同輦力展反沈連
典反餫音運輓音晚傍薄浪反為于偽反

疏

我任至歸哉○正義曰上言南行為揔此言行中之別從召伯之南
行其轉運謂有我負任者我輓輦者我將車者我牽傍牛者
我召伯所為南行之事既成謂營謝畢召伯則皆告之云可
歸哉言宜王之時功役有期臣司其職今王役無休止臣廢
其事故刺之○傳任者至牛者○正義曰傳言此四者明任
輦車牛則各有其人故事別歷言之○箋蓋猶至止時○正
義曰蓋者疑辭亦為發端孝經諸言蓋者皆示不敢專決禮
記禮器云蓋道求而未之得也檀弓云蓋有受我而厚之是
發端也此詩人指事而述非有可疑事在末何不為發端而

其上歷陳四事故爲皆也下章美召伯營謝之功任輦車牛是轉運所用故營謝邑轉運之役也有負任者謂器物人所負持生民云是任是負文別爲二故箋以任爲抱此一者以相對則任在前負在背此任謂人所提荷隨其所在擔之皆爲任也輦車人輓以行故云輓輦者有將車者此轉運載任則是大車以駕牛者也有牽傍牛者秋官罪隸職云凡封國若家牛助爲牽傍鄭司農云凡封國若家謂建諸侯立大夫家也玄謂牛助國以牛助轉徙也罪隸牽傍之在前曰牽在旁曰傍此營謝卽封國也宜使罪隸牽其牛也既云將車者車中有牛而將之而別云牽傍牛者此牛在轅之外不在轅中故別牽傍之地官牛人云凡軍旅行役共其兵車之牛與其牽傍以載公任器注云牽傍在轅外輓牛也人御之彼雖非封國要牽傍亦在轅外以此知不與將車同也箋以召伯所勞當是勞人故歷言其事以表其名自別人又以罪隸之於參之知牛爲牽傍與車不同也此舉其歸反以刺今使人行役嘗無休止之時下章從此可知故故略焉○我

徒我御我師我旅我行既集蓋云歸處徒行者御車者師者旅者箋云步行曰徒召伯營謝邑以兵眾行其士卒有步行者有御兵車者五百人爲旅五旅爲師春秋傳曰諸侯之制

君行師從卿行旅從○士卒尊忽反一本作士衆從才用反下同○〔疏〕傳徒行至旅者○正義曰傳亦見四事別而分以言之旅屬於師徒行御車還是師旅之人而經別之者以其所司各異故亦歷言以類上章也釋訓云徒御不驚以徒爲輦者也此上我輦異章故知徒行也○箋召伯至旅御○正義曰此言師旅故云以兵衆行其士卒有徒行者有御車者五百人爲旅五旅爲師夏官序文春秋傳曰君行師從卿行旅從定四年左傳文彼文無諸侯之制一句鄭亦以義言之明天子之卿與諸侯同故有師也彼傳君行師從謂嘉好之事服虔云謂會同杜預云謂朝會此雖作役非征伐故同嘉好之事也○

肅肅謝功召伯營之烈烈征師召伯成之

謝邑也箋云肅肅嚴正之貌營治也烈烈威武貌征行也美召伯治謝邑則使之嚴正將師旅行則有威武也

原隰既平泉流既清召伯有成王心則寧

土治曰平水治曰清箋云召伯營謝邑相其原隰之宜通其水泉之利此功既成宣王之心則安也又刺今王臣無成功而亦心安○治直吏反下同相息亮反○〔疏〕傳土治至曰清○正義曰此下傳亦然五土有十等獨言原隰者以其最利於人故

特言之

黍苗五章章四句

隰桑刺幽王也小人在位君子在野思見君子盡心以事之【疏】隰桑四章章四句至事之○正義曰君子在野經上三章上二句是也言小人在位無德於民是亦小人在位之事也思見君子盡心以事之者卽上三章下二句及卒章是也

隰桑有阿其葉有難興也阿然美貌難然盛貌有以利人也箋云隰中之桑枝條阿阿然長美其葉又茂盛可以庇廕人興者喻時賢人君子不用而野處有覆養之德也正以隰桑興者反求此義則原上之桑枝葉不能然以刺時小人在位無德於民○難乃多反庇必利反又彼備反廕於鴆反旣見君子其樂如何箋云思在野之君子而得見其在位喜樂無度○樂音洛注下皆同【疏】隰桑至如何○正義曰言隰中之桑枝條其阿然而長美其葉則其難然而茂盛其下可以庇廕人往息者得其涼也以興野中君子其身有美德可以

覆養人事之者蒙其利也既隰中之桑盛如此則原上之桑不能然是不可以庇廕也猶野中君子德如是則在位小人不能然爲不能覆養也由小人在位而無德故今思見在野君子而尊事之若既得見在野之君子置之於位我則其爲喜樂知復如何乎言其樂之甚也○傳阿然至利人○正義曰阿那是枝葉條垂之狀故爲美貌難爲葉之茂沃言葉之柔幽是葉之色言桑葉茂盛而柔軟則其色純黑故三章各言其一也由葉茂而蔭厚所以庇蔭人息者得其涼之利故言難然有以利人言有此蔭涼以利人以喻君子之亦有德澤以利人也○箋隰中至於民○正義曰以有阿之下別言其葉則阿非葉狀故枝條長美菀柳云不尚息焉則知舉此茂美亦取庇蔭爲喻故與在野君子有覆養之德也知反求此義者以序言小人在位君子在野爲相對今舉隰而無原故知有反求之義以比小人無德於民矣詩中單言隰者多矣若隰有萇楚不必反以對原唯義所在故不同故夏書傳曰下濕曰隰隰桑非能水之木而言隰桑美者以桑不宜在停水之地宜在隰潤之所隰之近畔或無水而宜桑以今驗之實然者也

隰桑有阿其葉有沃沃柔也○沃烏酷反既見君子云何不樂隰桑有阿其葉

有幽幽黑色也幽於糾反既見君子德音孔膠膠固也箋云君子在位民附仰之其教令之行甚堅固也○膠音交心乎愛矣遐不謂矣中心藏之何日忘之箋云遐遠謂勤藏善也我心愛此君子君子雖遠在野豈能不勤思之乎宜思之也我心善此君子又誠不能忘也孔子曰愛之能勿勞乎忠焉能勿誨乎○臧鄭子郎反王才郎反疏箋孔子至誨乎○正義曰引論語者彼以中心善之不能無誨此則中心善之故心不能忘其義略同故引以爲驗

隰桑四章章四句

白華周人刺幽后也幽王取申女以爲后又得褒姒而黜申后故下國化之以妾爲妻以孽代宗而王弗能治周人爲之作是詩也申姜姓之國也褒姒褒人所入之女姒其字也是謂幽后孽支庶也宗適子也王不能治己不正故也○華音花取七與反孽魚列反爲于僞反適

音的

【疏】白華八章章四句至是詩○正義曰白華詩者周人所作以刺幽王之后也幽王之后褒姒也以幽王初取申女以爲后後得褒姒而黜退申后褒姒妾也王黜申后而立之由此故下國諸侯化而傚之皆以妾爲妻以支庶之孽代本適之宗而幽王弗能治而正之使天下敗亂皆幽后所致故周人爲之而作白華之詩以刺之也申后之黜幽王所爲而刺褒姒者言刺褒姒則幽王之惡可知以褒姒媚惑以至使申后見黜故詩人陳申后之被疏遠以上刺后姒也帝王世紀云幽王三年納褒姒八年立以爲后則得在三年而黜申后在八年此詩之作在見黜之後經八章皆言王遠申后是得褒姒而黜申后之事也下國化之卽五章鼓鐘于宮聲聞于外是也此詩主刺王之遠申后但王爲此行則爲下國所化故經略文以見意序具述其事以明之○箋申姜至正故○正義曰欲明申爲國名故云姜姓之國褒姒褒人所入之女國語史記有其事褒國姒姓言姒其字者婦人因姓爲字也以申褒皆爲王后故辨之云是謂幽后以其被刺明褒姒矣孽者蘗也樹木斬而復生謂之蘗以適子比根幹庶子比支孽故孽支庶也中候曰無易樹子注云樹子適子玉藻云公子曰臣孽注云孽當爲枿文王曰本支百世是適子比樹本庶子比支孽也宗適子者以適子當爲庶子之所

宗故稱宗也王以褒姒代申后下國化之正以妾爲妻耳并言以孽代宗者既以妾爲妻母愛者子伯服則妾之所生代適子故連言之鄭語云而孌是女使至於爲后而生伯服又曰王欲殺太子必求之申是幽王亦以伯服代太子故爲下國所化也天子執生殺之柄所以不能治下國者以己不正故也昭四年左傳椒舉云無瑕者可以戮人是己不正不可以治人也

白華菅兮白茅束兮興也白華野菅也已漚爲菅箋云白華於野已漚名之爲菅菅柔忍中用矣而更取白茅收束之茅比於白華爲脆興者喻王取於申申后禮儀備任妃后之事而更納褒姒褒姒爲孽將至滅國〇菅音姦漚烏候反柔也忍音刃脆七歲反又音毳任妃后音壬一本作任王后

之子之遠俾我獨兮箋云之子斥幽王也俾使也王之遠外我不復荅耦我意欲使我獨也老而無子曰獨後褒姒譖申后之子宜咎奔申〇遠于願反下注遠善同又如字注及下皆同俾必爾反復扶又反譖側鴆反咎音柩

【疏】白華至獨兮〇毛以爲言人刈白華已漚以爲菅又取白茅纏束之兮是二者以絜白相束而成用興婦人有德已納以爲妻兮又用禮道申束之兮是二者以恩禮相與而成嘉禮者即端成絜白之謂今之子幽王遠外我申

后不復荅耦我意欲使我獨老而無子兮是不以絜白恩禮相申束使已菅茅之不如也○鄭以爲言人既刈白華已漚爲菅柔韌中用兮何爲更取白茅收束之兮以白茅代白華兮則脆而不堪用也以興王既聘申女已立爲后禮儀充備兮何爲更納褒姒變寵之兮以褒姒代申后則妒而將滅國也寵褒姒以黜申后似取白茅而弃韌菅故以爲喻餘同○傳白華至爲菅○正義曰白華野菅釋草云茅菅白華一名野菅郭璞曰茅屬也此白華亦是茅之類也漚之柔韌異其名謂之爲菅因謂在野未漚者爲野菅也王肅云白茅束白華以興夫婦之道宜以端成絜白相申束然後成室家也傳意或然○箋白華至滅國○正義曰箋以序言得褒姒而黜申后明以菅茅相比故以韌脆爲喻以菅漚之明韌也茅不漚故脆也言取白茅收束之言收束以擬用非以束白華也茅雖比菅爲脆其實茅亦不可用七月云晝爾于茅宵爾索綯是茅可以爲索興者以善惡相比爲喻耳○箋之子至弃申○正義曰遠是遠申后故之子斥幽王以遠即連言獨故以不復荅耦解之也老而無子曰獨王制文也其後褒姒譖申后之子宜咎宜咎弃申解其獨之意以申后雖有子王用褒姒之讒使之弃申是王欲殺之而使申后無子探王此意故雖有子亦名爲獨也

英英白雲露

彼菅茅英英白雲貌露亦有雲言天地之氣無微不著無不覆養箋云白雲下露養彼可以爲菅之茅使與白華之菅相亂易猶天下妖氣生褒姒使申后見黜○英如字韓詩作泱泱同**天步艱難之子不猶**步行猶可也箋云猶圖也天行此艱難之妖久矣王不圖其變之所由爾昔夏之衰有二龍之妖卜藏其漦周厲王發而觀之化爲玄黿童女遇之當宣王時而生女懼而棄之後褒人有獻而入之幽王幽王嬖之是謂褒姒○夏戶雅反漦士其反沫也又尸醫反爾雅云漦盝也盝音鹿黿音元嬖補悌反又必計反

疏英英至不猶○毛以爲上既言王不以禮已失菅茅申束之義故因言菅茅之蒙養英英然者是鮮潤之白雲下露潤彼菅之與茅使之得長是天地之氣無微不著無不覆養然天不遺物尚養彼菅茅天何爲獨行艱難於我申后令之子幽王不可於我而見黜退不得覆養是菅茅之不如也○鄭以爲英英之白雲降露潤養彼可以爲菅之白茅使與白華之菅相亂易猶蒼天下妖氣生彼可以爲后之褒姒令與申后相換代也天生褒姒以惑周若雲之養茅以亂用則爲天下之妖然其妖本自夏世以至於周時是天行此艱難之妖久矣之子幽王何故不圖其變之所由來而寵之以代后將至於滅國乎○傳英英

至覆養○正義曰以英英連白雲故爲白雲貌言露亦有雲者以雨必有雲言亦亦雨也以今觀之有雲則無露無雲乃有露言露亦有雲者露雲氣微不映日月不得如雨之雲耳非無雲也若露濃霧合則淸旦爲昏亦是露之雲也霜露所霑是天地之氣故言天地之氣無微不著謂養萌芽以成大無不覆養巨細皆潤之故菅茅悉蒙養也○箋白雲至見黜○正義曰箋以上章言取茅而棄菅喩寵褒姒而黜申后故此章又申之言天養彼可以爲菅之茅使茅與白華相亂易猶天下妖氣生褒姒使申后見黜退以此喩爲切故易傳也○傳步行猶可○正義曰舉足謂之步故爲行也猶可釋言文王肅云天行艱難使下國化之以倡爲不可故也侯苞云天行艱難於我身不我可也如肅之言與上章不類今以侯爲毛說○箋天行至褒姒○正義曰上既以露雲養茅喩天生褒姒褒姒從來爲遠故言天行艱難以結之言天行艱難之妖久矣責王不圖其變之所由也若然天故行妖以滅周則非所能拒而令王圖之者以天時人事理亦相符若人能改脩德行則可妖變爲祥太戊桑穀卽其事也且王興滅實有天助要忠臣烈士不可委之上天默然不諫龍逢比干皆伏死以爭故詩人諷詠亦勸王之諫也昔夏之衰以下之事皆出外傳鄭語曰宣王之時童謠曰檿弧箕服實亡周國於

是宣王聞之有夫婦鬻是器王使執而戮之府之小妾生女而非王子也懼而弃之此人也收以奔褒褒人有獄而以爲入天之命此久矣其何爲乎訓語有之曰夏之衰也褒人之神化爲二龍以同于王庭而言曰余褒之二君也夏后卜殺之與去之與止之莫吉卜請其漦而藏之吉乃布幣焉而策告之龍亡而漦在櫝而藏之及殷周莫之發也厲王之末發而觀之漦流於庭不可除王使婦人下幃而譟之化爲玄黿以入于王府府之童妾未既齔而遭之既笄而孕當宣王而生不夫而育故懼而弃之爲弧服者方戮在路夫婦哀其夜號也而取之以逸逃于褒褒人有獄而以爲入于王而嬖是女使至於爲后而生伯服此其文也彼韋昭注曰褒人褒君共處曰同二君二先君也漦龍所沫龍之精氣也厲王之末流彘之歲也裳正幅曰幃譟讙呼也黿或爲蚖蚖蜥蜴也毁齒曰齔未既齔毁未畢也女七歲而毁齒孕妊身也女十五而笄也由此言之昭以黿非陸地之物故云或爲蚖蜥蜴也以其言未故爲流彘之歲若流彘之後則越去王都不得復觀之矣帝王世紀以爲幽王三年嬖褒姒褒姒年十四若然則宣王立四十六年崩是先幽王之立十一年而生其生在宣王三十六年也厲王流彘之歲爲共和十四年而後宣王立自宣王三十六年上距流彘之歲爲五十年流彘時童妾七

歲則生女時母年五十六凡在母腹五十年其母共和九年而笄年十五而孕自孕後尚四十二年而生作爲妖異故不與人道同

滮池北流浸彼稻田滮流貌箋云池水之澤浸潤稻田使之生殖喻王無恩意於申后滮池之不如也豐鎬之間水北流○滮符彪皮休二反浸子鴆反字亦作寖殖市力反鎬戶老反**嘯歌傷懷念彼碩人**箋云碩大也妖大之人謂褒姒也申后見黜褒姒之所爲故憂傷而念之○歗音嘯本亦作嘯妖古卯反本又作妭一音於驕反○

【疏】箋池水至北流○正義曰以浸者蒙潤之言稻又能水之物此刺申后見黜而以此喻之故知池水之澤浸潤稻田使之生殖喻王無恩於申后滮池之水不如也言其北流是目所覩見此詩周人所作則此池是周地之水故云豐鎬之間水北流文王有聲箋云豐在豐水西鎬在豐水東然則豐鎬之間惟豐水耳而謂之池者家語云今池水之大誰知非泉焉召旻曰池之竭矣不云自頻則池者下田畜水之處且言浸者不得在豐水之中則此池在豐水之左右其池汙下引豐以溉灌故言浸彼稻田也池水當得停而亦言北流者以池上引豐水亦北流浸灌既訖又決而入豐亦爲北流鄭直云水北流不指言豐明池水亦北流也○箋碩大至念之○正

義曰以此嘯傷而思之是念其不當然也又言彼以外之故知謂褒姒褒姒而言大人故言爲妖大之人王肅云碩人謂申后也孫毓云申后廢黜失所故嘯歌傷懷念之而勞心毛既不爲之傳意當與鄭同○**樵彼桑薪**

卬烘于煁卬我烘燎也煁烓竈也桑薪宜以養人者也箋云人之樵取彼桑薪宜以炊饔饎之爨以養食人桑薪薪之善者也我反以燎於烓竈用炤事物而已喻王始以禮取申后禮儀備今反黜之使爲卑賤之事亦猶是○樵但焦反卬五綱反烘火東反徐又音洪說文巨凶甘凶二反孫炎音恭煁市林反燎音了又力弔力召二反烓音恚又上弭反郭云三隅竈也說文云行竈也呂沈同音口潁反何康瑩反顧野王口井烏攜二反炊昌垂反注同饔於恭反饎尺志反爨七亂反食音嗣炤音照卑如字下又卑兮反并注同**維彼碩人實勞我心**

【疏】樵彼至我心○正義曰有人樵取於彼桑木之薪不以炊爨云我用之燎於煁竈炤物而已桑薪薪之善者宜以炊爨而養人今不以炊爨反燎于煁竈失其所也以興幽王娉納彼申國之女不以爲后反黜之使爲卑賤之事而已申女之有德宜居王后之位而母養天下今不以當尊反黜爲卑賤非其宜矣申后之見黜褒姒之由故惡褒姒言彼妖

大之人褒姒由此而廢申后實勞病我之心○傳烘燎至養人○正義曰烘燎釋言文舍人曰烘以火燎也釋言又云煁烓也舍人曰煁烓竈也郭璞曰今之三隅竈也然則烓者無釜之竈其上燃火謂之烘本爲此竈上亦燃火照物若今之火爐也以桑薪爲善比之申后言宜以養人猶申后宜以母養天下也○箋人之樵取至亦猶是○正義曰少儀云抱樵注云未燃則樵者薪之一名但諸事皆反其名以名其事此樵彼桑薪猶薪是穫薪也此以燎煁爲不宜明其宜炊爨也故知宜爨饎之爨爨以煑肉饎以炊飯雙言之也煑肉亦言炊者以炊燃火之名故可以通焉以爲美食故可以養人申毛義也以桑薪之善故喻申后之禮儀也申后爲后得以養人爲喻者以后正位於內則化行於外天下蒙澤而得其利是母而養之故爲喻也○

鼓鍾于宮聲聞于外有諸宮中必形見於外箋云王失禮於外而下國聞知而化之王弗能治如鳴鼓鍾於宮中而欲外人不聞亦不可止○聞音問見賢遍反○

念子懆懆視我邁邁邁邁不說也箋云此言申后之忠於王也念之懆懆然欲諫正之王反不說於其所言○懆七感反說文七倒反云愁不申也亦作慘慘邁如字韓詩及說文並作怖怖孚吠反又孚葛反又匹代反韓詩云

意不說好也許云很怒也說音悅下同○〔疏〕鼓鍾至邁邁○正義曰言有人鼓擊其鍾于宮內其聲必聞于外擊鍾而欲外之不聞不可得也以興王既廢黜其后于宮內其化必流于天下廢后而使天下之不做王亦不可得也言王之失德將化流天下何以廢申后乎又言申后之忠於王申后念子幽王之惡慘慘然欲諫正之是其可愍何爲王反視我申后邁邁然不悅其所言乎○箋此言至所言○正義曰邁邁是不悅之狀爲王所不悅者唯申后耳故以我爲申后反以相對故以子爲幽王慘慘非說順之辭故知欲諫正王惡是其忠也因諫而邁邁是不悅其所言也

有鶖在梁有鶴在林鶖秃鶖也箋云鶖也鶴也皆以魚爲美食者也鶖之性貪惡而今在梁鶴絜白而反在林興王養褒姒而餧申后近惡而遠善○鶖音秋鳥名鶴呼各反秃吐木反絜音結餧奴罪反近附近之近

維彼碩人實勞我心〔疏〕有鶖至我心○正義曰有秃鶖之鳥在於魚梁之上有鳴鶴之鳥在於林木之中然鶖也鶴也皆以魚爲美食鶖之性貪惡而今在梁以食魚鶴之鳥絜白而反在林中以飢困以其有褒姒之身在於寵位有申后之身反在卑微然褒也申也皆以后爲尊貴褒姒性邪佞今在位而得寵申后備禮儀反卑

賤而飢餒言王近惡而遠善非其宜也以此維彼妖大之人實勞亂我之心曲矣○箋鶖也至遠善○正義曰此舉二鳥以明喻二人易稱鳴鶴在陰是善鳥也故喻申后鶖實惡鳥以興褒姒今鶖言梁鶴言林是舉鶖在梁得魚對鶴在林無魚故知皆以魚爲美食爲喻也既以食爲喻故知喻所養言王義褒姒而餒申后是近惡而遠善近者養之遠則餒之故又以近遠言之猶梁林非一處者也○**鴛鴦在梁戢其左翼**箋云戢斂也斂左翼者謂右掩左也鳥之雌雄不可別者以翼右掩左雄左掩右雌陰陽相下之義也夫婦之道亦以禮義相下以成家道○別彼列反下遐嫁反下同**之子無良二三其德**箋云良善也王無荅耦己之善意而變移其心志令我怨曠○令力成反

【疏】鴛鴦至其德○正義曰以王非義黜后故以義責之言有鴛鴦之雄鳥在於魚梁尙斂其左翼是左翼斂在右翼之下爲雄下雌之義故恩情相好以成匹耦以興夫妻聚居男當有屈下於女爲陽下陰之義故能禮義相與以成家道今幽王何爲不卑下申后以成夫婦乎之子幽王反無荅耦我申后之善意秉心不一而二三其行以爲於德變易其心志令我申后怨曠失鴛鴦斂翼相下之義也○箋斂左至家道○正義曰言斂其左翼是左

翼在下故知謂右掩左也鳥之雌雄不可別者以翼知之右掩左雄左掩右雌皆釋鳥文也以陰陽相下故似夫婦之道亦以禮義相下以成家道也此經戠其左翼據雄者而言喻幽王當下申后耳故其言不及雌但鄭因右掩左而欲辨其雌雄故并引爾雅而解之見夫婦皆當相下也男有下女之禮者卽就而親迎之類是也周易艮下兌上咸爲夫婦之卦其彖曰止而說男下女也

有扁斯石履之卑兮扁扁乘石貌王乘車履石箋云王后出入之禮與王同其行登車以履石申后始時亦然今也黜而卑賤○扁邊顯反又必淺反○**之子之遠俾我疧兮**疧病也箋云王之遠外我欲使我困病○疧祇徐都禮反又祁支反○【疏】有扁至疧兮○正義曰作者以王黜申后故覩其昔日所乘之石而傷之言有扁扁然升之以乘車者此石也申后嘗履之今忽然見黜而卑不復得履之是其所以可傷也之子幽王之遠外我申后欲使我困病兮故傷之○傳扁扁至履石○正義曰有扁斯石文連履之故知扁扁乘石貌乘車之時履此石而上故謂此石爲乘石上車履石之貌扁扁然也又言王乘車履石者言乘車之得履石雖王爲然今申后履之是其貴時與王同故繫王言之夏官隸僕云王行則洗乘石鄭司農云乘

石所登上車之石也即此詩有扁斯
石履之卑兮謂上車所登石是也

白華八章章四句

附釋音毛詩注疏卷之十五（十五之二）

長塘鮑氏宮保校定

大清嘉慶二十年南昌府學用文選樓藏本栞

黄中栻栞

毛詩注疏挍勘記（十五之二）

阮元撰盧宣旬摘錄

○都人士

無隆殺也　小字本相臺本同案正義云定本隆作降釋文云俗本作降

士女湣慦　閩本明監本毛本同案慦當作恣

則草芷野□人之服　閩本明監本毛本不空案此當有脫字

琇美石也　小字本相臺本同案正義云俗本琇實美石者誤也今定本毛無實字考文古本有采正義

我不見兮　唐石經小字本相臺本同案釋文云第二章作不見後三章作弗見一本四章同作不字考文古本作弗采釋文但在我心苑結下未明屬何章也

我心苑結　唐石經小字本相臺本同閩本明監本毛本同案釋文云苑於粉反羣經音辨苑積也詩我心苑結正義云我心爲之苑然盤屈如繩索之爲結矣又云後更苑結標起止云至苑結是其本亦作苑十行本正義中作菀不

誤菀結鄭素冠之蘊結以菀字爲是考文古本作菀采釋文

正義

則與諸侯之同名 閩本明監本毛本同案同名當作名同誤倒也

○采綠

妾雖年未滿五十 明監本毛本年下衍老字閩本剜入案此正義不備引也

九嬪九人當一夕三夫人當一夕 閩本明監本毛本同案十行本上九至下人剜添者二字此當云女御八十一當九夕世婦二十七當三夕九嬪當一夕三夫人當一夕正義引鄭注如此所剜添者皆非

婦從夫故月紀 明監本毛本同案山井鼎云故恐放誤是也

謂繫於釣竿也 閩本明監本毛本繫下有繩字案所補是也

○黍苗

將徒南行〔補〕小字本相臺本徒下並有役字案釋文云一本作將師旅正義本當是徒役

營謝轉餫之役小字本相臺本同案釋文云餫音運本又作運正義云任輦車牛是轉運所用故營謝邑轉運之役也是其本作運依此大東箋有轉餫其本與此當同正義中亦是運字今本後人改也考文古本作運采釋文正義

以表其名自別人閩本明監本毛本同案浦鏜云名當各字誤是也下以其所司各異十行本誤與此同

又以罪隸之方參之〔補〕方各本皆作文案文字是也

故故略爲閩本明監本毛本不重故字案下故字當作箋輒删者非

○隰桑

盡心以事之小字本相臺本同唐石經初刻之下有也字後磨去考文古本有偶合也

言小人在位無德於民閩本明監本毛本位下有雖經無所當而首章箋反求[illegible]則原上之桑不能然以刺峙小人在位案山井鼎云宋板脫此廿八字非也此不當有

枝條其阿然而長美閩本明監本毛本同案其當作甚形近之譌下則甚難然十行本誤同

阿那是枝葉條垂之狀閩本明監本毛本同案葉當作長下文可證

中心藏之小字本相臺本同唐石經初刻同後磨改藏作臧案釋文云臧之鄭子郎反善也王才郎反是唐石經依鄭義磨改也羣經音辨艸部云藏善也鄭康成讀宋時釋文舊本新本不同賈所見本字或作藏故云然考鄭訓善自當不從艸而藏字在說文新附卽王義亦未必不仍爲臧有艸者非也考文古本作臧采釋文

○白華

庶子比支孽閩本明監本毛本同案浦鏜云孽當作蘖下支孽同是也

母愛耆子伯服　閩本明監本毛本同案伯服當作抱矣二字此未論伯服也伯服在下不知者所誤改也

任妃后之事　小字本相臺本同案釋文云任妃后一本作任王后正義本無可考考文古本作妃后倒誤也

白華野菅釋草云　閩本明監本毛本同案浦鏜云文誤云是也

亦是茅之類也　閩本明監本毛本之作菅案菅字誤也爾雅疏即取此正作之

其實茅亦不可用　閩本明監本毛本同案亦當作非形近之譌

後褒人有獻　小字本同閩本明監本毛本同相臺本獻作獄考文古本同案獄字是也正義可證

漦龍所沫　閩本明監本毛本所下有吐字案所補是也

妖大之人　小字本相臺本同案此正義本也妖於驕反正義云褒姒而言大人故言為妖大之人簡兮正

義所引亦可證釋文本是姣大之人姣古卯反云本又作妖今各本釋文皆互誤毛居正易之是也此箋文承上箋故言其妖大無取姣義當以正義本爲長

始以禮取申后禮儀備　閩本明監本毛本同小字本相臺本重申后二字考文古本同案有者是也

注云未燃則樵者　閩本明監本毛本燃下有曰樵二字案所補非也此正義不備引

故知宜饔饎之爨　閩本明監本毛本宜下有炊字案所補非也

念子懆懆　唐石經缺小字本相臺本同案釋文云懆懆七感反說文七倒反云愁不申也亦作慘慘正義云慘慘然欲諫正之是正義本作慘慘也考釋文於正月北山抑皆云慘慘七感反北山又云字亦作懆月出云慘七感反所以與此詳略互見也五經文字云懆千到反見詩乃依此釋文而定其字當用懆也月出正月抑三篇皆作懆乃得韻考文古本作慘采正義釋文

以其有褒姒之身　閩本明監本毛本同案其當作與形近之譌

烏之雌雄不可別者　小字本相臺本者誤也案釋文以不別作音是其本無可字正義本未有明文今無可考

以翼知之　閩本明監本毛本同案此不誤浦鏜云知之二字衍非也二字爾雅本無正義所添耳考文古本依以改箋則更誤

其行登車以履石　小字本同相臺本以作亦閩本明監本毛本同案亦字是也

今也黜而卑賤　小字本同閩本明監本毛本同相臺本也作見考文古本同案見字是也

俾我疷兮　小字本相臺本同唐石經疷作疧案疧字是也見無將大車

卽此詩有扁斯石　閩本明監本毛本同案卽當作引形近之譌

附釋音毛詩注疏卷第十五（十五之三）

毛詩小雅　鄭氏箋　孔穎達疏

緜蠻微臣刺亂也大臣不用仁心遺忘微賤不肯飲食教載之故作是詩也微臣謂士也古者卿大夫出行士爲末介士之祿薄或困乏於資財則當賙贍之幽王之時國亂禮廢恩薄大不念小尊不恤賤故本其亂而刺之。緜蠻面延反下如字飲食上於鴆反下音嗣篇內皆同注如字介音界賙音周贍市豔反。【疏】緜蠻三章八句至是詩。正義曰緜蠻詩者周之微賤之臣所作以刺當時之亂也以時大臣卿大夫等皆不用仁愛之心而多遺棄忽忘微賤之臣至於共行不肯飲食教載之謂在道困乏渴則不與之飲飢則不與之食不教之以事不載之以車大不念小尊不恤賤是國政昏亂所致故作是緜蠻之詩以刺之也言刺亂者不爲已困而私以責人是王法爲失故言亂也大臣不用仁心遺忘微賤敘其爲亂之意於經爲揔指而言之經三章上四句是也不肯飲食教載之爲三章下四句是也由其不然故經所以反而責之不言誨之者以教誨相對則爲二散則相兼故略之以便文○箋微臣至刺之○正義曰以微臣臣之微賤者唯士爲然府史則官長辟除不在臣例大夫則爵尊祿重是爲大臣故知臣謂士也士之作詩亦應多矣此篇獨言微臣者以爲此大臣遺忘微賤而刺之義取於微故言之也又解所以怨大臣遺忘之者以古者卿大夫出行士爲末介以士之祿薄或困乏資財則當賙贍之以不賙餽爲遺忘也知士爲末介者以爲賓而作介猶爲主而作擯以聘禮及聘義皆言士爲紹擯繼於卿大夫之末爲末擯故知出行作末介也王制說班祿之法下士食九人中士十八人上士三十六人公私雜費有不足故云士之祿薄或困乏於資財也言或容有不困者也大臣不用仁心非王身之過列於王雅而言刺亂故解其所由自幽王之時國亂禮廢以下是也

緜蠻黃鳥止於○丘阿興也緜蠻小鳥貌丘阿曲阿也鳥止於阿人止於仁箋云止謂飛行所止託也興者小鳥知止於丘之曲阿靜安之處而託息焉喻小臣擇卿大夫有仁厚之德者而依屬焉○處昌慮反○**道之云遠我勞如何飲之食之教之誨之命彼後車謂之載之**箋云在國依屬於卿大夫

之仁者至於爲未介從而行道路遠矣我罷勞則卿大夫之恩宜如何乎渴則予之飲飢則予之食事未至則豫教之臨事則誨之車敗則命後車載之後車倅緜蠻至載之○車也○罷音皮下同倅七對反副車○【疏】正義曰言緜蠻然而小者是黃鳥也此黃鳥飛行則止于丘阜之曲阿安靜之處者而自託息焉以興微賤者小臣也我小臣之動止亦當擇大臣有仁厚愛養之德者而自依屬焉既擇大臣之仁者依屬焉至於大臣聘使則爲未介從之而行其道路之上亦云遠矣我罷勞矣則卿大夫之恩宜如何乎渴則當飲之飢則當食之事未至則教之臨事則誨之車敗則命彼在後之倅車謂之使載之大臣之於小臣其義當然今大臣何爲遺忘已而不肯飲食教載之○傳緜蠻至於仁○正義曰緜蠻文連黃鳥黃鳥小鳥故知緜蠻小貌釋丘云非人爲之丘李巡曰謂非人力所爲自然生爲丘也釋地云大陵曰阿則丘之與阿爲二物矣而以丘阿爲曲阿者以下丘側丘隅類之則丘阿非二物也卷阿云有卷者阿知丘阿是丘之曲中也此爲大臣無仁心而作故知鳥止於阿似人止于仁○箋止謂至屬焉○正義曰鳥必飛而後止故知止謂飛行所止託也以鳥是有畏之物故知取安靜之處而託息焉大學注云鳥知擇岑蔚安閒而止處之與此同也此黃鳥刺大臣不

用仁心故知喻小臣當擇卿大夫有仁厚之德者而依屬焉小臣而得擇大臣依之者以臣雖君之所置而貴賤不等小臣當依屬大臣論語云事其大夫之賢者友其士之仁者是得以已情擇而依之也然則此微臣自擇不得人而責之者以已本親之冀其恤已但當時國亂禮廢臣皆不仁已雖擇之猶不免困所以刺上也○箋在國至倅車○正義曰此微臣隨大臣而行言道之云遠是必聘使諸國故爲介從也聘問之介當是君所命遣而得自以已意在國依屬出則從行者或使主所自引或君知其依屬而遣之也言飲之食之教之誨之載之四者語便之當故隨文爲次教誨雖於人無費而無仁心亦不肯也故論語曰愛之能勿勞乎忠焉能勿誨乎是不愛則不誨也教誨一也別言之事有至與未至故箋因其文之先後而分以充之云事未至則豫教之臨事則誨之從行遠道不應初卽無車故言車敗則載之以士無倅車故也後車倅車者明後爲副也夏官戎僕掌倅車之政道僕掌貳車之政田僕掌佐車之政是朝祀之副曰貳兵戎之副曰倅田獵之副曰佐此是聘問之事宜與朝祀同名當言貳車言倅者周禮以相對而異名其實貳倅皆副也散則義通故以倅言之

緜蠻黃鳥止于丘隅箋云丘隅丘角也豈敢憚行

畏不能趨箋云憚難也我罷勞車又敗豈敢難徒行乎畏不能及時疾至也○憚徒旦反下同難乃旦反下同飲之食之教之誨之命彼後車謂之載之

緜蠻黃鳥止于丘側箋云丘側丘旁也○豈敢憚行畏不能極箋云極至也○極如字○飲之食之教之誨之命彼後車謂之載之

緜蠻三章章八句

瓠葉大夫刺幽王也上棄禮而不能行雖有牲牢饔餼不肯用也故思古之人不以微薄廢禮焉牛羊豕為牲繫養者曰牢熟曰饔腥曰餼生曰牽不肯用者自養厚而薄於賓客○瓠戶故反牢老刀反雍於恭反字又作饔餼許氣反腥音星○【疏】瓠葉四章章四句至廢禮焉○正義曰瓠葉詩者周大夫所作以刺幽王

也以在上位者棄其養賓之禮而不能行雖有牲牢饔餼之物而不肯用之以行禮故作詩者思古之人不以菹羞微薄而廢其禮焉言古之人賤者尚不以微薄廢禮則當時貴者行之可知由上行其禮以化下反駁今上棄其禮而不行也今在上者尚棄禮不行卑賤者廢之明矣舉輕以見重是作者之深意也經四章皆上二句言菹羞之薄下二句言行禮之事是古之人不以微薄廢禮也○箋云牛羊豕至賓客○正義曰孝經云三牲之養則牲兼三畜故牛羊豕曰牲也公劉曰執豕于牢地官充人掌繫祭祀之牲牷祀五帝則繫於牢芻之三月牢者牲所居之處故繫養者爲牢也天官內外饔皆掌割亨之事亨人掌外內饔之爨亨煮肉之名故熟曰饔○既爲熟則餼非熟矣僖三十三年左傳曰餼牽竭矣餼與牽相對是牲可牽行則餼是已殺殺又非熟故知腥曰餼謂生肉未煮者也既有饔餼遂因解牽使肉之别名皆盡於此此與牽饔相對故餼爲腥其實餼亦生哀二十四年左傳云晉師乃還餼臧石牛是以生牛賜之也論語及聘禮注云牲生曰餼而不與牽饔相對故爲生也凡言禮者皆與人行事經陳獻酢與賓客爲禮故知不肯用者自養厚而薄於賓客

幡幡瓠葉采之亨之君子有酒酌言嘗之幡幡瓠葉

貌庶人之菜也箋云亨熟也熟瓠葉者以爲飲酒之菹也此君子謂庶人之有賢行者也其農功畢乃爲酒漿以合朋友習禮講道藝也酒既成先與父兄室人亨瓠葉而飲之所以急和親親也飲食。而曰嘗者以其爲之主於賓客賓客則加之以羞易兌象曰君子以朋友講習○幡孚煩反亨普庚反注同菹莊魚反行下孟反兌徒外反易卦名也訓悅○【疏】幡幡至嘗之○正義曰幡幡然者是瓠之葉也我君子令人采取之既得而以亨煮之釀以爲飲酒之菹也庶人農功畢君子賢者有酒令人酌此酒我嘗與父兄室人嘗而飲之所以相親愛也言古者不以微薄而廢禮尚亨瓠葉而用之今乃有牲牢饔餼而不肯用故以刺之也○傳幡幡至之菜○正義曰士禮有特牲豚冢此止言瓠葉與兔首明非有位之人故言庶人之菜七月云八月斷壺卽言食我農夫彼雖瓠體與此爲類明亦農夫之菜故箋申之云庶人有賢行者○箋亨熟至講習○正義曰序云不以微薄廢禮下連君子有酒故知亨熟瓠葉者以爲飲酒之菹知爲菹者以禮飲酒有菹醢故也此美君子行禮而亨庶人之菜故知君子是庶人有賢行者也庶人而能爲酒以行禮者以其農功畢則閑而無事於此之時乃爲酒漿以合會朋友習行禮事講其道藝故也以民在田畝必無容暇故知農功畢而爲之以三時務農將闕於禮故爲酒會朋友以講習之此酒爲朋友而釀先言嘗之則未與朋友賓客飲也故知酒既成先與父兄室人亨瓠葉而飲之酒爲朋友所作而與父兄先飲是所以急和親親亦是爲行禮也又解飲酒而曰嘗者以其爲之主於賓客故也以此嘗之言故知爲酒將以會朋友也作酒本爲行禮和親亦是禮事欲見敬重賓客故言嘗以美之以此在獻前又無殺羞明與下章事別故知與父兄室人室人者即家內之小大皆是也賓客則加之以羞者明重得兼輕此父兄宜有菹賓客亦有菹又有兔爲之羞鄉飲酒及燕禮是爲大禮雖有牲殺尚有菹醢明賓雖有羞亦有菹故云加之也引易兌象曰君子以朋友講習者以此與賓客即朋友也所會朋友必爲講習以易有此言以著義故知此合朋友爲習禮講藝故引以證之講習必非農時故知農功畢意亦出於此交也○有兔斯首炮之燔之

君子有酒酌言獻之毛曰炮加火曰燔獻奏也箋云斯白也今俗語斯白之字作鮮齊魯之間聲近斯有兔白首者兔之小者也炮之燔之者將以爲飲酒之羞也飲酒之禮既奏酒於賓乃薦羞每酌言言者禮不下庶人庶人依士禮立賓主爲酬名○兔他故反下同斯首毛如字此也鄭作鮮音仙白首也炮本作炰白交反

燔音煩近附近之近下遐嫁反【疏】有兔至獻之。毛以爲古人行禮有兔之斯首謂唯有一兔雖微耳尚并毛而炮之加火而燔之以爲飲酒之羞君子之賢者有酒令酌之我當以此酒奏獻之於賓以行禮也古之人不以微薄廢禮今乃有牲牢而不用故刺之鄭唯斯首謂白頭爲異餘同。傳毛曰至獻奏。正義曰地官封人云毛炮之豚注云爓去其毛而炮之唯肉炮內則炮取豚若將編萑以苴之故去。毛炮之此述庶人之禮傳直言毛曰炮當是合毛而炮之未必能如八珍之食去毛炮之也毛無改字之理斯字當訓爲此王肅孫毓述毛云唯有一兔頭耳然案經有炮之燔之臣。有炙之則非唯一兔首而已既能有兔不應空用其頭若頭既待賓其肉安在以事量理不近人情蓋詩人之作以首表兔唯有一兔即是不以微薄廢禮也爲肉至薄明是并毛炮之不可爛矣箋言鮮者毛炮之亦當然也加置於火上是燔燒之故言加火曰燔以獻酒者必奏進於賓故言獻奏也。箋斯白至酌名。正義曰鄭以斯首以見兔小與毛爲異斯爲兔首之色故言斯白也又解斯得爲白之意今俗斯白之字當作鮮以鮮明是絜白之義故也鮮而變爲斯者齊魯之間其語鮮斯聲相近故變而作斯耳宣二年左傳曰于思于思服虔云白頭貌字雖異蓋亦以思聲近鮮故爲白頭也畜獸小則毛悅長則色重故言有兔白首兔之小者明其微薄也炮之燔之者將以爲飲酒之羞羞進也謂既飲酒而進此兔肉於賓也飲酒之禮既奏酒於賓乃薦羞羞者因此酒羞竝有言先後之宜且辨經雖先爲羞進則在後也今禮鄉飲酒燕禮大射皆先進酒乃薦脯醢乃羞庶羞故知然也經言不以微薄廢禮故先述苴羞酒無厚薄之異故後言之四章皆云酌言言我也其意云酌酒我當用之若是禮合當然不應每事言我今每言我則是行用他法故解之言每酌言言者以禮既不下及庶人而爲之制庶人依準士禮立賓主爲酌名以行之故每酌道我與賓相亢爲禮以行獻酢酬之名也不於上章解之者以前直言嘗之無獻酢之名此有獻之故就而言焉然則嘗之亦云酌言者以酒爲賓作嘗亦行禮故亦云酌言也禮不下庶人不制篇卷耳其庶人執鴈庶人見國君走亦往往見於禮焉

有兔斯首燔之炙之君子有酒酌言酢之炕火曰炙酢報也箋云報者賓既卒爵洗而酌主人也凡治兔之宜鮮者毛炮之柔者炙之乾者燔之。炙音隻酢才洛反炕苦浪反何沈又苦郎反。【疏】傳炕火曰炙。正義曰炕舉也謂以物貫之而舉於火上以炙之○箋報者至燔之。○正義曰申傳酢報之義故言報者賓既

卒爵洗而酌與主人是得主人之獻酢而報之也於一兔之
上而經有三種故辨之言凡治兔之所宜若鮮明而新殺者
合毛炮之若割截而柔者則臠貫而炙之若今炙肉也乾者
謂脯腊則加之火上炙之若今燒乾脾也柔謂殺已多日而
未乾也。**有兔斯首燔之炮之君子有酒酌言醻之**
醻道飲也箋云主人既卒酢爵又酌自飲卒爵復酌進賓猶
今俗之勸酒。醻市周反道徒報反本亦作導同復扶又反
俗之一本【疏】傳醻道飲。正義曰以醻者欲以醻賓而先
作俗人。自飲以導之此舉醻之初其賓飲訖進酒於
賓乃謂之醻也。箋主人至勸酒。正義曰傳以醻爲導飲
嫌其謂主人自飲爲醻故辨之主人既卒酢爵又酌自飲卒
爵復酌以進賓如此乃謂之醻猶今俗人勸酒者俗人亦先
自飲而後勸人故云醻之箋皆準鄉飲酒燕禮而爲說也。

瓠葉四章章四句

漸漸之石下國刺幽王也戎狄叛之荆舒不至
乃命將率東征役久病於外故作是詩也荆謂楚也

舒舒鳩舒鄝舒庸之屬役謂士卒也○漸漸士銜反沈時銜反亦作嶃嶃下同翟徒歷反本或作狄叛音畔將率上子亮反下所類反注及後篇將率放此役久病於外一本作役人久病人衍字鄝音了本又作蓼士卒尊忽反下篇士卒同○

【疏】漸漸之石三章章六句至是詩○正義曰漸漸之石詩者下國所作以刺幽王也以幽王無道西戎北狄共違叛之荊楚之羣舒又不來至乃命將率東行征伐之其役人士卒已久而疲病勞苦于外故作是漸漸之石詩以刺之下國諸侯之言對天子爲上故稱下國也言下國者此詩下國之人所作未必即諸侯之身作之幽王之役人自病而下國作詩刺之者王師出征亦使諸侯從已諸侯之人亦病故刺之也定本集本役下無人字其箋注亦無人字俗本有者誤也毛以戎狄叛之經三章上四句是也荊舒不至下二句是也乃命將率東征役人久病于外副上戎狄叛之荊舒不至之言爲六句之揔三方皆有征伐而久病獨言東征者以經有東征之文因言以廣之其實戎狄亦伐之也鄭以戎狄叛之經上二章上二句是也荊舒不至上二章次二句及卒章上四句是也乃命將率東征役人久病於外三章皆下二句是也以詩言命將東征無伐戎狄之事則不伐戎狄也言不至與叛之則明由叛而不至其義一也下篇言四夷交侵師

旅跡起用兵不息則戎狄亦當伐之但自此篇不言之耳○箋荊謂至士卒○正義曰以楚居荊州故或以州言之春秋經賈氏訓詁云秦始皇父諱楚而改爲荊州亦以其居荊州故因諱而改之亦有本自作荊者非爲諱也春秋公羊穀梁皆言州不若國國賤楚故以荊言之彼自春秋之例其外書傳或州或國自從時便非褒貶也殷武曰維汝荊楚已幷言之是楚之稱荊亦已久矣魯頌亦曰荊舒是懲是隨時之名不定也以傳有舒鳩舒蓼舒庸又有舒龍謂之羣舒此直言舒不指一國箋又引舒國不盡故言之屬旣言將率别云役人故知謂士卒也

漸漸之石維其高矣山川悠遠維其勞矣漸漸山石高峻箋云山石漸漸然高峻不可登而上喻戎狄衆彊而無禮義不可得而伐也山川者荊舒之國所處也其道里長遠邦域又勞勞廣闊言不可卒服○勞如字

武人東征不皇朝矣箋云武人謂將率也皇王也將率受王命東行而征伐役人罷病必不能正荊舒使之朝於王〔疏〕漸漸至朝矣○毛以爲此時戎狄已叛將率征之與其士卒伐而不息言戎狄之地有漸漸然險峻之山石維其高大矣又山之與川其間悠悠然路復長遠我等登此高山涉此遠路維其勞苦矣不

但伐戎狄而已又其武人將率以役人東征征伐荆國之國疲於軍役而病不暇脩禮而相朝矣○鄭以漸漸爲漸漸然險峻之山石維其高大不可登而上矣以輿戎狄衆彊不可得而伐矣其荆舒所在之國山川其道路悠悠然而長遠維其邦域廣闊又勞勞然矣雖往征之難可卒服武人將率雖受命東征役人罷病必不能正之使朝於王矣○傳漸漸山石高峻○正義曰以漸漸文連之石爲山石之狀又言維其高矣故知爲高峻貌此傳無異鄭之文正以漸漸乃是上句而於此釋之明以四句爲一事鄭以勞爲遼遼言廣闊之意毛無改字之理必不與鄭同勞矣當爲勞苦故王肅云言遠征戎狄戍役不息乃更漸漸之高石長遠之山川維其勞苦也孫毓云篇義言役人久病於外故經曰山川悠遠維其勞病矣此皆以上四句竝爲征戎狄而言俱是述毛爲說傳意或當然也下篇苕之華序曰西戎東夷交侵中國師旅竝起何草不黄序曰四夷交侵用兵不息此序言戎狄叛之明其亦伐戎狄傳又摠而注之則王孫之言非無理矣故據爲毛說若然卒章上四句毛則分之者以豕之與月天地不同故分之則此山川事類故并之○箋山石至卒服○正義曰以漸漸高不可上故喻戎狄彊不可伐也知非戎狄之國高山者以序唯言戎狄叛之不言征伐戎狄則不得歷其國之高山

又荆舒之地山川悠遠而尚伐之不得言戎狄山高不可伐故以喻其衆彊也維其高矣還是漸漸之石高也則知維其勞矣是山川悠遠之勞勞也故曰山川者荆舒之國所處其道里長遠邦域又勞勞廣闊說此者言其不可卒服故下句言不能正之也廣闊遼遼之字當從遼遠之遼而作勞字者以古之字少多相假借詩又口之詠歌不專以竹帛相授音旣相近故遂用之此字義自得通故不言當作遼也毛幷注四句則是以爲一事箋分爲二者以下云武人東征不皇朝矣必上有難征之事乃可言不能正之不得不言荆舒故知山川悠遠是荆舒之地爲下事發端也不幷以四句爲下事之端者以序云戎狄叛之經亦當有其事不得全無所陳故以上二句充之也卒章不分之者以序云命將率東征則荆舒之惡爲甚是詩所主言而下章文勢接連上言涉波下言滂沱俱是水事明其共爲一喻故皆以爲荆舒焉○箋武人至於王○正義曰以序云命將率東征故知武人謂將率也皇王釋言文朝者諸侯見王之辭序云役久病於外明其所將之人罷病罷病不能正之使朝故言將率受王命東行而征伐役人罷病必不能正荆舒使朝於王王肅云武人王之武臣征役者言皆勞病東行征伐東國以困病不暇脩禮而相朝此自王肅之說毛意無以見其爲然正以詩中諸言不皇多

爲不暇故存其說代毛耳凡諸侯邦交有相朝之法此將率當是王之公卿不得有相朝之禮且受命出征務服前敵無暇相朝自其常事不當以此爲怨而列於詠歌王氏之義不爲長矣

漸漸之石維其卒矣山川悠遠曷其沒矣 卒竟沒盡也箋云卒者崔嵬也謂山巔之末也曷何也廣闊之處何時其可盡服○卒毛子卹反鄭在律反崔罪回反嵬五回反本作峞處昌慮反下同

武人東征不皇出矣 箋云不能正之令出使聘問於王○

疏 漸漸至出矣○毛以爲時遠征戎狄戍役罷勞言戎狄之地有漸漸然險峻之山石我等登之維其終竟言當偏歷此石也又山之與川其間悠悠然路復長遠我所登歷何時其可盡偏矣由行不可偏故久病勞苦也不但伐戎狄而已又其武人將率以役人東征疲於軍役而辛苦不暇出而相與爲禮也○鄭以爲漸漸然險峻之山石維其崔嵬然不可登而上矣以興戎狄衆彊不可得而伐矣其荆舒所在之國山川其道里悠悠然而長遠雖往伐之其處廣闊何時其可盡服之矣由此故武人東征之不能正之使出聘問於王矣○傳卒竟沒盡○正義曰釋詁云卒終也終亦竟之義故云卒竟也釋詁又云泯盡也李巡云泯沒之盡泯沒義

同故沒爲盡也此經卒沒之義略同而維其曷其文異者維其言已行當竟之曷其憂行不可盡勢相接也○箋卒者至盡服○正義曰箋以上高矣類之則卒亦石之形也故讀爲崒釋山云崒者厜㕒郭璞曰謂山峯頭巉巖者箋云崒者崔嵬謂山巔之末雖音字小異是取爾雅爲說也上章言勞勞廣闊此言不可盡服亦勢相接故上箋云言其不可卒服意取於此○**有豕白蹢烝涉波矣**豕豬也蹢蹄也將久雨則豕進涉水波箋云烝衆也豕之性能水又唐突難禁制四蹄皆白曰駭則白蹄其九蹝疾者今離其繒牧之處與衆豕涉入水之波漣矣喻荊舒之人勇悍捷敏其君猶白蹄之豕也乃率民去禮義之安而居亂亡之危賤之故比方於豕○蹢音的都歷反烝之丞反將久雨一本作天將雨能奴代反本又作耐駭戶楷反爾雅說文皆作豥古哀反蹝子到反離力智反繒在陵反爾雅豕所寢曰繒方言作橧從木音同漣音連一本作欄力安反悍下旦反○**月離于畢俾滂沱矣**畢噣也月離陰星則雨箋云將有大雨徵氣先見於天以言荊舒之叛萌漸亦由王出也豕既涉波今又雨使之滂沱疾王甚也○滂普郎反沱徒何反注同噣直角反又音晝本又作濁見賢遍反○**武人東征不皇**

他矣箋云不能正之令其守職不干王命○它音他疏有豕至他矣○毛以爲此時征伐戎狄役人勞苦而有豕豬之白蹢進而涉入水之波漣之處矣是在地爲將雨之徵也又值月更離歷于畢之陰星在天爲將雨之候以此徵候果致大雨使其水滂沱而盛矣已等役人遇之尤以疲病不但久勞又逢大雨爲甚苦之辭也又王之武人將率以役人東征伐荆舒之國皆以勞病不暇更有他事矣故不得相朝爲禮也○鄭以爲荆舒之人似衆豕其君猶白蹢者豕之性能水又唐突難禁制以荆舒之人性好亂又勇悍難制服言有豕之白蹢者領其衆豕離其繒牧之處涉入於水波漣矣以興荆舒之君率其衆民去其禮義之安居於亂亡之危矣豕性本自能水月復離歷於畢星天又雨之使滂沱矣羣家既得此水彌唐突而難制以喻荆舒本自好亂王又爲不善之政以加陵之矣荆舒既被此政彌彊梁而難服武人雖則東征不能正之使不爲他矣干犯王命是爲他事言不能正之使不干王命○傳豕豬至水波○正義曰豕豬釋獸文釋詁云烝進也言進涉是訓烝爲進也毛以下經月離於畢爲雨徵類之則此亦雨徵也故云天將大雨則豕進涉波水矣幷以二經爲雨徵言役人遇雨之勞苦也○箋烝衆至於豕○正義曰烝衆釋詁文豕之性能水言其自好涉

波非雨徵也以唐突難禁制喻荆舒之難制服也釋獸釋豕云四蹢皆白豥孫炎曰蹢蹄也傳巳訓蹢爲蹄故箋郎以蹄言之經直云白蹢不云豥則白豥。亦不知幾蹄白而箋引此者以爾雅主爲釋詩詩中言豕白蹢唯此而巳故知本以訓此也馬驚謂之駭則駭者躁疾之言白蹢名之爲駭是躁疾於餘豕故云則白蹄其中尤躁疾者也駭與豥字異義同釋獸於豕之下所寑檜舍人曰豕所寑草名爲檜某氏曰臨淮之謂野豬所寑爲檜李巡曰豬臥處名檜檜是所居之處牧是所食之地故云離其檜牧之處與衆豕涉入水之波漣矣繒與檜音義亦同荆舒之人勇悍捷敏者謂上俗民人勇而剽悍其舉動便捷敏速以其性輕故好叛難禁制也其君猶白蹄之豕言其民猶衆豕也乃率其臣民去禮義之安而居亂亡之危正謂叛也諸侯之朝天子上下相敬是禮義也叛違王命以致征討是亂亡也豕者言獸之尤穢今以荆舒比之故賤之比方於豕以其餘與喻立文猶隱此云有豕正是指斥辭有憎疾之旨故知有賤之意。傳月離至則雨。正義曰以畢爲月所離而雨是陰雨之星故謂之陰星月離于畢郎言俾滂沱矣故知月離陰星則雨也洪範曰星有好風星有好雨者郎此畢是也春秋緯說云月離于箕風揚沙則好風者箕也所以箕好風畢好雨者鄭洪範注云風土也爲木妃雨木也爲金妃故星好焉推此而往南宮好陽北宮好燠中宮四季好寒也是由已所克而得其妃從其妃之所好故也鄭知然者以庶徵曰雨曰陽曰燠曰寒曰風而休徵肅時雨若乂時陽若晢時燠若謀時寒若聖時風若此肅乂晢謀聖本之五事則肅由貌也爲木乂由言也爲金晢由視也爲火謀由聽也爲水聖由思也爲土故五行傳以爲貌屬木言屬金視屬火聽屬水思屬土庶徵亦依此貌言視聽思爲次鄭由此故云雨木氣也春而施生故木氣爲雨也陽金氣也秋物成而堅故金氣爲陽也燠火氣也寒水氣也風土氣也凡氣非風不行猶金木水火非土不處故知土氣爲風以此知風土雨木皆從妃所好言好是好樂他辭非已性也此庶徵寒燠即晦明也加之以陰則爲六氣故五行傳陰屬皇極故曰皇之不極厥罰常陰是也而賈逵服虔因此及春秋緯之文即以風東方雨西方又云陰中央晦北方明南方唯天陽不變唯晦明所屬爲當餘甚謬矣失之於書傳也○箋將有至王甚○正義曰此與上經相接爲喻言豕性本自能水又加以滂沱之雨是豕彌得性益難禁制以喻荆舒本自好叛加以王之不善是彼彌得志益難威服本言滂沱之喻唯此而已但詩人言大雨更生一意言月離于畢然從天爲大雨是滂沱之雨萌漸由離畢也言王爲不善然後荆舒背

叛是叛之萌漸亦由王出也萌者事之初猶物之萌牙漸而成大也豕既涉波今又雨之使滂沱是疾此雨之甚言荆舒自好叛王又使之叛是疾王之甚鄭知然者正以言俾不然言雨足矣何須言使也○箋不能至王命○正義曰他者謂職分之外横爲餘事棄其所守干犯王命是爲他矣故知不能正之令其守職不干王命卽干王命是他也

漸漸之石三章章六句

苕之華大夫閔時也幽王之時西戎東夷交侵中國師旅竝起因之以饑饉君子閔周室之將亡傷已逢之故作是詩也師旅竝起者諸侯或出師或出旅以助王距戎與夷也大夫將師出見戎夷之侵周而閔之今當其難自傷近危亡○苕音條徐音韶草名華音花距音巨難乃旦反下之難同近附近之近

［疏］苕之華三章章四句至是詩○正義曰言西戎東夷交侵中國不言南蠻北狄者下篇序曰西夷交侵中國則蠻狄亦侵序於上下相互以明耳言西戎東夷交侵中國師旅竝起卽序首章上二句之事因之以饑

饉卒章下二句是也閔周室之將亡卒章上二句是也傷已逢之卽首章下二句是也經序倒者序以由師旅饑饉致周室之亡所以傷之經則因文以弘義逢師旅而已傷乃覆言可傷之事故言因以饑饉於下明其禍是可傷各自爲義次也○箋師旅竝至危亡○正義曰以四夷在中國之外從外內侵則緣邊諸侯被侵矣又言師旅竝起者非一之辭明其非獨王室故知諸侯或出師或出旅以助王距戎與夷也周禮制諸侯從王之法云大國三軍次國二軍小國一軍今俱出師旅者周禮言其極耳行則隨時多少不必盡然且於時諸侯衰弱或不能備軍故纔出師旅也知大夫將師出見戎狄之侵周者以序云傷已逢之經云知我如此不如無生若非身自當之不應如此深恨故知身自將師而出見戎狄交侵而發憤悶傷也且上下皆言下國明此亦下國大夫自將其國之師故二章箋云諸侯微弱而王之臣當出見也是於時王臣未出不得逢之也逢之是身見之辭故云今當其難自傷近危亡也

苕之華芸其黃矣

興也苕陵苕也將落則黃箋云陵苕之華紫赤而繁興者陵苕之幹喻如京師也其華猶諸夏也故或謂諸夏爲諸華華衰則黃猶諸侯之師旅罷病將敗則京師孤弱○芸音云沈音運夏戶雅反下同罷音皮

心之憂矣維

其傷矣箋云傷者謂國日見侵削【疏】苕之華至傷矣○正義曰陵苕之英華本紫赤而繁多至今亦芸然其色黃而衰矣以興周室之諸夏本兵彊國盛今其師病而微矣陵華衰則將落落則苕幹特立矣諸侯師病則將敗敗則京師孤弱矣以周室之盛忽見如此之衰故我心爲之憂愁矣維其傷病矣傷其見侵削也○傳苕陵至則黃○正義曰釋草云苕陵苕黃華蔈白華茇舍人曰苕陵苕也黃華名蔈白華名茇別華色之名也某氏曰本草云陵蒔一名陵苕陸機疏云一名鼠尾生下濕水中七八月中華紫似今紫草華可染皁煮以沐髮即黑如釋草之文則苕華本自有黃有白傳言將落則黃是初不黃矣箋云陵苕之華紫赤而繁陸機疏亦言其華紫色蓋就紫色之中有黃紫白紫耳及其將落則全變爲黃以裳裳者華言之則芸爲極黃之貌故將落乃然○箋陵苕至孤弱○正義曰紫赤而繁華衰則黃皆以時事驗知苕之幹喻京師華猶諸夏者以序云交侵中國即九州之諸夏也師旅竝起是諸侯之師起而助王也華之衛幹如諸夏之衛京師故知幹如京師其華猶諸夏也又解不以葉喻之意以其諸夏本亦名諸華襄四年左傳魏絳諫晉侯曰諸華必叛昭三十年左傳子西諫楚王曰吳周之冑裔也今而始大比於諸華是或謂諸夏爲諸華也謂之夏

者夏大也以其中國有禮義之華可嘉大也論語曰不如諸夏之亡是也華黃落則苕幹衰故喻諸夏之師旅罷病將敗則京師孤弱也

苕之華其葉青青

華落葉青青然箋云京師以諸夏爲障蔽今陵苕之華衰而葉見青青然喻諸侯微弱而王之臣當出見也○青青子零反注同鄭章亮反見賢遍反下同○

知我如此不如無生

箋云我我王也知王之爲政如此則已之生不如不生也自傷逢今世之難憂閔之甚○

【疏】苕之至無生○毛以爲上言華將落故於此言已落言陵苕之上黃華今已殞落矣唯有葉青青然獨在耳以興王室之外諸夏今已喪敗矣唯有其臣當出見耳是戎夷之彊侵敗諸夏藩衛既弱周室將亡大夫傷已逢之故言知我王政之如此不能撫和戎夷使諸夏喪敗不如已之本無生也自傷生逢今世○鄭唯以華衰爲異言陵苕之上黃華其色既已衰矣唯其葉見青青然以興周室之外諸夏其師既已罷矣獨王臣當出見華已衰而葉未殞猶諸夏已病而王臣未發明鄣蔽既衰出亦敗矣餘同○傳華落葉青青○正義曰事必有漸物無兩盛上言將落則此已落矣又言其葉明唯葉在耳故言華落葉青青然則毛意以華喻所出之師上章以華喻師病此落喻已敗諸侯既敗則王

臣當出天下諸侯衆矣尚不能禦之王兵若出亦當敗矣故上章爲諸侯未敗此爲已敗下所以言亡爲事之漸也豈王之伐蠻狄皆出王室之兵此先諸夏後京師者王者彊盛則命將征討諸侯從之衰弱則諸侯先自禦寇王師大急乃出此則理之常也且此時戎狄從外而侵將內及王室詩人先云諸侯之敗見其危之漸耳○箋京師至出見○正義曰既言苕之華又言其葉華之映葉猶諸夏之葉京師故言京師以諸夏爲鄣蔽華衰而葉見故喻諸侯微弱王臣當出也易傳者以經仍云苕之華則華猶未落且華喻諸夏時諸夏未爲皆亡不可以落喻故爲衰耳○箋我我至之甚○正義曰知我非詩人自我而以我爲我王者以逢時多難非已所爲詩人不當自責故知我爲王之政人莫不好生而云已不用生生非已所裁而以生爲恨故知已自傷逢今世也

牂羊墳首三星在罶牂羊牝羊也墳大也罶曲梁也寡婦之笱也牂羊墳首言無是道也三星在罶言不可久也箋云無是道者喻周已衰求其復興不可得也不可久者喻周將亡如心星之光耀見於魚笱之中其去須臾也○牂子桑反墳扶云反罶音柳本又作霤牝頻忍反笱音苟復扶又反

人可以食鮮可以飽治日少而亂日多箋云今者士卒人

人於晏早皆可以食矣時饑饉軍興乏少無可以飽之者○鮮息淺反治直吏反【疏】○牂羊至以飽○毛以爲諸侯既敗周室將亡今牂羊而責其大首終無是道也以興周衰而求其大興亦無此理也周不復興其亡亦速三星之光耀在於魚罶之中其去斯須不可久也以喻周室之亡期將至欲望其存亦不可久也人於亂世之食而飢人於治世豐食而飽今亂日多故人可粗得食而治日少故少可以飽○鄭下二句爲異言時師旅既起因之以饑饉故言此士卒之人於宴早可以與之食但時乏少無可以飽之是所以可傷也○傳牂羊至可久○正義曰釋畜云羊牡羒牝牂故知牂羊牝羊也墳大釋詁文牝小羊也首必稱身小羊而責大首必無是道理也星隨天運晝夜一周魚笱之間蹔見心星之光曜須臾即過故言不可久也○箋無是至須臾○正義曰以此詩主論周衰故知喻求其復興不可得也序言閔周室之將亡故知不可久者喻周將亡其去須臾也○箋今者至飽之者○正義曰鄭以幽王時恆多禍亂曾無治時何得云治日少乎所以易毛

苕之華三章章四句

何草不黃，下國刺幽王也。四夷交侵，中國背叛，用兵不息，視民如禽獸，君子憂之，故作是詩也。

○背音佩。【疏】何草不黃四章章四句至是詩。○正義曰：上言下國，後云君子，則作者下國君子也。君子無尊卑之限，國君以下有德者皆是也。言四夷交侵，中國背叛，序其用兵之意，於經無所當也。用兵不息，上二章是也。視民如禽獸，下二章是也。經言虎兕及狐，止有獸耳，言禽以足句，且散則獸亦名禽也。

何草不黃？何日不行？箋云：用兵不息，軍旅自歲始草生而出，至歲晚矣，何草而不黃乎？言草皆黃也。於是之間，將率何日不行乎？言常行勞苦之甚。

何人不將？經營四方。言萬民無不從役。

【疏】何草至四方。○正義曰：言天下之人於草生正月之時從役，去時草始生耳。今至十月，何草而不黃乎？言草皆黃矣。去草生至於草黃，於是之間，將率何日而不行乎？言常行，是勞苦之甚也。又言萬民何人而不爲將率所將之以經營四方乎？言皆爲將之以經營也。是非直將率爲勞，萬民又甚苦焉。○箋用兵至之甚。○正義曰：言用兵不息，是用之過久。何草不黃，是見黃而怨若草大始去或欲黃乃行不應見草之黃嗟怨若此明明草有生死之期行者覩物而思故云軍旅自歲始草生而出謂正月二月之中也至歲晚矣何草而不黃乎草皆黃矣是九月十月之中也氣則時經寒熱物則革變死生日月長久征行不息是其所以怨也故云於是之間將率何日不行乎是其勞苦之甚也知此句謂將率者以言何日不行明行者有人下云何人不將爲人所將則是士卒也下句既爲士卒知此爲將率也

何草不玄何人不矜　箋云玄赤黑色始春之時草牙孽者將生必玄於此時也兵猶復行無妻曰矜從役者皆過時不得歸故謂之矜○矜古頑反注同孼魚列反復扶又反

哀我征夫獨爲匪民　箋云征夫從役者也古者師出不踰時所以厚民之性也今則草玄至於黃黃至於玄此豈非民乎

〔疏〕何草至匪民○正義曰將率以草黃之時既不得歸又至明年之春言今何草不玄言衆草將生而皆玄之也於此之時何人而不爲矜耳言皆矜也久而不歸失夫婦之道而皆爲矜夫也既久役如此哀我征行之夫豈獨爲非民乎若亦是民當休息何爲使之從役久而不得歸也○箋玄赤至之矜○正義曰鄭於冬官鍾氏注差約之云玄色在緅緇之間其六入者與三入赤三入黑故云

玄赤黑色春秋元命苞稽耀嘉皆云夏以十三月爲正物生色黑故知始春之時草牙孽者將生必玄也釋天云九月爲玄孫炎曰物衰而色玄也詩曰何草不玄與此始春之言不同者爾雅所言月名皆不以草色李巡曰九月萬物盡陰氣侵寒其色皆黑是陰而氣寒之黑不由草玄色孫炎之言謬矣無妻曰矜書傳及王制文彼言老宜爲六十之外禮六十不與服戎自六十以下不必皆老但行役過時久不得歸與無妻者同故謂之矜也舜年三十以無室家之端書亦謂之有鰥在下矜與鰥古今字○箋古者至民乎○正義曰隱五年穀梁傳曰古者征伐不踰時是古者師出不踰時也所以厚愛民之性命恐勞苦故也今草玄至於黄黄又至於玄朞年不歸是爲非民言其不厚之也

匪兕匪虎率彼曠野兕虎野獸也曠空也箋云兕虎比戰士也○兕徐履反**哀我征夫朝夕不暇**〔疏〕匪兕至不暇○正義曰言我此役人若是野獸可常在外今非是兕非是虎何爲久不得歸常循彼空野之中與兕虎禽獸無異乎時既視民如禽獸故哀我此征行之夫朝夕常行而不得閑暇○傳兕虎野獸○正義曰傳言野獸者解本舉此之意以役人不宜在野故言視民如禽獸也許慎云兕野牛其皮堅厚可爲鎧釋

獸云兕似牛某氏曰兕牛千斤郭景純云一角青色重千斤是也。箋兕虎比戰士。正義曰序云視民如禽獸則直取在野以比之而下章以狐比有棧之車則比中各自取象故云兕虎比戰士取其猛也

有芃者狐率彼幽草有棧之車行彼周道芃小獸貌棧車役車也箋云狐草行草止故以比棧車輦者。芃薄紅反沈又扶東反棧士板反輦者一本作輦車

疏有芃至周道。正義曰有芃芃然而小者當狐也此狐本是草中之獸故可循彼幽草今我有棧之輦車人輓以行此人本非禽獸何爲行彼周道之上常在外野與狐在幽草同乎故傷之也。傳芃小至役車。正義曰以芃是狐之狀非大獸故言芃小獸貌也此言用兵不息明此車士卒供役之車故云棧車役車。箋狐草至輦者。正義曰以上言率彼曠野而此又云幽草明義取於草以狐草行草止故比輦者亦道行道止故以幽草與周道相對也故周官鄉師云大軍旅會同正治其徒役與其輂輦注云輦人輓行所以載任器止以爲蕃營是行止常依於道似狐之依於草也以循草比人故知比輦者也鄉師注引司馬法曰夏后氏謂輦曰余車殷曰胡奴車周曰輜輦輦一斧一斤一鑿一梩一鋤周輦加二板二築又曰夏后氏二十八而

輦般十八人而輦周十五人而輦是軍行必有輦皆人輓以
行也春官巾車王后五路有輦雖載任與此不同亦人輓以
行故謂之輦也若然巾之言服車五乘有士乘棧車庶人乘
役車注云服車者服事者之車棧車不革輓而漆之役車方
箱可載任器以供役以此言之則彼自有棧車何知此非彼
者以彼棧車士之所乘以服事非此軍旅徒役所當有以此
知非巾車之棧車也若然傳云棧車役車則與彼庶人役車
同又知非彼役車者以役車庶人之所乘但庶人賤以供役
爲名耳非輦者也即唐蟋蟀言役車其休是矣彼不以人輓
故知不與此同此謂從軍供役之輦車耳有棧是車狀非士
所乘之
棧名也

何草不黃四章章四句

魚藻之什十四篇六十二章三百二句

附釋音毛詩注疏卷第十五 十五之三

黃中栻栞

毛詩注疏挍勘記（十五之三）

阮元撰盧宣旬摘錄

○緜蠻

止於丘阿　閩本明監本毛本同唐石經小字本相臺本於作于案于字是也下二章皆作于可證此因傳作於而改經也靜女著權輿經皆有於字者用字不畫一之例

○瓠葉

掌外內饔之爨亨煑肉之名　閩本同明監本毛本外內誤倒案肉上浦鏜云當脫饔是煑三字是也

故熟曰饔既爲熟　閩本明監本毛本同案浦鏜云饔下當脫一饔字是也

飲食而曰嘗者　閩本明監本毛本同小字本相臺本食作酒考文古本同案酒字是也正義可證

而亨庶人之葉　閩本明監本毛本同案葉當作菜形近之譌

故去毛炮之　閩本明監本同毛本去作云案所改是也

臣有炙之　閩本明監本毛本同案臣當作且形近之譌

猶今俗之勸酒　閩本明監本毛本同小字本相臺本之作人案釋文云俗之一本作俗人正義云猶今俗人勸酒者是其本作人字考文古本俗下有人字采正義釋文而誤合之也

其賓飲訖　閩本明監本毛本同案浦鏜云賓當實字誤

○漸漸之石

役久病於外　唐石經小字本相臺本同考文古本同閩本明監本毛本於誤在案釋文云一本作役人久病人衍字正義本有正義云定本集注役下無人字其箋注亦無人字俗本有者誤也考文一本作役人人病於外更誤

皇王也　相臺本同閩本明監本毛本同小字本王作正考文古本同案正字是也正義云皇王釋言文亦正字之誤

故經曰山川悠遠維其勞病矣閩本明監本毛本同案病字當衍也因衍此而下有脫故剜添之餘亦多此類

不皇出矣唐石經以下同考文古本皇作遑案鄭訓皇爲正則經字自作皇王肅以不暇說不皇亦是就皇字而異其義耳不知者乃改經爲遑誤之甚者也

戍役罷勞毛本同閩本明監本戍作戎案戎字是也

不暇出而相與爲禮也閩本同明監本毛本也作矣案所改是也

將久雨小字本相臺本同案此釋文本也釋文云將久雨一本作天將雨考正義但云將雨不云久雨是其本作天將雨與一本同也

四蹄皆白曰駭按釋文作駭正義則作豥二家之本不同駭分按其書可了然矣正義以駭說豥文理甚明

今離其繒牧之處 小字本相臺本同案釋文繒下云爾雅作橧云繒與橧音義同是鄭箋無從木之本也說文木部無橧字爾雅釋文云舊本多作繒帛字是鄭讀爾雅自從糸後乃依方言改從木耳考文古本作橧采釋文正義中之字而未之考也

則白豥亦不知幾蹄白 閩本明監本毛本同案浦鏜云蹢誤豥是也

白蹢名之爲駭 閩本明監本毛本駭誤豥○按此作豥不誤觀上文引釋獸四蹢皆白豥下文駭與豥字異義同可見

某氏曰臨淮之 閩本明監本毛本同案山井鼎云爾雅疏之作人是也

然從天爲大雨 閩本明監本毛本同案浦鏜云從當後字誤是也

○苕之華

下篇序曰西夷 閩本明監本毛本同案浦鏜云四誤西是也

則若幹特立矣閩本明監本同毛本初刻幹後改榦下同案所改非也幹即正義今字

以諸夏爲障蔽小字本相臺本同案釋文云郭章亮反正義中字同考此字當用鄣見五經文字

三星在罶唐石經小字本相臺本同案釋文云本又作霤誤字耳考文古本采之非也

○何草不黃

言萬民無不從役小字本相臺本同案釋文不矜上以數起作音云所角反當在此上各本注皆無之未知其本何屬也於正義無文當是其本無此不與釋文同矣

始春之時草牙孽者小字本同閩本同相臺本孽作蘖明監本同毛本牙誤芽正義中字同案釋文云牙蘖魚列反孽即蘖字耳

九月萬物草盡閩本明監本毛本同案浦鏜云草疑畢字誤是也

故以比棧車輦者小字本相臺本同案釋文云輂者一本作輦車以正義考之其本作者者字是

也一本誤考文古本采而倒之一本采之而去棧車二字皆非也

與其藿藿　閩本明監本毛本同案山井鼎云上藿當萑字音九玉反是也

一梩一鋤　閩本明監本毛本梩誤種

巾之言服車五乘　閩本明監本毛本同案山井鼎云之當作車是也

附釋音毛詩注疏卷第十六（十六之一）

文王之什詁訓傳第二十三

毛詩大雅　陸曰自此以下至卷阿十八篇是文王武王成王周公之正大雅據盛隆之時而推序天命上述祖考之美皆國之大事故爲正大雅焉文王至靈臺八篇是文王之大雅下武至文王有聲二篇是武王之大雅

鄭氏箋　孔穎達疏

文王文王受命作周也　受命受天命而王天下制立周邦○而王于況反

疏　文王七章章八句○文王至作周○正義曰作文王詩者言文王能受天之命而造立周邦故作此文王之詩以歌述其事也上文王篇名之目下文王指而說其事經五章以上皆是受命作周之事也六章以下爲因戒成王言以殷亡爲鑒用文王爲法言文王之能伐殷其法可則於後亦是受命之事故序言受命作周以揔之○傳受命至周邦○正義曰言受命作周是創初改制非天命則不能然故云受命受天命也周雖舊邦其命維新是立周邦也無逸曰文王受命惟中

身厥享國五十年注云中身謂中年受命謂受殷王嗣立之命彼謂文王爲諸侯受天子命也此述文王爲天子故爲受天命也按春秋說題辭云河以通乾出天苞雒以流坤吐地符又易坤靈圖云法地之瑞黄龍中流見於雒注云法地之瑞者洛書也然則河圖由天洛書自地讖緯注說皆言文王受洛書而言天命者以河洛所出當天地之位故託之天地以示法耳其實皆是天命故六藝論云河圖洛書皆天神言語所以教告王者也是圖書皆天所命故文王雖受洛書亦天命也帝王革易天使之然故後世創基之王雖無河洛符瑞皆亦謂之受命以其得有天下是命與之故此亦云受天命而王天下也文王雖未得九州以其稱王故以天下言之文王受命毛無明說鴟鴞之傳謂管蔡爲二子則毛意周公無除喪攝政避居東都罪其屬黨之事其受命之年必不得與鄭同也尚書武成篇曰我文考文王克成厥勳誕膺天命惟九年大統未集孔安國云言諸侯歸之九年而卒故大業未就劉歆作三統歷考上世帝王以爲文王受命九年而崩班固作漢書律歷志載其說於是賈逵馬融王肅韋昭皇甫謐皆悉同之則毛意或當然矣文王九十七而終終時受命九年受命之元年年八十九年其卽諸侯之位已四十二年矣故帝王世紀云文王卽位四十二年歲在鶉火文王於是

更爲受命之元年始稱王矣乃引周書稱文王受命九年惟暮之春在鎬名太子發作文傳九年猶名太子明其七年未崩故諸儒皆以爲九年而崩其伏生司馬遷以爲文王受命七年而崩故尚書周傳云文王受命一年斷虞芮之訟二年伐邘三年伐密須四年伐犬夷五年伐耆六年伐崇七年而崩史記周本紀云西伯陰行善諸侯皆來決平虞芮既讓諸侯聞之曰西伯蓋受命之君也此是受命一年之事又曰明年伐犬夷明年伐密須明年敗耆國明年伐邘明年伐崇侯虎而作豐邑明年西伯崩此雖伐犬夷與伐耆伐邘其年與書傳不次要亦七年崩也鄭不見古文尚書又周書遺失之文難可據信依書傳史記爲說故洛誥注云文王得赤雀武王俯取白魚皆七年是鄭以文王受命爲七年之事中候我應云季秋之月甲子赤雀銜丹書入豐止於昌戶再拜稽首受尚書運期授引河圖曰倉帝之治八百二十歲立戊午蔀注云周文王以戊午蔀二十九年受命易類謀云文王比隆興始霸伐崇作靈臺受赤雀丹書稱王制命示王意注云入戊午蔀二十九年時赤雀銜丹書而命之是鄭意以入戊午蔀二十九年季秋之月甲子赤雀銜丹書而命之也鄭知然者易乾鑿度云入戊午蔀二十九年伐崇作靈臺改正朔布王號於天下受籙應河圖注云受命後五年乃爲此改猶如也

如前聖王所得河圖之書由此而論既云入戊午蔀二十九年雖連以伐崇改正之事云受籙應河圖則二十九年之文爲受籙而發受籙者卽謂受丹書王命之籙也以此知入戊午蔀二十九年卽是赤雀所命之年也先言伐崇作靈臺改正朔布王號於天下然後始言受籙者以文王之時所爲大事唯此而已此由天命而然故旣言受命之年卽言所爲之事下乃繼以受籙應河圖此等之事皆由受籙而爲之故受籙之言與二十九年文不連耳是類謀亦先言伐崇然後言受赤雀丹書亦以伐崇作靈臺是文王大事由受命而然故在赤雀之上先言之也且乾鑿度云亡殷者紂黑期火戊倉精授汝位正昌注云火戊戊午蔀也午爲火必言火戊者木精將王火爲之相戊土也又爲火子又火使其子爲已塞水是明倉精絶殷之象也是言文王受命在戊午蔀之意既言入戊午蔀二十九年受籙復說在戊午之意明以二十九年爲受命年也受命之月已是季秋至明年乃改元故書序云惟十有一年武王伐殷注云十有一年本文王受命而數之是年入戊午蔀四十歲矣是鄭以受命元年爲入戊午蔀三十年故改至十年而四十也又以歷校之入戊午蔀二十九年歲在戊午其年殷九月二十五日得甲子明年乃改元則元年歲在己未至十三年在辛未其年正月六日得甲子謂

云以歷校之文王受命十三年辛未之歲殷正月六日殺紂是得赤雀之命後年改元之驗也又中候雒師謀云唯王既誅崇侯虎文王在豐豐八一朝扶老至者八十萬戶是受命六年而伐崇居豐也即云至磻谿之水呂尚釣崖王下趍拜曰望公七年矣所以言七年者以本丹書命云雒授金鈐師名呂故得命即望之今受命六年而言望公七年通得命之年數之故七是得命之後明年改元鄭所參校於茲明矣若然鄭於金縢之末注云文王年十五生武王又九十七而終終時武王年八十三矣若文王受命七年武王八十三至十一年觀兵得魚之時武王八十七矣至九十三而終則通數取魚之年乃得爲七年鄭云文王得赤烏武王俯取魚皆七年文王以明年數武王以其年數者文王改元須得歲首爲之武王未及改元唯須正名號耳我應說文王之戒武王曰我終之後恆稱太子河洛復告遵朕稱王故太誓說武王升冊稱皇太子得魚即云。俯取是得告之即須改稱故不與文王同也如上所說受赤雀之命必是歲在戊午蔀二十九年矣案乾鑿度云歷元名握先紀曰甲子歲甲寅又曰今入天元二百七十五萬九千二百八十歲昌以西伯受命注云受洛書之命爲天子以歷法其年則入戊午蔀二十四年矣歲在癸丑是前校五歲與上不相當者其實當云二百八十五歲以其篇已有入戊午蔀二十九年受籙之言足以可明故略其殘數整言二百八十而不言五也知必加五年當戊午蔀二十九年者依三統歷七十六歲爲一蔀二十蔀爲一紀積一千五百二十歲凡紀首者皆歲甲寅日甲子卽以甲子之日爲初蔀名甲子蔀一也滿七十六歲其後年初日次癸卯卽以癸卯爲蔀首二也從此以後壬午爲蔀三也辛酉蔀四也庚子蔀五也己卯蔀六也戊午蔀七也丁酉蔀八也丙子蔀九也乙卯蔀十也甲午蔀十一也癸酉蔀十二也壬子蔀十三也辛卯蔀十四也庚午蔀十五也己酉蔀十六也戊子蔀十七也丁卯蔀十八也丙午蔀十九也乙酉蔀二十也是一紀之數終而復始紀○還然今乾鑿度入天元二百七十五萬九千二百八十歲以一紀之法一千五百二十歲除之得一千八百一十五紀餘有四百八十歲卽是入後紀之年其初年還歲甲寅日甲子以甲子癸卯壬午辛酉庚子己卯筭六蔀除之餘有二十四年卽是入戊午蔀二十四年更加五年爲二十九年受赤雀之命若推太歲卽以六十除積年其受命之年太歲在戊午若欲知日之所在乘積年爲積日以日行一帀六十除之得日之所在又案三統之術魯隱公元年歲在己未其年前惠公之末年歲在戊午計文王受命是戊午之年下至惠公末年六復戊午當三百六十年矣而

雒師謀注云數文王受命至魯公末年三百六十五歲又餘五年者本唯云三百六十耳學者多聞周天三百六十五度因誤而加徧校諸本則無五字也或以爲文王再受天命入戊午蔀二十四年受洛書二十九年受丹書若如此說於易緯之文上下符合於中候之注年數又同必知不然者以讖緯所言文王之事最爲詳悉若赤烏之外别有洛命則應有文言之今未有聞焉明其無也所論圖書莫過中候而我應及雒師謀皆說文王之事只言赤雀丹書不言更有所命詳撿諸緯其辭亦然易通卦驗曰有人侯起。倉姬演步有鳥將顧其意言文王得赤烏而演易也是類謀曰受赤雀丹書春秋元命苞曰鳳皇銜丹書於文王之都皆言丹書鳥雀而已曾無斥言别有他命鄭言洛書即丹書是也不然鄭何處得洛書之言乎說者雒云再命既言七年而崩則亦赤雀命後始改元矣若二十四年已後受洛書所以不即改元而待後命何也且鄭云受洛書之命爲天子若前命已爲天子後命更何所作既天已使爲天子猶尚不肯改元便是傲慢神明違拒天命聖人有作決不然也又鄭於六藝論極言瑞命之事云太平嘉瑞圖書之出必龜龍銜負焉黄帝堯舜周公是其正也若禹觀河見長人皐陶於洛見黑公湯登堯臺見黑鳥至武王渡河白魚躍文王赤雀止於戶秦穆公白雀集於車是其變也文王唯言赤雀何得更有洛書且洛書龜負而出乃是太平正法於文王之世安得有之此其所以大蔽也然則文王所受實赤烏銜書非洛而出謂之洛書者以其河龍圖發洛龜書感此爲正也故。圖者謂。雖不從河謂之河圖書者雖非洛出謂之洛書所以統名焉故元命苞云鳳皇銜圖置帝前黃帝再拜受堯坐中舟與太尉舜臨觀鳳皇負圖授是不從河者也坤靈圖云黃龍中流見於洛注云謂洛書不必皆龜負也言河圖龜書見其正耳所命文王銜丹書者我應是類謀謂之赤雀元命苞謂之鳳皇通卦驗謂之爲鳥鳥。者羽蟲之大名赤雀鳳皇之雛神而大之亦得稱鳳文雖不同其實一也受命六年乃始伐崇既伐於崇乃作邑於豐則受命之時未都豐矣而我應云赤雀銜丹書入豐止於昌戶元命苞云鳳皇銜丹書遊於文王之都者鄭作我應序云文王如豐將伐崇受赤烏是當時行往豐地未都豐也所居有屋故稱昌戶從後言之謂之文王之都太誓云至於王屋譜云周公避居東都亦此類也文王世子稱武王謂文王曰西方有九國焉君王其終無。諸文王生稱王也其稱王也必在受命之後元命苞云西伯既得丹書於是稱王改正朔誅崇侯虎稱王之文在誅崇之上是類謀云稱王制命示王意乾鑿度云改正朔布王號於天下二文皆承伐崇作靈臺之下伐崇在六年則亦六年始稱王也但彼文以伐崇之等皆是文王大事故歷言之其言不必依先後爲次未可卽以爲定書傳稱二年伐邘三年伐密須四年伐犬夷書序云殷始咎周注云咎惡也紂聞文王斷虞芮之訟後又三伐皆勝而始畏惡之拘於羑里又曰周人乘黎注云乘勝也紂得散宜生等所獻寶而釋文王文王釋而伐黎明年伐崇案殷傳云西伯得四友獻寶免於虎口而克耆大傳曰得三子獻寶紂釋文王而出伐黎其言既同則黎耆一物是文王伐犬夷之後乃被囚得釋乃伐耆也出車說文王之勞還師云春日遲遲是四年遣役五年始反乃勞之當勞茫被囚其年得釋卽以歲暮伐耆故稱五年伐耆也天無二日土無二王若五年以前既已稱王改正則反形已露紂當與之爲敵非直咎惡而已若已稱王顯然背叛雖紂之愚非寶能釋也又書序周人乘黎之下云祖伊恐奔告於受作西伯戡黎若已稱王則愚者亦知其叛不待祖伊之明始識之也且其篇仍云西伯明時未爲王是六年稱王爲得其實故乾鑿度布王號之下注云受命後五年乃爲改此是鄭意以爲六年始王也但文王自於國內建元久矣無故更復改元是有稱王之意雖則未布行之亦是稱王之迹故周本紀云詩人道西伯蓋受命之年稱王皇甫謐亦云受命元年始稱王矣正以改稱元年

故疑其年稱王斯言非無理矣但考其行事必不得元年稱王耳然則六年稱王七年則崩是稱王甚晚禮記大傳注云文王稱王早矣者以殷紂尚存雖於年爲晚而時未可稱故爲早也時未可稱而必稱之者我應云我稱非早一人固下注云我稱王非爲早欲以一人心固臣下是早稱之意也然則伐崇之時未稱王矣皇矣說伐崇之事而云是類是禡王制云天子將出征類乎上帝禡於所征之地然則類者祭天之名未稱王而得祭天者文王於伐崇之後尋即稱王於時天期已至崇又大敵雖未稱王已行王事故類禡也文王雖稱王改正統得行其統內六州而已禮記大傳曰牧之野武王之大事改正朔易服色謂克紂之後又復頒布使天下徧知之猶未制禮未是大定故召誥云惟二月三月注云當爲一月二月不云正月者蓋待治定制禮乃正言正月故也然則從是以後始大定矣文王之得太公無經典正文言其得之年月雜師謀注云文王旣誅崇侯乃得呂尚於磻谿之崖是伐崇之年得呂尚也書傳云散宜生南宮括閎天三子相與學訟於太公四子遂見西伯於羑里是文王被囚之年得太公也史記齊世家云西伯政平及斷虞芮之訟伐崇密須犬夷大作豐邑天下三分其二歸周者太公之謀計居多則是斷虞芮之前得太公也皇甫謐以爲未受命時已得太公

羣言不同莫能齊一案左傳稱呂伋爲王舅則武王之后大公女也文王受命六年武王以八十二矣不應此時方取正室且文王爲今年得之明年卽崩以人情準之未應便爲武王取其女也又書傳之美太公言其翼佐文武身有殊勳世祚太公以表東海以其有大功故也若伐崇之後方始得之則文王於時基宇已就太公無所宜其力亦何功業之有乎若武王承父舊基太公因人成事收野一戰賢聖多矣杖鉞之勞不足稱述而使經傳之文褒揚若此六年始得深可惑矣齊世家云呂尚蓋嘗窮困年老矣以魚釣干周西伯出獵得之或曰太公嘗事紂紂無道去之游說諸侯無所遇而卒西歸周西伯或曰呂尚隱海濱周西伯拘羑里散宜生等知而招尚曰吾聞西伯善養老盍往歸焉言呂尚所以事周雖異然要之爲文武師司馬遷馳騁古今良亦勤矣尚不能知其事周所由安能知得之年月今雖考校未能正之尚書帝命驗曰自三皇以下天命未去饗善使一姓不再命然則文王已受赤雀武王又得白魚者一姓不再命謂子孫既衰之後天不復重命使興耳非謂創業之君也文王雖天意與之而仍未克紂復命武王使之統一故再受命焉○文

王在上於昭于天在上在民上也於歎辭昭見也箋云文王初爲西伯有功於民其德著見

於天故天命之以爲王使君天下也崩謚曰文。於音烏注及下於緝幷注皆同見賢遍反下著見同著珍慮反謚音示愼也悉也生存之行終始悉錄之以爲謚也。**周雖舊邦其命維新**乃新在文王也箋云大王聿來胥宇而國於周王迹起矣而未有天命至文王而受命言新者美之也。大音泰後大王皆同。**有周不顯帝命不時**有周周也不顯顯也顯光也不時時也時是也箋云周之德不光明乎光明矣天命之不是乎又是矣。**文王陟降在帝左右**言文王升接天下接人也箋云在察也文王能觀知天意順其所爲從而行之

【疏】文王至左右。正義曰言文王初爲西伯在於民上也於呼可歎美哉其時己施行美道有功於民其德昭明著見於天言治民光大天所加美以此故爲天所命周自大王已來居此地周雖是舊國其得天命維爲新國矣以明德而受天命變諸侯而作天子是其改新也天既命文王我有周之德豈不光明乎由有美德能受天命則有周之德爲光明矣天之命我文王豈爲不是乎皇天無親惟德是與當時天下莫若文王則天之所命爲是矣又美文王云文王升則以道接事于天下則以德接治于人常觀察天帝之

意隨其左右之宜順其所爲從而行之。傳在上至歎辭。正義曰此言於昭于天是說文王治民有功而明見上天故知在上在於民上也書傳引於穆清廟乃云於者歎之是於爲歎辭也尚書注云於者鳴聲則於鳴古今字耳。箋文王至曰文。正義曰下言其命維新則此未受命時事故鄭本而言文王初爲西伯未受命之時已有功於民其德著見於天故爲天所命也言初爲西伯以對後爲王揔受命之前爲初非謂爲西伯之初耳以言在上著見于天明治民之功見也故知有功於民其德著見于天言著見者爲天所加美而知之故天命之爲王使爲君於天下至崩而謚之曰文曲禮下曰君天下曰天子檀弓上曰死謚周道也。箋大王至美之。正義曰言大王自豳來相其可居之處而爲國於周大王已來居此地是周雖舊邦也閟宮云寔始翦商是王迹起爲國語言周之興也鸑鷟鳴於岐山雖爲周興之兆而未有書文授之王位是未有天命至文王而受天命以諸侯國名變而爲天子國名是其改新之也言新者美文王能使之新也。傳有周周也時是也。正義曰以周文單故言有以助之烝民曰天監有周時邁曰明昭有周皆同也猶左傳謂濟爲有濟傳疊而解之有周正周也時是釋詁文。箋周之德至是矣。正義曰此言文王德著爲天所命故反其辭以結之言又是者言周德既明天命復是對上句故言又也王肅云天命之是也言時天下莫若文王○傳言文至接人○正義曰人君在人之上在天之下其升降惟天人耳故知言文王升接天下接人謂與之交接天則恭敬承事以接之人則恩禮撫養以接之○箋在察至行之○正義曰此言文王之接天人而云在帝左右明是察天動作而效之言文王觀知天意解在帝也順其所爲從而行之解左右也易稱聖人與天地合其德故順其所爲而效之

亹亹文王，令聞不已。陳錫哉周，侯文王孫子。文王孫子，本支百世。

亹亹勉也哉載侯維也本本宗也支支子也箋云令善哉始侯君也勉勉乎不倦文王之勤用明德也其善聲聞日見稱歌無止時也乃由能敷恩惠之施以受命造始周國故天下君之其子孫適爲天子庶爲諸侯皆百世○亹音尾聞音問注同哉如字毛載也鄭始也左傳作載本又作載同敷音孚施始豉反適音的字或作嫡

凡周之士，不顯亦世。

不世顯德乎也者世祿也箋云凡周之士謂其臣有光明之德者亦得世世在位重其功也○

【疏】亹亹至亦世○毛以爲亹亹乎勉力勤用明德不倦之文王以勤行之故有善聲譽爲人

所聞曰見稱歌不復已止文王能布陳大利以賜子孫於是又載行周道致有天下以此德澤流於後世維文王孫之與子皆受而行之維文王孫之與子不問本宗之○子皆得百澤相繼言由文王功德深厚故福慶延長也文王之德不但德及子孫而已凡於周爲臣之士豈不有顯德乎言其皆有顯德而亦得繼世食祿言文王德人及朝臣所以常見稱識行復已止也○鄭唯以哉爲始侯爲君爲異言文王能敷陳恩惠之施令德著于天遂受天命而造始周國由此故爲天下之人君其文王孫之與子其本適爲天子支庶爲諸侯皆得百世餘同○傳亹亹至支子○正義曰亹亹勉也釋詁文哉與載古字通用中庸言栽者培之注引上天之載是其通也以其通用故云哉載也釋詁哉維侯也郭璞曰互相訓是侯得爲維也適譬本幹庶譬其枝故言本本宗支支子也王肅云文王能布陳大利以錫予人故能載行周道致有天下維文王孫子受而行之美其及支子孫言文王之功德其大宗與支子相承百世之道○箋云始至百世○正義曰哉始侯君釋詁文也以文王受命創爲天子宜爲造始周國君其子孫故易傳也受天之命本由明德其用明德即陳錫是也不能敷陳恩惠之施故得受命造周令長世稱誦是用明德而致令聞不已也昭十年左傳曰陳錫載周能施也夫故知去

恩惠之賜以施予也宣十五年左傳亦引此詩乃云文王所以造周不是過也是造始周國也既造周國當子孫嗣之故天下之民君其子孫爲天子庶爲諸侯皆百世也○傳不至世禄○正義曰傳以經言不顯則爲顯顯也由顯而得世故并及之不世顯德乎其世顯德也謂臣有顯德令子孫世之仕者世禄欲舉輕以明重若子孫復有顯德爵位亦世之仕者世禄孟子文○箋凡周至其功○正義曰以士者男子成名之大號下至諸侯及王朝公卿大夫摠稱亦可以兼士也凡爲摠辞顯爲光明故言謂其臣有光明之德者亦得世世在位以重其功勞故也傳言世禄箋言在位者以言亦世者亦前本支百世也百世謂繼世在位知此亦世世在位也以此知毛言世禄舉輕苞重耳不謂不得世世也文王之時則其功未定不得定之長在卿大夫之位若武王以後則大封羣臣或爲列士諸侯或爲王朝卿佐維爲王朝之臣其大功亦得世之故直言世世在位而不辨其内外也郊特牲及士冠禮云繼世以立諸侯象賢則封爲國君固當世矣其卿大夫有大功乃得世世也王制言天子之縣内諸侯禄也注云選賢置之於位其國之禄如諸侯不得世又曰大夫不世爵注云謂縣内及列國諸侯爲天子大夫者不世爵而世禄辟賢也又曰諸侯之大夫不世爵禄也公羊傳曰世卿非禮則卿大夫

正法不得世也異義卿得世又公羊穀梁說卿大夫世則權并一姓妨塞賢路專政犯君故經譏尹氏齊氏崔氏也左氏說卿大夫得世祿不得世位父爲大夫死子得食其故采而有賢才則復升父故位故傳曰官有世功則有官族謹案易爻位三爲三公二爲卿大夫曰食舊德食舊德謂食父故祿也尚書古我先王暨乃祖乃父胥及逸勤予不敢動用非罰世選爾勞予不絕爾善論語曰興滅國繼絕世國謂諸侯世謂卿大夫詩云凡周之士不顯亦世孟子曰文王之治岐也仕者世祿知周制世祿也此許氏亦以卿大夫世祿爲常雖以世祿爲常而有大功德亦得世位故裳裳者華刺幽王棄賢者之類絕功臣之世鄭駁膏肓云公卿之世立大功德先王之命有所不絕者是大功特命則得世位也白虎通曰諸侯繼世者南面之君體陽而行陽道不絕大夫人臣北面體陰而行陰道有絕故也此託之陰陽之義其實諸侯以大功而封故也卿大夫本以佐君欲令非賢不可所以不世也其得世者又違常法以大功而許之耳

世之不顯厥猶翼翼思皇多士生此王國王國克生維周之楨　翼翼恭敬思辭也皇天楨幹也箋云猶謀思願也周之臣既世世光明其爲君之謀事忠敬翼翼然

又願天多生賢人於此邦此邦能生之則是我周之幹事之臣○楨音貞爲于僞反下天爲此同**濟濟多士文王以寧**濟濟多威儀也○濟子禮反後濟濟皆同【疏】世之至以寧○毛以爲因上不顯亦世文反而詳之言此世祿之臣豈不光明其德乎言其世世有光明之德故也以有光明之德其爲君之謀事則能翼翼然忠誠而恭敬也所以得有此臣者天以周德至盛欲使羣賢佐之故皇天命多衆之士生之于我周王之國我周王之國能生此賢人收而用之則維是我周家幹事之臣臣能幹事則國以又安故歎美之此濟濟然多威儀之衆士文王以安寧言文王得賴此臣之力思語辭不爲義鄭以思爲願言此世顯之臣非直謀事恭敬又推誠恕物所及弘廣乃思願皇天令其多衆之士生此我王之國得與我周家爲幹事之臣此世顯之人謀則忠敬心則誠信故歎美之云濟濟多士文王以寧濟濟多士還謂世顯之人與思皇多士不同也○傳翼翼至皇天○正義曰釋訓云翼翼恭也敬是恭之類故連言之以此覆述世顯之人不宜更有所思故以思爲辭皇與多士連文能生多士維天乃然皇者天號故皇爲天也王肅云言天思周德至盛故爲生衆士於此周國王國能生此衆美之士維周以之爲楨幹也○箋猶謀至之臣○正義曰

猶謀釋詁文以思之爲辭止在句末今句首言之不宜爲辭故易傳以意之所思必情之所願故以思爲願朝廷之士多如邑賢能故嘉魚美太平之君子樂與賢者共之朝臣之願多賢實爲美事明此思皇多士是世顯之人復思使皇天更生多賢也下濟濟多士卽世顯之人與此多士不同也何者此思皇多士乃是世顯之人思天生之尚未知思得以否假令得之猶是後世之事文王未得賴之以寧也以此知濟濟多士還是世顯之人傳以翼翼爲恭敬而論語曰爲人謀而不忠乎謀者主忠故言忠敬翼翼然也言此邦能生則是生而用之故云則是我周家幹事之臣幹事是已用之語明克生爲用之矣○傳濟濟多威儀○正義曰此多士是上世顯之人則諸侯及公卿大夫此文皆兼之釋訓云濟濟容止也孫炎曰濟濟多士之容止也然則濟濟摠爲在朝之儀故云威儀也曲禮下云大夫濟濟謂行容之貌與此別少儀云朝廷之儀濟濟翔翔與此同矣○**穆穆文王於緝熙敬止假哉天命有商孫子**穆穆美也緝熙光明也假固也箋云穆穆乎文王有天子之容於美乎又能敬其光明之德堅固哉天爲此命之使臣有殷之子孫○緝七入反熙許其反假古雅反固也○**商之**

孫子其麗不億上帝既命侯于周服

麗數也盛德不可爲衆也箋云于於也商之孫子其數不徒億多言之也至天已命文王之後乃爲君於周之九服之中言衆之不如德也○麗力計反沈又力知反○【疏】穆穆至周服○毛以爲穆穆然而美者文王也既有天子之容矣於呼美哉又能於有光明之德者而敬之其敬光明之德者而甚堅固哉言尊賢愛士心能堅固故天命之使臣有商之孫子而代殷也商之孫子其數至多不徒止於一億而已言其數過億也雖有過億之數以紂爲惡之故至於上帝既命文王之後維歸於周而臣服之明文王德盛之至也○鄭唯以侯爲君言商之孫子爲君於周之九服之中爲異餘同○傳穆穆至假固○正義曰穆穆美釋詁文又云緝熙光也敬之云學有緝熙于光明故傳連明言之假雖有訓以言敬事有德而爲天所命宜爲堅固故爲固也○箋穆穆至子孫○正義曰於爲歎美之辭故言於美乎言又能敬其光明之德以文王身有聖德復能敬人故言又也直言光明之德不言止則止爲辭也大學引此詩注云敬其所以自處止緇衣亦引此注云敬其容止者彼各有所證故與此不同也此言緝熙敬止明有緝熙之德者敬之故言敬其光明之德假哉文雖下屬而

理結於上故云堅固哉天爲此命之言能敬德堅固故能受天命使臣有商之子孫謂使之爲臣以爲已有即下云侯服于周是也○傳麗數至爲衆○正義曰以億是數名故知麗爲數也德之小者猶可以衆敵之盛德不可爲衆言德盛則難爲衆故雖多而服周深美文王言非衆所敵王肅云商之孫子有過億之數天既命文王則維服于周盛德不可爲衆毛於上章訓侯爲維則其意如肅言也○箋商之至如德○正義曰以舉多而服文王故知不徒億也文王所得六州而已殷之同姓未必有歸之者況其子孫乎而云不億者此作在成王之時從後見其歸周本而美之耳非實事也言天既命文王之後乃爲君於周之九服之中言其貴者耳其數既多亦有不爲君者也九服者大司馬大行人千里之畿外每云又其外五百里即侯甸男采衛要夷鎮蕃是也此亦據在後言之天命文王之時服名未定也其服名自古而有故禹貢有甸侯綏要荒五服皋陶謨所謂弼成五服是也但不知夏殷服名耳

侯服于周天命靡常則見天命之無常也箋云無常者善則就之惡則去之○**殷士膚敏祼將于京**

厥作祼將常服黼冔殷士殷侯也膚美敏疾也祼灌鬯也周人尚臭將行京大也黼

白與黑也冔殷冠也夏后氏曰收周曰冕箋云殷之臣壯美而敏來助周祭其助祭自服殷之服明文王以德不以彊○祼古亂反黼音甫冔況甫反字林作⿰糸导又火于反𦊆敕亮反夏戶雅反○**王之藎臣無念爾**藎進也無念念也箋云今王之進用臣當念女祖爲之法王斥成王○藎才刃反爲之法一本作爲之法度**祖**

疏侯服至爾祖○毛以爲商之子孫旣衆多今維乃服臣于周以商之族類變爲周臣如是則見天命之無常去惡就善是無常也命旣無常故殷之諸臣多士皆有壯美之德見時之疾於周祭宗廟則助其灌𦊆之禮而行之於京師言其知命服周之無貳心也因其服周之事而言文王之寬此殷士其爲祼獻行禮之時常服其殷所服黼衣而冔冠也文王若以彊服之則當改其衣冠令之從已今仍服殷冠明其自來歸從文王○王以德服之不以彊也以旣陳文王之盛德因舉以戒成王言之進用臣法可無念汝祖文王乎言當念汝祖文王之法脩德服衆爲天下所歸是進用臣之道○鄭唯上一句言爲君列在九服于周家是天命無常餘同○傳則見至無常○正義曰天之所爲不可得見以紂之惡文王之善致使商之孫子臣服于周如是觀之則見天命之無常也太學引康誥曰惟命不于常道善則得之不善則失之矣

箋亦引彼文是無常之事也○傳殷士至曰冔○正義曰此殷士即前商之孫子服周者故知殷侯也膚美小雅廣訓文敏疾釋詁文王肅云殷士有美德言其見時之疾如早來服周也祼者以鬯酒灌尸故言灌鬯也舉祼言之故取郊特牲文云周人尚臭尚臭者一代之禮文王之時未必已然亦可據後而言也以祼是祭禮當須行之故言將行也天官小宰云凡祭祀贊祼將之事注以將爲送則此言祼將亦宜爲送但祼時送爵亦是行之其言雖異義亦同也京大釋詁文桓九年公羊傳曰京師者何天子之居也京者何大也師者何衆也天子之居必以衆大之辭言之此京亦謂京師故訓爲大也冬官繢人云白與黑謂之黼周冕無繢黼之飾則殷冔亦不以黼爲飾黼自衣服之所有也禮器云冕諸侯九旒注云似夏殷制則殷之諸侯祭服亦九章而下不止於黼而已舉一章而表之耳郊特牲及士冠禮皆云周弁殷冔夏收故知冔殷冠也既以冔爲殷冠更取二代以明之故言夏后氏曰收周曰冕也彼云周弁此云冕者以周自大夫以上祭服皆用冕服故傳以冕言之實冕而謂之弁者周禮弁師注云弁古冠之大號官名弁師職掌五冕故知弁是大名也○箋殷之至以彊○正義曰殷臣壯敏來助周祭祼將是也王肅亦云殷士自殷以其美德來歸周助祭行灌鬯之禮也然宗廟

之祭以祼爲主於禮王正祼而后亞祼則祼將主人之事矣而云助行灌者天官小宰凡祭祀贊祼將之事注云又從太宰助王祼謂贊王酌鬱鬯以獻尸言太宰贊王小宰贊太宰是祼將之事有臣助之矣此周人尚臭舉祼將以表祭事見殷士助祭耳不必專助行祼也以祭言已代而服舉其本故云自服殷之服明文王以德不以彊本以德服之而來不以威彊使至何者若爲畏威當改從其周服今服其故服是慕德而來故也武成云大邦畏其力此言不以彊者彼美文王有威可畏耳其實文王化人先以德故言不以彊也此文王之時故殷士仍得服殷之服若制禮之後皆從時王之法唯二王之後服其故服可也○傳藎進無念念也○正義曰藎進釋詁文無念是反而言之故云念也○箋今王至成王○正義曰以承上文王進臣之道而言念之文王實成王之祖故曰斥成王也此美文王之詩當以時王之意稱述先祖之美不應篇末更戒成王而以爲戒成王者以下章云殷之末喪師宜鑒于殷是時已滅舉以爲鑒若文王之時則紂實未亡不得爲戒又卒章云儀刑文王萬邦作孚是欲使後世法文王也下言文王之道可以與後世爲法此云無念爾祖明是上念文王以文王爲祖非成王而誰也戒後世使法文王卽是述文王之美故美文王可以戒成王也傳雖不明意當

同鄭無念爾祖聿脩厥德永言配命自求多福聿述永長言我也我長配天命而行爾庶國亦當自求多福箋云長猶常也王既述脩祖德常言當配天命而行則福祿自來○聿于必反○殷之未喪師克配上帝帝乙已上也箋云師衆也殷自紂父之前未喪天下之時皆能配天而行故不忘也○喪息浪反注同已上時掌反本作以紂直久反○宜鑒于殷駿命不易駿大也箋云宜以殷王賢愚爲鏡天之大命不可改易○駿音峻又音俊易毛以豉反不易言甚難也鄭音亦言不可改易也下文及後不易維王同○【疏】無念至不易○毛以爲作者戒成王既無不念汝祖文王進臣之法當述而脩行其德王當云長我當爲之者我所配天命而行也又當告庶國云爾庶國亦當自求多福言勤脩德教福自歸之又陳所以我當長配天命而行之者殷自紂父以前未喪失衆心之時其德皆能配上天之命而行由紂不能配天命令臣民叛而歸我我宜鑒鏡于殷觀其王之賢愚以爲已戒何則天之大命不可改易○鄭唯永言配命二句爲異以爲王常言當配天命而行則自求而歸之者多衆之福也○傳聿述至多福○正義曰聿述言

我永長皆釋詁文也直言配命知是長配天命者以下云克配上帝故知配配天命也言爾國亦常自求多福者以上章說殷侯助祭還是殷侯念祖自求多福是戒人之辭故知還戒此殷侯衆多故謂之庶國也○箋長猶至自來○正義曰長雖異理通不若常爲便故猶焉以戒成王宜以多福與配天相成故不爲庶國也又言字不訓爲我○傳帝乙已上以正義曰以失衆而卒亡天下者紂也經云未喪故知帝乙以前其間雖行有善惡不喪衆心故能配天以王者爲配在位不失則能配之故酒誥云自成湯至於帝乙罔不成王畏相舉未亡以駿亡者耳其實以前非無惡者故無逸說殷之三宗之後云自時厥後立王生則逸不知稼穡之艱難是有惡者矣○傳駿大○正義曰釋詁文○箋宜以至改易○正義曰鑒鏡也鏡照物知善惡故以殷爲鏡知存亡言天下之大命不可改易者謂天意善者與之惡者去之此命一定終不變改也○

命之不易無遏爾躬宣昭義問有虞殷自天

遏止義善虞度也箋云宣偏有又也天之大命已不可改易矣當使子孫長行之無終女身則止偏明以禮義問老成人又度殷所以順天之事而施行之○遏於葛反或作謁音同韓詩遏病也義毛音儀鄭如字度待洛反下同偏

音遍下同

上天之載無聲無臭儀刑文王萬邦作孚

載事刑法孚信也箋云天之道難知也耳不聞聲音鼻不聞香臭儀法文王之事則天下咸信而順之○疏

命之至作孚○毛以爲戒成王言天之大命既不可改易故常須戒懼此事當垂之後世無令止於汝王之身而已欲令後世長行之長行之者常布明其善聲聞於天下又度殷之所以順天言殷王行不順天爲天所去當度此事終當順天也既言行當順天因說天難倣倣上天所爲之事無聲音無臭味人耳不聞其音聲鼻不聞其香臭其事冥寞欲倣無由王欲順之但近法文王之道則與天下萬國作信言王用文王之道則皆信而順之矣○鄭唯宣昭義問爲異以爲汝當徧明以禮義問老而有成德之人餘同○傳遏止義善虞度也○正義曰遏止義善釋詁文虞度釋言文○箋有又至行之○正義曰以上已有所行之事下復言之故知宜爲又也蕩曰雖無老成人謂老人而有成德者也殷王之能順天者謂成湯與三宗耳前文以賢愚爲戒而不言脩其道以不亡爲配天非皆順天與此意異也此又度其殷王之中賢聖能順天者而行之故可福流於後與其宜鑒不同也此經云自天自從也從又爲順故言順天之事○傳載事刑法孚信也

○正義曰以其說天之事故載爲事也刑法孚信釋詁文○箋天之至香臭○正義曰以其令法文王故知爲難知而言也凡言聞者謂耳所知也香臭非聲云鼻不聞其香臭者但以知其氣故借聞名之中庸注云無知其臭氣者聞即知也

文王七章章八句

附釋音毛詩注疏卷第十六　十六之一

黃中模栞

毛詩注疏挍勘記 十六之一　　阮元撰盧宣旬摘錄

〇文王

言文王之能伐殷也 閩本明監本毛本伐作代案所改是

年八十九年共即諸侯之位 閩本明監本毛本同案浦鏜云下年字當衍文是也讀九字斷句

二年伐邪 閩本明監本毛本同案邪當作邘下二邘字十行本不誤

易類謀云 毛本同閩本明監本易作是案皆誤也當作易是類謀曰

乃爲此改猶如也 閩本明監本毛本同案猶上當有應字讀以改字斷句

得魚即云俯取 閩本明監本毛本同案云下浦鏜云脫王字是也

終而復始紀還然 閩本明監本毛本同案此當重紀字紀紀還然者每紀還甲子等二十部

比前爲然也浦鏜云紀還然三字疑衍誤甚矣

有人侯牙閩本明監本毛本同案浦鏜云牙當互字誤與下步顧相叶是也

湯登堯臺見黑鳥閩本明監本毛本同案此不誤浦鏜云鳥誤烏非也節南山正義云若湯得黑鳥是其證

故圖者謂閩本明監本毛本同案此當云故得圖者錯誤耳

其命維新小字本相臺本同唐石經初刻惟後改維案初刻誤

也者世祿也閩本明監本毛本同小字本相臺本上也字作士案士字是也正義云仕者世祿易士爲仕而說之耳考文一本采之非也

不問本宗之子皆得百澤相繼閩本明監本毛本同案浦鏜云支誤之澤當世字誤是也

言文王德人及朝臣　閩本明監本毛本同案人當作又形近之譌

所以常見稱識　閩本明監本毛本同案識當作譎正義下云令長見稱譎是其證也

行復已止也　閩本明監本毛本行作不案所改是也此互易而誤見下

釋詁哉維侯也　閩本明監本毛本哉作文案皆誤也此當作云與下云互易

美其及支子孫　閩本明監本毛本及作本案所改是也

箋云始至百世　閩本明監本毛本云始作令善案所改誤也此云當作哉與上哉互易

不能敷陳恩惠之施　閩本明監本毛本不作以案所改非也此不字當與上行字互易山井鼎云宋板作亦當是剜也

舉輕苞重耳　閩本明監本毛本苞作包案所改是也

故經譏尹氏齊氏崔氏也　閩本明監本毛本同案齊下當衍氏字齊崔氏在春秋經

宣十年也王制正義無引不備耳

予不敢動用非罰世選爾勞予不絶爾善閩本明監本毛本同案此不誤浦鏜云上不字衍掩誤絶皆非也正義引自如此

則是我周之幹事之臣小字本相臺本同考文古本同閩本明監本毛本之作家案正義云則維是我周家幹事之臣以云故云則是我周家幹事之臣未知其本作家或自爲文也無改者非

祼將于京唐石經小字本相臺本同閩本同明監本毛本祼誤裸下同

言之進用臣法閩本明監本毛本同案言當作王

如早來服周也閩本明監本毛本如作知案所改是也

故不忘也閩本明監本毛本同小字本相臺本忘作亡考文古本同案亡字是也

言爾國亦當自求多福者閩本明監本毛本同案爾下當有庶字

舉未亡以駿亡者耳閩本明監本毛本同案浦鏜云駿疑駮字誤是也

傳古樓景印